A Faint Cold Fear Thrills Through My Veins
William Shakespeare

Zu diesem Buch

Was würdest du machen, wenn du am blauesten Montag deines Lebens erwachtest und einen mausetoten Kerl im Bad fändest? Was würdest du machen, wenn du nicht ausschließen könntest, den Betreffenden selber ins Jenseits befördert zu haben? Würdest du durchdrehen? Oder würdest du zum nächsten Telefonhäuschen gehen und die Polizei anrufen? Natürlich würdest du letzteres tun.

Vilhelm Thygesen hat gleich mehrere Probleme auf einmal: Wer ist der Mann, der tot vor seiner Badewanne liegt? Wie kann er sein Erbe antreten – ungefähr ein Pfund reines Heroin –, ohne daß andere Leute es ihm streitig machen? Wie kann er sich die ehemaligen Kollegen von der Mordkommission vom Leibe halten?

Diese Art Probleme hatte Thygesen vor seinem ‹Karriereknick› nicht gekannt. Eine Zeitlang hatte er sogar als der erfolgversprechendste Kriminalbeamte Norwegens gegolten. Dann war da diese faule Affäre mit Alt- und Neonazis gewesen. Er hatte Licht in die Sache gebracht, den ganzen Fall aufgerollt; aber zum Schluß hatte er selber auf der Anklagebank gesessen.

Jetzt steht er mit dem Rücken zur Wand. Und ein Problem macht ihm am meisten zu schaffen: Wie behält er in dem ganzen Wahnsinn seinen gesunden Menschenverstand?

Jon Michelet, geboren 1944, schrieb 1975 seinen ersten Kriminalroman *Tod im Vorüberfahren* (Nr. 2749). In der Reihe rororo thriller liegt auch der Roman *Hammer und Amboß* (Nr. 2755) vor.

Jon Michelet

Weiß wie Schnee

Deutsch von Gabriele Haefs

Rowohlt

rororo thriller
Herausgegeben von Bernd Jost

Deutsche Erstausgabe
Veröffentlicht im Rowohlt Taschenbuch Verlag GmbH,
Reinbek bei Hamburg, November 1986
Die Originalausgabe erschien unter dem Titel
«Hvit Som Snø» by Gyldendal Norsk Forlag, Oslo
Redaktion Fried Eickhoff
Umschlagentwurf Manfed Waller
Umschlagbild Ulrich Mack

Satz Bembo (Linotron 202)
Gesamtherstellung Clausen & Bosse, Leck
Printed in Germany
780-ISBN 3 499 42790 7

Die Hauptpersonen

Ville Thygesen	war mal bei der Mordkommission in Oslo, ehe er wegen vorsätzlichen Mordes im Knast saß. Um keinen Preis der Welt will er dorthin zurück.
H. M.	hat in Thygesens Badezimmer nichts zu suchen.
L. L.	ist ein süßes Mädchen, aber ist sie wirklich clean?
De Soto	alias Björn Eriksrud, steckt immer voller Ideen. Er ist ein alter Bekannter Thygesens aus dem Knast und taucht sehr überraschend auf.
Alaskajacke	alias Siggen, ist ein neuer Bekannter Thygesens. Er hat nur eine Idee im Kopf, aber gerade das macht ihn gefährlich.

Alles, was in diesem Buch über den Rembrandt-Diebstahl steht, wurde geschrieben, bevor die mutmaßlichen Täter in Paris und Oslo verhaftet wurden. Nach Fertigstellung des Manuskriptes gab das Rauschgiftdezernat Oslo eine bestimmte Methode des Rauschgiftschmuggels bekannt. Daß hier eine fast identische Methode beschrieben wird, ist dem Zufall anzukreiden. Jede Ähnlichkeit zwischen wichtigen Personen im Buch und wirklichen Personen ist Zufall, keine Absicht.

I

Vilhelm Thygesen war nicht tot. Er litt auch nicht an einer unheilbaren Krankheit. Nicht, daß er wüßte jedenfalls. Natürlich quälte ihn, wie alle anderen Männer um die Vierzig in westlichen Städten, der Gedanke an Herzinfarkt und Lungenkrebs. Seine Zeit war zur Hälfte abgelaufen, statistisch gesehen. Bald würden die Symptome sich heranschleichen: Probleme beim Pissen, Messer im Magen, Leberversagen. Die Hämorrhoiden waren ihm bereits weggeschnitten worden. Sein Blutdruck war gewogen und zu hoch befunden. Aber gegenwärtig hatte er im Grunde keine schlimmeren Leiden als ein bißchen Pilz an den Eiern. Vor allem bei feuchtem Wetter meldete der Pilz sich.

Thygesen drehte sich auf den Rücken und kratzte sich gründlich im Schritt. Er lag in einem unbequemen, klammen Schlafsack chinesischen Fabrikats. Er hatte wie gewöhnlich geschlafen, mit einem T-Shirt als Schlafanzug, mit bloßem Hintern und einem alten Isländer als Kopfkissen. Trotzdem war er verteufelt verschwitzt. Lag jemand neben ihm auf dem Schlafsofa? Ein Schnuffelpuffel aus dem *Tostrupkeller* vielleicht? Nein, das war lange her. Er kam jetzt nicht mehr in den *Tostrupkeller.* Seit Elin hatte es keine gegeben. Und Elin hatte man zur Kur geschickt, hatte sie aufgeschnitten und ihr Antabus unter die Haut genäht.

Die Sonne schien. Sonnenstrahlen fielen durch das Südfenster. Die Fensterscheiben waren blank. Er hatte den Frühling mit Fensterputzen gefeiert. Tags darauf hatte es zu schneien begonnen. Das war Donnerstag oder Freitag. Und heute war? Montag.

Eine Fliege hatte ihren Winterschlaf unterbrochen und surrte im ersten Gang zwischen den Doppelfensterscheiben herum. Genossin Fliege, dachte Thygesen, es ist noch März. Nachts kommt die Kälte von den Bergen. Wenn dir dein Leben lieb ist, dann geh in Deckung. Die Sonne blufft dich nur, Genossin!

Die Genossin zwischen den Fenstern nahm sofort per Telepathie diesen Befehl auf. Sie setzte zur Landung an und verschwand gehorsam in einem Spalt im Fensterrahmen.

Zeit? Thygesen hatte einen Uhrnagel an der Wand. Er fummelte mit dem linken Arm rückwärts, bekam das Armband zu fassen und nahm die Uhr vom Haken.

Das Glas war zerbrochen. Der Minutenzeiger weg. Der Stundenzeiger war eingeknickt und wies ziellos ins All. Aber im Gehäuse tickte es munter vor sich hin.

Thygesen stützte sich auf die Ellbogen. Er fühlte sich gar nicht so schlecht. Auf dem Kopf hatte er allerdings eine bleierne Haube. Sie reichte ihm bis tief in die Stirn, wie die Mütze des Bombenlegers Kyvik. Ein Verschalungsschreiner war dabei, die Haube an die linke Schläfe anzunageln. Ein Schweinekoch mußte Thygesen den Mund mit fadem Brei gefüllt haben, der nicht nach Honig schmeckte. Aber es hätte schlimmer sein können. Es war schon schlimmer gewesen.

Neben ihm lag niemand, nein. Nur seine Hosen lagen da. Auf dem einen Hosenbein waren ein paar rotbraune Flecken. Bestimmt Campari. In den beiden Gläsern, die so hübsch auf dem zerknüllten Bettlaken aufgestellt waren, war Campari. Jemand hatte zwischen die Gläser einen Aschenbecher placiert, um das Stilleben zu vervollkommnen. Der Aschenbecher war ziemlich voll von seinen eigenen Teddykippen und ein paar halbgerauchten Filterzigaretten. In einer Falte im Laken lag ein goldenes Feuerzeug. Er zündete die am wenigsten gerauchte Kippe an. Sie schmeckte wie die schlechte Luft in einer abgelegenen Ecke der Hölle.

Es war Lippenstift an den fremden Kippen der Marke Merit. Er hielt eine gegen das Licht. Der Lippenstift war fett und rosa, mit einer Art Goldschimmer. Das Feuerzeug war so groß wie eine halbe Streichholzschachtel. Es lag schwer und gut in der Hand. Es war sein Gewicht in Gold wert. Nebeneinander waren die Buchstaben L. L. und ein Herzchen eingraviert. Darunter stand in Minischönschrift: «von H. M.» Ein Fachmann schien die Gravur ausgeführt zu haben. Hier war kein Amateur mit dem Zahnbohrer zugange gewesen, was bei einem Feuerzeug der Vier-, Fünfhundert-Kronen-Klasse auch eine Schande gewesen wäre.

Vilhelm Thygesen fühlte sich in Form. Er mußte in dieser Nacht von Sonntag auf Montag eine exklusive Passagierin an Bord seines Sofas gehabt haben.

Aber wen? Während der letzten dreißig Tage hatte sein Gehirn noch einige Zehntausend lebende Zellen eingebüßt, es gab keine Antwort.

Der alkoholische Massenmord hatte in der obersten Etage Leerräume geschaffen.

My mind is blown
I've got no grass
I've got to stop my bike
and drink the gas

Er trank einen Schluck puren, faden Campari.

Dann leerte er das Glas und ließ seinen Kopf auf dem Isländerpullover ruhen, ziemlich zufrieden und ruhig.

Es hätte Lill Lindfors sein können. Oder Linda Lovelace. Aber daran hätte er sich wahrscheinlich erinnert.

Oder war es Leppa aus Louisville? Oder irgendein Lasse Liten? Das wäre dann doch eine Sensation. *So* war er noch nicht geworden.

Aber wahrscheinlich war es eine Frau Lovvise Lotterlei, die sich mit Goldschmolle und Luxusfeuerzeug aufgetakelt und ihn im *Down Town* oder noch weiter *down town* aufgelesen hatte. Aber *so* war er doch auch nicht geworden? Daß er auf den Markt mußte und sich Tussis *kaufen*?

Er war also zusammen mit, zum Beispiel, Lisa Larsen auf der Chaiselongue gelandet. Die einst das Feuerzeug als Geschenk von Seiner Majestät erhalten hatte.*

Mit einer Grimasse, die dem Grinsen eines braven Knaben nicht unähnlich war, ließ Thygesen es dabei bewenden. Er beschloß aufzustehen. Nickte für zehn Minuten oder eine Stunde wieder ein. Erwachte jäh, schweißgebadet, mit gewaltigem Druck auf der Blase. Träge wie eine Blindschleiche bei der Häutung aalte er sich aus dem Schlafsack, den liebe, fleißige Hände in Hupeh für ihn genäht hatten.

Der Radiorecorder lag umgeworfen auf dem Boden. Der Deckel des Kassettenkastens war abgerissen. Eine kaputte Kassette lag ebenfalls auf dem Läufer, in verkräuseltes braunes Tonband gewickelt. Er stellte den Apparat gerade hin und drückte auf den UKW-Knopf. UKW legte mit den Börsennotierungen los. Zum Glück! Tag gerettet. Börse gehört.

Auch die Küche sah aus wie am Tag danach. Er fischte ein paar blutarme Tomaten vom Gitter über dem Abfluß und pinkelte ins Becken. Im Kühlschrank fand er einen halben Liter Milch mit Frischhaltedatum

* H. M.: norwegisch, Abkürzung für Hans Majestet, Seine Majestät

26.3. Er öffnete den Karton. Die Milch roch okay, und er trank sie, ohne mehr mit der Wimper zu zucken als sonst. Leute, die Vilhelm «Ville» Thygesen schon lange kannten, hätten gemerkt, daß das Zukken im rechten Augenlid häufiger und stärker auftrat. Aber er kannte nicht viele, die ihn schon lange kannten – außer der üblichen Typengalerie im *Tostrup*, *Snekker* und *Casino*. Und die hatten mit ihren eigenen Zuckungen und Krämpfen genug zu tun. Nicht viele nannten ihn noch Ville. Wenn jemand ihn überhaupt erwähnen mochte, dann wohl als «dieser Thygesen da, der ...» mit einem Schulterzucken, das bedeuten sollte, daß er im Klo gelandet und nun unterwegs in die Kloake war.

Ein zu hartes Urteil! Lebt und strampelt er denn nicht noch? Hat er nicht gerade erst das Heldenstück vollbracht, sein Radio in Klump zu treten?

Thygesen füllte den Kessel mit Wasser und schaltete die Kochplatte auf max. Er wühlte im Dreck auf dem Spülstein und fand ein Glas Kaffee. Der Geruch des Pulverkaffees verursachte ein langsames Rotieren in seinem Zwerchfell. Er mußte ein bißchen Kaffee trinken. *Mußte* die Maschinerie in Gang setzen. Das Büro wollte die Texte am nächsten Donnerstag. Der Vorschuß war weg. Vom Winde verweht.

Er kostete den Ausdruck: «Vom Winde verweht.» Er schmeckte nicht besonders. Ließe sich vielleicht trotzdem verwenden. Larry Reklame fürchtete sich nicht davor, den irrsinnigsten Quatsch zu kaufen und zu verkaufen. «Vom Winde verweht» wäre sicher in einer Anti-Alkohol-Kampagne anwendbar. Aber es war wenig wahrscheinlich, daß jemand, der eine solche Kampagne plante, sich an Larry Reklame wenden würde. Larry (warum Larry? Das hatte er sich manchmal überlegt, hatte aber keine Lust gehabt zu fragen) – Larry Berg und die anderen cleveren Jungs und Deerns im Büro beschäftigten sich zumeist mit der Neulancierung von alten Phänomenen. Die Neueinführung des Jo-Jo war kein schlechter Erfolg gewesen. Der Versuch, die guten alten Seidenstrümpfe zu lancieren, die noch Laufmaschen bekommen konnten, war nicht so gut aufgenommen worden. Mit «Marketingberater» auf der Visitenkarte war Vilhelm Thygesen im Moment angestellt, um zu untersuchen, ob die Möglichkeit bestand, den norwegischen Markt für Hühnerringe und Taubenringe wieder zu erobern.

Hühnerringe!

«Vielleicht läßt sich aus den Scheißringen ein nostalgischer Kick herausholen», hatte Larry gesagt.

Und Thygesen war heimgegangen und hatte seinen Björneboe gelesen. Der kleine Jonas stolperte ja über seine Hühnerringe. Björneboe ließ sich, jetzt wo er tot war, zu allem Möglichen verwenden. Fast wie eine Kartoffel.

Thygesen hatte sich tatsächlich Notizen gemacht. «Jonas war ein armer Wicht, dem es wirklich schlecht ging. Aber immerhin hatte er seine Hühnerringe! Und das mitten in den schlimmsten Fünfzigern. Wenn Hühner- und Taubenringe für die heutige Jugend nicht *die* Wahnsinnsanziehungskraft besitzen, können wir vielleicht die Elterngeneration mobilisieren, die diese Ringe benutzt hat, um sie auf diese Weise wieder ins Haus zu bringen. Dadurch kommt die Jugend vielleicht auf den Geschmack eines so harmlosen Zeitvertreibs. Gelingt das nicht, so erzielt das Produkt trotzdem hinreichende Verkaufszahlen, wenn genügend Eltern zum Kauf motiviert werden.»

Larry fand, Thygesen hätte sehr treffende Überlegungen angestellt. Er fand das meiste gut, was Thygesen lieferte. Allerdings war er auch von einer Schar festangestellter Idioten umgeben, derengleichen man in ganz Europa hätte suchen müssen. Nur die freien Mitarbeiter waren noch größere Nullen. Thygesen war der Stern unter den freien Mitarbeitern. Er hatte wirklich einen gewissen Sinn für schwachsinnige Wortspiele entwickelt, die beim Publikum in Stadt und Land ankamen. Dieses Geschick für Wörter hatte er sich im Gefängnis zugelegt. Doch, er hatte Ullersmo für vieles zu danken. Wo hätte er einen Fernkurs in Marketing machen sollen, wenn nicht da?

Das Wasser kochte. Thygesen sah sich nach einer relativ sauberen Tasse um. Er fand eine große, schöne Keramiktasse – Geschenk von Elin. Auf dem Tassenboden lag eine Zitronenscheibe, schimmelgrün. Wo waren die Kaffeetassen? Er hatte eine klare Erinnerung, daß er seine sechs roten Kaffeebecher irgendwann im Laufe der Nacht gespült hatte. Es waren seine Gästetassen. Von einer hatte er den Henkel abgeschlagen, aber das war nicht schlimm, sie waren ja nur zu fünft.

Also konnte er sich doch an etwas erinnern! Sie waren zu fünft gewesen. Zwei gingen, als sie merkten, daß er ihnen nur Kaffee anzubieten hatte. Sie bedankten sich nett für die Einladung und verschwanden.

Die angeschlagene Tasse thronte auf dem zum Bersten gefüllten Müllsack. Thygesen spürte ein neues Rotieren im Zwerchfell. Die beiden, die gegangen waren, waren ein geschlechtsloses Paar. Jung und in Discoklamotten. Er hatte sich gewünscht, daß sie sich verpißten. Sobald sie weg waren, hatte er das Tablett mit den Kaffeetassen unter das Sofa geschoben und die Campariflasche aus dem Kühlschrank genommen. Beim

Versuch, mit dem Küchenmesser Eis abzuhacken, hatte er seinen Daumen getroffen.

Im Daumen war eine kleine Wunde. Das erklärte die Blutflecken auf der Hose.

Als er die Flasche auf den Wohnzimmertisch gesetzt hatte, hatte eine Stimme gesagt: «Danke, aber ich trinke nur im Sommer Campari.»

Die Stimme gehörte zweifellos einem Mann, wenn sie auch dünn und flach wie Blech war.

Noch eine andere Stimme war im Zimmer gewesen: «Hast du kein Soda? Oder Eis? Etwas zum Verdünnen?»

Thygesen stand mäuschenstill und lauschte der Frauenstimme, als erklänge sie plötzlich im Wohnzimmer oder im Bad. Aber sie war nur ein Echo in seinem dröhnenden Schädel.

Er spürte die Kälte des eisigen Linoleums in seinen Füßen prickeln und ging auf Zehenspitzen in das Zimmer, das er ‹Wohnzimmer› nannte. Es war ein quadratischer Raum. Die Wände waren kastanienbraun angestrichen, denn er wollte es nicht so verdammt hell haben. Jetzt war es trotzdem zu hell. Die Sonne brannte ihm in die Augen und hauchte Myriaden von Staubflocken Leben ein, die in der eingeschlossenen Atmosphäre auf- und niederstiegen. Genossin Fliege war auch wieder munterer geworden und hatte in *ihrem* engen Luftraum zwischen den Fensterscheiben das Delirium.

Thygesen ließ sie nach draußen, zu kurzer Freiheit und baldigem Krepieren in der Kälte.

Der Schlafrock hing über dem Sesselrücken, die Filzpantoffeln standen auf ihrem Platz am Radiator. Sie waren wunderbar warm. Er zog sich den Schlafrockgürtel vorsichtig um den Bauch. Etwas Bauch hatte er sich zugelegt – so eine kleine Wampe, der die Franzosen den widerlichen Namen *Embonpoint* gegeben haben.

Das Tablett mit den Kaffeetassen war weit unters Sofa geschoben. Er mußte sich flach auf den Teppich legen, um es zu erreichen. Das scharfe Licht offenbarte eine Packung Tabak im Staub unter dem Sofa. Es gab auch eine Apfelsinenschale und ein Herrenmagazin, auf der Mittelseite aufgeschlagen. Das Tablett klebte im Staub. Er nahm eine Tasse und den Tabak, das Tablett ließ er stehen. Noch immer auf dem Bauch liegend, studierte er Sylvie, das Mittelseitenmädchen. Sie saß auf einem zerbrechlichen weißen Eisenstuhl und trug nichts anderes als eine Halskette und einen Perlenring. Ihr mittelblondes Haar hatte sie in die Stirn gekämmt, und es bedeckte ihr linkes Auge. Das rechte Auge starrte

Thygesen träge an. Sylvies Lippen verzogen sich zu einer Grimasse, die Geilheit andeuten sollte. Im Hintergrund war ein weißes Fenster, von dem die Farbe abblätterte, genau wie von Thygesens Fenster. Sylvie hatte lange braune Schenkel mit goldenem Flaum. Ihre Waden gehörten zu den magersten. Die Beobachtung, daß sie mit Ausnahme des Schmuckes nackt war, war nicht korrekt. Sylvie trug nämlich ein Paar Schuhe. Sie waren blau und hatten superhohe Stilettabsätze.

Vor ganz kurzer Zeit hatte er solche Schuhe gesehen. L. L. hatte Schuhe mit hohen dünnen Absätzen getragen. Aber in den Schuhen war sie nicht über die Eisbuckel auf der Kristian IV. Gate gegangen. Da hatte sie Stiefel angehabt. Er hatte ihr einen Stuhl in den Gang gebracht, damit sie sitzen konnte, als sie die Stiefel aus- und die Hochhackigen anzog.

Thygesen setzte sich an seinen Arbeitstisch und drehte sich aus dem staubtrockenen Tabak eine Zigarette. Ein A 4-Bogen steckte in der Maschine. Er war dicht beschrieben mit Stichwörtern für die Hühnerring-Kampagne.

«Armes Hühnchen weinet sehr, hat gar kein Hühnerringlein mehr, rote, weiße, blaue!

Taubenringe. ‹Kleine Taube, flieg nach Helgoland ...›

Jemand soll ein Huhn mit Menschenkopf und Ringen um die Beine zeichnen. Ein cooles Huhn. Vielleicht sind wir zehn Jahre zu spät dran?

Ringe für den Discogebrauch? Ein farbiges Paar (Jamaica), soll, in Ringe eingewickelt, posieren. Soll sich gegenseitig mit Ringen fangen.

Zusammenarbeit mit Jeansfirmen?

Ringe in Menschengröße, *in natürlicher Größe*, herstellen, die sich als Arm- und Beinringe verwenden lassen?!

Ist schon etwas Entsprechendes auf dem Markt?

Verschiedene Typen herstellen: einen für die Kleinen, einen für die Großen, einen für Vater und einen für Mutter.»

Er zerrte das Blatt aus der Maschine, knüllte es zusammen, warf in Richtung Papierkorb und traf.

Der Wasserkessel tanzte ungeduldig auf der Platte. Pulver in die Tasse. Rühren. Fast gar keine zittrigen Finger. Nur ganz wenig. Nicht gefährlich.

Oh, Nescafé, immer schmeckst du so bitter! Willst du mich umbringen? Über den berühmten Schriftsteller Honoré de Balzac wird gesagt, er habe von 50000 Tassen Kaffee gelebt und sei auch daran gestorben. Bei Pulverkaffee reichen vielleicht schon 25000? Ein langsamer, kultivierter Selbstmord. Der Magen rennt, der Hals brennt. Das Herz schlägt den letzten Salto. Piff! Und du liegst da.

Nach zwei Schluck mußte Thygesen spucken. Das war Routine. Er traf das Waschbecken mit einem dünnen braunen Strahl. Dann nahm er noch schnell zwei Schluck. Wie er seinen Magen kannte, dürften die nicht mehr hochkommen. Und sie blieben da, wo sie hingehörten. Sicherheitshalber krümmte er sich trotzdem ein paar Minuten lang über dem Waschbecken.

Die Zigarette hatte er auf den Schreibtischrand gelegt. Es war ihr gelungen, vor dem Erlöschen die Tischplatte anzubrennen. Vier, fünf schwarzbraune Flecken waren schon vorher da gewesen. Er durfte nicht so herumschlabbern! Mehr Aschenbecher anschaffen, ein Rettungsseil kaufen, einen Rauchmelder, einen Feuerlöscher! Im zweiten Stock eines hundertjährigen Mietshauses zu wohnen ist kein Spaß, wenn es brennt. Er hatte gute Aussichten, von Auspuffgasen erstickt oder gegrillt zu werden oder beides.

Der Aschenbecher war nicht seiner Wege gegangen, sondern stand auf dem Sofa. Er gehörte zu der billigsten Sorte, die man in den Straßencafés der ganzen Welt findet, immer mit Reklame für einen Aperitif oder Brandy. Thygesen hatte ihn nicht aus Rom oder Paris mitgebracht. Der Aschenbecher war in *Saras Telt* handgestohlen.

Jetzt konnte er nicht verstehen, warum er auf dem Laken festsaß. Er riß ihn los.

Er hatte an einem Blutfleck geklebt. Einem runden, schwarzen Fleck. Einem Moorsee von einem Fleck.

Vilhelm Thygesens Eingeweide verdrehten sich. Sie wollten nach oben und hinaus. Er rang nach Atem. Schluckte und schluckte. Der Schweiß brach ihm aus allen Poren, das Blut raste aus dem Kopf, um sich in den Nieren zu verstecken.

Er fiel auf das Sofa und blieb liegen. Sein Herz flatterte in ihm wie ein Spatz. Der Geschmack in seinem Mund war kein Katergeschmack, sondern ein übler Vorgeschmack des Todes.

Sie hatten hier auf dem Sofa gelegen. Er hatte es nicht geschafft. Oder sie hatte nicht gewollt.

Thygesen breitete seinen Schlafrock zur Seite. Teufel! Er hatte einen grauweißen, leimartigen Fleck auf der Innenseite des einen Schenkels. Blut und Sperma. Verdammt! Aber sie war doch gegangen? *War doch, verflucht noch mal, gegangen!*

Er hatte sie nicht angefaßt. Das war nicht sein Stil. Ein Nein ist ein

Nein, und er mußte schließlich so blau gewesen sein, daß er sowieso nichts hätte ausrichten können. Jetzt lag er hier und stank nach seinem eigenen Entsetzen, nach seiner eigenen Schande und seinen eigenen ekelhaften Aussonderungen. Er erinnerte sich, daß er Elin zweimal geschlagen hatte. Mit der flachen Hand. Weil sie trank. Aber er trank doch selber? Dann schlug er, weil sie so tierisch trank. Schlagen war nicht sein Stil. Er rührte keine an. Keine!

Beim letztenmal war Elin rückwärts gefallen und mit dem Kopf an die Herdkante geschlagen. Es sah ziemlich schlimm aus. Aber sie konnte sich an nichts erinnern, als sie wieder zu sich kam. Er hatte sie sogar damit zum Lachen gebracht, daß sie in ihrer Geilheit auf den Whiskyflachmann im Küchenschrank vom Stuhl gefallen sei ...

Eine Dusche, dann geht's dir wieder gut, dachte Thygesen. Du warst auf der Rolle, hast die Dame aufgerissen, hast die ganze Sache versaut und in deiner Wohnung Dreck und Schweinkram veranstaltet. Aber du bist nicht gewalttätig geworden. Es kommt keine Schwadron Wärter und schleift dich in die Isolierzelle, wenn du auch einen Blutfleck in der Koje und einer kleinen Fliegengenossin zur Flucht verholfen hast.

Er kam auf die Beine. Fühlte sich erleichtert. Fand in der Kommode ein sauberes Badetuch, ging in den Flur, hängte den Schlafrock an den Haken an der Außenseite der Badezimmertür und zog die Pantoffeln aus.

Da entdeckte er die Stiefel. Sie standen in der Ecke neben der Wohnzimmertür, deswegen hatte er sie nicht sofort gesehen, als er den Flur betreten hatte. Das heißt, der eine Stiefel stand, der andere war umgekippt. Von der Größe her waren es keine Damenstiefel. Die Sohlen waren hoch und ungewöhnlich breit. Das gab den Stiefeln ein seltsam schwerfälliges Aussehen. Und es war etwas mit der Farbe; das Leder war dunkellila.

Im Kleiderschrank hing ein fremder afghanischer Lammfellmantel.

Herrjesus!

Aber dann beruhigte er sich. Die Ruhe schlug in ein kribbelndes gutes Gefühl um. Er dachte: Sie ist da. Liegt sicher in der Badewanne. Der Goldlippenstift läßt darauf schließen, daß sie eine ziemliche Sause ist. Etwas Außergewöhnliches, ganz ohne PLO-Tuch und Kunstgewerbeschal und die anderen Uni-Kostüme. Eine, die nicht nach Paprika riecht, sondern nach Lux.

Warum hatte er denn keinen Ton gehört? Weil Frauen nicht in der Badewanne singen.

Er legte das Ohr an die Tür. Die Wasserhähne drinnen sagten tropf-tropf, wie immer, Thygesen hustete.

Komisch, daß sie nicht reagiert hatte, als er das Radio an die Wand schmiß. Er sagte leise «hallo». Dann lauter: «Hei!»

Jetzt wollten seine Eingeweide nicht hinauf und hinaus. Sie kämpften, um der gewaltigen Faust zu entkommen, die sie gepackt hatte und zusammenpreßte.

«Hei. Ich bin's nur. Der, der hier wohnt», sagte Thygesen. Er öffnete die Badezimmertür einen Spalt, vorsichtig. Eine warme Dampfwolke hätte durch den Spalt kommen müssen. Er ließ den Türgriff los. Die Tür glitt von selber auf.

Die Panik wich von ihm.

Sie lag ganz einfach auf dem Badezimmerboden und schlief, bequem hingelagert auf der Plastikmatte. Sie war von ihm und seinem Lottersofa abgehauen, als er seinen Versuch gestartet hatte, er altes Schwein.

Erst nach einigen bluthämmernden Sekunden begriff Thygesen, daß er sich geirrt hatte. Schrecklich geirrt. Der Mensch, der in seinem Badezimmer lag, war keine Frau. Sondern ein Mann. Und der Mann schlief durchaus nicht.

2

Der Mann auf dem Badezimmerboden roch noch nicht. Thygesens Bad war sehr kalt.

Der Tote lag mit dem Gesicht nach unten. Der linke Arm war am Körper entlang ausgestreckt. Der rechte Arm war angewinkelt, der Ellbogen wies nach außen und die Fingerspitzen zum Kopf.

Nachdem er festgestellt hatte, daß es noch keinen Leichengeruch gab, machte Thygesen seine zweite Feststellung: Der Mann salutierte erstarrt. Thygesen hatte schon vorher Tote gesehen. Einst war es seine Arbeit gewesen, Tote zu betrachten. Da war er Bulle, da war er bei der Kriminalpolizei angestellt, bei dem, was die Zeitungen «Mordkommission» nannten.

1975 war Thygesen persönlich in den Smestadweiher gewatet und hatte einen Mann namens Johnsen herausgefischt, der seit einem Monat auf dem Grund des Stauteichs gelegen hatte. Er hatte es professionell und kalt erledigt. Aber fünf Jahre hatten Thygesen sehr verändert.

Deshalb stieg er zuerst vorsichtig über die Leiche, hockte sich vor die Klosettschüssel und spuckte alles aus, was in ihm war. Als er das hinter sich gebracht hatte, sah er einen Gegenstand im Sumpf herumschwimmen. *Den* konnte er unmöglich im Magen gehabt haben. Zitternd, aber erstaunlich ruhig, ging er in die Küche und zog einen der Gummihandschuhe an, die über dem Spülbecken am Wasserhahn hingen.

Das Dings, das im Klo herumschwamm wie ein Holzstock in einem Strudel, war eine billige Einmalspritze, wie sie alle Apotheken führen, die aber nicht alle Apotheker gern an Jugendliche mit extralangen Haaren und unnormal aufgerissenen Augen verkaufen. Thygesen fischte die Spritze heraus, zog die WC-Spülung, wusch die Spritze außen ab und ging auf steifen Beinen ins Wohnzimmer. Dort sank er in den Sessel.

Was würdest *du* machen, wenn du am blauesten Montag deines Lebens erwachtest und einen mausetoten Kerl im Bad fändest? Was würdest du machen, wenn du nicht ausschließen könntest, den Betreffenden selber ins Jenseits befördert zu haben? Würdest du durchdrehen? Oder würdest du zum nächsten Telefonhäuschen gehen und die Polizei anrufen? Natürlich würdest du letzteres tun. Wenn du nicht der Typ bist, der den Kadaver in die Tiefkühltruhe gelegt und auf bessere Zeiten gewartet hätte.

Thygesen war nahe daran durchzudrehen.

Die Polizei hätte er gut anrufen können, wenn er im Besitz eines Kronenstücks gewesen wäre. Aber danach müßte er dann sofort wieder nach Hause gehen und einen Meter unisolierten Kupferdraht finden. Den Draht müßte er zu einer Schlinge biegen und die Enden dieser Schlinge in den Stecker für den Rasierapparat stecken. Dann müßte er die Badewanne mit Wasser füllen. Im dunklen Bad müßte er sich die Schlinge um den Hals legen – richtig schön stramm. Danach in die Badewanne steigen. Jetzt könnte er das Werk beenden und hinter 140637.28194 Vilhelm Thygesen, Kristian IV. Gt. 10, Oslo I, einen Punkt machen. Das würde sich nur mit Hilfe eines so prosaischen Geräts wie einem Besenstiel machen lassen. Bei seinem Einzug hatte die Wohnung kein Bad gehabt. Ein Klempnerknacki hatte die Sache für billiges Geld erledigt. Thygesens Badewanne war wahrscheinlich Diebesgut. Einen Elektriker konne er sich nicht leisten. Deshalb legte er eigenhändig das Leitungssystem, montierte geerdete Steckdosen, Schalter und Armaturen, alles in einem einzigen Stromkreis. Ohne darüber nachzudenken, hatte er den Schalter im Badezimmer angebracht.

Es war ein moderner Knipsschalter. Von der Badewanne aus könnte er ohne Schwierigkeiten mit dem Besenstil den Schalter erreichen.

Es würde hell werden. Und alles würde dunkel. Hoffentlich würde die Sicherung nicht mittendrin durchbrennen, dann bekäme er nur ein paar fette *vibrations* und würde überleben.

In stillen Stunden hatte sich Thygesen diese Todesart zusammen mit einigen anderen von wechselnder Qualität ausgedacht. Fröstelnd saß er im Sessel und erwog sie noch einmal. Wenn er sie anwandte – und Glück hatte und der Kupferdraht schmölze –, hätten seine alten Kollegen wirklich eine harte Nuß zu knacken, wenn sie in ein paar Wochen die Wohnung aufbrechen würden. Was für Orgien hat dieser verdammte Thygesen hier veranstaltet? würden sie denken. Und wie ist es ihm gelungen, sich so aufzuhängen, daß wir das Seil nicht finden können? Das sieht man ja am Hals.

Ernst war das nicht. In den schlimmsten Zeiten im Knast hatte wohl ein Körnchen Ernst in seinem Gedankentaumel über die Auswanderung aus der Welt gesteckt. Aber nicht jetzt. Denn jetzt klammerte er sich ans Leben, wie sich ein Schiffbrüchiger an einen schlecht zusammengenähten Sack mit Kokosnüssen klammert.

Sein System schrie nach Campari. Er trank die letzte Neige aus Glas Nr. 2. Er rauchte noch eine nach Kameldreck schmeckende Zigarette. Langsam begann sein Hirn zu schwingen und Theorien zu bilden.

Im Bad lag also ein Toter. Während der Sekunden, in denen Thygesen es über sich gebracht hatte, ihn anzusehen, hatte er herausgefunden, daß es ein Mann in seinem Alter war, vielleicht etwas jünger. Sehr viel kleiner.

Der Mann war wohl kaum am frühen Morgen in die Wohnung gewandert und hatte sich aus purer Bosheit ins Badezimmer gelegt. Ebenso unwahrscheinlich war es, daß jemand ihn dorthin gelegt hatte. Obwohl man in diesem Haus nie wissen konnte, einem Haus, das alte Leute «Märchenhof» nannten. Der Pakistaner, der über Thygesen wohnte, war eines Morgens heruntergestürzt gekommen, die Augen verdreht, so daß nur das Weiße zu sehen war, und hatte erzählt, «ein Musikant liegt vor der Glotze». Thygesen ging mit Muhammed Ali nach oben, und tatsächlich lag ein alter Ziehharmonikaspieler schlafend vor dem Fernseher. Die Ziehharmonika war klein und lag auf seinem Bauch. Die Mütze hatte er neben sich gelegt, aber Ali hatte kein Geld hineingeworfen. Thygesen überredete Ali, eine Decke über den Alten zu legen, und lud ihn zum Kaffee ein. Als Ali wieder nach oben kam, war der Musikant weg. Ebenso wie Alis Decke, sein Quarzwecker inkl. UKW-Radio, vier Tüten Rosinen sowie eine fast neue Steppjacke. Am nächsten Tag brachte Ali ein Sicherheitsschloß an.

Auch mit dem Mieter unter Thygesen hatte es einigen Ärger gegeben. Es war ein Unternehmer in der Schwarzbrennbranche. Daß Glaskolben platzen und der Inhalt ins Büro der netten, modebewußten Architekten hinunterläuft – damit muß ein Hausbesitzer rechnen, wenn er einen geschäftigen Knaben aus den öden Waldgebieten einlogiert. Daß der ganze Apparat in die Luft fliegt und die Fensterscheiben platzen und die Vorhänge Feuer fangen, ist höhere Gewalt. Das läßt sich dadurch ausgleichen, daß die übrigen Mieter – jedenfalls die, die sich nicht zum Islam bekennen – einen gebührenden Anteil an der Produktion erhalten, wenn der Unternehmer seine Tätigkeit wieder aufgenommen hat. Aber der Junge ging zu weit, als er die erste Ladung wegfahren wollte. Er hatte einen Wagen gemietet und die Ware probiert. Leider hatte er vergessen, wo es zum Tor hinausging. Er bog keck nach links, gab Gas und zersplitterte die teure Glastür des Buchlagers hinten im Hof. Mit frischem Mut verließ er dann das Buchlager, warf alle Mülltonnen um, nahm den Kotflügel des Mercedes vom Hausanwalt mit, drehte. Und gab Gas! Das einzige, was er vergessen hatte, war, das hundertjährige schmiedeeiserne Tor zu öffnen.

Thygesen hatte den ganzen Auftritt vom Start bis zum Ziel verfolgt. Als Stummfilm hätte er sich gut gemacht. Als Mietverhältnis in einem seriösen Haus mit Traditionen machte er sich weniger gut.

Jetzt war ein älterer Herr eingezogen, der Tag und Nacht Zigarren rauchte, so daß Thygesens Badezimmer an windstillen Tagen roch wie ein Billardsalon. Er war fast achtzig. Er trug wohl kaum Leichen in andere Etagen.

Der Mann im Bad mußte aller Wahrscheinlichkeit nach Thygesens eigener Gast sein. Vielleicht war er Seine Majestät vom Feuerzeug? Wie war er mit ins Bild gekommen? Zusammen mit der Frau, zweifellos. Wenn sie allein unterwegs gewesen wäre, hätte Thygesen wohl kaum einen Kavalier für sie eingeladen.

Wo war er gewesen? Auf seiner üblichen Tour.

Er hatte mit scharf gewürztem Pfeffersteak und einem halben Liter Rotwein in der *Bakkekro* eröffnet. Diese Kneipe bei der Smestadkreuzung war sehr oft sein Startplatz, wenn er auf die Rolle ging. Am Sonntag hatte es besonders nahegelegen.

Er hatte eine lange Tour nach Storflåtan gemacht und war völlig ausgepumpt gewesen, als er wieder bei Skansebakken ankam. Lernte einfach nicht, wie man Glasfaser-Ski richtig schmiert. Hatte sich auf dem Weg zu sehr angestrengt, auf dem Rückweg zitterten ihm die Knie.

Nächster Posten nach *Bakkekro*? *Trocadero* in Majorstua? Nein, das war seit einigen Lichtjahren geschlossen. Aber die alte Krölle lag noch auf ihrem Platz im Uranienborgvei. Dort hatte er ein paar Halbe getrunken und gesehen, wie Lars Erik Eriksen norwegischer Meister im Fünfmeilenlauf wurde, in den Sportnachrichten. Am Nachbartisch redeten alle von einer, die Panik bekommen und trotzdem am Samstag den norwegischen Grand Prix gewonnen hatte. Thygesen interessierte das nicht. Der Nachbartisch ging zum Jodeln über. Er ging. Draußen war es hell. Vorgestern war die Tagundnachtgleiche des Frühjahrs passiert worden.

Wo hatte er dann weiter gemacht? Nicht *Theatercafé*, nicht *Casino*, und garantiert nicht *Tostrup*, wo er Lokalverbot hatte, weil er so verdammt fertig gewesen war, daß er Lars Jacob Krogh und Herbjörn Sörebö verwechselt und ersteren wegen seiner Gedichtsammlung mit dem wunderbaren Titel *‹Bauern spielen kein Tennis›* gelobt hatte. *Das* hatte am Stammtisch in der Ecke eine Krise ausgelöst.

‹Georgia on my mind› hatte er gehört. Verdammt, ja! Laila Dalseth hatte *Georgia›* gesungen. Und er hatte sich den letzten Schluck von Rotwein Nr. 1 hinter die Binde gekippt. Im *Malla*? *Guldfisken*? *Klubbsju*? Nix. In einem neuen Laden nicht weit von Kristian IV. *Spot Light*? Nein, das war ja jetzt ein Reggaeclub. *Hot Shot*? Unmöglich. Das war der Hamburgerladen in der Akersgate, wo sie die Hamburger lauwarm und fertig eingepackt aus einer Wärmetruhe fischten.

Irgendwer hatte den Laden schrecklich komisch gefunden. Der ganze Tisch hatte gelacht. Er sah vor sich die Reihe roter lachender Münder und die Bärte der Softies, die sich öffneten, um ein Kichern hinauszulassen.

«Gebrauchtwarenmarkt», hatte der Witzbold gesagt. Was war daran so komisch? Nachts ist die ganze Innenstadt von Oslo ein verdammter Gebrauchtwarenmarkt.

Thygesen gab auf. Seine Majestät im Bad paßte nicht zur Szene in der Kneipe, in der Laila Dalseth gesungen hatte. Er trug bei seinem letzten Gruß einen Anzug. Einen neumodischen Anzug mit engen Beinen und schmalen Streifen.

Ein Fisch aus *Down Town*, *Hawk Club* oder *Tre Kokker*? Ein kleiner

Dandy und Scheißzuhälter. Vielleicht noch typischer für die unterste Nachtclubklasse. Aber da ging Thygesen nie hin.

Wenn er so blau gewesen war, wie er glaubte, gewesen zu sein, wie war es ihm gelungen, in einen Nachtclub der Spitzenklasse eingelassen zu werden?

Ach ja. Er war ein bißchen spazierengegangen in den Straßen, durch die der Nordwind fegte, und hatte rote Rosen auf den Wangen bekommen. Er hatte Kaugummi gekaut. Und er wußte noch genau, daß er sich auf einem Parkplatz in der Pilestredet das Gesicht mit Schnee eingerieben hatte.

Eine funkelnagelneue Türwächterin half ihm ins Etablissement. Ziemlich sicher *Down Town*. Aber er konnte sich nicht mehr daran erinnern, mit dem Klaustrophobielift nach oben gefahren zu sein.

Dann war er pleite gewesen. Wer hatte ihm eine halbe Flasche Rosé geopfert? Ein aufgeblasener quakender paarungsgeiler Frosch vom Rundfunk. Der Frosch hatte klare Ansichten darüber, die Leitung von P 2 nach Trondheim, Volda oder Brönnesund zu verlegen. Der Frosch hatte über Nordsat und das Kernkraftreferendum in Schweden gequakt.

Dann hatte er sich verpissen wollen. War schon ganz wacklig auf den Beinen. Wollte nur noch schnell die Eulen auf dem Tanzboden begutachten.

Und da – Gottes Tod! – war *sie*.

Thygesens Hände waren schweißnaß, und es gelang ihm nicht, sich eine neue Zigarette zu drehen. Er fand zwei hartgekochte Eier und einen Saft vom letzten Jahr im Kühlschrank und bekam sie herunter, ohne in Ohnmacht zu fallen.

Im Wohnzimmer entdeckte er, daß mit seiner Aussicht etwas nicht stimmte. Die Birke war weg! Es hatte eine ganz normale Birke mit Zebrarinde und Hängezweigen im Hof vor seinem Südfenster gestanden. An manch einem manisch depressiven Morgen war sie sein Trost und seine Freude gewesen. Am ersten Nationalfeiertag nach seiner Entlassung hatte er den ganzen Vormittag lang den grünen Baum angesehen, ehe er sich ins Gewimmel der Straßen wagte. Der Baum war natürlich hier im Viertel zwischen den Königsstraßen Karl Johan und Kristian Vier fehl am Platz. Gerade deshalb hatte er sie geliebt. Denn sie war eine Sie. Ein hoher, schlanker und schöner Baum. Der nie ein Wort sagte! Wenn er sein Fenster für den Juni geöffnet hatte, konnte er hören, wie sie mit ihren Blättern und ihren dünnen Kätzchenzweigen Blues sang. Wenn sie geil wurde und sich vermehren wollte – als ob sie die Chance hätte, befruchtet zu werden und den Asphalt mit Birkchen zu bepflanzen! –, hatte sie ihm einen Gruß in Form gelben Puders geschickt, der auf seine Fensterbank fiel.

Beim letztenmMal hatte sie ihre nackten Zweige in den hellroten Abendhimmel gereckt. Sie sah traurig aus. Um sie herum waren gelbe Kompressoren und Zementmischer aufgefahren. Eine grüne Säge mit Plastikabdeckung über dem Sägeblatt stand wie eine Drohung zu ihren Füßen.

Die Maschinen hatten ihr schon Rinde abgerissen. In Kniehöhe hatte sie eine gelbleuchtende Wunde. Er konnte, bildete er sich ein, den Saft riechen, der aus der Wunde rann. Er müßte unbedingt hinuntergehen und ihr einen Eimer umbinden, direkt unter der Wunde. Wenn er ihren Saft tränke, würde der ihm neues Leben geben.

Wie aus den meisten anderen Verrücktheiten wurde auch aus dieser nichts. Denn ihre Traurigkeit steckte ihn an. Er mußte sofort ausgehen und literweise anderen Saft trinken, der ihm nur neuen Tod gab.

Niemand in der Bar hatte ihn verstanden, als er über eine knospende Geliebte faselte. Sie wollten nichts über den violetten Schimmer ihrer Zweige hören oder darüber, daß sie viel mehr Kraft und Lebensberechtigung hätte als er. Sie rülpsten höflich und sahen weg, als er bewies, daß die Großstadt mit sicherer Präzision alle Hinterhofbirken ausrottet. Aber das macht nichts, denn wer ein Verhältnis mit seiner Birke hat, ist ein perverser Idiot, den man an die Wand stellen müßte! Und peng, peng!

«Ganz richtig», sagten sie. «Keine Aufregung. Wir sehen ja, daß du Schwierigkeiten mit deiner Alten hast.»

Ach, ihm war es schnurz, daß sie nicht hören wollten. Er wollte gar nicht gehört werden, er wollte nur seinen Verstand wegblasen.

«Sie erinnert mich an Françoise Sagan», sagte Thygesen. *‹Bonjour Tristesse›*.

Aber er war in Oslo, in Isegrimms Land, nicht in Paris. Niemand hatte von Françoise Sagan gehört. Doch, ein kahler Knabe mit Brillengläsern so groß wie Zinnteller hatte von ihr gehört.

«Sie hat ein paar unbedeutende Unterhaltungsromane geschrieben. Außerdem ist sie tot», sagte der Heini.

Thygesen *mußte* ihm wenigstens die Brille herunterschlagen. Da warfen sie ihn hinaus.

Jetzt war die Birke hingemäht. Hatte er nicht heute morgen die Motorsäge zwitschern hören? Aber er war nicht hinausgegangen, um gegen den Mord zu protestieren.

Der Mörder war Det Norske Teatret. Das Theater hatte schon einige Mietshäuser weiter südlich abgerissen. Jetzt war dort eine offene Fläche, groß wie ein Fußballplatz. Er konnte verstehen, daß sich ein norwegisches Theater in der Hauptstadt ausbreiten mußte. Aber warum brachte ein norwegisches Theater ein Birke um?

Er lehnte sich aus dem Fenster. Dort unten auf dem Hof lag sie. Ordentlich zerschnittten und aufgestapelt. So könnte er Seine Majestät zerschneiden und aufstapeln. Eine alte Methode, beliebt vor allem in London.

Besser noch wäre es, Seine Majestät auf den Bauplatz zu tragen, ihn zwischen die Armierungseisen zu stecken und mit Zement zu übergießen. Dann könnten die Bauarbeiter noch mehr Zement nachgießen. Eine Leiche als Grundstein. Das wäre doch passend theatralisch.

Noch besser: Er könnte sich 100 Liter Formalin oder reinen Alkohol kaufen. Spiritus. Damit würde er die Badewanne füllen. In die Wanne mit Seiner Majestät! Ob der schwimmen würde? Dann könnte man ihn mit Steinen beschweren.

Schließlich brauchte er dann nur noch ein Streichholz in die Wanne zu werfen, Ali zu warnen und sein Leben zu retten. Der Schnapsbrenner aus Trysil würde die Schuld zugesprochen bekommen und der Vermieter das Versicherungsgeld. Nein, der Typ aus Trysil war weg.

Die Nachrichten um halb eins kamen aus Alis Radio durch das offene Fenster. Thygesen schien eine Ewigkeit vergangen zu sein. Aber nun erklang die ruhige Radiostimme von Tor Axelsen und sagte, Schweden habe «Atomkraft? Ja bitte» gesagt. Überall in Büros, Häusern und Heimen saßen ordentliche Menschen und kauten ihre Mittagsbrote, aßen ihren Lunch und hörten dieselben Nachrichten wie Thygesen. Sie hatten ihre Probleme, über die sie murmelnd redeten, mit vollem Mund. Viele ließen sich gerade scheiden. Einige würden schon morgen früh sterben oder übermorgen; aus dem Bett aufstehen und umfallen.

Aber niemand hatte eine Leiche im Badezimmer und Aussichten auf 12 Jahre ohne Bewährung plus 5 Jahre Sicherheitsverwahrung.

Thygesen tröstete sich mit der Spritze. Er hielt sie gegen das Licht. Sie enthielt noch einige Kubikzentimeter magermilchweiße Flüssigkeit.

Wenn er die Spritze schüttelte, schwammen Körnchen in der Flüssigkeit herum. Das erinnerte ihn an ein Spielzeug, das er einmal gehabt hatte. Eine Glaskugel mit dem Eiffelturm, mit klarem Öl gefüllt. Wenn man die Kugel schüttelte, trieben Schneeflocken um den Eiffelturm. Die Franzosen hatten keine richtige Ähnlichkeit zustande gebracht. Der Schnee wirkte wie Kokosflocken. Aber wenn man die Kugel weit genug von sich abhielt, sah es gut aus.

In der Spritze Seiner Majestät war sicher Heroin oder Morphium.

Er hätte zur nächsten Telefonzelle gehen und die Polizei anrufen können. Mit etwas Schwein hätte er Blom oder Schjerven oder einen anderen von den Alten an der Strippe. Dann brauchte er nur zu sagen:

«Hei. Na?»

Blom könnte er gratulieren. «Nicht übel, daß Manglerud Star sich Heiden gesichert hat, oder?»

Damit hätte er Blom erwärmt. Schjerven könnte er nach dem Seppalarennen fragen, und Schjerven würde roh lachen und sagen, daß Greise wie er keine Hunderennen mehr führen.

Dann, nach gebührendem Geräuspere und Gehuste, mit leicht bekümmerter Stimme: «Ich brauch Hilfe von euch, Jungs. Nein, ich bin nicht pleite. Bin gestern abend versackt. War Ski laufen und bin durstig geworden. Also, hör zu. Ich bin im *Down Town* oder sonstwo gelandet. Hab 'ne Alte aufgerissen. Was? Doch, das alte Gerät funktioniert noch. Ich meine nicht, daß du herkommen sollst und übernehmen. Sie ist sowieso schon weg. Aber sie hat einen Arsch hier hinterlassen. Ihren Macker. Hat sich drangehängt, als ich mit ihr abziehen wollte. Nein, ich hab dem Burschen keins aufs Auge gegeben. Das hat er irgendwie selber gemacht. Mich klarer ausdrücken? Okay. Ich bin vor einer Viertelstunde wach geworden. Wohn jetzt im Zentrum. Adresse kannst du nachher aufschreiben. Ja, ich hab Arbeit. Freier Mitarbeiter in einem Reklamebüro. Nur Pißkram. Die Alte war also weg. Ich fühlte mich groggy und wollte duschen. Aber ihr Heini lag im Badezimmer. Mit der Spritze in der Faust. Nein, ich hatte ihn noch nie gesehen. Ob ich ... Nein, Mann, ich halte mich an den Becher. Weiß nicht, was er sich verpaßt hat. Auf jeden Fall Kraftfutter, der halbe Stoff steckt noch in der Fixe. Sieht aus wie Morphium. Aber du weißt, ich bin kein Experte. Ja, was? Idiotisch von dem Blödmann, sich ausgerechnet in meinem Badezimmer den goldenen Schuß zu setzen. Kristian IV. Gate. Gegenüber vom *Bristol*. Ich warte unten am Tor. Hab nichts angefaßt, außer der Spritze. Die lag im Klo. Fein. Ihr kommt also sofort. Nummer 10, 2. Stock, aber ich warte unten.»

So könnte ein Exbulle das mit seinen Freunden hintricksen. Schlicht und einfach. Ein bißchen Nervkram. Nicht der Rede wert. Die Stadt voll Fixer. Zwanzig Todesfälle – von denen wir wissen – pro Jahr. Einer mehr oder weniger ist nur eine Frage der Statistik. Vielleicht war der Typ sogar Dealer. Ein Scheißdäne. Ausländer. Hai.

Oh, süßer Traum!

Wie sollte er das Blut erklären?

Das Blut im Bett? Verdammt ... hatte sie nicht, spöttisch und genervt, irgendwas über Blut gesagt?

«Du, ich *will* nicht. Außerdem hab ich meine Tage.»

Thygesen lachte. Er lief um seine eigene Achse. Er hätte das Sifflaken küssen können. Wie öd und blöd das vor sich gegangen sein mußte: Seine Majestät hatte es für angebracht befunden, auszuflippen. Vielleicht einen Schuß gesetzt, und weg war er. War wach geworden und hatte Thygesen und die Madame im Clinch auf dem Sofa entdeckt. War verletzt und gekränkt gewesen und ins Bad gegangen, um sich einen supergeilen Vergessensschuß zu verpassen. Aber Thygesen hatte wegen des Zustandes der Dame den Akt nicht vollbringen dürfen. Die Leimflecken kamen wohl davon, daß er im Traum mit ihr weitergemacht hatte.

Und das Blut im Bett konnte natürlich, jetzt, wo er darüber nachdachte, nicht von Seiner Majestät stammen. Wenn er dem Knaben eine gescheuert hatte, dann doch nicht im Bett.

Trotzdem überkam ihn wieder die Angst. Nicht in Sprüngen. Sie kam aus den Ecken. Wie Tausendfüßler und Ohrenkneifer, Spinnen und Kakerlaken. Die Insekten hatten es nicht eilig. Sie krochen, langsam und mühselig, als blieben sie in einem klebrigen Stoff hängen.

Für diesen Stoff gab es nur einen Namen. Den einen alten Namen: Blut.

Das Badezimmer war mit rotbraunen Fliesen ausgelegt. Aus dem Abflußrohr des Waschbeckens sickerte immer etwas Wasser. Das Wasser bildete auf den Fliesen einen Teich, dort trocknete es oder wurde so viel, daß es den Weg ins Abflußloch fand.

Aber der Teich neben dem Kopf des Mannes war nicht aus Wasser.

Thygesen war darüber weggestiegen. Er hatte ihn nicht sehen wollen.

Wütend – als hätte man ihn beschuldigt, im Warenhaus Damenunterhosen zu mopsen – riß er die Badezimmertür auf und kniete sich neben den Toten. Mit raschem Griff riß er den steifen Körper los und drehte ihn auf die Seite. Der Körper wollte nicht so liegen und sackte mit einem gräßlichen Seufzer zurück. Thygesen drehte ihn abermals um.

Es war schlimm. Es war viel schlimmer, als er sich hätte vorstellen können.

In der Wange und der einen Schläfe hatte der Mann viele kleine viereckige Hackwunden. Irgendwer hatte voll Wucht mit einem Hämmerchen auf ihn eingeschlagen. Diese Schläge waren kaum tödlich gewesen.

Der Schlag, der den Mann getötet hatte, hatte das Auge getroffen und war tief eingedrungen. Entsetzlich tief.

3

Ruhig! Ganz ruhig, du Suffkopp! *Du* hast ihn nicht umgebracht. Du hackst niemandem ein Auge aus.

Du bist einmal Detektiv gewesen. Sei jetzt Detektiv! Tu so, als wärst du im Dienst. Man hat eine Leiche gefunden. Du bist hergekommen, um sie anzusehen. Handelt es sich um ein Verbrechen? Zweifellos. Um so mehr Grund zur Ruhe. Jetzt mußt du Ville Thygesen sein, Oslos Antwort auf Columbo. Denk daran, daß Schjerven unten steht und das Publikum weghält, daß Harry Schreiner im Präsidium sitzt und deinen Bericht erwartet. Reine Routinesache. Ein toter Fixer.

Norwegen ist ein Land, wo die Leute sich dauernd sagen: «Nimm dich zusammen!» Dann nehmen die Menschen sich zusammen, bis sie Krämpfe kriegen, bis der Sargdeckel zugeknallt wird und der Priester psalmodiert. Was sagt der Priester? Er sagt: «Dieser unser Verschiedener hat sich wirklich zusammengenommen. Wie sehr er auch leiden mußte. Solche Burschen will das alte Norwegen.»

Du hast dieses Gefasel von Sich-Zusammennehmen widerlich gefunden. Alle haben mitgeplärrt: Psychiater und Gefängnispastor, Sozialarbeiter, ‹alte Freunde›, junge antinazistische Politiküsse mit jugendbewegtem Blick und roter Seele, die dich ‹stützen› wollten. Man hat dir sogar einen *prison visitor* aufschwatzen wollen, der die Taschen voller Schokolade hatte. Den hast du hinausgeworfen, ehe er sich auf dich stürzen und das ‹Nimm-dich-zusammen›-Evangelium verkünden konnte.

Aber nun hast du guten Grund, dich zu diesem Evangelium zu bekehren. Denn du willst nicht in die langen Flure dieses Betonbunkers zurück! Sie können dich in eine Zelle schieben. Es ist möglich, in einer Zelle zu sein, ohne verrückter zu werden als normal. Aber die langen weißen Flure, in denen die Schritte so hohl klingen, die erträgst du nicht. Wenn sie wenigstens in die Hölle geführt hätten, diese Flure. Aber sie führen nirgendwohin. Der Wärter führt dich hindurch. Du hörst deine Holzschuhschritte, klack-klack. Die Architekten haben für prima Akustik gesorgt. Du hörst das Echo deiner eigenen Schritte. Und du weißt, daß du nie hier gegangen bist. Es ist nur das Echo, du selber existierst nicht. Du kannst den Wärter wahrnehmen. Aber er kann dich nicht wahrnehmen, denn du bist nicht hier. Er blickt geradeaus; er wagt nicht, zur Seite zu blicken, dahin, wo du gehen solltest. Der Wärter ahnt, daß er da nur ein Loch in der Luft sehen würde. Einen Schatten um ein Loch in der Luft.

Was hat dich die ganze Zeit hoch gehalten? Zwei Gedanken: Erstens, daß du nicht mehr *da* bist. Zweitens, daß du da nie hinkommen wirst, nie mehr.

Das war deine Krücke auf dem Pfad des Lebens. Wenn diese Krücke zerbricht, bist du fertig.

Deshalb: Untersuch diesen Mann, der so keck beschlossen hat, in deiner Bude zu sterben. Dieser aufdringliche Kerl! Dreh seine Taschen um und finde heraus, was das für ein Badegast ist.

Thygesen erhob sich und packte den Waschbeckenrand.

Er machte eine erste Beschreibung der Leiche, das war leicht:

Geschlecht: männlich.

Alter: 30 bis 35.

Größe: ca. 175 cm.

Körperbau: kräftig.

Haarfarbe: dunkel.

Augenfarbe: – Zum Teufel! Du kleiner, fetter, geschniegelter Teufel, bleib doch hier liegen, bis dich die Ratten holen kommen.

Nimm dich zusammen, Thygesen. Du siehst vor dir einen Mann, der ziemlich elegant gewesen sein muß, solange er aufrecht ging und lebte. Einen Hahn im Korb. Das Gesicht oval und wohlgeformt. Nur im Moment sieht es nicht so gut aus. Aber das dauert nicht lange, denn bald wird es im Krematorium zu Asche. Der Anzug ist maßgeschneidert. Im Schaufenster von Mehren in der Rosenkrantzgate steht der gleiche. Gestreifter englischer Tweed in der Zweitausend-Kronen-Klasse. Passendes Hemd. Sicher ein Van Heusen. Der Schlips ist etwas zu farbenprächtig. Das beweist, daß du nicht als feiner Pinkel geboren, sondern zu Geld gekommen bist. Schnell vielleicht und auf die falsche Weise. Komische kleine Füße hast du. Die passen irgendwie nicht zu den klobigen Stiefeln, die du auf dem Flur hinterlassen hast. Warum du es vorgezogen hast, auf lila Socken durchs Leben zu gehen, ist dein Bier. Du und deine Sachen gehen Thygesen nichts an. Thygesen will nur herausfinden, was du für einer bist.

Da mußt du auf den Rücken gedreht werden. So, ja. Und lieg jetzt still.

Manschettenknöpfe aus Onyx. Wie konntest du dir so etwas Geschmackloses anhängen? Nun, das ist nicht Thygesens Business.

Aber was für eine Uhr! Ja, das ist ein anderes Lied. Rolex, Mann. Mit Stahlgehäuse. Eine Uhr, wie Kapitäne sie benutzen und Flieger, Taucher, Playboys. Vielleicht bist du ein Yankee, der hergekommen ist, um auf dem Flugplatz von Rygge die F 16 probezufliegen? Oder ein Taucher aus der Nordsee? In der Nordsee macht ihr gutes Geld. Auf den Bohrinseln wimmelt's von Stoff. Ist Kokain in dem Schuß, den du nie gesetzt hast?

Jetzt wollen wir hoffen, daß du nicht deine Brieftasche bei Mama zu Hause gelassen hast, ehe du ins Restaurant gegangen bist. Nein, hier ist sie, in der linken Jackentasche, über deinem stillen Herzen. Krokodilleder, offenbar nicht imitiert. Fett und fein.

Himmel, mit wieviel Kohle du zur Hölle gefahren bist! Hier ist ein Bündel mit frischen Tausendern. Aber mit der Knete warten wir noch.

Grüner Führerschein. Dann bist du also Norweger. Wenn der Führerschein echt ist. Das Konterfei auf der letzten Seite ist jedenfalls deins, obwohl du versucht hast, dich mit einem Bart zu tarnen und mit viel längeren Haaren als denen, mit denen du zu den Engeln gewandelt bist. «Polizei Oslo» steht violett in die obere Ecke des Fotos gestempelt. Dann sind wir ja ein Kind dieser Stadt. Wir kommen aus der *Stadt mit dem großen Herzen*. Jetzt hat sie dich losgelassen, aber mich hält die Stadt fest.

Deine Unterschrift ist kindlich und nicht leicht zu lesen. Die Anfangsbuchstaben sind H und M, wie angenommen. Vollständiger Name? Auf der ersten Seite.

Hermann Mossige.

Jawohl, und leb wohl, Hermann Mossige. Geboren: 14.6. 1947, Geburtsort: Sarpsborg.

33 Jährchen bist du nur geworden. Aber nicht alle Sarpsborger können sich zu ihren Lebzeiten eine Rolex anschaffen. Also hat dir das Leben doch etwas gebracht. Ist das Urteil ungerecht? Hattest du im Diesseitigen höhere Ziele als eine Rolex? Bist du vielleicht Hilfslehrer am Philosophischen Institut der Uni? Ein ehemaliger Hilfslehrer mit korrekter Weltanschauung? Aber da oben gibt es doch nur Marxisten? Man kann über dich sagen, was man will, denn du kannst nicht antworten – trotzdem siehst du nicht aus wie ein Marxist.

Dein Führerschein läuft am 20. September 1987 ab. Er gilt für «Wagen mit Totalgewicht unter 7500 kg und bis zu 8 Passagieren», wie es hier in der wunderlichen Schreibweise der Bürokraten steht. Auf Motorrad Klasse 3 hättest du auch noch 7 Jahre herumtoben dürfen. Klasse 3 sind die schweren Maschinen. Warst du ein Prinz Kawasaki, der rastlos hinter kleinen Mädchen herjagte?

Gib deinen Beruf an, Hermännchen! Laß uns einen Beruf aus deiner Brieftasche schütteln.

Hups! Hier ist eine Scheckkarte von der Kreditkasse. «(Nicht als Ausweis verwendbar)» steht darauf. Gut, daß du Petrus oder dem unten im Keller den Führerschein zeigen kannst.

Mehr hast du offenbar nicht in der Brieftasche. Doch, hier ist ein Rückflugticket von der SAS, Oslo-Kopenhagen-Oslo. Es ist gebraucht, und zwar vor einer Woche. Interessant. Was wolltest du in Kopenhagen, Hermann? Nur eine Weekend-Tour, zu Suff und Massage?

Wer reist, hat einen Paß, nicht wahr? In der rechten Jackentasche, was?

Hier ist er, ein roter norwegischer Paß mit wachsamem Löwen. Beruf: Verkäufer.

Das war ja nun nicht so spannend, Hermann. Aber was ist das für ein verdammter Blödsinn? Hast du einem Verkäufer den Paß geklaut? Denn hier steht der Name Gustav Thesen. Fast wie Thygesen. Gut, daß da nicht «Thygesen» steht, dann wäre das Chaos perfekt! Thesen soll «blond» als Haarfarbe haben. Wie sieht er auf dem Bild aus?

Auf dem Foto ist Gustav Thesen sonnenverbrannt und blond. Er lächelt in die Kamera. Komisch, daß das Paßamt sich von deiner Perücke bluffen ließ, Hermann. Aber dieser Paß hat das Paßamt wohl nie von innen gesehen?

Oder ist dein Führerschein gefälscht? So ein falscher Führerschein, wie man ihn in Drammen für ein halbes Schwein bekommt? Nehmen wir an, der Paß ist falsch. Denn offenbar hast du jetzt dein echtes schnupftabakbraunes Haar auf.

Wo bist du gewesen, Hermann! In *España*, steht hier gestempelt, Palma de Mallorca. Da warst du vor sechs Jahren. Das vergessen wir.

Aber dies hier ist wichtig: Schiphol. Dreimal Schiphol. Flugplatz Amsterdam. Alle 1979. Du wolltest sicher zur Tulpenblüte. Aber bist du dann zu Fuß nach Hause gegangen? Nein, du bist über die deutsche Grenze gereist. Cleverer Weg. Du hast den Nordwestexpress von Rotterdam genommen, tippen wir. Der Zoll am Grenzübergang bei Osnabrück kann ungemütlich sein. Du hast es geschafft. Stempel aus Hamburg. Bist heimgeflogen. Mit Nerven auf Hochtouren bist du durch die Zollkontrolle auf Fornebu gegangen. Vielleicht hattest du einen guten Vorwand für die Hollandfahrten? Du siehst mir aus wie ein Blumenverkäufer. Gutes Schlupfloch. Die meisten Kuriere fliegen wie die Blindfische, ohne richtige Tarnung. Du nicht. Du bist mit dem Koffer voller Blumenzwiebeln und farbenfrohen Broschüren auf Fornebu gelandet.

Okay, ich rate nur. Genausogut kannst du als Profi zusammen mit Kevin Keegan für den HSV gespielt haben. Aber placiert bist du. Oder ist es *zu* leicht, dich als Kurier auszugucken? Nein, das Einfachste ist oft richtig. Der erste Verdacht trifft oft zu. Das hat mit der detektivischen Intuition zu tun.

Nun ist die Hinterlassenschaft zu sichten. Die Erben müßten hier sein. Gut, daß sie dich nicht so sehen müssen, Hermann.

6000. 800. Das müßte für Thygesens Frühstück reichen. Er braucht auch die Uhr. Wie hat er seine eigene kaputtgekloppt? Vielleicht war es die reine Heldentat, der Versuch, dich davor zu retten, in den Kopf gehackt zu werden? Aber die Rolex darfst du behalten. Hier wird keine Leichenfledderei betrieben.

Genug! Nun war es mehr als genug für Vilhelm Thygesen.

Während die Übelkeit wie gewohnt rotierte, taumelte er ins Badezimmer, ließ die Tür offenstehen, öffnete beide Fenster und hängte sich zum Luftschnappen aus dem Westfenster. Er bekam nicht genug. Er mußte hinaus.

Über das verschwitzte T-Shirt zog er den Isländer, den er als Kopfkissen benutzt hatte. Die Lederjacke hing im Kleiderschrank. Aber er konnte nicht in der blutbefleckten Hose gehen. Mußte die Anzughose nehmen. Wenn er einen Gürtel nahm und den Reißverschluß halb offen ließ, konnte er die Anzughose anziehen und atmen. Der Pullover würde den Schlitz verdecken.

Mossiges Brieftasche lag im Badezimmerbecken. Thygesen nahm die 6800 Kronen und stopfte sie in seine eigene Hosentasche. Brieftasche, Paß, Scheckkarte und Führerschein des Toten legte er in eine Plastiktüte.

Den Luftabzug im Bad verstopfte er mit alten Zeitungen. Er überprüfte, ob die Fensterhaken der beiden offenen Wohnzimmerfenster festsaßen. Die Kochplatte war ausgeschaltet. Die Schlüssel hatte er in der Seitentasche. Er war bereit.

Hier hatte er gewohnt. Es war keine Protzwohnung. Ein Wohnzimmer mit nackten braunen Wänden und einem fleckigen, abgenützten Teppichboden. An der Decke hing die Farbe in Fetzen um die obligatorischen Gips-Sahnetorten, die es in allen Osloer Wohnungen aus dem letzten Jahrhundert als Befestigung für Leuchter oder Petroleumlampen gibt.

Ein Sofa. Ein abgedankter Schwarzweiß-Fernseher. Ein Radiowrack. Ein holzweißes, leuchtendes Buchhändlerregal mit ein paar Dutzend gelesenen und ungelesenen Büchern. Der Arbeitstisch, auf dem die Facit stand und ihn mit ihrer ganzen Tastatur hämisch angrinste.

Der Flur mit der staubstinkenden Kokosmatte und der einsamen Glühbirne ohne Schirm. Die Küche hatte er orangefarben zu malen versucht. Hatte nach einer Schicht keinen Bock mehr gehabt. Die alte kackgrüne Farbe schien boshaft hier und da durch. Das schmutzige Geschirr ließ sich auf die jüngere Steinzeit datieren.

Kotz. Aber es war ein Versteck gewesen.

Jetzt überließ er es Jung-Mossige. Wohl bekomm's!

Nein, natürlich würde er zurückkommen, wenn alles aufgeklärt und die Sache vorbei war. Wo sollte er denn sonst auch hin?

Thygesen zog seine Stiefel an. Er suchte nach seinen Handschuhen, fand sie aber nicht. Die Plastiktüte mit den Papieren faltete er zusammen und steckte sie in die Hose, unter den Gürtel.

Die Tür fiel hinter ihm ins Schloß. Er stand im Treppenhaus. Nun mußte er hinuntergehen. Achtung, fertig, los!

Unten im Hof blieb er stehen. Die Sonne stand noch über den Dächern und warf ein versöhnliches Licht über die Mauern im dritten Stock. Über dem Straßenlärm konnte er hören, wie Ali den Mittag genoß. Ali war in Ordnung. Alis Freunde waren ruhige Typen. Wenn alle Pakistaner so waren, konnten sie gerne den Betrieb von ganz Oslo Zentrum übernehmen. Wäre dann ruhiger, entspannter, mehr Platz für den Philosophen Tron Øgrim, um auf dem Bürgersteig Science-fiction zu lesen. Thygesen war einmal auf ihn gestoßen und hatte die Ecke eines Isaac-Asimov-Romans ins Auge bekommen. Dann tranken sie zusammen ein Bier und waren sich einig, daß Ali und die anderen eine Moschee verdienten. Thygesen hätte in der Akersgate lieber ein Minarett mit Muezzin gehabt als die schrecklichen Glocken der Dreifaltigkeitskirche, die ihm jeden Sonntagmorgen Alpträume vom Jüngsten Gericht bescherten.

Oben hinter der Mauer saß Ali, sein Freund, einer der wenigen. Seine eigene Etage lag im Schatten. Das offene Westfenster zeigte auf ihn.

Aber kein Aas kann sehen, daß da oben ein Mord begangen worden ist. Du mußt jetzt weg und herausfinden, wer ihn begangen hat. Keiner bei der Polizei wird dir glauben, wenn du deine Unschuld erklärst. Deshalb mußt du den Schuldigen finden und ihn zum Geständnis zwingen. Ihn? Sie.

Thygesen ging zum Tor hinaus und bog links in die Kristian IV. Gate ein. Er fühlte sich leer und leicht und nicht sonderlich ängstlich. Die Straße war erfüllt von demselben beruhigenden Nachmittagslicht, das Alis Mauer so golden und schön gemacht hatte. Der Verkehr war normal. Ein paar ältere Damen machten einen Bogen um Thygesen, ohne daß er es bemerkte. Er ging auf den Schloßpark zu.

4

Ein Greif ist ein Fabeltier mit Löwenkörper, Adlerschwingen und Adlerhaupt. Auf dem Dach der Nationalgalerie stehen vier Greife in natürlicher Größe, wenn man bei Fabeltieren von «natürlicher Größe» reden kann. Sie blicken auf Oslo hinunter. Die Adlerhäupter sind wachsam, aggressiv. Die Löwenkörper spannen die Muskeln, sprungbereit. Die Greife wachen seit über hundert Jahren über die Stadt. Aber all ihre Wachsamkeit hat nicht geholfen. Sie wurden allen Schurken zur Warnung auf dieses Dach gesetzt: Gnade dem, der die Schätze raubt, über die wir wachen! Möge der Herr sich seiner erbarmen. Wie das Tier in der Offenbarung werden wir über ihn herfallen und ihn zerreißen.

So symbolisierten die Greife außerdem die bestehende Ordnung. Aber die bestehende Ordnung löst sich langsam auf und wird im

Chaos enden. Die Greife selbst sind der Beweis dafür. Die Nemesis, die durch unser Leben schreitet, ist hart mit ihnen umgesprungen. Die vier Tiere, die halb Löwe, halb Adler sind, bergen ein düsteres Geheimnis.

Sie sind aus Plastik.

Dieses Material war selbstverständlich 1871 unbekannt, als die Christiania Sparebank Geld für die Einrichtung eines Skulpturenmuseums bewilligte. Der Bildhauer Sören Lexow Hansen modellierte die Greife nach italienischen Vorbildern. Sie wurden in Drammen gegossen. Damit sie auf ewig dort stehen könnten, nahm man nicht Eisen oder Bronze, die von Rost und Patina weggezehrt werden können. Man goß sie aus Zink.

1881 war das Skulpturenmuseum fertig. Es bildet den Mittelteil des Gebäudes, das heute die Nationalgalerie ist. Die Spenden der Bürgerschaft füllten das Museum mit Abgüssen der klassischen Skulpturen aus Hellas und Rom. Hier war Platz für den Diskuswerfer und die Venus von Milo. Damit die Herren auf ihren Sonntagsspaziergängen im Museum etwas zu sehen hätten, kaufte man auch barbusige moderne Kunst.

Die Zinkgreife kamen mit der Eisenbahn aus Drammen. Jeder wog eine halbe Tonne. Mit Flaschenzügen und starken Tauen wurden sie aufs Dach gehievt. Das war eine üble Arbeit. Als sie fertig waren, warfen die Arbeiter einen Blick auf die Häßlichkeit, die sie da angebracht hatten, schüttelten sich und gingen im *Casino* ein Bier trinken.

Da standen sie nun, die Greife. Zuerst waren sie eine Attraktion. Dann wurden sie vergessen. Regen kam, Schnee legte sich auf die ausgebreiteten Fittiche. Eiszapfen hingen von den Adlerschnäbeln.

Unten in den Straßen wandelten Menschen und lebendige Tiere. Pferde zogen Straßenbahnen. Aber der ganze Pferdemist konnte den Greifen auf ihrem Dach natürlich nicht schaden. Ein Krieg kam, ein Frieden ging, ein neuer Krieg kam. Die Greife standen unverletzbar, wachsam. Sie standen seit fast hundert Jahren.

Da ging der Wächter der Nationalgalerie aufs Dach um eine undichte Dachluke zu überprüfen. Er kam bleich und erschrocken wieder nach unten. Zu einem ungläubigen Direktor sagte er: «Die Viecher da auf dem Dach sind am Verschwinden!»

Die Greife waren selber zerrissen. Es war nicht durch einen grausamen Vernichtungsschlag geschehen, sondern durch einen kurzen Vergiftungsprozeß. Kein Höllenschwefel hatte sie weggezehrt. sondern Himmelsschwefel. Die schleichende Vergiftung Oslos, die in den sechzig Jahren ernsthaft begonnen hatte, hatte vier der treuesten Wächter der Stadt auf dem Gewissen. Nun war der Zink so löchrig und porös, daß die Greife jederzeit vom Dach fallen und Volvos und Opel auf dem Parkplatz Tullinlökka zerschmettern könnten.

Vier Ersatzgreife wurden gegossen. Diesmal setzte man auf glasfiberverkleideten Plastikbeton. Aus unerfindlichem Grund wählte man eine Farbe, die an Zitronenpudding oder Rentierflechte erinnert.

Aber sie sind noch da und werden die Einwohner der Stadt sicher um 1000 Jahre überleben. Denn die meisten Osloer sind nicht aus glasfiberverkleidetem Plastikbeton und vertragen weder Schwefel noch Auspuffgase oder Blei.

Thygesen ging auf dem staubigen Bürgersteig in der Kristian IV. Gate. Er wandte sich um und sah auf die große Uhr bei Hjemmets. Halb drei. Die Sonne begann hinter den Nebel am Westhimmel zu kriechen. Er blieb an der Kreuzung Universitätsgate stehen, suchte in seinen Taschen nach einer Kippe, während er auf Grün wartete, fand eine und zündete sie mit L.L.s Goldfeuerzeug an.

Im Fenster von Henry Olsens Pelzhandlung sah er vier Schaufensterpuppen in Saganerz und sein eigenes Spiegelbild. *Haggard*, dachte er. Es gibt ein gutes englisches Wort dafür. Dafür, wie du heute aussiehst. *Haggard*. Gibt kein norwegisches Wort, das dasselbe ausdrückt. Hier stehst du. Schäbig angezogen, mit abgewetzter Lederjacke und lange nicht gewaschenem Isländer, schiefgelaufenen Stiefeln. Du gehst ein bißchen gebückt, und hast beim Gehen oft Probleme mit dem Gleichgewicht. Deine Schritte sind schleppend und unpräzise. Trotzdem würde dich niemand für einen Alkoholiker halten. Denn dein Blick ist noch immer fest. Knastbruder? Nein, *der* Typ bist du nicht. Deinen kurzen Ullersmo-Haarschnitt hast du aus purer Eitelkeit behalten. Deine Haare wurden grau, während du gesessen hast. Die grauen Nackenlocken fandest du ekelhaft. Auch deine Bartstoppeln haben nun die Pfeffer-und-Salz-Farbe, die junge Mädchen angeblich so geil finden, aber du findest sie widerlich, weil sie das nahende Alter anzeigen. Glücklicherweise bist du braun. Als du herausgekommen bist, war *das* dein einziges Problem, die teigblasse Haut loszuwerden. Das ist jetzt anderthalb Jahre her. Oktober 1978. Danach lagst du 14 Tage im Solarium vom Töyenbad, und es war dir schnurz, daß deine Haut voller Blasen war. Jetzt hast du im Wald deine Bräune beibehalten. Ja, du bist im Wald gewesen, und das war deine einzige Freude. Im Knast haben sie dir zwei Backenzähne herausgerupft. Sie haben deine Visage ein bißchen gestrafft. Die Backenknochen sind markanter, deine flotte Römernase ist ein blöder Schnabel geworden. Man kann dir ansehen, daß du ohne Liebe lebst und daß du bei Gelegenheit Leute umbringst.

Hinter dem Spiegelbild stand eine der Puppen in Nerz und betrachtete ihn kritisch.

Baden Sie mich, schrubben Sie mich und hängen Sie mir einen Trenchcoat über – dann kriegen Sie einen echten Leoparden, gute Frau.

Scheiße!

Thygesen spuckte die Kippe aus, hustete, zog den Reißverschluß der Jacke hoch und überquerte die Straße zwischen zwei Autos, die am Zebrastreifen parkten. Da Oslo *seine* Stadt war, war ihm das Schicksal der Greife auf der Nationalgalerie vertraut. Zu Elin hatte er gesagt: «Man sollte diese Horrorviecher vom Dach holen und auf der Straße aufstellen, dann würden die Leute vor Schreck in die Hose machen.» Und Elin hatte gelacht, wie immer, wenn er etwas sagte, was man mit etwas gutem Willen für komisch halten konnte. Ja, sie freute sich, wenn er überhaupt etwas sagte. Denn Ullersmo hatte ihm sehr viele Wörter gestohlen.

Statt dessen hatte man auf der Straße einen harmlosen schnüffelnden Seelöwen aus Granit aufgestellt. Thygesen ging langsam an dem Seelöwen vorbei und las zum hundertstenmal die Inschrift an der dunkelroten Mauer der Galerie: KUNST IST EINE LEBENSART! Fleißige Hausmeisterhände mit Besen und Säure-Wasser hatten versucht, diese Bemalung zu entfernen, statt dessen aber eine ewige Spur in den Stein geätzt. Thygesen wußte diese Hieroglyphen zu schätzen. Sie waren sicher im irren Frühling 68 dort angebracht worden, als alles sich auflöste und die Welt grün vor den jugendlichen Millionen lag, und er auf die 3. Abteilung und das Steuerrecht scheißen und nach Paris wollte, statt dessen aber mit einer Tussi auf einer Radtour durch die Bretagne endete. Nach dem Frühling 68 kam der August, und die Welt starb ein bißchen. Er hatte Elin die Inschrift gezeigt. Sie behauptete sofort, sie zusammen mit Leuten von der Kunst- und Gewerbeschule gemacht zu haben. Aber Elin war nicht mehr nüchtern, und danach saßen sie in der *Grillstova* und wollten alkoholfrei speisen. Da fing sie an, ihre Wimperntusche zu verreiben und zu heulen, und sagte, sie hätte ihn nicht anlügen wollen. Denn sie hatte niemals irgend etwas an die Nationalgalerie geschrieben. Und sie kaute und kaute auf ihrem T-bone-Steak, während schwarze Tränen liefen und Thygesen langsam aber sicher genervt war. So war es mit ihnen gewesen.

Aber jetzt vermißte er sie. Es wäre schön, Arm in Arm mit ihr auf *Huset* zuzugehen und ihr von De Soto zu erzählen.

De Soto hatte seinen Spitznamen von dem Autotyp, den er in den fünfziger Jahren am liebsten gestohlen hatte. Er saß wegen Safeknacken und Juwelenraub und gehörte zu den mehr Respektierten der Menagerie. Zu Thygesen hatte er Zutrauen gefaßt und ihm einen Plan anvertraut, ja versucht, ihn zum Mitverschwörer zu gewinnen. Es war ein Plan, der die Greife dazu gebracht hätte, ihre Plastikmuskeln aufs äußerste anzuspannen, hätten sie ihn gekannt.

Thygesen hörte die Nachricht im Radio. Kühner Coup. Ein Rembrandt-Porträt aus der Nationalgalerie gestohlen. Er drückte De Soto Däumchen und hoffte tief und innig, daß der Schelm es schaffen würde, das Bild zu dem verrückten Kunstsammler in Salzburg zu bringen, seine halbe Million einzusacken und an die Riviera zu fahren.

Der Plan war einfach und elegant. Es war beinah ein Witz, ein zu weit gegangener Ulk. De Soto schraubte eins der teuersten Bilder der Welt von der norwegischen Galeriewand, steckte es unter den Parka und ging auf Zehenspitzen hinaus. Thygesen konnte De Soto vor sich sehen, wie er auf der Straße stand, nach Luft schnappte und nicht glauben konnte, daß er wirklich einen Rembrandt auf dem Bauch hatte.

Das müßte *jetzt* sein. Und er, Thygesen, käme langsam mit dem Mietwagen in die Kristian Augusts Gate gefahren und holte De Soto vor dem Buchladen Tronsmo ab, wie vereinbart. De Soto würde ein diskretes ‹Ja zur EG›-Zeichen machen, die Tür aufreißen, sich hineinfallen lassen und sagen: «Verdammt, wir haben ihn!»

Dann brauchten sie nur nach Gardermoen zu pesen, während De Soto das Bild aus dem Rahmen schnitte und Rembrandt mit liebevollen Händen in einen aufgetrennten Badeball legte, den er dann mit Vulkanisiermittel wieder zuklebte. Mit dem Ball im Koffer würden sie dann mit Saga Sonnenreisen auf die Kanarischen Inseln fahren und dort mit den Ferientrotteln zwei Wochen lang baden.

Sie würden abwechselnd im Hotelzimmer beim Badeball Wache halten. Auf der Rückreise würden sie in Kastrup aussteigen und Swissair nach Zürich nehmen. Von dort würden sie dem Heini in Österreich ein Telegramm schicken, daß die Dachsjagd begonnen hätte oder irgendeinen anderen netten Blödsinn. Er würde sofort aus Salzburg herbeieilen, mit einem Diplomatenkoffer mit 100000 Dollar in kleinen Scheinen und einem stummen Experten. Der Experte würde Rembrandt mit der Lupe untersuchen.

In der Visage des Salzburgers würden sich Zweifel und Glauben abwechseln. Der Experte wäre nicht hundertprozentig sicher. Dann würde De Soto die norwegischen Zeitungsausschnitte vorlegen. Da sie nicht sicher wären, ob man in Las Palmas norwegische Zeitungen kaufen könnte, hätten sie per Telex von dort einen Zeitungsdienst beauftragt. Das wäre eine zweifelhafte Angelegenheit, die sie sehr bereuen würden.

Am Poste-restante-Schalter in Zürich wäre De Soto nervöser als in der Nationalgalerie. Aber dort läge ein dicker Umschlag, adressiert an *International Agency for the Protection of Fine Art*, c/o De Sotos falscher Name, und erwartete sie. Der Postbeamte würde sofort glauben, daß De Soto Hans Puff aus dem Schlaraffenland war, oder was sonst in seinem Ausweis stand. Die Interpol stünde nicht mit Gorillas hinter den Säulen und wartete auf ihn. Der Mann aus Salzburg ließe den Diplomatenkoffer den Besitzer wechseln. Thygesen würde Zehndollarnoten und Einzeldollars zählen, während De Soto den Kunstsammler mit einem Schluck Whisky unterhielte, und der Experte sähe sauer und nervös aus.

So hatten sie sich das im Gefängnishof ausgedacht, hinter den fünf Meter hohen Mauern.

Mehrere Sekunden lang stand Thygesen in seinen Traum versunken da. Er fuhr zusammen. Jemand pikte ihn in die Schulter.

«Hamse Feuer?» fragte ein verzerrtes Gesicht, seinem eigenen nicht unähnlich.

Thygesen gab dem Schnorrer Feuer.

«Geiles Feuerzeug», sagte der.

«Verpiß dich», sagte Thygesen.

Das war das erste, was er an diesem Montag zu einem lebenden Menschen sagte. Er spürte, wie der Schweiß in sauren Bächen unter seinen Armen zu fließen begann. Die Plastiktüte im Hosenbund war in das eine Hosenbein gerutscht. Mit den Händen in den Hosentaschen bugsierte er sie an ihren Platz zurück.

Nein, er trug keinen Rembrandt, sondern die Papiere eines Toten, die so wertlos waren wie der Mann selber. Einen Tod in äußerster Unschönheit hatte dieser Mossige erlitten. Und Thygesen selber, was hatte er zu erwarten? Keinen Tod in Schönheit in St. Tropez, zusammen mit 50000 Dollars, einem guten Freund und Dutzenden von Oben-Ohninnen. Oslo würde den Würgegriff ansetzen, mit tatkräftiger Unterstützung durch die Flasche. Der Kurs würde ins Krankenhaus, ins Altersheim und in ein Loch in der Erde führen. Gott sei Dank würde er keine Spur hinterlassen.

Er war nun im Schloßpark. An den Laternenpfählen hingen grüne Metallpapierkörbe. Er fummelte die Plastiktüte hervor. In einem Papierkorb lagen eine leere Disprilschachtel, eine dicke Sonntagszeitung und zusammengeknülltes Schokoladenpapier. Er versteckte die Tüte unter dem Abfall. Dann ging er 20 Meter und sah, daß viele Menschen über die vereisten Kieswege des Parks von dannen strebten. Er machte kehrt und grub die Tüte wieder aus. Der Schnee war hart gefroren. Am Wegrand war er nicht hoch genug, um ein Versteck hineinzutreten. Die Gärtnerei an der Böschung zum Wergelandsvei war eine Möglichkeit. Ein Pfad durch den Schnee ging bis zum Zaun der Gärtnerei, durch das Fliedergebüsch. Die Gärtner hatten eine Menge vertrocknete Blumen und Reisig an den Zaun geworfen. Die Blumen waren zyklamenrot.

Thygesen stellte sich vor den Zaun und tat, als schlüge er sein Wasser ab. Von hier aus konnte er die Menschen auf der Straße 30 bis 40 Meter entfernt sehen. Sie wandten schamhaft den Blick, um nicht des Interesses an seinem Piephahn bezichtigt zu werden. Mit der Stiefelspitze schob er die Plastiktüte unter den Drahtzaun. Der Gärtnerabfall bedeckte die Papiere des armen Hermann.

Das Sonnenlicht war nun so schwach, daß die Parkbäume keine Schatten warfen. Thygesen ging auf die Parkfreaks zu.

Seit Ende der sechziger Jahre war der Schloßpark ihm als Wahnsinnspark erschienen. Am einen Ende das Schloß, davor Gardisten, drinnen Lakaien und die Majestät. Ein Schloß aus Gold und Plüsch. Die Spitze der Sahnetorte! Bei seinem Tod würde der König auf einer Lafette von hier fortgefahren werden.

Die Fürsten aller Herren Länder würden im Leichenzug mitstapfen. Die Salutkanonen von Akershus würden dröhnen.

Am anderen Ende – nah genug, daß Olav sie sehen konnte, solange er am Leben war, und wenn er auf den Balkon ging – die Parkfreaks. Der Bodensatz. Wenn ein Mitglied dieser Gruppe von Hasch auf H umstieg und einsam erfror, würde das niemand bemerken außer denen, die die Drecksarbeit hatten, ihn oder sie dem Volk aus den Augen zu schaffen.

Der eisige Nordwind, der durch den Park pfiff, vertrieb sie nicht. Thygesen sah ihre Silhouetten im Gegenlicht. Heute waren sie ungefähr so zahlreich wie eine Schulklasse. Eine Klasse mit einfachem Lehrplan, in der selbst der lausigste Verlierer die Prüfung bestehen konnte; den Untergang.

Frische blaue und rote Jacken hatten sich unter die Freakbande gemischt. Es waren Westendjugendliche auf der Suche nach etwas Aufregung. Sie würden sich beizeiten abseilen. Zuerst würden die Lederjakken dran glauben müssen, dann die Windjacken.

Thygesen verlangsamte sein Tempo und schuffelte zwischen die Außenstehenden. Sofort biß einer an.

«Messer kaufen?»

Der Junge, der fragte, war eine Mischung aus Leder und Wind. Ein Palästinensertuch hing lose um seinen Hals und paßte nicht so recht zur Rennfahrerjacke. Im linken Ohr trug er einen feschen Messingring.

«Mal sehen?» fragte Thygesen und machte dem Jungen das Zeichen, daß sie sich zurückziehen sollten.

Der Junge machte ein paar unsichere Schritte auf dem gefrorenen Boden. Sein schielender Blick haftete fünf Meter hinter Thygesen. Das Messer hatte er im Stiefelschaft. Die Klinge fuhr mit scharfem Klicken heraus und zeigte auf Thygesen. Der Junge zeigte seine Zähne, gelbe Zähne.

«50 Eier», sagte er. «Deutsche Ware. Solingen.»

Thygesen wog das Messer in der Hand. Es war ein Springmesser aus Hongkong, von der Sorte, die vor dem Verbot die Gegend um Karl Johan überschwemmt hatte.

Er gab dem Jungen einen Hunderter.

«Kann nich wechseln», sagte er und zeigte den Rest seiner Zähne.

«Behalt den Zaster», sagte Thygesen. Er ging langsam über den Pfad zum Hügel, wo der Park jäh zur Kreuzung bei der Untergrundbahn abfällt. Dort stand eine Bank, auf die er sich setzte. Der Messerverkäufer kam ihm nicht nach. Die Bank war gichtkalt.

Nach fünf Minuten kam der Messerverkäufer und setzte sich. «Verkauf nich», sagte er. «Nur Messer.»

Thygesen sagte kein Sterbenswort.

«Die sagen, du wärst ein Bulle gewesen. Und hast gesessen? Tick ich nich.»

Thygesen zuckte die Schultern. Man wußte also, wer er war? Das überraschte ihn nicht. Er hatte die älteste Tussi in der Menge erkannt. Sie war schon lange im Umlauf.

Er legte zwei Hunderter auf die Bank zwischen sich und den Jungen.

«Kennst du Hermann?» fragte Thygesen.

«Was für'n Hermann?»

«Verkauft Speed. Krall dir die Kohle, zum Teufel, eh die Drossel das macht.»

Der Junge nahm die beiden Hunderter. Er schielte jetzt weniger.

«Du kriegst das Doppelte, wenn du mir sagst, wo Hermann steckt. Oder seine Alte.»

«Was für'n Hermann?» fragte der Junge.

«*Hermann*. Schnallst du das? Ein Fredi, der nach Kopenhagen fährt.»

«Keine Ahnung», sagte der Junge und zupfte an den Hundertern. «Nach Kopenhagen fahren viele.»

«Weg mit der Kohle!» kommandierte Thygesen.

«Versuch's auf Torget», sagte der Junge mit dünnerer Stimme. Das Geld legte er wieder auf die Bank. Er stand auf. Aber Thygesen war schneller. Er kehrte dem Messerverkäufer den Rücken und marschierte von dannen.

Das wirkte. Als er sich umdrehte, war die Bank leer und der Junge ging X-beinig zu den andern zurück.

«Wir sehn uns!» rief Thygesen.

Er machte einen langen Spaziergang durch den Park. In den Büschen zwitscherten Spatzen und Meisen. Über den kleinen Vögeln flogen ein paar Krähen, krächzten fies und warteten auf den richtigen Augenblick.

Mit dem Wind im Rücken steuerte er wieder auf die Bande zu. Einige von den starken Freaks waren dabei, einen Hut-und-Mantel-Mann anzupöbeln, der keine Kronen «für Kaffee» herausrücken wollte. Doch als Thygesen kam, teilte sich die Bande. Er spürte stumpfe Blicke, als er hindurchging, langsam, um sie richtig zu reizen.

Ziemlich ruhig ging er dann die Treppe zum Schloßgraben hinunter, wo das Frühlingswasser den Minusgraden zum Trotz im Sand sikkerte. Die Treppe zum Abelhaug war schlimmer, sie war eine glatte Rutschbahn. Er mußte sich auf dem hartgefrorenen Schnee mit schräggestellten Füßen hinaufarbeiten.

Auf dem Abelhaug setzte er sich auf ein trockenes Grasbüschel zu Füßen des Mathematikers. Eine Viertelstunde verstrich. Die Glitne-Uhr schleppte sich an der Drei vorbei.

Ein paar graubleiche Typen kamen mit je einem Bier, tranken das Bier und pißten an der Böschung.

Ein Macker kam. Er hatte ein lila Strickkäppchen auf dem Kopf. Unter dem Käppchen war langes helles Haar, vorne mit einem Mittelscheitel geteilt und hinten richtig schön geflochten. Seine Oberlippe war saubergeharkt, sein Kinn zierte ein Ziegenbart. Er sah sehr vergnügt aus, warf Thygesen einen schrägen Blick zu, ließ einen Furz und steckte eine türkische Pfeife an.

Das mußte der Falsche sein. So eine frischgemolkene Geiß hatte nicht zu Hermanns Kunden gehört. Garantiert.

Zwei Schulmädchen besuchten den Ziegenbock. Jede durfte an der Pfeife ziehen, kichern und noch einmal ziehen. Die Kleinere holte eine Packung Prince hervor. Sie hatte Pausbacken.

Thygesen nickte ihr zu: «Krieg ich eine, bitte?»

Der Ziegenbock wollte sich einmischen. Thygesen erhob sich und nahm die Prince, die die Prinzessin ihm hinhielt.

«Feuer?» fragte er den Geißbock.

Jetzt sah der Macker nicht mehr so frisch gemolken aus. Widerwillig fischte er Streichhölzer aus der Tasche seines Dufflecoats.

Thygesen schnappte die türkische Pfeife und zertrat den Pfeifenkopf mit dem Stiefelabsatz.

«Spinnst du?» piepte der Ziegenbock.

«Arschloch!» sagte Thygesen. «Verpiß dich!»

Die Mädchen lachten verwirrt. Die Gesellschaft verzog sich rasch vom Hügel.

Thygesen war das egal. Ob die beiden Kleinen nie in richtige Erde kommen würden, sondern kränkeln und verwelken, verrotten, mit Mohnstoff. Ob der Geißbock die Pfeife an den Nagel hängte, sich die Zöpfe abschnitt und Lehrer an der Volkshochschule würde. *Who could care less?*

Der Park könnte auch mit Panzern geräumt werden, ohne daß Thygesen sich gekränkt fühlen würde. Andererseits – wenn der König und sein Rat im Park Büdchen aufstellen ließen, in denen legales Hasch verkauft würde, Thygesen würde sie nicht anzünden.

Er schiß darauf. Von ihm aus könnten sie auch die ganze Bande von Hubschraubern aus mit Netzen fangen und zu einem Steinbruch auf den Lofoten fliegen. Oder die schlimmsten Tröpfe als Direktoren und Bevollmächtigte bei der Norwegischen Staatsbahn anstellen und den Rest zu Weichenstellern für den Flippexpress über Dovre ernennen.

Er hatte die Türkenpfeife wahrlich nicht aus moralischen Gründen zertreten. Moralische Gründe! Aber falls man ihn im Park noch nicht bemerkt hätte, wäre es jetzt soweit. «Jungs, da steht ein Irrer auf dem Hügel, und der hat Jespers Pfeife kaputtgemacht. Was will der bloß?»

Zum drittenmal passierte Thygesen die Bande. Jetzt machte er einen Bogen um sie und ging dann über den Platz vor dem Schloß. Am Haus der Garde blieb er stehen und wartete, bis er den Messerverkäufer den Schloßgraben heraufkommen sah. So beobachtet, ging Thygesen schnell nach Osten, direkt aufs Künstlerhaus zu.

5

Das Café im Künstlerhaus – *Huset, das Haus* unter Freunden – hat zwei klare Vorzüge. Zum einen ist es hell und luftig, die Decke ist hoch und die Aussicht auf den Park geradezu pariserisch. Zum anderen gibt es dort Roastbeefbrote und Remoulade getrennt. In den meisten anderen Cafés in Oslo wird die Remoulade zusammen mit labberiger Petersilie, einem toten Salatblatt und einem unreifen Tomatenstück auf dem Roastbeef garniert. Im *Huset* wird die Remoulade als Extraklecks serviert, frisch und fein.

Thygesen versagte sich die Remoulade. Er kaufte zwei Brote, Kaffee, einen halben Dubonnet und 20 Teddy.

Ein Prophet und zwei Künstler saßen in der Ecke bei der Tür und tranken Saft und Wasser. Thygesen stand mit ihnen auf Grußfuß. Der Prophet, der in den siebziger Jahren, ohne sich zu waschen, zurechtgekommen war und das mit großem Erfolg in den Achtzigern fortgesetzt hatte, zeigte mit einem langen gelben Finger ins *Dagbladet* und hielt den Künstlern einen längeren Vortrag über die Erbärmlichkeit der Kulturdebatte. Es ging um Jan Erik Vold, Stein Mehren und norwegische Lyrik. Thygesen hatte den Hahnenkampf verfolgt. Er las noch immer Zeitungen, aus alter Gewohnheit. Daß Mehren Vold für einen Trottel hielt und umgekehrt, hatte Thygesen nicht sonderlich aufgeregt. Aber der Prophet war entflammt. Er wollte, sollte ihn der Teufel doch holen, beiden Hähnen ihre falschen Federn ausrupfen. Öffentlich schlachten wollte er sie! Und zwar in einem ausführlichen Artikel im *Morgenbladet*. Der Artikel war fast fertig. Mußte nur noch den letzten Schliff kriegen. Das Honorar konnte er morgen abholen, spätestens übermorgen.

Die beiden Künstler sahen angesichts dieser strahlenden Zukunftsaussichten nur mäßig begeistert aus. Sie schielten ruhelos nach neuen Gästen, die Rotwein auf den Tisch bringen könnten.

Ja, auch das Haus hatte seine Bande, und sie war älter und mehr miteinander verwachsen als die lockere der Freaks im Park. Das Haus war eine Tränke für Equilibristen. Sie hatten gelernt, auf dem schmalen Grat zwischen Existenz und Nichtexistenz zu balancieren. Dort gingen sie sicher und würden nicht unter ein paar Sacklumpen in einem Container am Hafen krepieren. Sie würden bis weit ins Rentenalter durchhalten. Ihre Nasen würden länger und noch pflaumenfarbener werden, die Zähne würden ausfallen und die Leber auf Walnußgröße schrumpfen. Aber ihre Nieren würden weiter Rotwein und immer mehr Rotwein filtern. Überdosen nahmen sie nie. Sie hatten nicht vor, ihr Leben oder die Welt zu verändern.

Einen Zeitungsartikel oder so etwas kriegten sie gerade noch hin, wenn sie finanziell in der Klemme saßen. Aber sie lebten für die Kunst des Lebens.

Thygesen mochte die flüchtige, versoffene Stimmung im Haus. Hier wurde er nicht von Discomusik erschlagen oder wie im *Casino* von übler Luft niedergedrückt. Hier war es egal, daß sein Pullover verschimmelt roch, verschimmelte Pullover waren die Eintrittskarte hier.

Das einzige, was er zu befürchten hatte, war, daß Elin hereingetorkelt kommen könnte.

Um die Mitte des Dubonnet bekam er einen Gast am Tisch. Der Gast war ein ungerecht behandelter Romancier. Er redete und blies Thygesen den Geruch von Hefe und eingelegtem Hering ins Gesicht. Der Romancier war nämlich von der Verlagsmafia abgelehnt worden. Nicht, daß er sich für einen Dostojewski hielt – bewahre! Aber er fand wirklich, daß er es mit beispielsweise Sartre aufnehmen konnte. Er hatte vieles von Sartres früherer Philosophie verinnerlicht und hatte sie in Übereinstimmung mit den neuen Philosophen in Frankreich weiterentwickelt, gestützt auf Kierkegaard.

Thygesen meinte sich zu erinnern, daß der Romancier um die Mitte der siebziger Jahre als ungeheuer progressiv gegolten hatte.

Mit dieser Quasiradikalität hatte er ganz wunderbar abgerechnet! Er wollte wissen, ob Terjesen seinen letzten Artikel in der *Dyade* gelesen habe.

«Thygesen», sagte Thygesen.

«Okay, Thögersen», sagte der Romancier und ließ die Hefe- und Heringsmühle weitergehen. «Kannst du begreifen, warum ich immer ein *Genie* sein werde? Ich falle nicht vor jeder Modetorheit auf die Knie. Aber wenn ich zentrale Strömungen aus Europa vermittle ...»

Er wies aufgeregt über den Wergelandsvei in Richtung Europa.

«... dann verlange ich, daß man mich ernst nimmt!»

Thygesen nahm ihn sehr ernst und wartete geduldig darauf, daß er aufs Wesentliche käme. Das tat er.

«Wegen dieser skandalösen – ja, ich benutze diesen starken Ausdruck Absagen, bin ich in einer etwas unangenehmen pekuniären, äh, Situation.»

Er schmatzte. Seine Lippen waren füllig, aber schrecklich trocken.

«Ich habe mit Dozent Andersen von der Uni ganz prächtigen Hering gegessen.»

Thygesen nickte anerkennend.

«Du weißt, wie durstig man wird ... Einen Fünfziger, bis nächsten Samstag, oder bis nach Ostern?»

Thygesen legte 150 Kronen auf den Tisch.

«Der Schnapsladen in der St. Olavsgate. Eine kleine Dawson für mich. Ich muß hier auf meine Frau warten. Dawson Whisky. Eine kleine.»

Der Romancier verschwand mit gutem Tempo.

Thygesen saß im *Huset*, in einem gläsernen Cafékäfig. In einem Glashaus. Unvorstellbar, daß jemand hier versuchen könnte, mit Steinen zu werfen. Die Zeit war vorbei, in der man Pflastersteine herausgerissen und schildbewehrte Bullen damit beworfen hatte. Der Romancier operierte im Pakt mit der neuen Zeit.

Aber der alte Dubonnet wärmte. Er hatte gehofft, damit ein Bild von L. L. hervorzurufen. Ihr Gesicht? Undeutlich wie eine japanische Reislampe in einem verrauchten Zimmer. Es schwebte im Rauch. Er konnte es nicht fassen. Ihr Körper, er mußte doch ihren Körper gespürt haben? Keine Erinnerung. Etwas war mit den Haaren. Die Haare waren steif und zäh. Nicht vom Blut, verdammt, das war kein Blut. Spray, Haarspray. Das Haar war flach in die Stirn gekämmt und da festgesprüht. Die Augen? Hatten sie nicht weit auseinander gestanden?

Nein. Er holte einen Halben und fand auf einem Tisch ein verlassenes *Dagbladet*. Typen und Zeichen tanzten auf dem Papier vor ihm. Er machte eine rasche Wendung in den Keller und brachte einen brauchbaren Piß zustande.

Im Schritt juckte es heftig. Hätte sich Fungisept-Puder in der Apotheke kaufen sollen.

Sollte doch der Teufel in die Apotheke wetzen und ein Pilzmittel kaufen, wenn zu Hause ein Toter lag und verweste.

Eine braune Plastiktüte lag auf seinem Stuhl. Er steckte den Flachmann in die Jackentasche. Wäre am liebsten in den Keller gegangen und hätte ein Schnäpschen getrunken. Aber er wartete noch einen Halben lang.

Zehn vor fünf zeigte die Uhr über dem Eingang, als ein kräftiger Bursche in rot-schwarz karierter Alaskajacke hereinkam. Hinter einer großen Brille mit getöntem Glas blickte er sich um, entdeckte Thygesen und ging zur Theke, um sich einen Halben zu kaufen.

Thygesen zündete sich mit Händen, die wie Kolibriflügel zitterten, eine Zigarette an.

Alaskajacke setzte sich ohne weitere Zeremonien. Er hatte Schmollmund und Fu-Manchu-Bart, und seine Haut war noch nicht ganz pikkelfrei. Am Zeigefinger der linken Hand fehlte ihm ein Stück. Er blickte Thygesen voll an. Sein Blick durch die Sonnenbrille war wasserblau, aber nicht narkotot.

«Du hast nach Hermann gefragt?» fing er an.

«Stimmt.»

«Hermann Mossige?»

«Wer sonst?» fragte Thygesen und trank den letzten Rest aus seinem Glas.

Alaskajacke kratzte sich mit dem Fingerstumpf im Ohr.

«Willste von Hermann?»

Thygesen antwortete nicht. Er ging so sicher, wie es ihm möglich war, zur Theke und holte eine Tasse Kaffee.

«Weißt du, wer ich bin?» fragte Thygesen.

«Du bist bei dieser Nazisache in die Scheiße geraten. Drei Jahre oder so. Vorsätzlich?»

«Vorsätzlicher Mord.»

«An einem alten blöden Nazi mit' ner Hundefarm?»

«Yes, Sir.»

«Aber die Ärsche haben dich begnadigt.»

Thygesen trank einen Schluck bitteren Kaffee. Er nahm ein Zuckerstück mit der Zange, rührte damit um und nahm das Zuckerstück zwischen die Zähne. «Weißt du, was ich jetzt mache? Hast dich übrigens nicht vorgestellt. Weiß gern, mit wem ich's zu tun hab.»

«Siggen», sagte Alaskajacke. «Und mich geht's nix an, was du jetzt machst.»

«Keiner von den Wichsern im Park konnte dir das sagen?»

«Privatspitzel», sagte Siggen und feuchtete sich die Lippen an, zuerst mit der Zunge, dann mit Pils.

Thygesen setzte sein Sonntagsgrinsen auf.

«*Maybe*», sagte er.

«Willste von Hermann?»

«Sprung in der Scheibe, was?» fragte Thygesen und zerbiß das Zukkerstück. «Hermann schuldet mir 6000 Eier für eine Rolex.»

Über Siggens mürrisches Gesicht fuhr ein Schatten.

«Weiß ich nix von», sagte er.

«Keine Panik. Die Knete will ich selber einkassieren.»

«Warum hüpfst du denn im Park rum und wedelst mit Hundertern?»

«Mir geht's um die Alte. Um Hermanns Alte. Sie schuldet mir ein bißchen Möse.»

Das war zu stark für Siggen. Er lachte. Er hatte ein bezauberndes Lachen, ungefähr wie wenn jemand in nasses Holz hackt.

«Du bist scharf auf Hermanns Alte! Wieviel ist dir das wert? Welche meinst du überhaupt, wenn ich fragen darf? Hermann wedelt doch in der ganzen Stadt mit dem Schwanz!»

«Die Feste», sagte Thygesen. «Seine Verlobte, um das mal so zu sagen.»

«Seine *Verlobte*!» sagte Siggen gut gelaunt. «Meinst du die Tussi aus dem Friseursalon? Dachte, die hätte ihn im Herbst verlassen?»

«Namen?» fragte Thygesen, etwas zu sehr außer Atem.

«Beruhig dich, Mann. Weiß den Namen nicht mehr. Nie was mit ihr zu tun gehabt.»

«Welcher Friseur?»

«Keine Ahnung.»

«Du kriegst 200.»

«Kannst du nicht lieber auf den Bankplass gehen und dir einen Fick besorgen?»

«Hab keine Karre. Ist in der Werkstatt», sagte Thygesen.

Siggen ließ noch ein paar Axthiebe springen.

«Gib mir die Mäuse, dann find ich's raus. Ich glaub, das ist irgendwo bei Galgeberg-Etterstad. Hast du Telefon?»

«Nein.»

«Wo wohnst du denn? Kann dir 'nen Zettel in den Briefkasten schmeißen.»

«Gegenüber Leppa. Nummer 10. Kristian-der-Vierte-Straße zehn.»

Kaum hatte Thygesen die Adresse gesagt, bedauerte er es.

«Nicht so wichtig», sagte er.

«Hei, hast du die 200 Eier, oder willst du mich verarschen?»

Thygesen schob die Scheine über die weiße Tischplatte.

Der Knabe, der sich Siggen nannte, trank sein Bier aus und stand auf.

«Wenn du über Hermann stolperst, grüß ihn und sag, du wärst nicht der einzige, der ihn sucht», sagte er und ging. Mit einer Grimasse. Drohend? Nein, eher, als ob auch er bedauerte, was er gerade gesagt hatte.

6

Thygesen ging in den langen hellen Abend und die allzu bekannte Stadt hinaus. Er ging wie ein Mann nach einer halben Flasche Dubonnet und ein paar Halben, leicht und sicher, aber nicht ganz gerade.

Aber wo, zum Teufel, sollte er hin?

Er entschied sich für *Gardisten*, die Snackbar im SAS-Hotel. Von einem jungen Jugoslawen hinter der Theke bekam er *fish & chips* für 10 Kronen und 50 Öre, plus eine Pepsi.

Und nun?

Er hatte sechs Tausender. Dafür könnte er sich den Suff des Jahrhunderts in den Bars im Hotel kaufen. Aber er beschloß – beschloß? es kam ganz von selbst – SAS fallenzulassen und *Centrum* zu wählen.

Im *Centrum Hotel* in der St. Olavs Gate gab es ein freies Einzelzimmer. Der Portier musterte ihn. Er hätte ein Kapitän beim Barras sein können, so musterte er Thygesens unordentliche Erscheinung. Aber das freie Zimmer rückte der Portier für 106 Kronen Vorkasse heraus.

Thygesen murmelte etwas von einer Verabredung, ließ die braune Plastiktüte auf Zimmer 65 und strebte in die St. Olavs Gate hinaus.

Er passierte *Romani Tar* und *Rosenkrantz*, Lokale, die er nie besuchte. Vor *Rosenkrantz* stand ein Plakat und warb für ein Arild-Wikström-Konzert im *Hot House*.

Hot House. Da war er also vor weniger als 24 Stunden gewesen, angeknallt und auf ein Erwachen inkl. Leiche gar nicht vorbereitet. Er könnte wieder hingehen. Der Wind war kalt in seiner Hose, und wer braucht an einem Märzabend bei minus fünf in Oslo kein heißes Haus? Good ol' Arild Wikström würde Klavier spielen. Er würde swingen, er würde lauwarmen Wein kippen und würde es gut haben, würde den Geruch von warmen Körpern und billigem Parfum spüren.

Ein Bullenwagen schlingerte um die Kurve, das verbotene *high-low*-Martinshorn auf volles Rohr gestellt.

Thygesen bog in die Kristian Augusts Gate ein, überquerte vor einem wütenden Taxi die Straße und rettete sich in die Schatten der Sehestedsgate. Dort stand, wie immer, die Bronzefrau und hielt ihr Kind, bis auch sie von Schwefel und Gas aufgefressen würde.

Erfahrungsgemäß suchen die meisten Mörder den Tatort wieder auf, im Lauf der ersten 24 Stunden nach Begehen der Untat. So stand es im Polizeijahrbuch zu lesen. Thygesen hatte nicht den Wunsch, die Prophezeiungen des Polizeijahrbuches zu erfüllen.

Warum überquerte er dann aber die Kristian IV. Gate in Richtung Nr. 10? Weil alle wußten, daß *er* es nicht gewesen war? Nein, um die Mülltonnen zu untersuchen.

Im Dämmerlicht sah er das blau angestrichene Haus. Da waren sie alle auf der Wand: Der Fuchs und der Bär, der Wolf und der König, die Prinzessin, der Troll, Schmierbock, Per und Pål und ganz oben, mit aufgerichteten Ohren und sardonischem Grinsen, der Grindkopf, der doch die Prinzessin bekam.

Über dem Tor hatte der Landesverband der mechanischen Werkstätten die eisernen Lettern geschrieben: *Jernhuset*, Eisenhaus, MVL. 1889. Aber das Haus hieß noch immer Märchenhof, weil die öffentliche Bibliothek es zuerst gehabt und die Mauer mit Märchenfiguren geschmückt hatte.

Thygesen schloß das klemmende Tor auf. Die beiden großen viereckigen Mülltonnen standen im Durchgang zum Hof. Über dem Hof hatte sich der Himmel ultramarin gefärbt. Die Mondsichel war oben, mit Venus als Begleiterin. Der Giftdeckel über der Stadt war so weit angehoben worden, daß er ein paar Sterne sehen konnte.

In der ersten Mülltonne waren nur plattgedrückte Pappkartons aus dem Buchhandelslager. In der anderen stank es nach Essensabfällen. Thygesen grub zwischen den Plastiktüten. Eine war leck und klebte ihm eine braune Soße an die Hand. Nichts zu finden.

In den Hofecken lag noch Schnee. Er rieb sich die braune Soße mit trockenem Pulverschnee ab. An der Treppe zum Keller des Glasermeisters lag ein Stapel zerbrochener Drahtglasscheiben. Er hob sie weg und leuchtete mit dem Feuerzeug.

Dort lag ein Paar Schuhe. Ein Paar blaue Schuhe mit hohen, dünnen Absätzen.

An einem Schuh war der Absatz zerbrochen. Ein blauer Lederstreifen hielt die beiden Teile zusammen. Den unteren Teil bedeckte eine rotbraune Kruste.

Aha. Dem Schöpfer sei Dank. Da hast du den Beweis. Sie war es, die Lady aus dem Friseursalon. Sie hat mit dem Stilettabsatz ihrem Geliebten das Auge eingeschlagen, und du scheißt auf ihr Motiv. Morgen kannst du damit anfangen, die Damenfriseure im Ostend anzurufen und zu fragen: «Entschuldigung, arbeitet die Absatzmörderin in Ihrem Salon?»

Aber was hatte sie für ein verdammtes Motiv? *Er* konnte ihr auch die Schuhe aus der Hand gerissen und damit auf Hermann eingeschlagen haben. Oder irgendwer könnte sich hereingeschlichen, L. L. und ihn auf dem Sofa und Hermann gedopt in der Ecke registriert haben. Durch ein verschlossenes Tor und eine verschlossene Tür geschlichen? Vielleicht hatte er ja nicht abgeschlossen. Man konnte sie beschattet haben, weil man irgend etwas von Hermann wollte. Alaskajacke hatte gesagt: «Du bist nicht der einzige, der ihn sucht.» Und damit etwas verraten, das er besser verschwiegen hätte?

Thygesen hörte ein Pfeifen im Tor. Er warf die Schuhe weg und legte die Scheiben an ihren Platz.

Es war der Zigarrenraucher aus dem ersten Stock, zufrieden und happy. Thygesen sagte «hei», und der Zigarrenraucher sagte «hm».

Auf dem Weg nach oben pfiff der Zigarrenraucher ununterbrochen ein Thema aus der *‹Csárdásfürstin›*. Thygesen folgte, wartete, bis der Alte in seine Wohnung gegangen war, und ging dann in seine eigene Etage.

Die Schlüssel an seinem Bund klapperten wie Kastagnetten. Er könnte etwas zu trinken gebrauchen. Tausend Gläser. Eine ganze Karibische See von Cuba Libre, in der die Eiswürfel schwammen wie weiße Thunfischstücke und die Zitronenscheiben wie Palmeninseln auf der coca-cola-braunen Oberfläche, und in der der Barcadi als gewaltige Meeresströmung in der Tiefe floß.

Schließlich schloß er seine Tür auf und knipste das Flurlicht an. Niemand war dagewesen.

Hätte jemand dagewesen sein sollen?

In der Wohnung war es kalt wie in einer Schneehöhle. Thygesen schaltete den Radiator unter dem Westfenster ab und schloß dieses Fenster, das auf den Hof schaute. Das Südfenster, das auf den öden Theaterbauplatz blickte, ließ er offen. Er rauchte in fünf heißen Zügen eine Teddy und ging ins Bad.

Hermann Mossige lag da wie vorhin.

Thygesen schaltete das Licht nicht ein, sondern begnügte sich mit dem hereinfallenden Flurlicht. Der Teint des Toten war eine Spur dunkler geworden. Thygesen drehte den Kaltwasserhahn voll auf und ließ das Wasser sprudeln. Dann drehte er den Hahn wieder zu, bis nur noch ein bleistiftdünner, stiller Strahl herauskam.

In Rauland hatte er einmal zu Ostern gefrorene Kartoffeln gekocht. Jetzt herrschte im Bad derselbe süßliche Geruch wie von gebrühten gefrorenen Kartoffeln.

Im Badezimmerschrank fand er eine Spraydose mit Brut-Deodorant. Elin hatte ihm zu Weihnachten ein komplettes Brut-Set geschenkt. Das Seifenstück mit dem Tau hatte er bisher als einziges benutzt. Er schloß die Badezimmertür und sprühte Brut durch das Schlüsselloch, bis die Dose leer war.

Dann ging er fort. Er verließ eine Wohnung, die zu einem parfümierten, gekühlten Leichenhaus geworden war, in der das Wasser nicht frieren, die Rohre sprengen und einen Klempner herbeirufen würde. Der hätte eine Überraschung erlebt! Sicherheitshalber zerbröselte er eine Zigarette zwischen den Fingern, rollte das Papier zu einem Kügelchen und steckte die Papierkugel zwischen Tür und Schwelle.

Der Zigarrenraucher hatte, wie immer, wenn er breit war, vergessen, das Tor abzuschließen. Thygesen schloß ab.

Im *Centrum* lag der Erlöser in einer braunen Plastiktüte. In seinem Kopf lag der Entschluß, die Leiche liegenzulassen, bis er L. L. gefunden, sie zum Geständnis gezwungen und sie im Triumph zur Polizei gebracht hätte. Er würde nicht die Dunkelheit ausnützen, um Hermann Mossige wegzuschaffen. Trotzdem ging er auf den Theaterbauplatz.

Die Firma Furuholmen hatte die gelben Maschinen weggefahren und auf Stahlpfählen eine Reihe Baubaracken errichtet. Der Boden war von Eis und hartem Schnee bedeckt. An einer Hauswand war ein Sand- und Kieshaufen aufgeworfen. Thygesen kratzte mit dem Stiefelabsatz darin. Der Haufen war fest gefroren, hart wie Stein. Der Stapel aus seiner Birke lag da und duftete nach Bauernland.

Die Giebel der alten Mietskasernen um die Baustelle reckten sich nach der Mondsichel, verwirrt über den leeren Raum, der dort entstanden war, wo vorher vertraute Häuser aus der eigenen Verwandtschaft gewesen waren.

Thygesen sah sein eigenes Fenster bis Ende der Woche offenstehen, ohne daß sich die Bauarbeiter ansahen und wissen wollten, wer alten Käse auf dem Brot hatte, wenn sie in der Pause an der Sonnenwand saßen. Es war im 2. Stock. Die Mauer sah ganz normal aus, mit abgeblättertem gelben Verputz.

In einer der Baracken ging das Licht an.

Thygesen verzog sich hinter einen geparkten Transit. Der größte Teil der Baustelle wurde als Parkplatz benutzt. Das Norske Teater hatte ein strenges Schild aufgestellt, und er konnte im Mondlicht schwarz auf weiß lesen:

«Nur für Angestellte mit gültigem Erlaubnisschein an der Windschutzscheibe. Unbefugte werden auf eigene Kosten abgeschleppt.»

Wenn er Hermann mit der Rettungsleine hinabließe und im harten Boden vergrübe, könnte es Ärger geben, wenn ihn jemand wieder ausbuddelte. Hatte er einen gültigen Erlaubnisschein? Nein, man würde ihn ganz einfach auf eigene Kosten abschleppen!

Sehr komisch!

Thygesen ging zum *Centrum*. Die Kälte biß ihn in die Ohren und in die Nase. Ein Alter auf Krücken, mit biblischem Bart und einer Plastiktüte mit Bindfäden als Schultertasche, kam angehumpelt. Der Alte hatte zwei Mäntel an. Er war auf der Jagd nach einer unverschlossenen Hofeinfahrt, auf der Jagd nach dem Frühling. Er mühte sich an Thygesen vorbei, ohne ihn wahrzunehmen.

In der Telefonzelle beim Gesundheitsamt standen zwei Knaben und gingen mit dem Messer auf die Leitung los.

Ein Taxi voll lachender Nutten fuhr bei Rot über die Kreuzung an der St. Olavs Gate.

Die Ullevål-Hageby-Straßenbahn kam angezockelt. Sie war bis auf den letzten Stehplatz besetzt. Die Stimmung in der Bahn schien so lustig zu sein wie in einem U-Boot, das mit zerstörten Ballasttanks auf 1000 Faden Tiefe zufällt.

Aus dem *Pilen-Restaurant* wurde ein Mann herausgeworfen. Er fiel auf die Knie und fing unter fürchterlichen Flüchen an, in Staub und Abfall an der Wand entlangzukrabbeln.

Thygesen ging an der Hoteltür vorbei und um die Ecke. Er blieb stehen und starrte in die Filadelfia-Buchhandlung. Dort stand auch eine kleine Frau mit einem grünen Hut mit Plastikblumen. Ohne ein Wort steckte sie Thygesen ein Traktat vom *‹Beweis des Glaubens›* zu.

Das Abendleben in der Stadt ging seinen verrückten Gang. Aber niemand verfolgte ihn. Sollte ihn jemand verfolgen?

Die Filadelfia-Buchhandlung verkaufte Schriften von Per Lönning und Schallplatten von dicklichen, frommen Sängern mit sattem, bedächtigem Gesichtsausdruck. Man verkaufte auch Evi. Evi war blond, noch blonder als Alex, ihr Haar leuchtete heller als das in der Timotei-Shampoo-Reklame im Kino. Evi war auf einer Plattenhülle. Thygesen hatte von ihr gehört. Sie sang. Die Christenmenschen hatten sie in gedämpftem Playboylicht fotografiert, mit halboffenem Sexy-Mund. Wäre ein Big Chief dagewesen, so hätte er Evi Leben eingeknipst, hätte sie durch Filadelfias Fensterglas direkt in seine Arme spazieren lassen. Es hätte das Vögelchen vom *‹Beweis des Glaubens›* gefreut, ein Wunder und einen Engel zu erleben. Es hätte Thygesen gefallen, der den Engel in sein Hotelzimmer um die Ecke hätte tragen und das Notwendige hätte unternehmen können.

So, wie es jetzt war, kam sie nicht. Vielleicht war sie auf Tournee in Schweden?

Thygesen schellte an der Nachtglocke vom *Centrum*. Der Whiskygeschmack lag ihm schon auf der Zunge. Der Lift trug ihn in die dritte Etage zur Rezeption. Das hier war kein Missionshotel. Ein blauer Matrose stand an der Rezeptionstheke und kaufte Pils. Der Portier steckte sich die Zehnkronenscheine in die Brusttasche seines offenen Hemdes. Er war in Thygesens Alter, hatte welliges Haar und das meiste gesehen. Ohne ein Wort gab er Thygesen den Schlüssel von Nr. 65. Ebenso wortkarg wechselte er Geld für den Zigarettenautomaten. Thygesen konnte dem Automaten 20 South State ohne Filter entlocken.

Zimmer 65 schaute auf die St. Olavs Gate. Thygesen hatte Aussicht auf die Turnhalle in der Pilestredet. Ihm gegenüber lag ein erleuchtetes Fenster. Hinter diesem Fenster gab es nur zwei Treppenstufen. Die Stufen lagen in graublauem Licht. Niemand ging darüber. Sie führten nirgendwo hin. Unten toste der Verkehr durch die Straßen. Aber über die Treppe ging niemand.

Dusche und Klo hatte Zimmer 65 nicht, es gab nur ein Waschbecken mit einem Zahnputzglas. Thygesen ließ das Wasser fließen, bis es eiskalt war, und mischte eine Dosis fifty-fifty Wasser und Dawson im Zahnputzglas. Das Bett war mit erstklassigen weißen Laken bezogen. Er setzte sich auf das Bett und fing an zu trinken.

Er saß in einem Scheißhotelzimmer in seiner eigenen Stadt und trank. Ihm genau gegenüber stand ein Segelschiff vom Christianiafjord auf einer alten Radierung. In Glas und Rahmen.

Wie ein Friedloser in seiner eigenen Stadt saß er und soff sich in den

Schlaf. Er war eine blaue, öde, nächtliche Treppe, über die niemand gehen würde.

Einst hatte er die Jar-Straßenbahn von Abbediengen genommen und die Stadt entdeckt. Natürlich war er schon vorher in den Innenstadtstraßen gewesen, zusammen mit Mama, Papa und der Hausgehilfin. Jetzt fuhr er auf eigene Faust. In der Tasche hatte er einen Krankenschein. Der Zahnarzt hatte seine Praxis in der Torvgate. Er war einmal dorthin gebracht worden, nachdem der Schulzahnarzt in Bestum gefunden hatte, seine Zähne müßten reguliert werden. Beim Storting sollte er aussteigen. Dann sollte er auf der Karl Johan geradeaus gehen, bis er den Leuchtemann von der Gjensidige Versicherungsgesellschaft sah. *Die Zeit vergeht – Gjensidige besteht.* Beim Leuchtemann sollte er nach links abbiegen, am gruseligen El-Dorado-Kino und am Torvgate-Bad vorbei. Dort praktizierte der Zahnarzt in einem Eckhaus.

Sein Mund wurde mit Stahldraht gefüllt, der auf die Zähne im Oberkiefer drückte.

Noch jetzt, nach 30 Jahren, mußte er mit der Zunge über die Zähne fühlen, um sich zu vergewissern, daß der Draht wirklich weg war.

Er trank den Whisky jetzt pur. Hatte keine Lust, zum Wasserhahn zu gehen.

Diese Zahnregulierung war ein schrecklicher Nervkram gewesen. Nichts, womit man auf dem Schulhof protzen konnte. Die Mädchen wollten ihn nicht küssen, aus Angst hängenzubleiben. Die Jungen wollten ihm nicht aufs Maul hauen. Nicht, ehe er sie nicht angegriffen hatte jedenfalls.

Aber die Fahrten zum Zahnarzt gaben ihm Freiheit. Er bekam Geld für die Fahrt und für Brause. Konnte er sich in der Torvgate zurechtfinden, konnte er überall hinfahren. Straßenbahnen gab es in der ganzen Stadt.

Die Klammer stach ihm in die Wangen, und er blutete und bekam scheußliche Beulen. Er hatte sich schon damit abgefunden, daß es solche Beulen waren wie die, an denen Tante Wilma gestorben war. Da er nicht mehr lange zu leben hatte, mußte er sich vorher noch umsehen.

Da stand er hinten auf der Plattform der Sagene-Bahn, ein kleiner Knirps mit Locken, die unter der Mütze hervorschauten, in blauer Jacke mit selbstleuchtenden Streifen, grauer Hose mit ordentlichen Bügelfalten und neuen grünen Gummistiefeln.

Dabei lutschte er innen an seiner wunden Wange und wurde durch die herbstleeren Straßen an roten Klinkerblocks vorbei in fremde Gefilde getragen. Wie viele Menschen hier wohnten! Wenn er in die Straßenbahn stieg, sobald er um drei beim Zahnarzt fertig war, fuhren meist alte Damen, Straßengören und Betrunkene. Vertrank er jedoch zuerst sein Brausegeld, geriet er in das Gewimmel von richtigen Männern mit Windjacken, Hüten, Stiefeln und brauner Aktentasche auf dem Schoß. Sie saßen schweigend auf den Bänken und lasen heimlich Zeitungen, die *Arbeiderbladet* und *Friheten* hießen. Sie saßen dicht gedrängt und rochen nach Maschinen.

Für 25 Öre fuhr er nach Böler und sah Hochhäuser wachsen. Er nahm die braune Ekebergbahn und kam in stille Villenviertel, die seinem eigenen glichen, fuhr zurück in die Stadt und entschied sich für *Kjelsås*. Die Straßenbahn brachte ihn durch eine Landschaft von dreistöckigen Steinhäusern, voller Fenster. Niemand hatte ihm erzählt, daß es so etwas gab. Er dachte, hier wohnten die Armen, von denen er in einem Weihnachtsheft gelesen hatte. Aber wer waren die Männer, die zu Hunderten in die Straßenbahn stiegen und keine Mäntel, Aktentaschen und schwarze Hüte trugen?

An einem regnerischen Septembertag fuhr er sogar nach Lilleström! Dort gab es eine rauchende Fabrik und hohe Haufen aus Brettern und Sägespänen. Es wurde dunkel, und er hatte kein Geld mehr. Ein Mann brachte ihn zur Polizei. Es wurde angerufen – mit aller Ehrerbietung, denn man rief bei Richter Thygesen an. Der Vater kam im hellgrünen, regenglänzenden DKW. Ville wurde nicht ausgeschimpft.

Der Zahnarzt nahm den Stahldraht heraus und gab ihm einen Klumpen aus einem wachsartigen, harten Zeug – nach seinen Zähnen geformt. Damit sollte er schlafen. Das war das Ende der Straßenbahnfahrten. Er lag mit der Taschenlampe unter der Decke und las Detektivgeschichten. Der eklige Klumpen lag in einem Glas Wasser auf dem Nachttisch.

Auf dem Fjord heulten die Schiffe im Nebel. Es gab eine Welt außerhalb von Abbediengen, Bestum und dem 2. Bestumer Pfadfinderfähnlein. Eine Welt, in der Männer mit verschlossenen Gesichtern lebten und Maschinen mit Öl schmierten.

Er würde nicht vergessen, daß es eine solche Welt gab. Die Entdekkung der Stadt hatte ihn geprägt, hatte einer aufnahmebereiten und schüchternen kleinen Seele einen Stempel aufgedrückt.

Nein, das würde er, verdammt noch mal, nicht vergessen! Weder der Whisky der ganzen Welt noch die Politik sollten ihn das vergessen lassen. Hatte er nicht zweieinhalb Jahre hinter den Mauern ausgehalten, weil er das nicht vergessen hatte? Er als liberaler Trottel hatte versucht, eine Nazisache aufzurollen. Die Mistkerle hatten zwei Kinder in einem roten Nest in Notodden verbrannt. Er hatte die Polizei aus Protest gegen beschissene Ermittlungen verlassen. Ein Straßenbahnschaffner – Straßenbahnschaffner! – war sein Assistent gewesen. Ein revolutionärer Furz von einem Typen, der ihn gepuscht und ihm von Stalin vorgesabbelt hatte. Zum Teufel war das gegangen! Denn er, Thygesen, hatte sich von einer Bande von Pubertätsnazis bluffen lassen. Großes Shootout in Lier. Denn der verdammte Altnazi, der verrückte Oberquisling, wäre von seinen eigenen Kötern gefressen worden, wenn Thygesen ihn nicht erschossen hätte. Weil dieser unter seinen schnappenden Rottweilern strampelte, hatte er ihn erschossen.

Der Prozeß war dann richtig munter gewesen. Sie verurteilten ihn nicht, weil hinter der *Nasjonal Front* ein großbürgerliches Komplott gestanden hatte. Nein, sie verurteilten ihn, weil ein Gericht nun einmal zum Verurteilen da ist. Die Mühle muß mahlen. Der Staatsanwalt, dieser Wichsfrosch, hatte ein Bündel Zeugenaussagen gesammelt, die nicht mehr wert waren als Ähren im November. Schimmliges Stroh! Aber er war der Staatsanwalt. Und die Anklage wollte weder mit der Hakenkreuzbande identifiziert werden noch sich davon distanzieren. Man lebte schließlich in einer aufgeklärten Demokratie. Meinungsfreiheit, Meinungsfreiheit, Sie!

Kugeln sind Kugeln, Blei ist Blei. Unbestreitbar waren die Kugeln aus dem Schießeisen gekommen, das Thygesen abgefeuert hatte. Notwehr konnte es nicht gewesen sein. Notwehr bei Revolverabstand, während das Opfer auf der Nase lag und gefressen wurde? Also wissen Sie, ne! Die Jury bestand aus strohkauenden Kühen, sie käuten wieder, ließen ein paar mildernde Umstände aus sich herausmelken, aber schissen schließlich ordentliche Fladen: Vorsätzlicher Mord.

Protestgeheul. Demonstrationen. Schnaubende Leitartikel wie Granatfeuer quer durch die Akersgate.

Es legte sich. Er saß im Knast. Der Juli 1976 verging. Die Sache ist noch heiß, sagten seine Besucher. August, September, Oktober. Wir gewinnen in der Revision, sagten die Anwälte. Zwei richtig nette Knaben. Ein Sozialdemokrat und ein Maoist, wegen der Ausgewogenheit.

Im November wurde der Fall in Tutenchamuns Grabkammer verhandelt. Die Mumien teilten sich in zwei Gruppen. Die Mehrheit schloß sich der ersten an. «Das Urteil wird bestätigt. Die Strafe wird um anderthalb Jahre reduziert.»

Eine Grüne Minna fuhr ihn über die verdreckte E 6 nach Ullersmo.

Es war schlimmer, als er sich vorgestellt hatte. Dort brachte er sich Wichsen und Marketing bei. Und Country-Musik-Mögen.

Der alte Geronimo, Papa Thygesen, der pensionierte Richter am Obersten Gericht, buddelte noch einen Frühling im Garten, trank seinen Johannisbeerwein und schrumpfte. Um Johanni läuteten die Glokken in der Ullernkirche für Albert Thygesen.

Dem Junior wurde eine Kassettenaufnahme in die Zelle geschickt. Die Predigt hielt Pastor ‹Wir lieben Psalmen und Lieder›. Er behandelte das Thema des für den heimgekehrten Sohn geopferten Kalbes. Vilhelm Thygesen schrieb ihm einen Brief, in dem er den Pastor in den Schwefelspfuhl hinabwünschte, wohl wissend, daß dieser Brief niemals an der Zensur, wohl aber beim Psychiater vorbeikommen und ihm noch mehr Minuspunkte bescheren würde.

Hatte er nicht auch Mutter und Schwester? Die Schwester ging nach Lanzarote und wurde PR-Chefin für Apartados, die an norwegische Geldsäcke verscheuert wurden.

Mama? Eine runzlige Haut, verlassen im leeren Krähenschloß im Villenweg, getröstet von kaffeeschlabbernden Witwen. Entehrt, doch das läßt sich ertragen. Zum Schluß mußte sie in ein Pflegeheim in Tåsen. Da bekam sie jeden Sonntag Kuchen.

In der letzten Zeit hatte er keinen Kontakt zu ihr gehabt. In der letzten Zeit? Verdammt, er hatte sie seit Weihnachten nicht besucht. Kontakt? Er hatte doch nur Kontakt zu Flaschen und Gläsern.

Oh, er konnte durch Oslos Welt der Halbberühmtheiten wandeln und eine davon sein. Er konnte eine Nummer aufreißen, weil er ‹so viel durchgemacht› und auf der Brust ergrauende Haare hatte. Leer, leer!

Und wenn absolut alles zum Teufel ging, dann hatte er immer noch das Volk. So dachte er, als er vor Gericht saß und *Das Volk* Arm in Arm draußen protestierte. Das Volk? Was für ein verdammtes Mißverständnis! Eine mit sich selbst beschäftigte Bande, die zwischen Tirana und Peking pendelte. Das Volk! Die schickten ihm ihre Zeitung, und manchmal bekam er sie auch. Aber sie hatte nichts von dem Geheimnisvollen, daß das *Arbeiderbladet* in der Sagene-Straßenbahn gehabt hatte.

Für seine Forderungen kämpfen? Hätten sie ihm eine Bazooka gegeben, eingebacken in eine Baguette, hätte er sich quer durch den Beton geschossen, wäre Amok gelaufen und hätte geholfen, die Welt auf den Kopf zu stellen. Aber sie gaben ihm nur Papier, und schließlich lernte er, mehr Wert auf Glanzpapier mit Busen zu legen als auf die Trockenkost, die die Maoisten und die Rote Hilfe ihm schickten.

Anfangs kam manchmal eine stattliche Frau zu Besuch, zog den Mantel aus und tat, als bemerke sie nicht, daß er sie mit Blicken verschlang, wenn sie sich vorbeugte, schwer unter dem Pullover. Aber ihr Gefasel durchlief ihn auf niedriger Frequenz und gab keine Schwingungen. Dann kam ein Glatz-Blödi mit Kinnbart und polierten Zähnen. Thygesen bewarf ihn mit Papierkügelchen, und Blödi verlor die Lust und ging nach Hause zu frischen Spiegeleiern und tiefem Gevögel.

Derweil saß der Pawlowsche Hund in seinem Käfig, mit seinem Gesabber, seinen Reflexen und seinem Tellerchen mit lauwarmem Kohl.

Dawson leer. Schute treibt noch immer vor dem Wind im Christianiafjord. Turnhallentreppe ein Ort für tote Seelen, die zum *fuck all* flüchten.

Der Mann, der eine Leiche besitzt, lehnt sich auf dem Bett zurück. Jemand schreit im Hotelflur. Er steht auf und will zur Tür gehen, sie öffnen und «Ruhe!» brüllen. Die geleerte Flasche hat er in der Hand.

Er zerschlägt sie am Waschbecken. Die Scherben spritzen an die Wand. Den gezackten Hals hält er fest. Wie ein Schlafwandler öffnet er den Kaltwasserhahn. Das Wasser flutet. Er legt den linken Unterarm auf das weiße Porzellan. In der Rechten hält er die Scharfrichterwaffe. Ein rascher Hieb auf den Puls. Die klaffende Wunde unter die Wasserflut. Ruhig halten. Das Pumpwerk wird gehen. Die rote Quelle sprudeln.

Nicht doch! Du hast keinen Selbstmördermut, Mann! Die Bastarde aus einer anderen Zeit und einer gewaltigen Tiefe knurren in dir, zerren an deinen Nerven und wollen dich nach unten ziehen. Du besiegst sie mit deinem bißchen Vernunft. Im Hotelflur schreit immer noch jemand um sein oder ihr Leben.

Du schmeißt den Flaschenhals in den Papierkorb, trittst die größten Glasscherben unters Bett und legst dich hin. Das Bett segelt dich sanft in die Nacht, in der Autos fahren, über Dächer und Tannen und weit, weit nach Hause.

7

Im Schaufenster von Ferner Jacobsen in der Stortingsgate hatte Thygesen einen Burberrymantel zu 1165 Kronen gesehen. Es war ein schöner heller Frühjahrsmantel, wie er schon immer einen haben wollte.

Weil Kleider Leute machen und weil das Geld des Toten in seinen Taschen lag, ging er zu Ferner Jacobsen, probierte den Mantel über seiner Lederjacke an und bezahlte an der Kasse.

«Sie brauchen ihn nicht einzupacken», sagte er mit bestem Bestumakzent zur Verkäuferin.

Sie verfolgte ungläubig seinen Zug durch die Abteilungen, der Thygesen eine beige Hose zu 450 Kronen, eine braune Cordjacke zu knapp 900, ein gestreiftes Hemd in der Hundertachzig-Kronenklasse, einen diskreten gelbbraunen Schlips aus Thaiseide, Norwegens teuerste Socken und eine Garnitur Jockey-Unterwäsche sicherte. Nur den Gürtel und seine guten brasilianischen Stiefel behielt er an. Sie paßten zwar nicht zu der Dandyausrüstung, aber nach seiner Kleiderorgie bekam er plötzlich einen Maßhaltetick.

In der Umkleidekabine zog er sein altes Ich aus und takelte sich mit der neuen Pracht auf. Die Person, die ihm im Spiegel zuzwinkerte, sah aus wie eine Kreuzung aus einem algerischen Seeräuber und einem stellvertretenden Versicherungsdirektor. Ausgezeichnet...

Die Verkäuferin war sehr gut erzogen. So sehr, daß sie sich nicht mit ihren wohlmanikürten Fingern die Nase zuhielt, als sie Thygesens flohmarktreife Klamotten in Seidenpapier einwickelte. Aber es fiel ihr schwer, als sie zum verschwitzten T-Shirt und der ausgebombten Unterhose kam.

Thygesen ging schwungvoll in einen eiskalten Vormittag. Er erwog den Kauf eines Hutes. Aber ein Hut würde zu schwer für seinen mürben Schädel sein. In der Ladenpassage beim Fernmeldeamt kaufte er zuerst eine Packung Blå Mix und eine krumme Pfeife aus Lillehammer, danach Schweinslederhandschuhe, Kalbslederbrieftasche und einen Diplomatenkoffer mit Stahlbeschlägen.

Gut geblasen, armer Hermann. Und all das ist nicht mehr wert als der Stoff, den du in ein Plastikrohr stecken und mit Leichtigkeit ins Rektum schieben kannst. Nein, in deinem einen Nasenloch wäre Platz dafür, wenn du reinen Schnee verhökert hast.

Paffend und den Diplomatenkoffer schwingend, hielt er im *Centrum* Einzug.

Der Portier war nicht der Typ, der sich düpieren ließ. Er stellte fest, daß Thygesen im Toto gewonnen hätte.

«Dreimal 12, siebenmal 11. Sechsundneunzig-Reihensystem», sagte Thygesen. Er legte das Paket mit seinen alten Sachen ins Zimmer 65. Den Diplomatenkoffer ließ er stehen. Vorschuß wurde nicht gefordert, als er bat, das Zimmer bis Ende der Woche behalten zu dürfen. In Engebretsens Künstlerbedarf kaufte er einen Zeichenblock und einen exklusiven Filzstift. Dann nahm er am Taxenstand in der St. Olavs Gate ein Taxi.

«Töyenbad. Aber erst zu einem Sportgeschäft.»

Der Fahrer fuhr zu einem Sportgeschäft unten im Markvei in Grünerlökka. Thygesen kaufte eine Badehose mit *stars & stripes* und eine italienische Schwimmbrille.

Blödsinn, was er alles gekauft und getan hatte. Trotzdem fühlte er sich jetzt erleichtert.

Du brichst zusammen. Du bist erfüllt vom Drang, dein Lebensfädchen zu zerschneiden und mit dem ganzen Scheiß fertig zu sein. Aber dein altes Herz wehrt sich, müde, wie es ist, holpernd, wie es geht. Und wips, bist du unterwegs, shopping, schwimmen, Unfug. Bald wirst du durch die Straßen im Ostend toben, aufgetakelt wie ein Vogel aus den Bergen und den höheren Luftschichten, auf Hobbydetektivjagd nach der Dame L. L., die du nie finden wirst. Aber das ist okay, *das ist okay*. Denn so hältst du die Wirklichkeit auf Abstand. Auf Armeslänge. Bis sie auf dich zugerauscht kommt und dich niederschlägt. Jetzt bist du in der Aufschuballee unterwegs. Sie ist kurz. Sie endet jäh. Aber du kannst ebensogut mit erhobenem Kopf und Burberrymantel gehen.

Das Töyenbad hat dein Leben einen Tick verlängert. Du hattest ein Programm, um dir dort den Mist aus den Lungen zu platschen. Das Programm hast du so *mas o menos* eingehalten. Noch immer schaffst du 1000 Meter Brust in weniger als einer halben Stunde, wenn nicht so viele Leute im Becken sind und du ordentlich strampeln kannst.

Thygesen schwamm im hellblauen, leicht diffusen Chlorwasser, dicht an der Kette, die das Tauchbecken abtrennte. Sein Kopf hüpfte wie ein Korken, seine Füße schlugen wie die Pfoten des Bären in der Muppet-Show.

Er war mitten in die Zeit der Damen geraten. An allen Ecken und Enden gab es Damen aller Formen und Schattierungen. Durch seine Brille konnte er sie so deutlich sehen wie in einem Aquarium. Die meisten waren gesetzte Schleierfische in geblümten Badeanzügen. Der eine oder andere Guppy-Teeny schwamm vorbei.

Aber dann; eine Seeforelle, frisch und fein. Sie hatte sich gerade vom Beckenrand abgestoßen und schwamm ein bißchen schneller als Thygesen. Ihr Bikini war hautfarben mit dunkelblauen Tupfen. Hinter- und Vorderstück des Unterteils wurden durch Messingringe zusammengehalten. Sie hatte eine Nummer zu klein gekauft. Die Ringe schienen ihr ins Fleisch zu schneiden. Aber das ließ sie sich nicht anmerken. Beim Treten kreuzte sie die Beine auf wunderlich unbeholfene Weise. Trotzdem schwamm sie schneller als er. Bei jedem Zug tauchte sie den Kopf und die langen Haare unter, ohne eine Schwimmbrille zu benutzen. Thygesen kämpfte, um sie einzuholen, kollidierte mit einem rückenschwimmenden japanischen Ringer, schluckte Chlorwasser und streifte die Brille ab. Mit der Brille um den Hals ging er zum Kraulen über, sah kein damn' Ding, glaubte aber ihr näher zu kommen. Beim Wenden hatte sie zehn Meter Vorsprung. Er zog die Brille wieder auf, strampelte wie eine Lene Jensen und holte Frau Forelle ein. Ihr Hintern war wirklich zu groß für diesen Bikini. Am oberen Rand quoll ein wenig weiße Haut heraus. Ihre Beine und ihr Rükken mußten im Süden gewesen sein, sie hatten norwegische Junifarbe. An den Zehen hatte sie sich mit bläulichem Nagellack verschönt. Thygesen schwamm wie ein Unterseewolf. Er machte zwei Ruderzüge, ohne dazwischen Atem zu holen, und kam ihr so nahe, daß er die Wellen von ihrem Rücktritt spürte. Frau Forelle machte gewissermaßen ein paar Schläge mit dem Schwanz und lag wieder weit vorne. Er hätte kein Feuer zu machen brauchen, wenn er sie an den Ufern des Mjösvatns an Land geholt hätte. Er hätte sie roh gegessen.

Nach 200 Metern hatte sie die halbe Beckenlänge Vorsprung. Thygesen stoppte im Niedrigwasser, platschte herum und tauchte wie ein Enterich. Frau Forelle wendete. Er tat, als habe er Ärger mit seiner Brille, setzte sie auf und hockte sich auf den Boden. Von vorne war sie nicht schlechter als von hinten. Auch zwischen den Brüsten wurde der Bikini von einem Ring zusammengehalten. Bei jedem Zug kam Wasser zwischen die Stoffläppchen und die Haut. Die weiße Haut.

Thygesen hielt 100 Meter mit. 200. Sie merkte jetzt, daß sie in Form war und legte los. Bei der nächsten Wende rempelte er sie unglücklicherweise an. Sie pflanzte die Füße auf den Boden, sah ihn mit roten Augen an und lachte ein nasses Lachen.

«Du bist aus Schweden, oder?» fragte Thygesen.

Nein, sie war aus Norwegen, aus Halden.

«Kennen wir uns nicht aus Torremolinos?»

Nie in Torremolinos gewesen.

Ob er sie nachher zu einer Tasse Kaffee einladen könne?

Ihr wäre es recht. Aber Marco würde es nicht gefallen. Sie zeigte. Auch ihre Fingernägel waren blau.

Marco war im Fahrwasser, haarig und mit vollem Eigentumsrecht. Er sandte Thygesen ein goldenes Grinsen. Frau Forelle sagte «hei» und «plopp».

Thygesen kam sich vor wie ein Konfirmand. Ein Spanner. Onanist. Masochist und Scheich. Mit schlappen Gliedern schwamm er 100 Meter, um nicht das Gesicht zu verlieren. Kinderstreiche. Schweinephantasien. Er kletterte auf den Beckenrand. Wog sich auf der Waage. Siebenundsiebzig. Zwei über dem Kampfgewicht.

In der Sauna schnürte seine linke Brusthälfte sich zusammen. Er massierte den Brustkasten, kein Grund zur Aufregung. Aber es drückte schrecklich. Am linken Ellbogen war ein Bluterguß. Ein Messer stocherte in Knochenmark und Nerven. Der Schmerz pflanzte sich bis ins Herz fort.

Er rannte aus der Sauna und landete in einem der Liegestühle im Ruheraum. Das Messer stach. Die Pumpe schlug. Der Schweiß brach ihm aus. Scheißhypochonder! Bis tausend zählen. Dich wird schon nicht der Schlag treffen.

Die Verschnürung löste sich. Er döste ein. Blätterte ein bißchen in einer aufgeweichten Illustrierten. Der Kriminalbericht des Innenministers wurde im Storting geschlachtet und zerlegt. Man könnte die Öffnungen des Storting vergittern, den Deckel abnehmen und den großen Saal als Lüftungshof nehmen. Dann könnte man den Parlamentariermob zwei, drei Jahre darin einsperren, nach Farben sortiert.

Thygesen knackte weg. Er erwachte kalt wie ein Ertrunkener und mit Erektion.

Elend, beschämt und blamiert ging er unter die Dusche, kam wieder heraus. Auf der Don Quijoteschen Suche nach der schönen L. L.. Nicht einmal einen Sancho Pansa hatte er als Begleitung über Töyens vereiste Gefilde.

Der offene Park zwischen dem Töyenbad und dem Munchmuseum war gepanzert. Nur auf den steilen Böschungen hatte die Sonne ein paar bleiche Grasbüschel vom Vorjahr herauslocken können. Ohne besondere Kraft bemühte sich die Kugel da draußen, die Eiskruste zu schmelzen, schaffte aber nur die obersten Zentimeter. Thygesen hatte kürzlich gelesen (solche Zeitungsartikel interessierten ihn), daß die Sonne abnähme. Sie verbrannte, wie ein Mensch. Die Atome brieten einander. Die Sonne kroch zusammen. Vielleicht ging der Prozeß schneller, als die Wissenschaft annahm? Und die Alte verschwände so schnell, daß sie dem neuen Jahrhundert eine Eiszeit bescheren würde? Das focht ihn nicht an. Er hatte nichts mit dem neuen Jahrhundert am Hut.

Die Kjölberggate muß die passende Einfuhrschneise für eine Expedition zu Ostoslos Frisiersalons sein. Thygesen fand nur einen Zeitungsladen. Im Fenster lag ein verblichenes Exemplar von *Boudoir*, internationales Positur-Magazin. Es mußte vor seiner Zeit als Sträfling erschienen sein. In Ullersmo hatte er das meiste aus der Branche gesehen.

Die Kjölberggate zwang ihn zur Kreuzung mit dem Aakebergvei. Er konnte einen Zipfel des Bayern-Gefängnisses sehen, wandte aber den Blick ab, nach links, zum Jarlen-Kino. Das Kino und Ostoslos Volkshaus waren vergoldet worden, seitdem er sie zuletzt gesehen hatte, mit einer Art goldener, synthetischer Platten. Einen Friseur gab es hier nicht. Aber an der Galgebergkreuzung fand er einen. Ein paar Hockeyschlittschuhe waren im Fenster ausgestellt. Daraus schloß er auf einen Herrensalon. Ganz recht. Er ging hinein, und dort saß eine Handvoll Mannsbilder und wartete auf die Schur.

Der Strömsvei stank extrem nach Diesel. Er ging auf der linken Seite. Hier glaubte er mal einen Friseur gesehen zu haben. Da lag er. Galgeberg Frisiersalon hatte durchsichtige Tüllgardinen in den Fenstern. Er schnüffelte wie ein Idiot herum und blickte durch die Gardinen. Unter den Trockenhauben saßen ein paar Damen gesetzten Kalibers. Zum Personal gehörte keine, die L. L. sein könnte. Er erspähte eine jüngere Dame, aber sie war mollig.

Wand an Wand mit der Kriegsschule der Heilsarmee auf der anderen Seite der Kreuzung lag ein weiterer Salon. Er schien geschlossen zu sein. Er hockte sich hin und spähte unter den Gardinen hindurch. Die Stühle drinnen waren leer. Wartende an der Bushaltestelle des Helsfyrbusses starrten ihn neugierig an.

Die Vålerenggate war salonlos. An der Sota-Ecke traf er eine Frau aus Kampuchea. Mit einem Turban auf dem Kopf lächelte sie Thygesen überströmend von einem Plakat an der Anschlagtafel der Stadtteilvertretung Centrum Ost an. Die Parole, die «Vietnam raus aus Kampuchea» verlangte, war zum Teil durch eine Lotterieliste des Fußballclubs Sota verdeckt, das Plakat war verblichen und würde bald vom Regen verweht werden, als Zellulose auf den Boden rinnen. Und die Frau, die unter Pol Pots Regime auf einem Reisfeld fotografiert worden war, wo war sie heute?

Als nützlicher Idiot hatte auch Thygesen ‹gefordert›, daß Vietnam sich aus seinem Nachbarland verzöge. Die Forderung bestand daraus, daß er seinen Namen auf eine Unterschriftenliste setzte und 25 Kronen bezahlte. Frech hatten die Vietnamesen seiner Unterschrift getrotzt.

Hier in Vålerenga lag die Häuschenidylle reihenweise auf jeder Seite der schmalen Avenue des Stadtteils. Unvorstellbar, daß sie weggefegt und die Leute Hals über Kopf vertrieben werden könnten.

Thygesen ging bis zum Etterstadszentrum, wo er auch einen Friseur gesehen hatte. Wenn er sich andere Sachen genausogut merken könnte, hätte er es vielleicht zu etwas gebracht. Denn Ernas Salon lag im ersten Stock. Hier half die Spannerei durchs Fenster nichts. Einmarsch tat not.

Erna hatte ein paar Reife und Schmale angestellt. So weit reichte seine Erinnerung, sie war es nicht. Er errötete innig, und sein bewegungsloses Augenlid hüpfte hoch und nieder wie ein Rouleau. Er zog sich zurück, unter kicherndem Applaus.

Es war zu dumm, um wahr zu sein. Er mußte ein Taxi kapern und einen Schnapsladen finden. In Vålerenga mußte es doch einen Schnapsladen geben. Er ging die Danmarksgate hinab.

Die Sonne arbeitete sich durch den hellroten Dunst über dem Stadtkessel und wärmte die Backen. In den Rinnsteinen flossen winzige Sickerbäche. Die Straße wirkte ein bißchen wie in einem dänischen Bauerndorf. Niedrige und gut angestrichene Häuser machten es sich zu beiden Seiten gemütlich, mit einer kleinen Werkstatt hier, einer Spitzengardine da und überall Topfblumen in den Fenstern.

Astrid und er hatten hier Aussicht auf ein Haus gehabt. Es war die Rede davon, mit einem Lehrerehepaar zusammenzuziehen. Jesus, damals war er verheiratet. Sie spielte im Nationaltheater, und er machte bei der Polizei Furore. Verheiratet! Von Astrid hatte er eine Karte aus Tromsö bekommen, mit der Mitteilung, sie habe sich mit einem Werftarbeiter verehelicht. So progressiv war sie geworden. Die Entfernung zwischen ihnen war nicht größer als die zwischen Frognersetra und Tryvannsstua – für zwei Ameisen, die nicht Ski laufen können.

An der Kreuzung Danmarksgate / Hjaltlandsgate, am Kirkepark, lag Jannikes Damenfriseur. Der Salon befand sich in einem häßlichen Eckhaus, das mit Eternitplatten verkleidet war. Jannikes Schild hob sich davon ab. Es war rosa und schwarz, handgemalt. Vor den Namen hatte der Künstler einen Lotus oder einen Hibiskus gesetzt. An die andere

Seite des Schildes hatte er (sie?) einen frischfrisierten kleinen Amor auf einer grünen Wolke placiert. Neue Fenster waren in die Bruchbude eingesetzt. In den Fenstern hingen schockrosa Vorhänge in finnischem Design.

Das Ganze mußte den Zweck haben, potentielle Kundinnen über 40 abzuschrecken und nur junge Mädchen und einige wenige von Vålerengas kühneren jungen Hausfrauen zu kapern.

Thygesen ging eine frischgegossene Betontreppe hinauf und starrte durch die Glastür.

Der Plan war nicht geglückt, denn unter einer Trockenhaube saß eine Großmutter und rauchte sich eins, während sie mit einer üppigen Zigeunerin sprach, die mit ziemlicher Sicherheit Jannike war. Mit dem Rücken zu Thygesen saß daneben noch eine ältere Dame. Ihre grauen Haare waren voller Lockenwickler. Eine Frau war dabei, die Lockenwickler herauszunehmen, diese Frau war L. L..

8

Es gab keinen Zweifel. L. L. war etwas größer, als er gedacht hatte, obwohl sie flache Gesundheitsschuhe trug. Ihre Füße steckten strumpflos in diesen Schuhen. Ein beiger Kittel aus Nylon war alles, was sie trug. Sie beugte sich über die Kundin, und er konnte sehen, wie sich das Gummi ihres Slips durch das dünne Nylon abzeichnete. Das Haar hatte sie mit einer Nadel zu einem ziemlich unordentlichen Dutt aufgesteckt. Es war hell und sah ungefärbt aus. Von der flotten steifen Frisur, die in seiner Erinnerung ihr einziges Kennzeichen gewesen war, war nichts mehr vorhanden. Ihr Pony hing jetzt lose nach unten, und sie mußte ihn mit der Hand wegstreichen. Die Hand war schmal und ringlos. Aber an den Ohren hatte sie Gebammel. Sie war auffallend breitschultrig, und Thygesen dachte an die Heldinnen von Hollywoodfilmen aus den vierziger Jahren.

Jannike entdeckte ihn und lächelte fett. L. L. war mit den Lockenwicklern beschäftigt.

Thygesen ging die Treppe hinunter und hinter der Ecke in Deckung. Er steckte die Pfeife an und stand da und sah gescheit aus in seinem Luxusmantel. Die Hjaltlandsgate war kurz und abschüssig, mit Häusern auf der einen und dem schneebedeckten Park auf der anderen Seite.

Aber wo beim Henker war Hjaltland? Nicht in Schweden, das war Härjedalen. Orkneyinseln? Hebriden oder Shetland?

Die Frau mit den grauen Locken kam heraus. Sie ging die Danmarksgate hinab, auf der Sonnenseite.

Thygesen holte sie schnell ein.

«Entschuldigung», sagte er.

Sie blieb stehen und trat zurück.

«Ich habe gesehen, daß Sie aus Jannikes Salon gekommen sind. Da arbeitet eine Frau, in die ich verliebt bin. So auf Abstand, verstehen Sie. Ich weiß nicht einmal, wie sie heißt.»

Die Frau war ungefähr 60, und die neuen Locken standen ihr gut. Sie spendierte dem romantischen jungen Herrn ein Lächeln.

«Ich wollte ihr so gerne eine kleine Aufmerksamkeit schenken», sagte Thygesen und zeigte das goldene Feuerzeug. «Man kann schließlich nicht einfach so in den Salon stürzen. Ich wollte das hier mit der Post schicken. Aber dafür brauche ich doch einen Namen.»

«Meinen Sie Jannike?»

«Nein, die andere. Die, die Sie frisiert hat.»

«Ach, Frau Leirgulen. Ja, sie ist wirklich süß. Aber sie hat schon einen Kavalier. Sie müssen aufpassen, er ist sicher in der Nähe. Sein Auto steht jedenfalls hier.»

Sie zeigte auf einen dunklen sportlichen Amerikaner, der gegenüber Jannikes Salon parkte.

«Himmel», sagte Thygesen. «So ein tolles Auto hat er! Da wird es sicher nicht leicht, ihn auszustechen.»

«Uff, nein», sagte die Graugelockte mit einer verschwörerischen Miene, die zeigen sollte, daß sie Thygesen Glück wünschte.

«Wissen Sie, wie Frau Leir...»

«Leirgulen.»

«Wie sie mit Vornamen heißt?»

«Heißt sie nicht Linda?» fragte die Frau, und Thygesen wünschte sich einen Hut, um damit Lebewohl zu winken.

Linda Leirgulen.

Das klang wie der Titel eines Romans von Kjartan Flögstad. Dalen Portland. Linda Leirgulen. Diese seltsame Mischung von Norwegisch und Amerikanisch. Übrigens, ist Linda nicht spanisch und bedeutet ‹schön›?

«Wann macht der Salon zu?» fragte er die Frau, die schon losgegangen war.

«Um vier.»

«Haben Sie vielen Dank.»

Das Auto des armen Hermann war nicht von schlechten Eltern. Es war ein schwarzlackierter Pontiac Trans Am mit breiten Goodyear-Racerreifen. Auf den Kofferraum hatte Hermann goldene französische Lilien und an die Rückscheibe ein Playboykaninchen geklebt. Vorne hatte die Politesse eine gebührenpflichtige Verwarnung unter den Scheibenwischer gesteckt.

Thygesen blickte in das Wunder. Das Armaturenbrett war so reichlich ausstaffiert wie der Pilotensitz eines Passagierflugzeuges. Es gab eine Uhr, die zehn nach drei zeigte. Die beiden Vordersitze waren mit flauschigem weißen Fell bezogen. Hinter den Sitzen waren zwei große Stereolautsprecher angebracht.

Hermann war keine Ameise auf der Chaussee gewesen. Traurig, so viele Pferdestärken und Dezibel verlassen zu müssen.

Aber warum hatte er keine Autoschlüssel in der Tasche gehabt?

Thygesen schlenderte zur Telefonzelle an der Südecke des Parks.

Im Telefonbuch von Oslo waren 18 Mossiges angeführt. Sicher allesamt nette und ordentliche Leute, mit Ausnahme der Person, die hinter *Mossige, Harry, Rektor* kam – denn hier hatte sich das Kuckucksei der Mossiges eingeschlichen. Als Beruf hatte er *Agent* angegeben. Die Adresse war Radarveien 133 B. Seine Telefonnummer 390713.

Mit dem Trans Am war Hermann sicher der King von Lambertseter gewesen, dachte Thygesen.

Er ging auf dem verschlammten Kiesweg zur ausgebrannten Ruine der Vålerenga-Kirche. Um die Kirche war ein Maschendrahtzaun gezogen, gekrönt von Stacheldraht. Der Zaun sollte Plünderungen und Zerstörungen verhindern. Viel zu plündern konnte es nicht geben. Die Giebel zeigten trübselig gen Himmel. Sogar der Jugendstilturm war ausgebrannt. Die Flammen hatten von den Fenstern emporgezüngelt und die grauen Steine geschwärzt.

An einer Stelle, wo er Jannikes Salon gut im Auge behalten konnte, nahm er Zeichenblock und Filzstift hervor. Er lehnte sich an eine Linde und fing an, Skizzen der Ruine zu kritzeln.

Leute kamen mit ihren Hunden vorbei und schielten höflich zu dem Künstler hinüber. Eine Jungenschar, die auf dem Schulhof der Vålerenga-Schule Hockey trainierte, faßte Interesse für ihn und wollte sehen. Er zeigte ihnen die beste Skizze. Perspektive und Schattierung waren nicht einmal mißlungen. Sein Strich war etwas wacklig, weil ihm die Hände zitterten. Aber der Zeichenkurs in Ullersmo zahlte sich nun doch aus. Ein guter Beobachtungstrick, so zu stehen. Sollte zum Pensum auf der Polizeischule gehören.

Eine Dame mit Cockerspaniel erzählte ihm, es sei jetzt fünf vor vier.

Thygesen steckte die Zeichensachen in die Manteltasche und drehte sich aus dem groben Blå Mix eine Zigarette.

Jannike kam zuerst heraus, sie trug eine Sonnenbrille. Sie lief die Danmarksgate hinab, um noch rechtzeitig zum Bus oder zum Milchladen zu kommen.

Fünf oder zehn Minuten vergingen.

Linda Leirgulen ließ sich heute Zeit.

Sie trat auf die Treppe, nahm das Schlüsselbund aus der Schultertasche, schloß ab und drückte auf die Klinke, um zu sehen, ob die Tür wirklich fest zu wäre. Dann überquerte sie die Straße in Richtung Trans Am.

Verdammt. Vielleicht hatte die Tussi die Autoschlüssel?

Aber sie begnügte sich damit, den Scheibenwischer auszuklappen, das Strafmandat zu nehmen und es zu betrachten.

Bei der Entfernung von 70 bis 80 Metern konnte Thygesen nicht sehen, ob sie einen Schmollmund machte. Sie warf den Zettel unter den Wagen, vergaß, den Scheibenwischer wieder zurückzuklappen, begann, die Straße hinaufzugehen, entschied sich anders, wechselte hinüber auf die Sonnenseite und zündete sich eine Zigarette an.

Sie nahm die Schlüsse aus der Tasche und ging wieder zum Salon. Warf die halbgerauchte Zigarette in einen schmutzigen Schneehaufen. Steckte das Schlüsselbund in die Tasche der Wildlederjacke mit Lammfellkragen und nahm endlich festen Kurs.

Thygesen tippte auf die Richtung Telefonzelle. Er ging den Hügel hinab.

Linda ging schneller, um zuerst da zu sein. Er verringerte sein Tempo und wartete geduldig, während sie ein Kronenstück in die Rinne legte – sie wählte und trat von einem Bein aufs andere. Ihre Haare trug sie jetzt offen. Sie glänzten in der Sonne, die durch die schmutzigen Scheiben in die Zelle sickerte. Sie hatte weiße weite Hosen an, die in gelbe Stiefel mit halbhohen Absätzen gesteckt waren.

In den roten Telefonzellenlack hatte jemand eingeritzt DEHYPNOTIZED TOOTHPASTE und ZICKZACK BULLENPACK.

Linda legte auf und bekam ihre Krone zurück. Sie drehte sich um und öffnete die Tür.

Er hatte schon Häßlichere gesehen.

«Hei», sagte er und ging auf sie zu wie ein Mann, der telefonieren will.

Sie lächelte nervös.

«Hei, Linda», sagte Thygesen.

Sie öffnete den Mund. Der war natürlich rot. Der Schulterriemen der Tasche rutschte von der Schulter und glitt den Jackenärmel hinunter. Sie fing ihn mit der rechten Hand.

«Keiner zu Hause bei 390713?» fragte Thygesen.

Linda hatte nicht viel Farbe im Gesicht. Jetzt lief die wenige vorhandene zu einer Rose in jeder Wange zusammen.

«Faß mich nicht an», sagte sie. «Ich hab nichts.»

«Aber ich», sagte Thygesen und reichte ihr das Feuerzeug. «Das hast du vergessen.»

«*Du* bist das?» fragte Linda. «Der, der beim *Bristol* wohnt?»

«Exakt.»

War sie erleichtert? Er bot ihr eine South State an, nahm selber eine und zündete beide mit ihrem Feuerzeug an. Sie nahm das Feuerzeug und sagte: «Danke, war nett von dir, mir das zu bringen. Weißt du, wo Hermann sich herumtreibt? Sein Auto steht im Parkverbot und...»

«Ja», sagte Thygesen.

«Wo ist der Blödmann? Ich dreh hier noch durch.»

«Hermann ist in Deckung gegangen.»

«Wohin denn?»

«Bei mir zu Hause», sagte Thygesen.

«Bei dir?» fragte Linda, und die roten Flecken fingen an, sich aufzulösen.

Begriff sie nicht, hatte sie keinen Schimmer? Oder war sie eine gute Schauspielerin?

«Weißt du nichts mehr von Sonntag nacht?» fragte Thygesen.

«Nein, war was Besonderes? Wir sind vom *Down Town* zu dir gegangen, und du warst ganz schön breit. Fingst nach und nach an, ziemlich rumzunerven.»

Sie lachte kurz.

«Du vermißt nicht ein paar blaue Schuhe?»

Das Lachen starb.

«Was, zum Teufel, willst du?»

«Bleib hier», sagte Thygesen und packte ihren Arm.

«Laß los, du Arsch!»

«Laß uns in den Park gehen», sagte Thygesen. «Ich muß dir ein paar Fragen stellen. Ich heiße Vilhelm Thygesen, falls du das vergessen hast. Vor langer Zeit war ich einmal Bulle. Du kannst bei mir anrufen und Hermann fragen, wenn du mir nicht glaubst.»

«Hermann ... du lügst, du hast kein Telefon. Ich mußte mir auf der Straße ein Taxi suchen.»

«Ich teile mir eins mit meinem Nachbarn», sagte Thygesen. «Wenn du jetzt abhaust, handelst du dir einen Höllenärger ein.»

Linda ging mit in den Park.

9

Und so gingen sie durch den Park, auf Harschschnee, der gerade zu tauen begann.

Thygesen hatte das Gefühl, auf einem stürmischen Meer zu gehen. Er war ein Riese, der auf Wogen wandelte. Sie knirschten unter seinen Stiefeln.

Der Wind hatte den letzten Schneefall zu flachen Verwehungen gehäufelt, so, wie das Wasser mit Wellenschlägen den Sand auf dem Meeresboden formt. Die Sonne arbeitete sich von Süden her in die Schneehaufen, während sich im Norden der Frost noch behauptete. Dadurch bildeten sich komische kleine Wellenkämme auf dem Schnee.

«Erzähl mir von Hermann», sagte Thygesen.

Linda antwortete nicht. Ihre Arme standen in spitzem Winkel vom Körper ab. Die nackten Hände hatten den Lammfellrand der Ärmel gepackt. Es sah aus, als sei die Jacke zu kalt und zu klein und sie versuche, sie zu dehnen.

«Was für eine Agentur hat Hermann?» fragte er.

Sie sah geradeaus.

«Wenn er bei dir logiert, brauchst du ihn ja bloß zu fragen.»

«Er ist nicht gerade redselig», antwortete Thygesen.

Hermann Mossige hatte eine ganz brauchbare Agentur für den Import von Kugelschreibern mit aufgedruckten Firmennamen, Reklamefeuerzeugen und ähnlichem Kram betrieben, meistens aus den Niederlanden. Das brachte er aus ihr heraus.

«Muß ja wohl ein paar Millionen Kugelschreiber importieren, um sich den da leisten zu können», sagte Thygesen und zeigte vage in Richtung Superschlitten.

«Die Firma läuft ganz gut», sagte Linda.

«Wo ist sein Büro?»

«Zu Hause, nehme ich an.»

«In Lambertseter?»

«Ja.»

«Wie lange kennst du Hermann?»

«Eine halbe Ewigkeit.»

«Warum hat er dich nicht angerufen, was meinst du?»

«Wir sind nicht zusammen. Er hat seine eigenen Sorgen.»

«Aber du machst dir Sorgen wegen seines Autos?»

«Die Jungs hier in der Gegend scheinen Lust darauf zu haben.»

«Du hast doch die Schlüssel, oder?»

«Woher weißt du das?»

«Hermann hat das gesagt. Ich soll sie nehmen und die Karre holen.»

«Nicht aktuell. Erst, wenn er anruft und es selbst sagt.»

Sie waren zu dem steilen Hang nach Kværnerdalen gekommen. Er konnte sehen, wie sich der Stoßzeitverkehr auf dem steilen Ryenvei staute. Unten im Tal gingen sie jetzt nach Hause, die Schweißer, Dreher und Mechaniker von Kværner, die Gießer von Jötul und die Mechaniker von der Eisenbahnwerkstatt. Sie gingen nach Hause zu Abendessen und Fernsehspiel. Die meisten würden so ihr Leben verbringen. Einige würden auf der Jagd nach Rausch, einem anderen Rausch als dem Samstagssuff, aus der Tretmühle ausscheren, einige von den Jungen, die sich die Haare über den Kragen wachsen ließen. Der Stoff, der sie die Leiter hinabbringen würde, auf der sich die Tritte beim Hinabsteigen zerschlagen, diesen Stoff gab es in der Stadt, und sie konnten ihn pro Portion zu Preisen bekommen, die den Wochenlöhnen entsprachen, die sie jetzt zusammensparten. In der Danmarksgate stand ein amerikanischer Traumwagen. Der Benzintank hatte vielleicht einen doppelten Boden. Man sagt, die Narkohunde können den Stoff riechen, selbst wenn er in einem vollen Benzintank liegt. Der Benzingeruch legt die Viecher nicht herein, sagen die Fahnder. Aber wer weiß, ob die Polizei nicht blufft? Daß die Hunde Hasch und Gras riechen können, ist bewiesen. Aber können sie Speed, H oder Kokain in einem Benzintank finden?

«Hermann war letztes Wochenende in Kopenhagen», sagte Thygesen. «Warum, zum Teufel, hatte er ein Rückflugticket von der SAS, wenn er nach Hause *fahren* wollte?»

«Für wen fragst du?»

«Für mich selber. Du hast die Karre runtergefahren, Hermann ist geflogen, und dann seid ihr zusammen zurückgekommen?»

«Du hast keine schlechte Phantasie.»

Linda Leirgulen hatte beschlossen, die Maske nicht fallenzulassen. Genausogut hätte er versuchen können, mit einem Primuskocher einen Eisberg zu schmelzen. Aber auch gegen Eisberge gibt es Mittel. Dynamit ist wirkungsvoll.

«Ich habe ein paar Jahre gesessen», sagte Thygesen mit aufgesetzt leiser Stimme. «Auf viele Dinge bin ich nicht besonders scharf. Aber um *einem* zu entgehen, würde ich mir die rechte Hand abschneiden, und das ist der Knast.»

«Nicht mein Problem», sagte Linda. Sie steckte eine ihrer eigenen Zigaretten an, eine Merit. Aber an einem normalen Dienstag benutzte sie nicht den Wahnsinns-Lippenstift mit Goldglitter. Ihr Gesicht hätte mehr ultraviolette Strahlung brauchen können, als an diesem Nachmittag in Vålerenga geliefert wurde. Die Blässe lag gewissermaßen *unter* ihrer Haut. Mit ein paar schwarzen Pinselstrichen hatte sie sie betont. Ihre Augenbrauen waren nachgezogen, die Wimpern – sie waren kurz – hatten einen Strich abbekommen, und als Extraraffinesse hatte sie unter den Augen auch einen gezogen. Hätte sie auch ihre Nase geschwärzt, wäre die Ähnlichkeit mit einem Waschbären vollkommen gewesen. Vielleicht hatte sie sich aus Trotz so angemalt, obwohl sie wußte, daß das Ergebnis nicht gut war. Vielleicht war sie nur ein normales dummes Mädchen, das der Mode folgte, ohne zu ahnen, wie sehr die sie entstellte.

Ihre Augen waren überraschend klar, und mit den Pupillen war alles in Ordnung. Sie waren braun gesprenkelt; ein Paar braune Räder mit gelben Speichen um die schwarze Nabe in der Mitte. Ihr helles Haar paßte nicht zu den Augen. Aber die Haarfarbe wirkte gar nicht so unnatürlich. Die Friseusen kennen die Tricks.

Sie verzog den Mund zu einer Grimasse: «Wieviel krieg ich pro Stunde für dein Geglotze?»

Er hätte gerne diese kalte Fresse zerschlagen. Mit flacher Hand reingehauen.

Aber er sprach weiter mit seiner Gangsterstimme: «Wie lange warst du im Knast?»

Linda zog an der Zigarette.

«Nur ganz kurz?» fragte Thygesen. «Ein paar Monate für Mißbrauch und Besitz. Hasch und ein paar Pillendosen. Verkauf haben sie dir nie anhängen können, was?»

«Wenn du alles weißt, warum fragst du dann noch, Mann? Das war 1977. Keiner denkt da noch dran.»

«Ja, das ist komisch», sagte Thygesen. «Ich weiß alles, und trotzdem vergeude ich meine Zeit damit, eine kleine Nutte wie dich auszufragen.»

Sie ließ sich nicht provozieren.

«Ich will dich nicht länger aufhalten», sagte sie.

«Du hast mich schon zuviel aufgehalten», sagte Thygesen.

«Scheiß drauf. Das war ein Vergnügen.»

«Kluges Kind. Und du hängst nicht mehr dran? Aber Hermann hat drangehangen?»

«Hermann hängt nicht dran», sagte Linda kurz. Sie war offenbar der Typ, der nur ärgerlich wurde, wenn es um andere ging.

«Ich habe gesagt *hat*. *Hat* drangehangen.»

Aber den lebenswichtigen Unterschied zwischen Präsens und Perfekt bekam sie nicht mit.

«Wenn ich dir erzählte, Hermann wäre verdammt krank, würde es dir verdammt leid tun, nicht wahr?»

«Wieso denn? Bin doch nicht seine Mutter.»

Thygesen hatte nicht daran gedacht, daß der arme Hermann irgendwo eine Mutter haben könnte. Der Gedanke kam ihm gotteslästerlich vor.

«Aber ihr seid viel zusammen.»

«Ab und zu.»

«Damit ist jetzt Schluß», sagte Thygesen.

«Das entscheidest du wohl nicht.»

«Nein, das habe ich nicht entschieden.»

«Willst du mir sagen, daß sie Hermann geschnappt haben?» fragte sie, und nun ahnte Thygesen etwas in ihren Augen, was da vorher nicht gewesen war.

«Weswegen hätte er geschnappt werden sollen?»

«Du sagst, er sei bei dir in Deckung gegangen. Was *willst* du eigentlich mit diesem Scheißgelaber?»

«Langsam wird's langweilig», antwortete Thygesen.

Ein Mann mit schottischem Schäferhund kam auf sie zugejoggt.

Thygesen ließ ihn passieren. Linda drehte Thygesen den Rücken zu und ging los, aber sie ging langsam, mit kurzen Schritten.

Thygesen packte sie an der Schulter und drehte sie um.

«Hermann ist tot», sagte er.

«Du bluffst! Du bluffst die ganze Zeit!»

Er war auf alles vorbereitet gewesen, aber nicht darauf, daß sie schlagen würde. Entweder hatte sie Glück oder den schwarzen Gürtel. Der Schlag traf ihn mitten ins Sonnengeflecht. Der Mantel dämpfte ihn, aber er schnappte nach Luft und wäre um ein Haar in die Knie gegangen.

Linda lief den Abhang hinab auf die Telefonzelle zu. Er setzte ihr wie ein wildes Tier nach, holte sie ein, trat ihr die Beine weg, und sie fiel hin, er riß sie hoch, gab ihr ein paar Ohrfeigen und schleuderte sie in den Schnee.

Da lag sie auf dem Bauch. Sie ließ kein Geräusch hören, aber ein paar merkwürdige Zuckungen liefen ihr über Schultern und Rücken.

Thygesen stand daneben und sah zu. Ein Taunus hielt unten auf Denmark Street, und wie bestellt in diesem schlechten Krimi kam ein Typ mit über die Augen gezogener Schirmmütze aus dem Auto, um sich einzumischen.

Thygesen setzte ein bekümmertes Papagesicht auf und ging dem Mann entgegen, wobei er mit den Armen fuchtelte wie ein Fußballschiedsrichter, der gepfiffen hat, worauf die Spieler sich weiterhin in die Kniekehlen treten.

«Meine Tochter», sagte er. «Sie ist von zu Hause weggelaufen und lebt hier mit einem *Neger* zusammen. Jetzt hat er ihr ein Kind gemacht, aber meinen Sie, sie will abtreiben lassen?»

«Oh, Scheiße», sagte der Mann und war nicht länger der Held, der eine Vergewaltigung verhindern will.

«Am besten machen wir das unter uns aus», sagte Thygesen.

«Alles klar», sagte der Mann und schob die Schirmmütze in den Nacken.

Linda Leirgulen hatte sich aufgesetzt. Sie ließ die Arme auf den Knien ruhen und stützte den Kopf auf die Arme. Ihr Haar fiel nach vorn und verdeckte ihr Gesicht.

Thygesen hockte sich neben sie.

«Hermann ist tot», sagte er. «Und das hätte mich völlig kaltgelassen, wenn er nicht bei mir zu Hause krepiert wäre.»

Linda sah auf, mit geplatzter Maske. Thygesen sah plötzlich, daß sie Elin gar nicht unähnlich war. Aber Elin hatte bei der geringsten Kleinigkeit losgeheult, und die Frau, die jetzt fröstelnd vor ihm saß, konnte keine Tränen hervorpressen. Mit ihrem Mund stimmte etwas nicht. So im Sitzen hatte sie wohl kaum zum Lippenstift gegriffen. Der rote Streifen im einen Mundwinkel mußte also Blut sein.

Thygesen suchte in den Manteltaschen nach einem Taschentuch, aber wo hätte das herkommen sollen?

Sie hatte selber eins. Mit Daumen und Zeigefinger befühlte sie ihre geschwollene Oberlippe.

«Hermann ist tot», sagte Thygesen. Das war das Tagesmotto. «Und das weißt du so gut wie ich. Ich hab deine Schuhe im Hof gefunden. Mit zerbrochenem Absatz und geronnenem Blut. Warum, zum Teufel, hättest du deine Schuhe verstecken sollen, wenn du nicht ganz genau wußtest, was du gemacht hast?»

Ihre Augen waren zwei leere Kaffeetassen mit Satz auf dem Boden.

«Du hast ein paarmal zu oft zugeschlagen. Ich weiß ja nicht, warum du auf ihn losgegangen bist und warum er sich nicht gewehrt hat. Aber du weißt, was du gemacht hast.»

«Nein», sagte Linda plötzlich. «Nein!»

«*Das* kannst du der Bullerei erzählen. Du hast ein fieses Loch in den armen Hermann gehackt. Ich weiß nicht, was die einer angeknallten Frau für so ein Benehmen geben. Aber ich weiß, was *ich* kriege, wenn die mir den Mord anhängen.»

«Mord?» fragte Linda. Sie sagte das mit einer Stimme, die wegen der Lippe lispelte: «Morth?»

«Schnall doch endlich, daß Hermann tot ist. Ich kenne das Gesetz. Nichts kenne ich so gut wie den Paragraphen 233 des Strafgesetzbuches, den über Mord. Weil ich schon mal das Pech hatte, einen zu erschießen, können sie mir lebenslänglich geben, wenn ihnen das Spaß macht. Und *lebenslänglich* ist etwas ganz anderes, als ein halbes Jahr in Bredtvet sitzen und kiffen.»

«Was machst du jetzt?» fragte sie.

«Mit dir?»

«Ja?»

Sie sah klein und erbärmlich aus, wie sie da saß. *Diese* Frau hätte man ins *Down Town* nicht hereingelassen, und auf den Vordersitz eines Trans Am hätte sie auch nicht gepaßt. Höchstens hätte H. C. Andersen sie in den Schnee setzen können. Das Mädchen mit den Schwefelhölzern.

«Du mußt auf die Beine kommen, bevor du erfrierst», sagte Thygesen und gab ihr eine Pfote.

Sie nahm sie, ohne zu beißen, und rappelte sich hoch.

Thygesen merkte, daß er seit den beiden Brötchen nichts gegessen hatte. Mitten in dem Ganzen wäre ein Kaffee wunderbar.

«Gibt's hier in der Nähe ein Café?» fragte er.

«Hm. Im Strömsvei, das *Eno.*»

Sie hielt seinen Arm fest.

«Ich muß mir den Fuß verstaucht haben», sagte Linda. Sie sagte es so, wie ein Schulmädchen nach einer Schlägerei auf dem Schulhof mit ihrem Lehrer redet.

«Sieht so aus», sagte Thygesen. «Du mußt versuchen, nicht zu hart aufzutreten.»

Aber er mußte sie die paar hundert Meter bis zum Café stützen. Dadurch kam er ihr näher, als ihm gefiel. Sie war ziemlich schmal in der Taille. Ihre Jacke war kurz. Er mußte unterhalb der Jacke den Arm um sie legen, und das beste war, den Gürtel festzuhalten. Auch ihr Wollpullover gehörte zu den kürzeren; und zwischen ihm und dem Gürtel war ein Spalt. Dort berührte er bloße, warme Haut – und es war des Teufels, daß er so mit ihr ging.

10

Café Eno im Strömsvei ist eine gelungene Mischung aus Restaurant und Gaskammer. Als Restaurant gibt es am *Eno* nichts auszusetzen. Sein Interieur ist im besten nationalen Stil gehalten.

Du findest sofort einen wackligen Tisch mit fleischfarbener Resopalplatte. Auf dem Tisch liegt ein orangefarbenes Plastiktuch mit lebhaftem Muster. Der Stuhl, auf dem du sitzt, ist mit schreiend gelbgrünem Kunstleder bezogen, von der unebenen Sorte, die an Fischhaut erinnert. In den Fenstern hängen kleinkarierte Gardinen in den Farben Kaffee und Milch. Auf dem Linoleumboden gibt es Spuren von Arbeiterstiefeln, sonst ist es hier nett und sauber. Das Café verfügt über eine Stereoanlage, die Hawaiigitarre und milde Operettenmusik im Repertoire hat. Du kannst auch Toot Thielemanns und seine weiche Fiedelbegleitung hören. Wenn du willst, kannst du an einem Automaten elektronisches Pingpong spielen. An den Wänden hängen ein Spiegel, auf dem eine hingerissene Dame von 1900 mit breitkrempigem Hut für *Delicious Coca-Cola* wirbt, eine schlampig ausgeführte Zeichnung einer spanischen Galeasse und ein paar sorgfältiger gemachte Ölgemälde, die eine Alm am Abend, eine Alm am Morgen und einen Bergsee zeigen. Die Kunst hängt hier, um die Gäste an die entschwundene Zeit zu erinnern.

Die Gegenwart ist auf der anderen Seite der Wand. Dreieinhalb Meter entfernt fährt eine Stahlkolonne den Strömsvei hinauf. Du bemerkst vor allem die Lastwagen, die mit dumpfem Dröhnen vorbeirumpeln, als explodierten Senkminen in der Nähe des Cafés. Das alte Holzhaus wackelt nur ein paar Millimeter. In wechselnden Intervallen bleibt der Verkehr ganz stecken. Ein Überlandbus stampft draußen; und was für Tricks der Wirt auch ersinnen mag, um den Laden zu lüften, so merkst du doch, daß diese Busse Diesel fahren und daß Diesel, wenn ihn ein Bus im ersten Gang verbrennt, ein dickes, schwüles Gas ergibt. Dieses Gas kommt herein.

Wenn du es satt hast, die Gegenwart zu studieren, deren üblen Geschmack du kennst, kannst du den Blick um 180 Grad wenden und aus dem Hoffenster hundert Jahre in die Vergangenheit sehen. Dort siehst du ein geschnitztes Treppengeländer, das hellgrün angestrichen ist, ein paar Zweige eines Fliederbusches und ein mennigebraunes Schuppendach. Alles in weichem Frühlingslicht.

Der Wirt hat schon lange resigniert. Er serviert ein einfaches Menü aus Butterbroten. Die Frikadellenbrote macht er dir gern in einem Öfchen warm. Der Filterkaffee ist wie in den meisten Cafés, ja, vielleicht etwas besser. *Enos* Spezialität ist Erbsensuppe.

Es ist unglaublich, was brühheiße, dicke Erbsensuppe mit Speckstücken und Kartoffelscheiben mit der Menschheit für Wunder bewirken kann, dachte Vilhelm Thygesen und blies auf seinen Löffel. Hier sitzt du, hast die Stilettabsatzmörderin fast auf dem Schoß, und alles, worauf du dich konzentrieren kannst, ist die Suppe.

Den Kaffee hatten sie schweigend getrunken. Linda Leirgulen nahm Sahne, aber keinen Zucker.

Da sich alle anderen Gäste von der Suppe in Versuchung führen ließen, bestellte auch Thygesen ein Paar tiefe Teller mit dem Stoff.

Linda wollte nicht. Diese Frau hatte keinen Hunger. Widerwillig begann sie, mit dem Kaffeelöffel in der Suppe zu rühren. Sofort erwischte sie ein paar Erbsen, die sie vorsichtig probierte. Sie brannten lustig auf der Zunge, und sie packte den großen Löffel und legte los. Ganz leicht war das nicht, wegen ihres Mißgeschicks mit der Lippe. Aber jetzt war sie voll dabei.

Café Eno war nicht groß, und der Gastraum war wie ein L geformt.

Sie saßen in der Ecke, Thygesen mit dem Rücken zur Wand auf einem Sofa und Linda ihm genau gegenüber. Der Tisch war so klein, daß er Intimität schuf.

Einmal hatte Straßenbahnschaffner Johansen Thygesen erzählt, daß gewisse Nazis in einem Café im Strömsvei verkehrten. Thygesen betrachtete die übrigen Gäste. Er sah keine offensichtlichen Alt- oder Neonazis. Ihnen zunächst saß ein anderes Paar: Ein lebhafter Nordnorweger von etwa 40 versuchte, eine Dame zu beeindrucken, die ungehemmt einen ländlichen Dialekt redete und an diesem Abend nicht in ‹*Die Traumfrau*› gehen wollte. Weiter weg saß ein älterer Mann mit Lederjacke und weißem Rollkragenpullover und unternahm wirklich nichts anderes, als seine gefalteten Hände anzustarren. Neben ihnen in der Ecke leistete ihnen ein junger Typ Gesellschaft, der bald die Stellenanzeigen in *Aftenposten* durchgekämmt haben würde, und auch er schien nicht gerade einen Posten als Hauptsturmführer zu suchen.

Es war ziemlich warm. Thygesen erhob sich und zog den Mantel aus. Er kam sich mit seinem Thaiseidenschlips und der Ferner-Jacobsen-Jacke blöd vor.

Der junge Typ warf ihm einen höhnischen Blick zu, legte die Zeitung fort und kaufte sich einen O-Saft, trank ein paar Schluck und nahm den Saft dann mit.

Die Anlage steuerte‹*Ramona, keine ist so schön wie du*› bei.

Ramona hatte aufgegessen. Sie zündete sich eine Zigarette an und wollte noch eine Tasse Kaffee, wenn das ginge. Alles ging. Daran war die verdammte Suppe schuld.

«Wie alt bist du?» fragte Thygesen Linda / Ramona.

«23.»

«Wohnst du irgendwo?»

«In Bjölsen. Selbes Haus wie Jannike. Die, der der Salon gehört. Sie hat mir ein Zimmer mit eigenem Eingang besorgt, gehört zum Job.»

«Du darfst da nicht hin», sagte Thygesen.

«Wohin?»

«Bjölsen.»

Was, zum Teufel, war ihm denn nun herausgerutscht? Sie sollte doch gar nicht nach Bjölsen, sondern direkt ins Loch für vier oder acht Wochen Untersuchungshaft, oder was immer der Untersuchungsrichter für gut befand.

«Warum nicht?» fragte sie, als hätte er keine Macht über sie und könnte sie nicht in die Korridorhölle schleudern.

«Weil Hermann gesucht wird.»

«Aber Hermann ist doch ...»

Er wollte nicht daran erinnert werden. «Es gibt Leute, die glauben, Hermann hätte ein oder zwei Tüten bei sich gehabt. Hast du einen Kerl mit rot karierter Jacke um die Karre rumschnüffeln sehen?»

Auch das war Quatsch. Hätte Alaskajacke den Wagen entdeckt, dann wäre der geknackt und über alle Berge.

«Die Karre ist nicht in Kopenhagen gewesen», sagte sie.

«Bist du da sicher? Hundert Prozent?»

«Du glaubst, ich ... ich wäre mit Hermann zusammen. Das stimmt bloß nicht. Aber ich weiß, er würde keine lange Tour fahren. Er mochte keine langen Touren. Irgendwas stimmte nicht mit seinen Augen. Konnte nachts nicht sehen. Vitaminmangel oder so was.»

Jetzt sprach sie, und Thygesen wollte sie nicht mit einer flotten Bemerkung darüber unterbrechen, was jetzt alles nicht mit Hermanns Augen stimmte. Statt dessen fragte er, ob sie jemanden namens Siggen kenne.

«Siggen? Den Namen hab ich mal gehört. Kumpel von Hermann?»

Thygesen nickte.

«Ich hab Hermanns Kumpels nicht gekannt. Wir sind nie dahin gegangen, wo sie verkehrten. Sind nicht soviel weggegangen.»

«Wo hat Hermann seine Leute getroffen?»

«In irgendeiner Bierkneipe in der Stadt. Er hat nicht viel darüber geredet. In der Zeit, als wir ... ja, als wir zusammen waren ... da sind wir gefahren. Nach Rölleshauen, Gjersjöen, Skarnes oder so. Manchmal haben wir in Motels oder Campinghütten übernachtet.»

Aber in der Karre konnte man wohl genausogut zu Potte kommen, dachte Thygesen. Er schob die halbvolle Kaffeetasse weg. Der arme Hermann mit Linda im Auto. Er sah es vor sich, und es war kein erbaulicher Anblick.

«Hermann hatte nicht gerne Leute bei sich zu Hause. Und ich wollte ihn nicht mit nach Bjölsen nehmen, weil Jannike ihn nicht ausstehen konnte.»

Eins zu null für Jannike, dachte Thygesen.

«Sie wird immer sauer, wenn er anruft. Ja, er ruft ... er hat ... nicht so oft angerufen. Jetzt hat sie wegen dem Auto rumgemotzt.»

«Warum?» fragte Thygesen.

Linda brachte ein Lächeln zustande, das mit der dicken Lippe schlimm aussah.

«Jannike hat ein grobes Mundwerk. Sie sagt: Weg mit der Schwulenkarre, sonst glauben die Leute, ich hätte einen Puff!»

«Schwulenkarre?»

«Jannike hat komische Ansichten», sagte Linda. Sie sprach gern über Jannike. «Sie glaubt, daß alle Typen im Grunde schwul sind. Also könnten sie sich gegenseitig ficken, anstatt so zu tun, als wären sie an Frauen interessiert. Ja, du müßtest Jannike kennenlernen. Sie ist etwas ganz Besonderes.»

Thygesen hatte schon beschlossen, Jannike kennenzulernen.

«Und sie hat dir ein Zimmer in ihrem Haus besorgt ... habt ihr eine Beziehung?»

Die Frage fiel auf die orangefarbene Tischdecke. *Beziehung*. Das klang nicht gut.

«*Wir*? Jannike und ich? Du meinst, so lesbisch?»

Thygesen fiel nichts ein, was er sonst gemeint haben könnte.

Linda lachte und verspritzte winzige Kaffeetropfen.

«Nein, Jannike wohnt mit Truls und mit den Windhunden zusammen. Truls hat einen gelähmten Arm. Polio, glaube ich. Aber die afghanischen Windhunde sind einfach geil. Ich führ sie im Bjölsenpark aus.»

Selbstverständlich wohnte Jannike mit Truls und mit den Windhunden zusammen, und die Stilettabsatzmörderin führte die Viecher im Bjölsenpark aus. So ist das Leben. Aber er mußte sich jetzt zusammenreißen und zuschlagen.

«Und wenn du in Bjölsen Hunde ausgeführt hast, ist Hermann auf Tour gefahren, um Stoff zu kaufen. *Was für Stoff*?»

Diese Frage erreichte nicht einmal das Plastiktuch. Sie blieb vor Linda in der Luft hängen. Linda blies Rauch aus und machte schmale Augen. Das Paar aus dem Norden und den Tälern war gegangen. Nur der Mann in der Lederjacke, der heute seinen Salzsäulentag hatte, saß noch da und musterte seine Hände.

«Speed, Kokain oder Eitsch?» fragte Thygesen und fand plötzlich, das klinge dramatisch und blöd. Ein Illustriertenreporter würde so fragen.

Linda ging zur Theke und kaufte auf eigene Rechnung eine Zitronenlimonade. Aus der Schultertasche nahm sie eine Pillenschachtel. Mit gewohnter Bewegung schüttelte sie eine Tablette aus der Schachtel, legte sie auf ihre Zunge und spülte sie mit Limonade hinunter. Zum erstenmal bemerkte Thygesen, daß sie seltsam unregelmäßige Zähne hatte. Die beiden Eckzähne im Oberkiefer standen etwas vor, während die Schneidezähne zu weit zurücklagen und eine dunkle Kluft von einigen Millimetern aufwiesen.

Die Pille konnte Paralgin sein. Oder Methadon. Vielleicht war sie zu einem netten Arzt gegangen und hatte sich für legalen Stoff vögeln lassen?

«Hermann hat die Kiste nicht selber bezahlt. Irgendwer hat dahintergesteckt und ihn finanziert», sagte Thygesen. Selbstverständlich hatte er recht, und selbstverständlich würde sie nicht antworten.

Aber sie sagte mit ihrer lispelnden Stimme: «Ich könnte mir vielleicht vorstellen, Hermann zu verpfeifen. Aber ich könnte nicht des ... »

Nein, leider. Die Hintermänner würdest du nie verpfeifen. Bei einem Typ, den du umgebracht hast, geht das immer. Aber die großen Fische verrätst du nicht. Deswegen brauchst du nicht rot zu werden. Warum wirst du rot? dachte Thygesen. Du hast doch kein Staatsgeheimnis verraten. Dahinter steht The Boss, der ein paar Luxusrestaurants in Oslo betreibt, und hinter ihm wiederum stehen Ola Tomt, Knut Diamant und Martin Bormann. Die Gerüchte sagen sicher die Wahrheit. Du brauchst nichts mehr zu erzählen. Ich stelle dir ein paar Fragen, die du nicht beantwortest. Dann geh ich mit dir bei der Polizei vorbei. Es ist nicht weit. Jetzt will ich nur wissen, *warum* du Hermann umgebracht hast.

«Hermann hatte dir ein paar Kostproben gegeben. Du warst scharf auf *alles*. Deshalb hast du ihm mit dem Absatz eine gewischt. Was hast du mit dem restlichen Stoff gemacht, wieviel ist es?»

Linda trank die Brause in kleinen Schlucken, ohne die Lippen vom Glas zu nehmen. Ihre Augen, die er über dem Glasrand sehen konnte, weiteten sich wieder.

«Zuerst», sagte Linda, «habt ihr euch unheimlich gestritten. Du wolltest auf Hermann losgehen, weil er sich nicht die Stiefel ausziehen wollte. Die anderen, die auf ein Glas mitgekommen waren ... »

«Wer war das?»

«Typ und 'ne Frau. Discotypen. Kannte sie nicht. Beide sind abgehauen, weil du so rumgelärmt hast. Und zu trinken wolltest du ihnen auch nix geben ... »

«Und dann hab ich dir die Schuhe weggerissen und Hermann damit zusammengeschlagen, weil er die Stiefel nicht ablegen wollte?»

«Das mein ich nicht. Versuch, dich nicht so aufzuregen.»

Thygesen lehnte sich zurück. Das Kunstleder des Sofas fühlte sich langsam klamm unter dem Hintern an. Die Anlage spielte eine schlechte Ausgabe der Laramelodie aus *‹Dr. Schiwago›*. Aber sie hatte jetzt losgelegt.

«Du hast dich beruhigt», sagte Linda. «Hermann hat die verdammten Stiefel ausgezogen, und ihr habt euch mit gekreuzten Beinen aufs Sofa gehockt. Nebeneinander. Ihr saht aus wie die beiden Buddhafiguren auf Jannikes Kamin.»

Natürlich hatten Hermann und er wie Jannikes Buddhas ausgesehen. Sie hatten sicher auch *‹Mein Mann ist gefahren ins Heu›* gesungen.

«Ich lag hinter euch auf dem Sofa. Du hast angefangen, mich zu streicheln. Hast gesagt, ich hätte tolle Haare und so. Hermann ließ sich nichts anmerken. Erst als du mir unter die Bluse wolltest. Da hatten wir den größten Teil vom Campari intus, ohne Soda oder so. Hermann hat sich aufgeregt und gesagt, du solltest seine Frau in Ruhe lassen.»

Und dann, dachte Thygesen, habe ich mich auf den eifersüchtigen Hermann gestürzt und ihn ermordet, das willst du mir einreden. Damit müssen Sie woanders hingehen, Frau Leirgulen. Bis nach Sunnmöre, oder wo immer Sie herkommen.

Linda war keine Frau, die die Dinge in der falschen Reihenfolge berichtete oder die sich ablenken ließ, wenn ihr Zug erst ins Rollen gekommen war. «Dann hast du Hermann bedroht. Er ist aber nicht der Typ, der sich provozieren läßt. Du hast dich schließlich damit begnügt, eine Countrykassette aus dem Recorder zu rupfen und zu zertrampeln. Hast gesagt, Hermann hätte kein Recht, seine Kassetten auf deiner Anlage zu spielen und solchen Scheiß. Über Ullersmo und eine Frau namens Elin. Als ob *wir* die Musik mitgebracht hätten und Elin kennen würden! Dann bist du weggeknackt.»

«Ach so», sagte Thygesen. «Aber warum seid ihr dann nicht gegangen?»

«Nein», antwortete Linda. «Wir sind nicht gegangen.»

«Das habe ich begriffen. Aber *warum nicht*?»

Der Wirt knipste das Licht aus und ein. Er kam zu ihrem Tisch und sagte, sie schlössen um fünf.

«Können Sie uns ein Taxi rufen?» fragte Thygesen.

«Sie brauchen bloß zur Einfahrt vom Jordal Amfi zu gehen, da kriegen Sie eins.»

«Meine Verlobte hat sich den Knöchel verstaucht», sagte Thygesen.

Der Wirt sah nicht aus, als hielte er sie für besonders verlobt. Aber er hatte ihren wehen Fuß bemerkt, als sie gekommen waren. Er ging, um zu versuchen, zur Stoßzeit ein Taxi zu bekommen.

«Warum seid ihr geblieben?» fragte Thygesen.

«Weil Hermann ... er wollte ... »

«Wo ich daneben lag und schlief?»

«Nein, nicht das», sagte Linda. «Hermann hatte plötzlich Lust auf einen Schuß.»

«Und du?»

«Nein, ich häng nicht mehr dran. Aber er wollte. Er hatte in Christiania etwas aufgetrieben. Er machte eine Kerze an und fing an, die Fixe in einem Teelöffel zu erhitzen. Aber dann bist du wach geworden.»

Da haben wir's! dachte Thygesen. Jetzt habe ich ihn umgebracht, weil ich kein Rauschgift im Haus haben wollte.

«Du bist wach geworden und hast gefragt, was, zum Teufel, er da mache. Aber du warst so tranig, daß du nix geschnallt hast. Statt dessen hast du mich angegrabbelt. Hermann ist aufs Klo gegangen und hat seinen Kram gemacht. Er war unheimlich schnell angeknallt. Als er wieder reinkam, lagen wir auf dem Sofa. Ich war so müde, und du wärst dauernd fast wieder weggeknackt. Hermann war total zu. Er hat noch einen Schuß gemacht, obwohl ich gesagt habe, ich wollte keinen. Aber er hat gesagt, der wär nicht für mich. Sondern für *dich*.»

Notwehr, mit anderen Worten. Der verrückte Narkoschmuggler versucht, einen neuen Kunden zu werben. Der Kunde in spe bringt den Hai schnurstracks ums Leben und rettet damit sich und die Angebetete des Hais vor einem Schicksal, schlimmer als der Tod. Trotz allem war das noch die beste von Lindas Theorien.

Thygesen musterte sie. Sie hatte den Mund halb geöffnet, fasziniert von ihrer eigenen Erzählung. Er hatte schon weniger tüchtige Lügnerinnen gesehen.

«Für *mich*?» fragte Thygesen.

«Ja, Hermann hat dich irgendwie wach geschüttelt und gefragt, ob du einen Schuß wolltest. Schließlich hast du begriffen, was anlag. Ich hab gerufen, daß er dir keinen Jungfernschuß setzen dürfe. Einer im Stock über uns fing an, auf den Boden zu klopfen. Aber ich hab weitergeschrien, es wär zu gemein, dir einen Schuß zu setzen, wo du doch Jungfrau wärst.»

«Jungfrau?»

«Erstes Mal. Hast noch nie harten Stoff intus gehabt. Ich hab versucht, Hermann zu sagen, es wär übel, dir einen Schuß zu setzen, wo du so blau warst. Er müßte bis zum Morgen warten. Und Hermann hörte auf mich. Er ist aufs Klo gegangen, um sich den halben Schuß selber reinzutun. Aber das verdammt Komische war, daß du ihm nachgegangen bist.»

Und ihn da drinnen umgebracht hast. Das will sie doch damit sagen. Sie hat nicht genug Phantasie, um sich noch mehr auszudenken, dachte Thygesen. Trotzdem fühlte er, daß er gespannt war, was sie noch erzählen würde.

«Weißt du das jetzt wieder?» fragte Linda.

Die Frau konnte Gedanken lesen. Denn er erinnerte sich an etwas: Hermann saß auf dem Klodeckel, sein nackter Unterarm ruhte auf dem Waschbecken, und die Nadelspitze suchte das Handgelenk ab, auf der Jagd nach einer passenden Vene. Aber was hatte *er* gemacht? Thygesen war sicher, daß er nicht geschlagen hatte.

«Du hast dich vor ihm auf die Knie gelegt», sagte Linda leise.

Der Wirt war wieder da. Er hatte kein Auto bekommen. Überall besetzt oder keine Antwort. Könnten sie nicht bitte gehen? Er mußte schließen.

Thygesen stand auf. Eine selbstgedrehte Kippe lag im Aschenbecher. Er steckte sie an. Linda konnte mit dem Fuß nicht auftreten. Er legte ihr den Arm um die Taille. Sie gingen nach draußen. Der Verkehr im Strömsvei war nicht mehr so intensiv. Aber auf dem schmalen Bürgersteig konnten sie nicht stehen. Er legte den Arm um ihre Schulter.

«Willst du nicht mehr hören?» fragte Linda.

Sie blieben bei einem Parkplatz, 50 Meter die Straße hinunter, stehen. Es war eine Firma mit dem Schild *Time Sharing*.

An dem Giebel, der den elenden Block von *Café Eno* abschloß, hatte Kodak eine riesige Werbung angebracht. Zwei hübsche, braune Slalommädchen saßen auf einem Sonnenhang im Hochgebirge und lächelten, als würden sie dafür bezahlt. JEDER TAG STECKT VOLLER GUTER BILDER.

Nein, er wollte nicht mehr hören. Sie würden zu den Bullen humpeln müssen. Aus und vorbei, Lindalein.

«*Du* hast gefragt», sagte sie. «Ich weiß, was du denkst. Du willst mich anzeigen.»

«Vielleicht», sagte Thygesen.

«Und ich hab mir den Fuß verstaucht und kann nicht abhauen. Das ist *zu* blöd. Du hast dich vor Hermann auf die Knie gelegt, als er auf deinem Klo saß. Und du weißt, was du gesagt hast?»

Thygesen wußte nicht, was er gesagt hatte.

«Ja», sagte er. «Ich habe Hermann gebeten, sich zu verpissen, weil ich damit nichts zu tun haben wollte.»

Linda lachte. Sie hatte keine schönen Zähne. Auf ihnen lag eine gelbe Schicht, ganz gegen alle Reklamegebote.

«Du willst nicht wissen, was du *wirklich* gesagt hast?»

Was hieß hier ‹wirklich›? Er wollte sich eine Erklärung ausbitten. Aber sie gab nicht nach: «Du lagst da mit dem Kopf in Hermanns Schoß und *betteltest* um einen Schuß. Du wolltest ihn umbringen, wenn du keinen Schuß kriegtest. Oder dich. Du sprangst auf und nahmst eine Packung Rasierklingen aus dem Schrank. Aber es waren nur gebrauchte, und du konntest keine rausfummeln. Ich stand in der Tür und hab alles gesehen. Hermann sagte, du solltest deinen Arm aufs Waschbecken legen. Er war so vollgedröhnt. Ich sagte, du solltest das bleibenlassen. Du wolltest mir eine runterhauen, aber du hast das Gleichgewicht verloren und bist umgefallen und hast Hermann mitgerissen.»

Thygesen lockerte seinen Griff um ihre Taille und schob Linda von sich weg.

«Du lügst!»

Sie stand da, in sich zusammengekrochen und klein. Hinter seinem Rücken donnerten die Autos vorbei. Atmen war unmöglich.

«Ich *mochte* dich», sagte Linda. Ihr Gesicht war leer und ohne Spott. «Ich hab den Schuh ausgezogen und geschlagen. Geheult und geschlagen.»

Sie machte einen unsicheren Schritt rückwärts, jetzt schrie sie: «Ich habe geheult und geschlagen! Ich wollte nicht, daß er das machte. Und du hast dich unter dem Waschbecken aufgesetzt. Mit schiefgelegtem Kopf, wie eine Nickpuppe. Du hast zugeguckt. Du verdammter Lahmarsch! Du hast bloß geglotzt. Hermann hat gejammert. Ich habe immer weiter geschlagen. Dann war er still und ist umgekippt. Ich hab ein Handtuch naß gemacht und über seinem Hinterkopf ausgewrungen. Aber du hast gesagt, er wäre bloß in Ohnmacht gefallen. Du hast mich ins Bett gehoben und mir die Klamotten vom Leib gerissen. Ich habe geschrien, ich hätte meine Regel, aber du hast deine Hose ausgezogen und gewollt, daß ich dir einen blase.»

«Halt die Fresse!»

Auf ihrem Gesicht malte sich jetzt Spott. Es verzerrte sich. Ihre Nase war kreideweiß und flach.

«Aber dann hast du dich auf den Rücken gelegt und angefangen zu wichsen. Du hattest mir meinen Tampon rausgerissen, und ich blutete wie ein Schwein. Ich bin aufs Klo gegangen, um Papier zu holen. Und da hab ich begriffen, daß Hermann tot war. Und deswegen willst *du* mich anzeigen, du verdammter Arsch!»

«Hure!»

«Ja, ich bin eine Hure, aber was bist *du* denn, zum Teufel!»

Thygesen konnte sie packen, bevor sie fiel. Sie wollte laufen, aber er hielt sie. Er preßte sie hart an sich. Ihre Wange war warm und naß an seiner.

Ein Auto hupte munter.

Da stand er mit der lispelnden leichenblassen Linda in den Armen. Ein Lastwagen gab Vollgas und brachte den Boden unter ihnen zum Beben.

11

Sie standen an der Galgebergkreuzung. Autos jagten über die Brücke von Gamlebyen, in einem Strom von verdrecktem, trostlosem Stahl. Die Reifen der Wagen, die dem Bürgersteig etwas zu nah kamen, knirschten in gefrorenem Schmutz. Der Dreck war braun und spröde wie Kandiszucker. Daß es der Sonne gelang, durch den Dunst zu dringen und ihre Strahlen über die Kreuzung zu werfen, machte die Galgeberglandschaft nicht schöner. Das rote Steingebäude mit der Creditbank im Erdgeschoß sah einsam aus. Die Fenster waren leer und staubig. Tote Augen. Es schien, als hätten alle Genossenschaftsbewohner plötzlich – heute – einen gemeinsamen Entschluß gefaßt: Jetzt können wir nicht mehr! Egal, wo wir wohnen müssen, alles ist besser als das! Wir gehen fort, und das Haus bleibt als die tote Schale stehen, die es ist. Ein paar gelbe Gardinen, ein überwuchertes Radio und ein imitierter Rokokosessel sind alles, was wir euch hinterlassen. Lebt wohl.

«Wir brauchen eine Flasche Rotwein», sagte Thygesen.

«Ich mag keinen Rotwein», sagte Linda. «Davon wird mir schlecht.»

«Und Weißwein?»

«Was?»

Er wollte ihr das ins Ohr sagen, bekam aber ein Haarbüschel in die Nase und mußte niesen und husten. Er spuckte etwas Teufelsdreck aus.

«Weißwein», sagte er.

«Du erkältest dich noch», sagte Linda. «Weißwein ist okay.»

«Hier können wir nicht stehenbleiben», sagte Thygesen.

«Vielleicht kommt ein Taxi?»

«Kann hier nicht halten. Kannst du über die Kreuzung und bis zum Kino gehen?»

«Ja, aber jetzt ist Rot.»

Sie warteten auf das grüne Männchen. Als sie die rettende Fußgängerinsel fast erreicht hatten, fing es an zu blinken. Thygesen wollte sich tollkühn noch auf die nächste Fahrbahn stürzen.

Sofort bekamen sie Lenin. Den roten Mann. Ein mit Holz beladener LKW hielt höflich für sie. Aber dahinter wälzte sich der Kapitalismus heran und sah sie nicht. Die Schlange hinter dem LKW begann zu mekkern und zu heulen wie eine Schar Paviane. Der LKW-Fahrer zeigte mit dem Daumen nach hinten und mit dem Zeigefinger an seine Stirn. Die auf der anderen Spur vorbeifahrenden Autos fuhren 60 bis 70. Ein feiner Sprühregen von Asphaltwasser legte sich auf Thygesens Mantel. Er versuchte, einen Arm auszustrecken, mußte ihn aber sofort zurückziehen, sonst hätte er sich gleich eine Prothese kaufen können. Schließlich konnte Lenin den Kapitalismus stoppen. Sie bekamen den gesegneten Grünen und konnten sich in Sicherheit bringen, während ein blanker und glattrasierter Volvo sie aus dem ersten Gang heraus anknurrte.

«Die spinnen», sagte Linda.

«Wir sind selber schuld», sagte Thygesen. «Also spinnen *wir*.»

«Du erinnerst mich an Jannike. Vielleicht mag ich dich deshalb.»

Sie standen jetzt auf dem Trottoir. Und wie alle, die einer tödlichen Gefahr entronnen sind, begannen sie sogleich, über *Das Leben* zu philosophieren. Ein paar Lichtjahre entfernt hob sich Kampens Kirchturm rein und still vom leicht rosa Himmel ab. Auf der Spitze war eine patinagrüne Kugel, auf der Kugel eine Wetterfahne, die Nord-Süd zeigte. Sie war dort angebracht, um den Menschen auf den Straßen in der kleinen Hölle, die vor der großen Hölle unser Los ist, eine Hoffnung auf Seligkeit und ein luftiges Leben in der Höhe zu geben.

In der großen Hölle, wo alles glüht und du in flüssigem Eisen und blubberndem Blei watest, gibt es doch noch ein paar Spalten und Nischen in der Gebirgswand. Der Wasserdampf sammelt sich dort, kühlt ab und läuft als dünner Film aus Mikrotropfen den Berg hinab. Abends krabbeln die Unglücklichen in die Spalten, schlagen sich um die besten Plätze und lecken das Wasser von dem nach Vitriol schmeckenden Berg. Luzifer hat den Menschen in der kleinen Hölle einen Tip gegeben, und jetzt verhalten sie sich genauso. In der Stadt haben sie ein paar Spalten geschlagen und ein paar Nischen in die Hauswände gehämmert. Da sie den ganzen Tag auf dem Bauch kriechen und Staub fressen, suchen sie abends dort Zuflucht und lecken auf, was sie können. Sie haben so brennenden Durst!

So ein Spalt – und einer der kleinsten, aber unbedingt einer der besseren – ist *España con Miki*.

«Spanien con Miki», sagte Thygesen zum Fahrer. Sie hatten einen unbesetzten blonden Mercedes erwischt. «Der kleine Spanier in der Pilestredet.»

Der Mercedes bog in den Aakebergvei ein und glitt sacht am grünen Gefängnistor von Bayern vorbei. Das Polizeigebäude lag da und glänzte vor Lack und Aluminium. Hei hurra für die Bullenpracht!

Halten Sie hier, könnte Thygesen sagen, und sie abliefern.

Linda versuchte, den wehen Fuß unter den Fahrersitz zu strecken. Sie lehnte sich an Thygesen und sagte: «Ob der wohl gebrochen ist?»

«Glaub ich nicht. Aber deine Lippe ist gebrochen.»

«Geplatzt, meinst du?» fragte Linda und ließ eine rote Zungenspitze darüber gleiten.

Sie war Faye Dunaway, und er war Jack Nicholson, und der Hang war eine Straße in San Francisco. Sie fuhren nach Chinatown.

Er nahm ihr Gesicht zwischen die Hände.

«Sieht nicht so schlimm aus», sagte er, beugte sich schnell vor und gab ihr einen flüchtigen Kuß von der Sorte, die entweder ein Schuß in den Nebel ist oder alle Tore öffnet.

«Mach keinen Scheiß», sagte sie.

Er machte keinen Scheiß, sondern nahm ihre Hand und hielt sie fest.

Grönlands Torg ist der häßlichste Platz in Europa. Ein britischer Journalist hat einmal den Jernbanetorg und die umliegenden Herrlichkeiten als ‹verrottetes Gebiß› bezeichnet. Für den Grönlands Torg der achtziger Jahre hätten ihm die Worte gefehlt. Der Geruch von Schlachthof und Gedärm hängt noch über dem Platz, obwohl der potthäßliche gelbe Schlachthof abgerissen worden ist; und der Duft des Flusses Akerselv würzt diesen Geruch und auch die Auspuffgase der hundert Busse, die im Leerlauf parken. Aber dieser Geruch läßt sich ertragen. Er ist jedenfalls echt. Denn alles andere auf dem Platz und um ihn herum ist Lug und Trug, von der verblassenden Loxene-Reklame über das giftgrüne Steplahaus bis zu dem ekelhaften rundbäuchigen Kadaver, der für die Billigwaren des T-Shop, wirbt und dem zerzausten Tivoli mit den grellen Glühbirnen. Aber auch der Trug läßt sich ertragen, und niemand würde darauf verfallen, all die kleinen Hehler zu erschießen, die in den Cafés des Platzes herumhängen und gestohlene Nappajacken verkaufen, oder die Uhrenhändler, die einem Uhren mit falschen Seikogehäusen unter die Nase halten, mit einem Uhrwerk, das so lange geht, bis du um die nächste Ecke gebogen bist. Was sich nicht ertragen läßt, ist die vollständige Charakterlosigkeit des Grönlands Torg. Er erinnert nicht an ein verrottetes Gebiß, denn auch das ekligste Gebiß hat trotz allem seine eigene Persönlichkeit. Nein, Grönlands Torg ist ein massenproduziertes Gebiß, das der Hersteller voller Reue weggeworfen hat, denn jeder Kunde, der es sich in die Fresse stopfte, hatte das Gefühl, seine Seele zu verlieren. Die Menschen, die hier herumwimmeln müssen, sehen denn auch aus, als hätten sie alle Hoffnung fahren lassen. Sie gehen mit halbersticktem Gesichtsausdruck und warten darauf, daß das Postgirohaus über ihnen zusammenstürzt. Das Postgirohaus spottet jeder Beschreibung. Das ist die Wahrheit. Niemand kann es so beschreiben, wie es ist, und erwarten, daß man ihm glaubt. Man muß es sehen, und du kannst hinfahren, dir die Nase zuhalten, deine Brieftasche umklammern und das Postgirohaus betrachten, wenn du findest, daß dein Leben zuviel Sinn hat. Sofort läuft dir der Saft aus dem Körper in die Schuhe, wo er zu Milchsäure wird.

Auch der Lilletorg ist nicht schön. Nicht ohne Grund hat Leif Hagen beschlossen, von hier aus sein Porno-Imperium zu leiten, er bleibt in der Nähe des Flußgestankes, denn der ähnelt seinem eigenen.

Und vom Lilletorg geht die Stenersgate mit dem Kinderstrich ab. Und *Dagbladet* macht eine entrüstete Reportage über Dreizehnjährige, die sich für Geld, Kleider, Bier, Drogen oder eine Kanne Lynol verkaufen. Wer weiß, wie ein solcher Bericht wirkt? Denn *Dagbladet* vergißt nicht, mit einem Bild von einer kleinen Maus zu werben, die ihren Jeanshintern in die Luft streckt und sich schmusig gegen eine Autotür lehnt. Und viele sind spitz und frustriert und können sich vorstellen, die Jeans von einem Hintern zu reißen, und zwar von einem kleinen, festen, nicht von einem wabbeligen, wie man ihn auf dem Bankplass findet.

Aber Thygesen wollte nicht auf die Straße und in einer Toreinfahrt mit dem Schwanz wedeln. Bei all seiner Rastlosigkeit und Verbitterung hatte er den Bankplass doch umgehen können. Jetzt saß er in einem mollig warmen Mercedes und wurde durch den engen Schacht gefahren, den man aus irgendwelchen Gründen nach Henrik Ibsen getauft hat. Der Schacht beginnt unter dem Deckel auf dem Garborgs Plass. Auf dem, was einst weiße Mauern unter dem Deckel waren, hat ein Künstler schwarze Figuren à la Picasso gemalt. Bald werden die Mauern so verrußt sein, daß die Figuren verschwinden, aber das werden nicht viele bemerken – denn niemand hat unter dem Deckel etwas zu suchen, und wer sich hierher verirrt hat, entflieht ganz schnell, um wieder atmen zu können.

Bei Jacobsens Bäckerei bogen sie in die Keysersgate ein.

«Hei, du», sagte Linda, und drückte seinen Zeigefinger.

España con Miki ist so eng, daß man annehmen muß, vor Miki habe sich dort eine Schnürsenkelhandlung befunden. Trotzdem gibt es immer einen freien Tisch. Niemals zwei oder drei freie Tische, aber immer den einen, den man braucht.

Thygesen bestellte zweimal Thunfischsalat, eine kleine Pizza Vier Jahreszeiten und einen Rioja Blanco.

Es gefiel Linda, mit ihm in einem gemütlichen Restaurant zu sitzen und auf die Pizza zu warten, während sie den trockenen Wein aus dem Hochland am Oberlauf des Ebro kostete. Sie wippte mit dem Stuhl, und er betrachtete ihren grauen Pullover. Unter dem Pullover war sie richtig schön flach und fein, nicht bucklig wie ein blödes Kamel.

Er bestellte ihre Lebensgeschichte in Taschenausgabe und beim Kellner 20 Teddy.

Es war die altbekannte. Die Geschichte begann an einem Arm des Sognefjords. Dort war Papa Dampfschiffahrtsgesellschaftsangestellter gewesen, während Mama und die Kinder sich um den Kirschgarten unter dem Gletscher kümmerten. Dann wurden die Dampfschiffe eingemottet und durch eine Fähre vom Modell der Kanonenboote der Marine ersetzt. Sie durchpflügte den Fjord mit 24 Knoten und hinterließ Schrecken und Verwirrung und das eine oder andere zerschmetterte Ruderboot.

Die Familie hatte etwas im Sparstrumpf und emigrierte übers Gebirge. Sie fanden, Fetsund sei ein fetter Name, zogen dorthin und eröffneten einen kleinen Lebensmittelladen. Ein Baudarlehenshaus bekamen sie an einem Lehmhang mit Aussicht auf einen Flußzipfel. Sie pflanzten auch ein paar Kirschbäume, aber entweder war die Erde zu mager oder die Drosseln zu wild – die Bäume legten nie richtig los.

Linda kam in die 5. Klasse und lernte: *I am a pupil. That is a black-*

bird.» Ihren Sogneakzent verlor sie dagegen. Und bald war sie wie alle Romeriksmädchen im Backfischalter; ein blau gekleidetes Wesen mit Indianerstiefeln ohne den Drang, zu Hause vorm Fernsehen zu sitzen, auch wenn es in Farbe war, wild auf Spiel und Spaß. Wie alle Jugendlichen in einem Land, in dem das meiste verboten ist, wurde sie rasch kriminell. Es fing mit Bagatellen an, wie Zechprellerei bei einer Cola und einem Hamburger, dem Diebstahl von zwei Tüten Erdnüssen und einem Bier und einem bißchen ekligem Schnüffeln an einem kalten Wintertag in Lilleström. Die Entwicklung ging natürlich dahin, auf dem Rücksitz einer Yamaha bei Tempo 120 nach Mysen zu brausen, Eierlikör, ein paar Autoknackereien und ein bißchen Petting auf der Rückbank, ein paar Züge Hasch, wenn auf dem Schulhof Türke angeboten wurde. Eine Zeitlang war sie mit einem schwer erwachsenen Burschen zusammen, der behauptete, nur vom Stehlen von Fernsehapparaten zu leben und daß sein Job im Supermarkt nur die Tarnung sei, die er als Mafiaboß brauche. Sie peilte ein sicheres und ödes Dasein als Ungelernte und Hausfrau in Skjetten an.

«Der Fehler war, daß ich Automechanikerin werden wollte», sagte Linda. Thygesen fühlte sich plötzlich unwohl. Hier roch es nach Frauenbewegung. Er stocherte in der Pizza und schnipste nach einem neuen Rioja.

«Ich bin nach Oslo gekommen, um auf die Berufsschule zu gehn. Das war total bekloppt.»

Sie fing an herumzualbern.

«Sie haben mich gehänselt», lachte sie und hielt sich die wehe Lippe. «Am Ende der ersten Woche hat mir ein Arsch einen Säuremesser in die Hose gesteckt.»

«Einen Säuremesser?»

«Ja, so einen, mit dem man die Säure in Batterien mißt. Ich kenne eine Frau, die versucht hat, von der Fixe wegzukommen. Sie hat das geschafft. Aber dann – ja, ein paar Jahre nach dem Austrocknen – hat sie an einer Tankstelle angefangen ...»

«Was war mit dem Säuremesser?» fragte Thygesen. Er sah Schwefelsäure vor sich, die über ihren Unterleib lief und ihn deformierte.

«Hör zu», sagte Linda. «Mit dieser Frau, das war tragi ... tragikomisch.»

Der Wein kam. Er goß ein. Linda war schon ziemlich beschickert. Der Kellner nahm die Teller weg, und Thygesen sagte, die Pizza sei brauchbar gewesen.

«Alice sollte eine Batterie überprüfen», sagte Linda und errötete vor unterdrücktem Gelächter.

«Alice?»

«Bei der Tankstelle, Mann. Als sie die Säure in den Messer saugte, hat sie das so an einen Schuß erinnert, daß sie anfing, die Augen zu verdrehen. Rannte direkt zum Egertorg und kaufte für einen Monatslohn Stoff. Dann ging's aufs Damenklo, und sie setzte sich sofort eine Überdosis. Gleich ins Krankenhaus, klar. Aber jetzt geht es ihr gut, und sie ist auf einem Bauernhof.»

«Aber dir hat einer Säure gespritzt?» fragte Thygesen und kam sich ein wenig blöd vor.

«Keine Säure. Spinnst du? In dem Säuremesser war bloß Wasser. Aber es war eklig, den Rest der Stunde einen nassen Hintern zu haben. Also hab ich auf Friseuse umgesattelt.»

Sie stupste Thygesens Stiefel unter dem Tisch an und begann, ihr Hosenbein an seinem zu reiben.

«Hei, du», sagte Linda, «bist wohl ziemlich müde. Aber du siehst gut aus. Kurze Haare stehen dir. Zu Anfang wirken sie ein bißchen komisch. Aber bei näherer Bekanntschaft gewinnst du. Hast du keinen anderen Namen als dieses feierliche William?»

«Vilhelm.»

«*Vilhelm.* Meine Fresse!» lachte sie ausgelassen. «Das klingt ja total nach Westend.»

«Ich bin aus dem Westend. Einige nennen mich Ville.»

«Ville ist süß.»

Er mußte jetzt gehen. Noch fünf Minuten, und alles würde zum Teufel gehen.

«Stimmt das, daß du Anwalt gewesen bist, als du bei den Bullen aufgehört hast?»

«Ich hatte eine kleine Kanzlei.»

«Prost!» sagte Linda.

«Prost.»

Sie stießen an. Es klang schön und zerbrechlich.

«Hier sitz ich nun mit einem *Anwalt*», sagte Linda. «Leck mich doch.»

«Gerne», sagte Thygesen nach Art der Alten.

Unter dem Tisch faßte sie seine Hand. Ihre war kühl in seiner warmen. Sie spielte mit ein paar Fingern unter seiner Manschette.

«Warum warst du bloß nicht mein Verteidiger?»

«Weil ich gesessen habe», sagte Thygesen.

Das war so unbeschreiblich komisch, daß der Kellner kam und sie streng und spanisch ansah. Thygesen bemerkte, daß Mentz Schullcrud mit seiner ganzen Familie dasaß und Pfeffersteak aß. Er erkannte ihn zuerst an der Stimme. An der Radiostimme, einer der vielen, die er gelernt hatte, als er saß. Er kannte sie alle, von Olga Meyer bis Gunnar Höidahl.

Ein paar Bartaffen wollten Thygesen zuprosten. Sie erkannten ihn wieder.

«Meine Güte, du bist ja die reine Berühmtheit!» sagte Linda und preßte ihre Nägel in seinen Handrücken.

«Klar doch. Erzähl dem Onkel ein bißchen mehr.»

In der ersten Zeit in Oslo hatte sie bei einer Tante in Briskeby gewohnt. Von Proppen hatte sie etwas Samen bekommen und züchtete Marihuana zwischen den Topfblumen ihrer Tante. Dann fand sie ein Zimmer in einem Mietshaus am Ankertorg. Geil, allein zu sein. Sie und Proppen – das war eine Freundin aus ihrer Klasse, Tussi mit roten Haaren – fuhren per Interrail am Mittelmeer entlang. Sie wollten schrecklich gern nach Mallorca, hatten aber nur Geld für die Hinfahrt. Das riskierten sie. In Palma lernte sie Hermann kennen. Er hielt sie und Proppen frei. Sie mieteten ein Auto, fuhren an abgelegene Strände und badeten nackt. Für die Rückfahrt lieh Hermann ihnen einen Berg Peseten. Er bat sie nur, ein paar Pillenschachteln für ihn mit nach Norwegen zu nehmen und Proppen nichts davon zu sagen. Die brauche er gegen seine Schlaflosigkeit. Es sei unmöglich, sie zu Hause ohne Rezept zu bekommen. Sie bekam von ihm eine kleine Tasche. Die sollte sie unter der schmutzigen Wäsche im Rucksack verstecken. Im Falle einer Zollkontrolle sollte sie sagen, ein Unbekannter hätte sie ihr gegeben.

Es ging glatt. Als sie am Ostbahnhof ausstiegen, erzählte sie Proppen alles. Die Pillen hießen Bustaid. Proppen fragte überall und erfuhr, daß es streng verboten war, Bustaid zu schmuggeln. Aus einer Telefonzelle riefen sie Hermann an und verlangten 5000, beinah aus Jux. Er bot 4000. Das Geld teilte sie mit Proppen.

«Das war 1974, nicht wahr?» fragte Thygesen. «Sollen wir noch einen Wein bestellen?»

«Danke, aber ich schaff nicht mal mehr das bißchen, was ich noch im Glas habe. Woher weißt du, daß das 1974 war?»

«Du hast gesagt, du warst siebzehn.»

«Hab ich das?»

Viertausend für die geschmuggelten Pillen . . .

«Wie viele Touren hast du für Hermann gemacht?»

«Ein paar. Es war so blöd, nie Kohle zu haben und vom Ausbildungsdarlehen leben zu müssen.»

«Wann hat er angefangen, dich zu bedrängen, damit du härtere Sachen mitnahmst?»

«Aus Spanien? Du weißt doch, daß niemand so was aus Spanien holt. Wir sind mit Preludin und so was gefahren. Speed. Amphetamin. Harmloses Zeug.»

«Und du bist nie geschnappt worden?»

«Nein. Jetzt wird mir ein bißchen schwindlig. Später bin ich aufgeflogen. Wegen Pißkram. Aber Joffa ist geschnappt worden. An der deutsch-dänischen Grenze. Obwohl er alles im Tank hatte. Wir haben getan, als wäre ich eine Tramperin, die er mitgenommen hatte. Für die Tour hätten wir 10000 gekriegt.»

Joffa war ihr Liebhaber. Harter Macker. Er bekam nach den neuen, strengeren Bestimmungen, dem Profiparagraphen, drei Jahre. Linda tat das leid. Sie fing an, in einem Schwachsinnssalon in der Bygdöy-Allee zu arbeiten. Eine gräßliche Person hatte da das Sagen. Jeden Morgen mußten die Mädchen ihre Hände auf den Tisch legen und ihre Nägel inspizieren lassen. Sie wurde von einem Miethai betrogen und verlor 8000, die sie ihm schon unter dem Tisch für eine kleine Wohnung in der Odinsgate gegeben hatte. Um diesen Verlust auszugleichen, nahm sie einen Hunderter aus der Kasse. Aber die Chefin führte Buch und machte einen Höllenaufstand. Linda mußte sofort gehen. Wenn sie sich um Stellen bewarb, hatte sie keine Zeugnisse. Und sie konnte es einfach nicht aushalten, in Fetsund zu wohnen und im Laden Käse zu schneiden.

Hermann bot ihr einen leichten Job für 5000 an. Zu dieser Zeit war sie wieder viel mit Hermann zusammen. Er fuhr einen Mustang. Den Job sollte sie zusammen mit Alice machen. Alice war seit Jahren in der Szene, nahm Morphium und war stolz darauf. Sie sollten in Kopenhagen Pakistanische Ware holen. Die Ware sollten sie auf kleine Plastiktüten verteilen, diese dann verschweißen und schlucken. Zuerst mußten sie sehr viel Wasser trinken. Der Theorie zufolge würden die Tüten dann im Magen herumschaukeln.

Auf der Fähre nach Oslo wurden sie seekrank und kotzten alles aus. Alice erzählte von einem, der eine Herointüte im Magen gehabt hatte. Die Magensäure hatte das Plastik aufgelöst. Der Typ erlebte einen brutalen Trip direkt ins Fegefeuer.

Sie wurden ziemlich nervös. Als sie Færder passierten, hatten sie es noch immer nicht geschafft, die verdammten Tüten wieder zu verschlucken. Alice beschloß, alles in Tampons zu verschnüren und in der Vagina zu verstecken. Davon wurden sie nicht weniger nervös. Alice war öfters auf den Strich gegangen und allerlei gewöhnt. Aber Linda wollte den Stoff ins Meer werfen. Da setzte Alice ihr den Jungfernschuß. Dieser Schuß sollte nicht so stark sein, aber für Linda war er ultrastark. Sie schwebte auf Zehenspitzen durch den Zoll.

«Und damit war es geschehen?» fragte Thygesen.

«War was geschehen?» sagte Linda.

«Voller Abstieg. Die schiefe Bahn. Die berühmte.»

«Jetzt sabbelst du wie ein *Anwalt.*»

«Aber du hast den Strich gewählt?»

«Was weißt du davon! Ich bin mit Alice zusammengezogen. Wir hatten eine schöne Wohnung in Haugerud.»

Thygesen dachte daran, daß auch *er* in Haugerud gewohnt hatte. Zusammen mit Astrid. Dann war Linda eine von den Tussis im Nachbarblock, die mit schmucken Männern im Schlepptau heimgetorkelt kamen?

«Ich hab dich schon gesehen», sagte er gereizt. «Ich hab auch in Haugerud gewohnt. Du hast da viel Betrieb gehabt.»

«Wenn du das wissen willst ... wenn du das absolut wissen willst ...» sagte Linda leise und mit schrecklichem Lispeln bei ‹absolut›, «Dann haben wir solche Anzeigen in *Dagbladet* aufgegeben: Gutaussehendes Freundinnenpaar sucht vermögende Herren für häusliche Vergnügungen. In dem Stil. Zum Kotzen. Du hast keine Ahnung, wie viele Ärsche wir an Land gezogen haben. Aber so lange wir oben waren, konnten wir sie uns noch aussuchen.»

Er wollte nicht fragen, wie es angefangen hatte, abwärtszugehen. Es war zu banal. Illustriertengeschichte. «Es ist zu schrecklich, jung zu sein.» Unterschrieben Christiane F. aus Deutschland oder ‹anonym›. Lustvolle junge Damen, die die Blusenärmel hochkrempelten und alle ihre spannenden Stichnarben zeigten und für ihren ‹offenen und ehrlichen› Bericht besser bezahlt wurden als jemals dafür, auf einer Rückbank für sabbernde Idioten die Beine breit zu machen. Besser, für sabbernde Redakteure und Verleger auf der Jagd nach etwas, das die für einen Heuler hielten, die Ärmel hochzukrempeln, auch wenn der Heuler nicht mehr wert war als eine BH-Einlage aus Schaumgummi.

«Ich finde das unheimlich bescheuert», sagte er und schnipste nach einem Abschlußglas Wein. Der hatte sich als trockener Belag auf seinen

Gaumen gelegt. Enos Erbsensuppe rumpelte im Bauch und wollte hinaus.

«Hei, du», sagte Linda. «Hei, du» war ihr Gurrlaut. «Ich mag dich, weil du nicht zudringlich wirst.»

«Zum Teufel damit. Das finde ich nicht spannend. Was schert mich das, ob kleine Mädchen direkt von der Windel auf Stoff hüpfen?»

«Alice ist in die 16. Abteilung in der Psychiatrie gekommen. Sie hatte einen Zusammenbruch. Danach haben sie sie nach Hov i Land geschickt», sagte Linda, um sich zu verteidigen.

«Nein, wie interessant.»

«Ich war in einer therapeutischen WG, danach bin ich von Morphium auf Schnee umgestiegen.»

«Morphium und Schnee. Wie nett, daß du die Fachsprache kannst. Ihr redet allesamt wie die Pharmaziestudenten. Und das Solliakollektiv war radikal, was? Zurück zur Natur. Kühe melken statt alten Schweinen einen blasen, was?»

«Sei nicht so verflucht aggressiv. Sonst verpiß ich mich.»

«Tu das nicht!» zischte er und hatte den Eindruck, seine Stimme klänge wie ein Schneepflug, der gegen einen Kantstein kratzt. Er preßte ihr Handgelenk und spürte darin den Puls hämmern.

«Was willst du denn?»

«Fünfmal darfst du raten.»

«Da kannst du drauf scheißen. Kommt nicht in Frage. Jannike und Truls würden das nicht wollen.»

«Jannike! Wie süß. Reservemama und Reservejesus aus Bjölsen passen auf ihr Kindchen auf. Damit es nicht in die böse Stadt gerät.»

«Besorg mir ein Taxi.»

«Wieviel hast du von Hermann bekommen? Du hast doch genommen, was er bei sich hatte. Komisch, daß du es so eilig hattest, daß du seine Brieftasche übersehen hast.»

«Wieso?»

«Die habe *ich*.»

«Du? Du spinnst wirklich.»

«Danke gleichfalls. Siggen und seine Jungs klopfen jetzt oben in Bjölsen. Sie werden dich in Fetzen schneiden, um den Stoff zu kriegen.»

Das saß. Es war Biathlon mit Böen und Schneeregen. Aber er brachte den Ballon zum Landen und würde keine einsame Strafrunde, sondern gleich ins Ziel laufen.

«Joffa hat mich aufgeschnitten, als er zur Bewährung rausgekommen ist. Hier.»

Sie zog den Pulloverausschnitt hinunter, beugte sich vor und zeigte ihm eine schmale, gerade Narbe, die von der Halsgrube abwärts verlief.

«Hier kannst du mir den ganzen Kram nicht zeigen», sagte er und lachte. Der Schneepflug titschte auf den Kantstein. «Ich wohne hier gleich um die Ecke. Im *Centrum*. Der Portier ist ein kalter Fisch. Ruf an und bestell dir ein Einzelzimmer. *Centrum Hotel*. Steht im Telefonbuch. Du bezahlst 100 Eier. Hier.»

Er rollte zwei Hunderter zusammen und gab sie ihr.

«Hier ist eine Krone. Das Telefon ist beim Ausgang. Ich bezahle und geh auf mein Zimmer. Sieht blöd aus, wenn wir ein paar Sekunden nacheinander kommen.»

«Ich hab noch immer meine Regel», sagte Linda. «Hat sich nicht gelegt.»

«Zimmer 65. Sechs fünf», sagte Thygesen. «Ich kauf beim Portier ein paar Bier. Mach, was du willst.»

Er gab ihr einen Klaps auf die Wange, bezahlte dem Kellner ein gewaltiges Trinkgeld und verließ spanische Wärme und Pfeffergeruch.

Die Pilestredet war eisig kalt. In dem Moment, als die Kälte ihn ohrfeigte, wußte er, daß sie nicht zu ihm ins Hotel kam. Aber er wollte sie auch nicht dorthin schleifen. Entweder sie kam freiwillig, oder es war scheißegal. Freiwillig? Lang lebe die große Freiwilligkeit, der freie Wille! Der ist ein Bluff. Genausogut könnte man behaupten, der Güterzug, der durch das Tal töfftöfft, könnte wählen, ob er auf den Schienen bleiben oder über den Hügelkamm, im Flußlauf oder über die Äcker der Bauern fahren will.

Das *Centrum* hatte eine grüne, waagerechte Leuchtreklame. Ein paar Buchstaben waren verloschen, und so stand dort C NTR M. Ihm war es genauso ergangen. Er war T YG S N.

Vilhelm Tygsn ging ins *Centrum* und fühlte sich grün und blau. Als er im 3. Stock aus dem Fahrstuhl trat, drückte sofort im Erdgeschoß jemand auf den Knopf und wollte den Lift wieder nach unten haben. Die Fahrstuhltür war aus Glas. Der Schacht war schwach durch Licht von irgendwo unten erleuchtet. Die ganze Szenerie hatte etwas Unnorwegisches. Zuletzt hatte er in London einen Fahrstuhlschacht gesehen, der seine Kabel und Geheimnisse zeigte, in einem Mittelklassehotel am Hydepark. Man konnte sehen, wie die ölige staubige Liftkabine durch die Etagen abwärts glitt. Bald würde sie mit Hilfe von Schwungrad und Kabeln wieder nach oben geholt werden. Aber *sie* würde nicht darin sein, nur irgendein abgerissener Handlungsreisender.

Der Portier gab ihm ohne ein Wort den Schlüssel von Nr. 65. Im Flur stand ein Frauenzimmer in türkisem Angorapullover. Ihre Haare waren bleich und toupiert, sie standen zu Berge und zeigten die schwarzen Haarwurzeln. Ihre Brüste wiesen auf unnatürliche Weise auf ihn, wie zwei spitze Pyramiden. Sie quälte sich ein Lächeln ab und hauchte ihn an. Es roch wie eine Pommesbude, wo alte, rohe Zwiebeln vierzehn Tage lang in einer Ecke gelegen haben und der Würstchenmann den ganzen Wichs so satt hat, daß er nach jedem Kunden erst mal einen zwitschern muß.

«Ich wohne auf 69», sagte die Person, «komm doch mit rein und trink ein Bierchen.»

Sie hatte in jeder Hand eine Flasche Ringnes und hob die Flaschen Thygesen entgegen, während sie einen Irrsinnshüftschwung hinlegte.

«*I come from Turkey. No drink, no fucki-fucki*», sagte Thygesen, und dachte: Das ist Linda in zwanzig Jahren.

«Shiiiit», sagte die Person, schlingerte gegen die Wand, blieb dort stehen und lehnte sich an, während sie beobachtete, wie er sein Zimmer aufschloß.

«*C'est la vie*», sagte Thygesen, öffnete die Tür und machte eine mohammedanische Handbewegung. «*Me go with you, Khomeini kill me.*»

Er tat, als zerschneide er sich mit der Handkante die Gurgel. Peng, Tür zu.

Aber es war wie im Märchen. Sie hatte keine Angst vor Gespenstern. Kaum hatte er Mantel, Jacke und Schlips ausgezogen und sich im T-Shirt, die Beine mit den Stiefeln über den Bettrand baumelnd, hingelegt, da klopfte sie wie ein Specht an seine Tür.

Sie konnte ein ausländisches Gedicht und rief:

«*Find them,*
feel them,
fuck them
and forget them.»

Thygesen erhob sich, trat dicht an die Tür und brüllte: «Verpiß dich, du verdammte Kuh! Ich hab ein Messer. Ich schlitz dich auf, wenn du nicht verschwindest.»

Draußen wurde es still. Er warf einen Blick auf das Treppenfenster gegenüber, trat sich die Stiefel aus und ließ sich von der Schwerkraft aufs Bett ziehen. Irgendwas mit Stiefeln mußte er herausfinden. Aber daran wollte er jetzt nicht denken. Morgen früh würde er anrufen, und ein schwarzes Auto mit weißen Kotflügeln würde bei Jannike vorfahren und Frau Leirgulen, oder wie sie auch heißen mochte, mitnehmen.

12

Er lag mit geschlossenen Augen da und spürte, daß der Sandmann im Zimmer war. Er dachte an Siebenmeilenstiefel, die über Berg und Tal schritten.

Das Frauenzimmer klopfte an die Tür, diesmal zahmer.

Thygesen rappelte sich auf. Sein linker Fuß schlief. Er hinkte zum Gepäcktisch, auf dem seine alten Kleider lagen. In der Lederjacke war das Messer aus dem Schloßpark. Mit gutgeöltem *Schnipp!* kam das Messer aus dem Schaft. Er hinkte zur Tür, schaffte es, auf beiden Füßen zu stehen, und hielt das Messer nach unten. Er schloß mit der freien Hand auf, schob die Tür mit dem Knie auf und sagte, leise und drohend wie Jack the Ripper in einer mondlosen Nacht in Whitechapel: «Verschwinde, sonst mach ich Ernst.»

«Laß den Scheiß», sagte Linda. «Spinnst du?»

Schnapp! weg war die Messerklinge.

«Ich dachte, es wäre eine andere», sagte Thygesen und spürte, wie ihm das Blut in den Ohren hämmerte.

«Erwartest du noch andere?»

«Nein, nein. Hier auf dem Flur ist eine verrückte Alte rumgehüpft und hat genervt. Komm rein», sagte er, warf das Messer in eine Ecke und reichte ihr beide Pfoten. Ihre Hände waren noch immer kühl. Er zog sie an sich und gab ihr einen ziemlich benebelten Schmatz auf die Wange. Sie schob ihn weg, hängte ihre Jacke über den Stuhl und setzte sich aufs Bett; es gab keine weiteren Stühle. Ihre Schultertasche stellte sie auf den Boden.

«Wo ist Bier?» fragte Linda. Sie war außer Atem.

«Ich dachte, du würdest nicht kommen.»

«Du dachtest, ich würde nicht kommen? Ich hatte es doch versprochen.»

Sie hatte wirklich ihren Kinderglauben behalten, was Versprechen betraf.

«Du hast dir ja auch Zeit gelassen», sagte Thygesen und holte ein paar Zehner aus der Brieftasche.

Sie lachte und schnitt eine Grimasse. «Sie hatten kein freies Zimmer.»

Daran hatte er nicht gedacht.

«Also war ich deine Frau. Bin in die Rezeption gestürzt und habe gesagt, ich wäre Frau Advokat Thygesen. *Thygesen* stimmt doch, oder? – Und mein Mann wäre versackt und so weiter. Der Typ an der Rezeption sah aus, als hätte er eine Marsbewohnerin entdeckt.»

«Aber er hat dich reingelassen?»

«Hier bin ich, ja. Mußte die 200 deponieren, dann durfte ich auf die Suche nach meinem lieben Gatten gehen. Sie hatten tatsächlich einen Herrn Thygesen auf Zimmer 65. Der Typ hat ausgesehen, als ob er sich amüsierte.»

Linda lehnte sich im Bett zurück und stieß mit der Wand zusammen. Sie legte sich ein Kissen in den Rücken.

«Hei, du», sagte sie. «Ich glaube, der Rechtsanwalt und seine Gattin können ein Bier gebrauchen.»

Thygesen ging hinaus. Es war lange her, daß er sich in einem Flur so wohl gefühlt hatte.

Der Portier saß auf seinem Platz. Er war wohl rund um die Uhr dort, angewachsen wie eine Muschel an einem Felsen und genauso gesprächig.

«Meine Frau», sagte Thygesen und versuchte, eine verärgerte Miene aufzusetzen, weil sie auf so fatale Weise hereingelassen worden war, «meine Frau ist gekommen, um eine Szene zu machen. Ich brauche vier Bier, bitte.»

Der Portier nahm die Flaschen aus einem Kühlschrank hinter der Theke.

«Wenn das Ihre Frau war, dann bin ich Kronprinz Harald», sagte er und stopfte sich die Zehner in die Hemdentasche.

Als er ins Zimmer kam, war nur noch die Leselampe an. Ein grauer Pullover, die weite weiße Hose und ein paar hautfarbene Miniklamotten hingen ordentlich über der Stuhllehne. Thygesen dachte, daß Slip und BH so klein waren, daß beide zusammen in eine Streichholzschachtel gepaßt hätten.

Linda hatte sich die Decke bis unter die Nase gezogen. Er sah ihre braunen, etwas aufgeregten Augen und die Haare, die gelb waren wie Birkenblätter im September. Ihre Zehen schauten unter dem anderen Ende der Decke hervor. Es sah mädchenhaft aus. Wenn er früh angefangen hätte, könnte sie seine Tochter sein.

«Hei, du», sagte er, «du erinnerst mich an eine Birke, die ich mal hatte.»

«Du Blödi», lachte sie mit der Decke im Mund, «mach ein Bier auf, und komm ins Bett.»

Er blieb stehen.

«Genierst du dich?»

«Ein bißchen», sagte er und merkte, daß er am ganzen Körper zitterte, «es ist eine Weile her ...»

«Ebenfalls», lachte sie, ohne Decke im Mund.

Das glaubte er gerne. Er war bereit, alles zwischen Himmel und Erde zu glauben.

«Aber du willst doch nicht behaupten, ein Typ wie du hätte keine feste Frau? Oder ein paar, hier und da?»

«Ich weiß nicht», sagte er. So smart wie ein Konfirmand. Er hob das Messer auf und öffnete mit der rasierklingendünnen Klinge zwei Bierflaschen.

Linda streckte sich nach der Flasche, die er ihr gab. Die weiße Decke glitt herab, mit oder ohne Absicht, und Thygesen sah ihre Brüste. Sie waren klein, hatten keine kleinen Schreihälse genährt. «Wie zwei Birnen mit Stiel» hatte er in einer Zeitschrift in der Zelle gelesen. Dort hatte er auch Salomos Hohes Lied geochst. Der Brustvers war nicht dumm: «Deine zwei Brüste sind wie zwei junge Rehzwillinge, die unter den Rosen weiden.»

«Findest du das häßlich?» fragte sie.

«Was? Nein, kein Stück», sagte Thygesen.

Sie redete von der Narbe.

«Als ich bei dir zu Hause war, hast du nichts gemerkt.»

«Bestimmt nicht», sagte er und leerte die halbe Flasche in einem Zug.

«Das macht nichts. So was kommt vor», sagte Linda.

«Sicher», sagte Thygesen. «Was denn?»

«Einige drehen durch, wenn sie sitzen müssen. Man weiß nie, worauf sie dann verfallen. Besauf dich nicht. Komm lieber ins Bett. Ich beiße nicht.»

Er zog das T-Shirt aus. Unter den Armen war es verschwitzt und muffig. Und hier war er mit einer Frau, die im *Dagbladet* nach Geschäftsführern annonciert hatte, mit einer echten Narkohure, durch die soviel Verkehr gegangen war wie durch den Liertunnel. Das war in Ordnung. Er würde seine Arbeit schon schaffen, er war nicht impotent. Aber das Beknackte war, daß er sie schön fand. Schön! Er sollte sie wegjagen. Dafür sorgen, daß sie ihre Klamotten anzog, und sie rausschmeißen. Er hatte genug Ärger mit Elin und ihrem Suff gehabt und brauchte sich nicht auch noch um eine Heroinsklavin zu kümmern. Jetzt dachte er wie ein Anwalt, wie ein Zeitungsfritze, wie ein Knabe aus Bestum. Aber Anwälte, Zeitungsfritzen und Bestumknaben denken immer richtig. Gegen ihre Gedanken ließ sich nichts einwenden. Jetzt würde sie fragen, woran er dachte, jetzt würde es kommen. Und er müßte antworten, daß er einen Tripper hätte.

«Du», sagte Linda. «Ich habe ins Waschbecken gepißt. Hier ist ja kein Klo.»

«Alles klar», sagte Thygesen. Er wurde am ganzen Körper heiß und schwer. Er sah sie vor sich, diese Frau, wie sie sich aufs Waschbecken setzte – oder wie sie das nun machten –, und wünschte, sie stünde auf und machte es noch einmal und noch einmal. «Jetzt bin ich dran.»

Er zog sich aus, und trat seine Narrenhose meilenweit weg.

«Ich hab gedacht, du wärst im Süden gewesen», sagte Linda.

Thygesen drehte den Hahn voll auf.

«Aber du bist ja nur im Gesicht braun.»

«Bin von Sörkedalen her gelaufen», sagte er.

«Du hältst dich gut», sagte Linda. «Wo liegt Sörkedalen?»

«Nordmarka.»

«Auf Skiern?»

«Jawohl. Auf Skiern», sagte Thygesen und drehte den Hahn zu.

«Ich hab keine», sagte Linda.

«Ich kann dir ein Paar leihen. Sind noch von meiner Frau, in Bestum. In einem Haus.»

«Du warst verheiratet? Ist sie tot oder so was?»

«Gewissermaßen. Wohnt in Tromsö. Ich finde dich in Ordnung. Ist mir scheißegal, was du machst, bin kein Snob.»

«Hat ja auch niemand behauptet. Komm ins Bett, ehe du erfrierst. Ich hab gar nicht *so* schlimm meine Regel.»

Er legte sich auf das Bett. Auf die Decke. Sie zog die Decke unter ihm weg und breitete sie über beide. Ihm war wirklich ziemlich kalt. Seine Haut fühlte sich an, als käme sie direkt aus der Tiefkühltruhe in die Bratpfanne. Er drehte sich auf den Bauch. Das Bett war unglaublich eng. Sie legte sich halb auf ihn und begann, ihn mit der Zungenspitze im Nacken zu kitzeln.

«Laß das», sagte er.

Es gab viel, was sie lassen sollte. Er bat sie, ihn nicht gerade *da* anzufassen, denn dann wär's aus mit seiner Zündung. Er wollte auch nicht ins Ohr gebissen werden wie ein verdammtes Kaninchen! Und dieses Geküsse sollte sie lassen, schließlich war ihre Lippe stark geschwollen und konnte jeden Moment aufplatzen. Außerdem mußte sie auf ihren gebrochenen Fuß aufpassen und nicht damit gegen die Decke treten.

Sie piepste.

«Brauchst für mich nicht zu filmen», sagte er und hielt mit beiden Händen ihren Kopf fest. Sie lag mit geschlossenen Augen und flüsterte: «Tu ich nicht. Tu ich nicht.»

Jetzt war er damit an der Reihe, Bratpfanne zu sein. Er briet sie auf beiden Seiten.

Wäre sie eine Tür, er hätte sie – bei Gott – *mit Zedernholz eingefaßt.*

Und waren auch seine Schenkel nicht *wie Marmelsäulen, gegründet auf goldenen Füßen*, und war ihre Nase auch kein *Turm auf dem Libanon, der gen Damaskus sieht*, so war doch ihr Nabel *wie ein runder Becher, dem nimmer Getränk mangelt* und ihr *Leib wie ein Weizenhaufen, umsteckt mit Rosen.*

«Du kitzelst so schrecklich», sagte sie, und er gab es auf, sich durch sie hindurch zu lecken, obwohl es nimmer an Getränk mangelte.

Aber es gab etwas, das sie nicht hätte tun dürfen; als er in ihr war, begann sie auf billige Weise die Scheide zusammenzuziehen, und das war nicht nötig.

Danach hätte er sich wie ein ausgeblasenes Licht fühlen müssen, stinkend nach verbranntem Docht und Stearin. Aber er hatte bei Salomo seine Lektion gelernt: *Seine Linke liegt unter meinem Haupte, und seine Rechte herzt mich!* Er hatte es seit so langer Zeit vergessen, daß es neu, verliebt und spannend war.

«Sorry», sagte sie. «So schaff ich das nicht. Muß das selber machen.»

Er lag mit der eiskalten Bierflasche auf dem Bauch da – sie bewegte sich mit seinem Atem auf und nieder – und hatte seinen Kopf gut und schlaff ihr zugewandt. Sie brauchte lange Zeit und drei Finger. Als sie endlich kam, machte sie einen Höllenlärm und trampelte mit dem geschwollenen Fuß gegen die Wand. Er legte sich schwer auf sie, um sie zur Ruhe zu bringen, aber davon wurde nichts ruhiger.

Sie rauchten eine Teddy, tranken ein bißchen Bier und studierten die pißgelbe Decke, die trotz allem durch das Licht der Leselampe einen warmen Schimmer bekam.

«Ich wollte dich anzeigen», sagte er.

«Hab ich begriffen», sagte sie. «Sieh dir meinen Arm an.»

Er sah sich ihren Arm an. Er fand *keinen Fehl oder Makel daran*, wie Salomo gesagt haben würde.

«Ja?»

«Begreifst du nicht?»

Ach, es gab keine deutlichen Einstichnarben. Sie wollte zeigen, wie clean sie war.

«Ein Jahr», sagte sie. «Und das kommt nicht von der Nachsorge und dem ganzen Scheiß, sondern davon, daß Jannike mir einen Job gegeben hat.»

Immer Jannike.

«Joffa hat in Ullersmo gekriegt, was er brauchte», sagte Linda und machte sich an seiner Brustwarze zu schaffen.

«Wir haben so eine Art Pfeife aus ausgehöhlten Kartoffeln gemacht, die wir mit Silberpapier gefüttert hatten», sagte Thygesen. «Ziemlich viel Pot war in Umlauf. Und weil ich eine hohe Position hatte, konnte ich mir Valium erbetteln.»

«Nie was Härteres probiert?»

«Nein, verdammt noch mal», log er. Von den Parties in Gråkammen brauchte sie nichts zu wissen. Elin hatte einem Makler einen Bildteppich verkauft, der Typ hatte mit Öl zu tun und kam direkt aus Maracaibo. Er hielt den Mörder Thygesen für eine Attraktion im Bottich, in dem alle Gäste nackt saßen und sich nach kalifornischem Muster angrabbelten. Wer nicht ging – und warum sollte er gehen? –, durfte am Kaminfeuer Selbstgedrehte rauchen, und Makler Jens hatte einen Umschlag mit weißem Pulver, das sie nach Belieben in den Tabak mischen konnten. «Nicht gefährlicher als Coca», hatte er gesagt. Thygesen hatte gehört, daß Kokain in Beverly Hills eifrig gebraucht wurde und gut für die Potenz sein sollte. Aber wenn es inhaliert wurde, war die Wirkung nicht stark. Da war es vielleicht besser, wie die Chinesen Rentierhorn zu kauen.

«Ich war mal auf einem Fest», sagte er. «In Holmenkollen. Da ist im Moment Kokain in. Sie sind Scheißheuchler. Beim Anblick einer Frau wie dir würden sie in Ohnmacht fallen.»

«In Holmenkollen?» fragte Linda. «Da war ich mal. Im Måltrostvei. Zivilingenieur. Strohwitwer. Er wollte es *bloß* haben.»

«Bloß?»

«Mußte mir die Möse rasieren. Mit einem Rasierapparat. War noch nie so depri wie da. Es wollte dann auch gar nicht mehr wachsen. Ein kleiner fetter Kerl, der vor mir rumgewichst hat.»

«Ist doch gewachsen.»

«Und gar nicht mal schlecht», sagte Linda.

Er ließ ein paar Finger durch die Stahlwolle gleiten.

«Du hast Hermann alles weggenommen», sagte er.

«Was denn?»

«Den Stoff. Den, den er auch in der Spritze hatte.»

«War nicht viel», sagte Linda, und glitt auf den Fußboden. Sie wühlte nach irgend etwas in ihrer Tasche. Was sie fand, war ein Kugelschreiber. Ein roter Kugelschreiber mit weißer Schrift: REN-O-VASK. Sie ging zum Waschbecken. Ihr Hintern war in Ordnung. Er hatte irgendwie angefangen, sich zu senken. Aber er war herzförmig, wie es sich gehört. Auch Rehe haben verlockende weiße Hintern. Thygesen ging ihr nach. Er stand hinter ihr und legte die Arme um sie. Sie schraubte den Kugelschreiber auseinander, leerte ein wenig weißes Pulver ins Becken und spülte es hinunter. Es war gutes Theater. Hier standen sie, der Louis und die Lumpenhure.

Er küßte ihren Hals. Sie beugte sich über das Becken und preßte sich an ihn. Reh. Weich. Weißer Hintern. Jagd und Jäger. Leck mich am Arsch, ja, küß mich, und fick mich weg von allem.

«*The minute you walked into the joint, I could see you were a man of destinction, a real big spender, good lookin', so refined.*» Umpa, umpa. Irgendwer im Hotel spielte Shirley Bassey. Umpa, umpa. «*So wouldn't you like to know what's going on in my mind.*»

Nein! Will nicht wissen, was in deiner Birne abläuft, will nur deinen Körper spüren. An meinem. Drinnen. Es schaffen. Dieses eine Mal. «*Something in the way he moves. Attracts me like no other lover. Something in the way he moves me. I don't want to leave him now. I don't need no other lover.*»

«Mag dich», sagte Thygesen.

Das klang okay, nicht wie ein Slogan von Larry Reklame.

«Tut jetzt weh», sagte Linda. «Aber komm, du.»

«*The fool on the hill. The world spinnin' round. The sun goin' down*», den ganzen vulgären Wichs. Shirley. Linda. Weiter, weiter, Mann! «*I don't need love, for what good would love do me?*» Da-da-radadda.

«Hier gibt's keinen Schlipszwang», sagte Linda und beugte sich so schnell vor, daß er herausglitt. «Ich mag dich. Du brauchst nicht für die Galerie zu spielen. Komm unter die Decke.»

«Wenn du noch mehr Kugelschreiber hast ...»

«Noch einen. Wenn du Tabak und Papier hast. Aber es ist was anderes, als du in Holmenkollen bekommen hast.»

Sie drehte die Zigarette schnell und profihaft, inklusive Pulver.

«Ich mach das jetzt nur noch so. Mit Jannike ist es manchmal zu hart. So gibt es keinen besonderen Trip. Man schläft nur gut ein.»

Der Kugelschreiber lag offen auf dem Laken. Auf dem weißen Stoff hatte sie einen hellen roten Fleck hinterlassen. Er fegte den Kugelschreiber weg. Da platzte ein Trans Am, wenn das Pulver war, wofür er es hielt.

Sie taten einen Zug. Noch einen.

«*The shadow follows me*», sang die dunkle Shirley durch die Wand.

«*I love you so. Don't ask me how.*» Vladiang, bladiang. Schüschü. «*Every day brought me something new.*

«Macht so nicht süchtig», sagte Linda und saugte.

«Quatsch», sagte er. «Morgen kannst du wieder mit Methadon anfangen.»

«*Make the world a little younger.*»

«Lieb dich», sagte Linda. «*Ville.*»

«Quatsch», sagte er. «Morgen bist du weg. Alles Betrug. Ich müßte mit dir Ski laufen. Es gibt da ein paar schöne Seen. Kringla, Svarten, Spålen, Storflåtan. Wir könnten uns eine Hütte aus Zweigen bauen und übernachten. Der Himmel, weißt du. Schwarz wie der Teufel und voller Sterne und Lichter.»

«Ich mach mit.»

«Du wirst dir den Arsch abfrieren.»

«Ich mach mit. Ich hab dich gelinkt. Du weißt nicht, warum ich hier bin. Ich kann nichts sagen. Des ... deswegen.»

«Linda. Halt die Fresse. Lieg still.»

«Wie alt bist du?»

«Über Vierzig. Fertig. Kaputt. Das wirkt nicht, wenn man's raucht?»

«Nicht so sehr. Bißchen.»

«Du kennst jemanden, den ich kenne. Verdammt gut.»

Das wußte er. Er konnte sie zusammen mit einem Mann mit glatten, zurückgekämmten Haaren sehen. Aber das machte nichts. Denn mit ihm, dem anderen, lag sie wie eine Puppe. Dieser Mann wußte nicht, wie gut Linda zu Salomos Vers paßte:

«Siehe, meine Freundin, du bist schön und lieblich. Unser Bett ist grün.»

«Unser Bett ist doch nicht grün. Du spinnst! Wie soll ich denn jemanden kennen, den du kennst, Herr Advokat! Ville. Valle. Vulle.»

«Vylle, Völle, Vælle. Da sagst du was. Die Stunde schlägt. Wem die Stunde schlägt. Hol das restliche Bier. Trinken ist besser. Warum hat diese Ratte Shirley Bassey abgestellt?»

«Vielleicht schläft er?»

Beide tranken. Er spürte Durst, Abgrunddurst.

«Ich habe einmal einen Mann ohne Gesicht gesehen. Sie hatten ihm das ganze Gesicht mit einem Dumdumgeschoß weggeschossen.»

«Dumdum?»

«Die Terrorbekämpfung hat sie benutzt. Benutzt sie. Sie gehen wie ein Kratzer mit einer Schreibfeder rein und kommen wie eine Kreissäge wieder raus.»

Der Shirley-Bassey-Mann war nicht eingeschlafen. Er legte jetzt mit Glenn Miller und ‹*Chattanooga Choo Choo*› los. Er mußte ein Nachtmensch sein. Vielleicht wohnte er auf der blauen Treppe und kletterte mit einem Tau herüber, wenn der Mond in eine neue Phase trat? Alles ist möglich. Niemand hat darüber etwas Vernünftiges geschrieben, seit der Typ mit Dem Großen Seemannsgedicht die ‹*Bekenntnisse eines englischen Opiumessers*› schrieb.

Und fick mich langsam heimwärts, Herr König, denn dein Bogen zittert, und im Morgengrauen birst die letzte Saite.

«Kennst du viele Autotypen?» fragte Thygesen und kroch dicht, dicht an sie heran. «Halt die Fresse. Spielt keine Rolle.»

«*To me you're an angel.*» – «*Don't sit under the apple-tree with anybody else but me. Don't go walkin' down Lover's Lane with anybody else but me.*»

«Geh, und piß ins Waschbecken», sagte er. «Geh, und piß und komm schlafen.»

Sie ging zum Waschbecken. Sie war nackt, weiß und verdammt gut, und er wußte, alles war Verrat, und morgen würde er sie verloren haben. Sie setzte sich aufs Becken. Es war solide wie ein Berg. Es trug sie gut. Da saß sie und baumelte mit einem kaputten Fuß. Und eine verdammt feine Hitze, die der Schnaps der ganzen Welt und aller Stoff westlich von Singapur ihm nicht hätten geben können, breitete sich in seinem Körper aus und prickelte auf seiner Haut.

«*Now, listen, honey child*, sangen Millers Jungs. Es war ‹*Juke Box Saturday Night*›, und was gab es samstags abends schon außer einer Jukebox?

«Hei, du», sagte Linda. «Das ist ganz komisch, zu pissen, wenn du glotzt. Kann ich das Handtuch nehmen?»

«Klar. Aber warte einen Moment.»

«*At last, my lonely days are over. I found a dream that I can speak to. You smile, and then the spell is cast.*»

Sie saß auf dem Becken. Er war bärenstark und hob sie mit einer Hand, während er den Hahn aufdrehte, das Handtuch befeuchtete und sie abrieb.

«Du hast mich im Park geschlagen», sagte er. «Ich dachte, du wärst so eine verdammte Karatefrau. Setz dich. Ich kann nicht mehr. Eine wie dich hab ich noch nie getroffen.»

Sie schob sich vor und saß mit weit aufgerissenen Beinen auf dem kalten weißen Porzellanrand.

Eine wie dich. Endlich beginnen meine einsamen Tage.

Thygesen küßte ihren geschwollenen Fuß, hob ihn hoch und fand den anderen Fuß. Unter ihr lief das Wasser. Sie hatte blasse durchscheinende Haut und ein schwarzes karges Dreieck, das sie für 2000 Eier einem Arsch in Holmenkollen angeboten hatte, das sie ihm und *deswegen* aber gratis gab.

«Lieb dich», sagte er. «Bleib da sitzen, bis ich soweit bin.»

Er nahm eine Bierflasche und pißte sie voll.

Sie saß auf dem Becken. Er packte ihre Füße, ließ sie los, kam unter sie und wusch sich irgendwie. Nahm wieder ihre Füße und küßte sich die Paradiesallee hinauf, während sie seinen seltsamen Hinterkopf streichelte und streichelte.

Vielleicht brannte der Warmwasserhahn ihren Rücken? Sie preßte sein Kreuz mit den Beinen, sie erwürgte ihn mit den Armen. Er war so verdammt tief in ihr.

«*I like her looks when I read her books. Oh, what a girl. In Kalamazoo.*»

«Ins Bett», sagte er, aber gerade da kam er, und er ließ sie aufs Becken fallen.

Sie trugen sich ins Bett, krochen einander unter die Haut und schliefen wie die Kinder.

Keiner träumte von *Hütern, die in der Stadt umgehen, die schlugen mich wund; die Hüter auf der Mauer nahmen mir meinen Schleier.*

13

Thygesen erwachte jäh, wie er es oft tat, und wußte nicht sofort, wo er war. Einige schreckliche Stunden lang träumte er, er schliefe in der Kristian IV. Gate, und der arme Hermann wartete im Bad.

Aber die Person, mit der er zusammenlag, war warm und lebendig. Sie lag mit dem Rücken zu ihm. Ihr Atem ging leicht und regelmäßig.

Er ließ sich zu Boden gleiten, ging zum Fenster und öffnete es einen Spalt. Die St. Olavs Gate lag tot und finster unter ihm. Weit weg, in Richtung Majorstua oder Bislett, heulte ein Streifenwagen oder ein Krankenwagen. Nur an größeren Kreuzungen oder wenn sie ein Taxi oder einen Nachtwanderer überraschten, brauchten sie das Martinshorn.

Lindas Schultertasche war aus festem Segeltuch und hatte an den Ekken Lederbeschlag. Der Reißverschluß ging leicht auf. Die Tasche enthielt das Übliche: Bürste, einen großen Kamm und eine Plastikpackung Trockenshampoo, ein paar gebrauchte und ungebrauchte Taschentücher, ein paar Lippenstifthülsen (mit Lippenstift), ein paar Illustrierte, ein Portemonnaie mit 40 Kronen in Scheinen und vielen kleinen Münzen, ein Paar frisch gekaufte Socken und eine zerknüllte Strumpfhose. Er fand eine Schlüsseltasche mit Schlüsseln und einem größeren Sicherheitsschlüssel, wahrscheinlich für Bjölsen und den Friseursalon. Und ein Meer von Haarspangen, Sicherheitsnadeln, Briefmarken, Kampferdrops, Knöpfen... Sie raschelten auf dem Boden der leeren Tasche herum.

Thygesen packte alles wieder zurück. Dann machte er sich an die Jacke. Die hatte keine Innentaschen. Der Inhalt der beiden Außentaschen war mager: eine Monatskarte, ein Kugelschreiber (und zwar ein richtiger), eine Zehnerpackung Merit mit einer zerbrochenen Zigarette, und ein Täschchen, auf das ein Drache gestickt war. Darin erwartete er das Gesuchte zu finden. Aber im Täschchen gab es nur eine Nagellackflasche Marke Cutex, einen Augenbrauenstift, eine Packung Rouge, ein Pinselchen und einen Spiegel.

Er sah Linda vor sich, wie sie nachmittags auf dem Heimweg im Bus zin Illustrierten blätterte, sie weglegte, weil sie zu hohe Anforderungen stellten, und anfing, zur Irritation aller biederen Frauen ihre Nägel zu lackieren.

Die Hosentaschen waren leer. Aber als er die Hose schüttelte, hörte er ein Klirrgeräusch. Die Hose hatte eine sportliche Außentasche auf einem Oberschenkel. Der Knopf ließ sich nur schwer öffnen.

In dieser Tasche waren Hermanns Autoschlüssel und ein Plastikröhrchen, eine Art Hülse, wie er sie noch nie gesehen hatte. Das Röhrchen hatte ungefähr denselben Durchmesser wie eine Schrotpatrone. Es war weich und biegsam und von gelblicher Farbe. Ein Ende war rund wie der Boden eines Reagenzglases. Das offene Ende war mit einem Plastikkorken und mit Klebeband verschlossen.

Linda zog die Knie an und gab einen schläfrigen Laut von sich. Thygesen breitete die Decke über sie.

Er nahm Klebeband und Korken ab. Das Röhrchen war mit einem Stoff gefüllt, der die Konsistenz von Traubenzucker hatte. Aber er schmeckte nicht süß. Der Stoff, den er vorsichtig mit der Zunge probierte, hatte einen scharfen, bitteren Geschmack. Wie Rattengift. Nicht, daß er jemals Rattengift probiert hätte, aber dies hier war jedenfalls Gift. Mischten nicht manche Lieferanten im Ausland Strychnin bei? Je reiner das Heroin ist, desto bitterer schmeckt es. Aber auch Strychnin ist sehr bitter. Ware 2. Wahl kann man deshalb mit Rattengift verfeinern und als 1. Wahl verkaufen. In kleinen Dosen ist Strychnin auch nicht so schrecklich tödlich. Ratten vertragen nicht viel, Menschen sind zäher.

Wieviel Gramm waren es wohl? Thygesen wog das Röhrchen in der Hand. In einer Packung Tabak sind 50 Gramm. Aber Tabak ist locker und flockig. Der Stoff im Plastikröhrchen war fest zusammengepreßt. Er nahm an, daß es 30 bis 40 Gramm waren. Für wieviel könnte das auf dem Egertorg verkauft werden?

Lee und Heng aus Singapur hatten 14 Kilo braunen Zucker im Koffer, als sie auf Fornebu geschnappt wurden. In Ullersmo wurden die beiden hübschen Knaben mit einer Art respektvollem Schrecken betrachtet. Sie hatten Ware für 15 Millionen transportiert und würden von ihrer chinesischen Firma nach Ende ihrer Haft liquidiert werden.

Also: etwa 1000 Eier pro Gramm. Aber das waren die Preise von 1976, und seitdem war ein verdammt harter Bedarf geschaffen worden, während der Finanzminister gleichzeitig für eine allgemeine Inflation gesorgt hatte.

Zwischen 50000 und 100000 Kronen hielt er in der Faust.

Natürlich würde ein Typ wie Alaskajacke jedem die Kehle durchschneiden, um diese Schrotpatrone an sich zu bringen, die einem

Dutzend junger Idioten die Birne wegschießen konnte. Denk dran. «Du bist nicht der einzige, der ihn sucht.» Was würden Alaskajacke und seine Krabbenbande machen, wenn sie begriffen, daß Hermann nicht mehr im Umlauf war? Sich an seine Alte halten. Was würden sie mit seiner Alten machen, wenn sie nichts zu bieten hätte? Alles war denkbar; von einer in die Fresse bis zu einer ungeschickten Gebärmutteroperation, ausgeführt mit einem Rasiermesser.

Thygesen hatte eine affengeile Idee. Er könnte Linda als Köder benutzen und so Alaskajacke erwischen. Ihn auf frischer Tat ertappen, wenn er sie überfiel, um den Stoff an sich zu bringen. Das würde sich gut in der Zeitung machen: Expolizist entlarvt Narkobande!

Der Fehler dieser Idee war, daß er nicht mehr bei den Pfadfindern war. Die Zeit war irgendwie vorbei.

Nein, sobald es hell wäre, würden sie zusammen zur Polizei gehen. Es würde ein paar Unannehmlichkeiten geben. Linda müßte mit einem Jahr wegen fahrlässiger Tötung rechnen. Aber er, Vilhelm Thygesen, würde auf sie warten und mit dem Brautstrauß bei ihrer Entlassung bereitstehen.

Pißkram! Ein solcher Plan hatte den Haken, daß seine netten alten Kollegen der Mär interessiert lauschen, einen Bruchteil glauben, *sie* laufenlassen und *ihn* einkassieren würden.

Er könnte den Stoff ins Waschbecken kippen und gut nachspülen. Aber dann konnte er nicht mehr beweisen, daß Hermann Kurier und Dealer gewesen war und daß es deswegen kein Verlust für die Gesellschaft war, daß man ihm ins Auge gestochen hatte.

Am besten wäre es, Schlüssel und Röhrchen wieder in die Tasche zu legen, sich in die Klamotten zu schmeißen und zu verdrücken. Er mußte sich jetzt zusammennehmen und für Hermann ein Grab finden.

Könnte ihn im Trans Am wegfahren und am Mjösa, am Steilhang unter Skreia, einen Sturz in den See arrangieren. Linda könnte mitkommen. Er könnte beide auf den Grund des Sees versenken. Keine Zeugen. Schnipp, schnapp, aus.

Problem: Meterdickes Eis auf dem See.

Nein, das war nicht das Problem. Das Problem war, daß er weder das eine noch das andere war, kein echter Krimineller mit Nerven wie Drahtseilen und kein liberaler Westendknabe, der sich immer eine

Entschuldigung ausdenken könnte, die die Richter glauben würden, weil er ja eigentlich einer von ihnen war, nur ins Stolpern geraten war und ein bißchen Pech gehabt hatte.

Er schob die Sachen zurück in ihre Tasche und setzte sich mit einer Zigarette auf die Bettkante. Die Kippe wollte er in der Bierflasche ausmachen, aber die Flasche war ja schon mit seiner Pisse gefüllt. Er leerte sie ins Waschbecken.

Linda bewegte sich.

«Was machst du?»

Sie setzte sich auf und blickte sich mit Augen um, die so schmal waren wie die eines einwöchigen Kätzchens.

«Finstre Nacht, Mann. Komm in die Falle», kommandierte sie und legte sich wieder hin, wobei sie ihm den Rücken und die ganze Pracht zukehrte.

Thygesen ging einen weiteren Schritt auf der Aufschubsallee. Er legte sich neben sie, schmiegte sich dicht an sie und biß sie in den Nakken.

«Hei, du», sagte er. «Morgen früh nimmst du ein Taxi zur Arbeit. Der sicherste Ort für dich. Ich muß ein paar Dinge erledigen. Zehn vor vier bin ich da und hol dich ab.»

«Und dann?» fragte Linda.

«Werden sehen. Eins nach dem anderen. Es wird schon werden.»

Ihre Haare kitzelten ihn in der Nase, jetzt und immer. Sie schob sich rückwärts an ihn heran, und er dachte, vielleicht hätte er noch die Kraft für einmal von hinten.

«Kein Grund zur Panik», sagte er. «Wenn wir nur zusammenhalten.»

Sie war warm und treibhaus-feucht. Sogar ihre Hände waren warm geworden. Sie schoben ihn weg, und sie sagte, er solle das lassen, und sie habe keinen Bock auf den letzten Tango in Paris, aber wenn er etwas vorzeigen könne, wenn sie erwachten, sei das okay.

Er drehte sich auf den Rücken und hoffte, nie mehr zu erwachen, sondern bis Ragnarokk in diesem Bett zu bleiben.

Das Telefon schellte. Es war hell im Zimmer. In seinem Tran bemerkte er, wie sie aufstand, und dachte, wie vernünftig es von ihr war, sich einen Weckruf bestellt zu haben.

Ein eifriger Staubsauger auf dem Flur weckte ihn das nächste Mal. Er fragte die Staubsaugerführerin nach der Uhrzeit. Halb zehn.

Die Dusche war frei. Er drückte die Hände gegen die glitschige Wand und ließ sich von 80 Grad heißem Wasser verbrühen. Danach: eiskalt, so daß er auf dem Fliesenboden Rumba tanzen mußte.

Und mehr als eine kalte Abreibung war nicht nötig, dann zündete endlich die Lunte. Sehr kurze Lunte! Sie war an so einem Pulverrädlein befestigt, das auf einer Stange sitzt und beim Rotieren aussieht wie ein Sternennebel. Piff, paff! begann es sich zu drehen. Die Funken sprühten.

Hermann wollte seine Stiefel nicht ausziehen.

Auf dem Nachttisch entdeckte er einen Zettel von Linda: «Bin zur Arbeit. Bis speter! XXX von Linda.»

Später, dachte Thygesen, das heißt ‹später›. Aber das macht nichts meine liebe Liza-Linda, denn ich habe ‹*My Fair Lady*› gefunden und werde sie schon erziehen können. Und kein verdammter Staatsanwalt auf der Welt wagt es, einem Mann «ohne Bewährung» zu verpassen, wenn der Mann ein Pfund Heroin auf den Tisch legen kann. Und dem Herrn Staatsanwalt den Faden gibt, mit dem er eine Liga aufriffeln kann.

Es war immer gut, vom *Centrum* auf die Straße zu kommen, aber heute war es besser denn je. Die Kälte hatte sich gut gehalten. Die Sonne stand jetzt ganz hoch und schien ihm auf der Pilestredet in die Visage. Er selber war auf ganz high.

Er hatte keine Hoffnung, die Zulassung als Anwalt zurückzubekommen. Er war ja nicht naiv! Aber er hatte den Geschmack von Prestige und Genugtuung auf der Zunge.

Vor dem alten *Bristol Grill* stand ein älterer Amerikaner, in dem ein Mann saß. Der Mann hatte einen Jägerhut mit Feder tief ins Gesicht gezogen, las Zeitung, er kam ihm irgendwie bekannt vor, das konnte Schjerven sein.

Die hatten also Spitzel ausgeschickt. In zehn Minuten wäre die Straße von Bullenwagen verkorkt. Aber das spielte keine Rolle. Wenn sie in seiner Wohnung ein Empfangskomitee aufgebaut hatten, dann war das nur von Vorteil. Dann könnte er ihnen die Ware an Ort und Stelle zeigen, sozusagen.

Thygesen nahm die sieben Stufen zur Eingangstür in zwei Sprüngen.

Hermann, dachte er, jetzt hältst du, was du versprochen hast. *So* armselig warst du nicht, dich mit nur einem Plastikröhrchen bei Mama zu verstecken, und garantiert so geizig, daß du es nicht rausgerückt hättest, wenn du nur eins gehabt hättest. Okay, Linda kann mehrere genommen haben, nachdem sie Hackfleisch aus dir gemacht hat, aber du hast noch viel, viel mehr gehabt.

Zum Spaß öffnete er den Briefkasten. Es gab den üblichen Reklamehaufen, einen Drohbrief wegen der Stromrechnung und einen Brief von Larry Reklame. Larry war sauer – ho-hoi! –, weil das Exposé für die Hühnerringaktion noch nicht eingetroffen war. Thygesen knüllte den Brief zu einem netten Bällchen zusammen und legte ihn wieder in den Briefkasten.

Die Papierkugel im Türspalt war weg.

Thygesen blieb stocksteif stehen. Er legte ein Ohr gegen die Tür, konnte aber nichts anderes hören als *Dunk-Dunk*! von der Blutpumpe.

Sie waren drinnen. Oder jedenfalls da gewesen. Komisch, daß sie die Tür nicht versiegelt, Posten aufgestellt, das Viertel abgeriegelt hatten.

Hermann hatten sie auf alle Fälle mitgenommen.

Er schellte an seiner eigenen Tür und drückte auf die Klinke. Verschlossen. Niemand kam und öffnete, keine uniformierten Helden mit Smith & Wesson und schnappenden Schäferhunden.

Ein Pakistani, Freund von Ali, kam die Treppe herunter und sah Thygesen mit seinen sanften Mandelaugen an. Thygesen hatte seine Schlüssel in der Hand und öffnete die Tür.

«Hallo!» rief er durch den Türspalt.

Der Pakistani verschwand nach unten. Thygesen schob die Tür auf und zog den Kopf ein, als fürchtete er, der Schlagstock könnte angesaust kommen.

Der süßliche Geruch war stärker geworden. Er tastete im dunklen Flur nach dem Lichtschalter, fand ihn und drehte ihn um.

Kein Zweifel, jemand war in der Wohnung gewesen. Für Bullen hatten sie grobe Arbeit geleistet. Der Kleiderschrank stand offen. Kleider lagen auf dem Boden verstreut.

Thygesen blieb stehen und starrte seine Bürojacke an. Der Tweed war an den Schultern aufgeschnitten und die Schulterpolster quollen heraus.

Er stieg über den Kleiderhaufen, den die Besucher mit dem Messer traktiert hatten. Sie waren auch in der Küche gewesen. Dort hatten sie einen kleineren Blitzkrieg veranstaltet. Thygesen hatte nicht Cornflakes, Pulverkaffee und Zucker gehamstert, aber das wenige, was er hatte, war auf dem Boden verstreut. Leere Flaschen und Tüten waren in die Ecken getreten worden. Eine ausgerissene Schranktür hing in den Angeln. Die Mülltüte hatten die Besucher zusammen mit einer Dose Ata, die sie aufgeschnitten hatten, ins Waschbecken geleert.

Im Wohnzimmer sah es nicht besser aus. Es war schwierig, sich einen Überblick zu verschaffen. Die Arbeiter in Hupeh im fernen China hatten nicht an Daunen und Federn gespart, als sie den Schlafsack füllten. Sie konnten nicht ahnen, daß er im Wilden Westen geschlachtet und ausgeweidet werden würde.

Thygesen tat einen Schritt und wirbelte eine Wolke von zarten Federchen hoch.

Auch die Matratze des Schlafsofas war bei dem Massaker nicht billig davongekommen. Und der Läufer hatte seinen Teil abbekommen. Die Matte war kreuz und quer aufgeschnitten und von den Dielen abgerissen worden. Jedes einzelne Buch im Regal hatten sie gelesen – oder jedenfalls geöffnet und hingeschmissen, als gefiele ihnen der Inhalt nicht. Den Kassettenrecorder hatte er selber verprügelt, aber die Besucher hatten ihn zerschlagen und Transistoren und andere Innereien verstreut.

Er ging ins Badezimmer, kalt und ruhig.

Der arme Hermann lag jetzt halbnackt und aufgequollen da. Sie hatten ihm den Anzug vom Leib geschnitten. Den Inhalt des Badezimmerschrankes hatten sie in der Badewanne zerdrückt. Die Zeitungen waren aus dem Lüftungsventil gezerrt, der WC-Tankdeckel abgerissen.

Aber das war okay. Denn es bedeutete nur, daß sie unheimlich wütend darüber waren, daß sie nichts fanden.

Oder?

Oh, nein. Auf ihrem Platz im Flur lagen Hermanns Stiefel. Hermanns seltsame dunkelviolette Stiefel mit diesen viel zu hohen Absätzen, selbst für einen kleinwüchsigen Mann.

Thygesen nahm die Stiefel, ging in die Küche, fegte Teebeutel und Rosinen vom Tisch und setzte die Stiefel darauf. Er war seiner Sache sicher. Ehe er das *Centrum* verließ, hatte er daran gedacht, das Springmesser einzustecken. Jetzt schnellte die Klinge heraus.

Die Absätze waren aus Holz. Viele dünne Holzplättchen waren zusammengeleimt. Als Sohlen waren dicke schwarze Gummischeiben daruntergeklebt.

Er wählte den linken Stiefel. Das Gummi schien etwas loser daran zu sitzen. Nach einiger Bearbeitung mit der Messerklinge ließ das Gummi los. Die Holzplatte war mit Kreuzschlitzschrauben am Absatz befestigt. Die Schrauben waren aus Nylon. Damit die Metalldetektoren auf dem Flugplatz nicht ausschlagen, dachte Thygesen.

Er drehte eine nach der anderen mit der Messerspitze los. Seine Hand war ganz ruhig.

Sicherheitshalber hatte Hermann die Holzplatte auch noch angeleimt. Ein Wips mit dem Messer, und sie fiel ab.

Ein übler Geruch kam heraus. Ein beißender und ekelhafter Geruch. Thygesen schüttelte den Stiefel. Es fielen keine Plastikhülsen heraus, sondern ein Behälter, groß wie eine Kaffeetasse. Der Behälter schien aus Glasfasern zu sein. Er sah plump und selbstgemacht aus. Die übel riechende Substanz pappte an der Außenseite, ein brauner, zäher Stoff, der ihn an die Melasse erinnerte, die die Bauern den Kühen gaben, damals auf dem Lande.

Er faßte den Behälter mit einem Lappen und stocherte den selbstgegossenen Deckel ab. In dem Behälter waren acht Plastikhülsen, voller Stoff. Es war Platz für zwei weitere. Er nahm an, daß Hermann die eine gebraucht / an Linda verkauft und daß Linda die andere bekommen / genommen hatte, die Hermann zu Hause bei Mama eingesteckt und in der Tasche oder einer gewissen Körperöffnung transportiert hatte. Er erriet auch, daß die braune Schweinerei an den Behälter geschmiert worden war, um die Zollhunde auszutricksen. Reagierten Hunde auf Heroin? Würden sie sich von aufgeschmiertem Scheißgeruch hereinlegen lassen? Er wußte es nicht. Aber Hermann hatte sich jedenfalls alle Mühe gegeben, um eine sichere Methode zu finden – und diese Methode war so offensichtlich und dumm, daß niemand da suchen würde, höchstens bei einer ganz scharfen Kontrolle.

Im rechten Absatz war volles Haus. Zehn Hülsen.

Thygesen legte sie in Reih und Glied. Es war eine imponierende Batterie. Wenn er eine Küchenwaage gehabt hätte, hätte er sie wiegen können, aber er buk so selten und hatte nur eine Personenwaage.

Er rechnete: 18 mal 30 Gramm ist 540 Gramm. 18 mal 40 Gramm ist 720 Gramm. Das bedeutete ganz einfach, daß Stoff im Wert von einer halben bis einer Million Kronen vor ihm auf dem Tisch lag.

Er würde eine halbe Million sagen, um nicht zu übertreiben und wie ein Prahlhans zu wirken.

Jetzt brauchte er bloß zum Fahnder zu trotten und zu sagen: «Pst, Kumpel! Ruf auf Grönland an und sag, der alte Thygesen ist hier mit einer halben Million. Ich habe auch eine Leiche, aber darüber reden wir später.»

Und Linda? Er dachte jetzt kurz und bündig. Sie könnten es natürlich so machen, und dann würde er herausgehalten, mit Ausnahme der strahlenden Aufklärung: Er hatte ihr seine Wohnung geliehen, weil er vorzeitige Osterferien auf der Hütte in Rauland verbringen wollte. Woher er sie kannte? Hatte sie in der Stadt getroffen. War an ihr interessiert. Wollte versuchen, sie an den Haaren aus dem Sumpf zu ziehen. Warum er sie nicht mit in die Berge genommen hatte? Mann, sie mußte doch zur Arbeit. Aber er sollte sie holen kommen, sobald sie frei hätte. Deshalb hatte er aus Rauland angerufen. Wo angerufen? In Jannikes Salon. Dienstag vormittag. Und da war sie am Telefon hysterisch gewesen und hatte gesagt, er müßte sofort kommen.

Dann kam heraus, würde er erklären, daß sie in der Stadt leider nicht allein fertiggeworden wäre. Ein ehemaliger Freund aus der Drogenszene hatte sie aufgesucht. Sein Auto stand übrigens noch immer vor dem Salon. Sie waren ins *Down Town* gegangen. Sie hatte zuviel getrunken und war dumm genug gewesen, ihn zu sich einzuladen. In der Wohnung hatte er angefangen, den starken Mann zu markieren. Hatte Stoff hervorgeholt. Hatte sich einen Schuß gesetzt, wollte das auch bei ihr machen. Prahlte, er arbeitete für eine größere Liga und hätte *die* Supertour gemacht.

Sie geriet bei dem Gedanken, wieder zum Narkomißbrauch gezwungen oder in etwas hineingezogen zu werden, in Panik. Sie sahen ja ihren verletzten Mund, nicht wahr? Reine Notwehr, würde er wiederholen, *in reiner Notwehr* hatte sie ihn mit einem Schuh geschlagen. Sie glaubte nicht, ihn besonders verletzt zu haben, und war geflohen, bevor er wieder auf die Beine kam. Montags hatte sie dann in Bjölsen übernachtet und war verzweifelt gewesen.

Wegen dieses Montags mußten sie sich mit Jannike absprechen. Er war spornstreichs nach Oslo geeilt. Wie? Wegen der schlechten Verbindungen nach Rauland war er mit einer schwedischen Familie getrampt, die ihren Bergurlaub abbrechen mußte, weil ihr Junge sich das Bein gebrochen hatte. Sie waren aus Arvika oder aus Karlstad. Irgendwo da.

Er war Dienstag abend spät in Oslo angekommen und hatte in Bjölsen eine völlig zusammengebrochene Linda vorgefunden. Die ganze Nacht hatte er, he-he, sie trösten müssen. Dann wollte er nur kurz in der Kristian IV. Gate vorbeischauen, um ein paar Manuskripte zu holen. Das war ein Schock gewesen. Die ganze Wohnung war auf den Kopf gestellt, und dieser Kerl lag im Badezimmer und stank. Sie hatten es ja selber gesehen, pfui, Teufel.

Er hatte sich überlegt, die Bande müßte wohl etwas Bestimmtes suchen, sonst hätten sie nicht so gehaust. Aus purer Intuition hatte er die fremden Stiefel im Flur zerlegt. Das war doch wohl Heroin, oder?

Geile Geschichte. Er mußte sich beeilen und Linda anrufen, um sie gründlich zu instruieren.

Die Hülsen verteilte er in seinen Jacken- und Manteltaschen. Er zog ein paarmal an einer Teddy und drückte sie in dem Dreck im Waschbecken aus.

Was würde mit Linda passieren? Sie konnte nicht viel bekommen. Ganz sicher Bewährung. Es wäre kein Verrat an ihr. Verdammt, er mußte doch zuallererst an sich denken, und daran, was *er* bekommen könnte, wenn es schiefging. Er mußte daran denken, ihr zu sagen, sie sollte Hermanns Wagenschlüssel und die Hülse wegwerfen. Schnell.

Fingerabdrücke? Auf den Stilettschuhen, wenn sie noch immer hinter den Fensterscheiben im Hof lagen. Das war nicht gefährlich. Man hilft wohl einer Dame aus den Schuhen?

Hermanns Brieftasche.

Thygesen fand eine Rolle Küchenpapier. Er riß ein paar Fetzen ab und stopfte sie in seine Nasenlöcher, den Rest feuchtete er unter dem Wasserhahn an. Dann ging er ins Badezimmer.

Die Brieftasche war nicht in Hermanns zerrissener Jacke.

Himmel, er hatte sie ja selber im Schloßpark weggeworfen. Jetzt mußte er machen, daß er wegkam, bevor er ganz durchdrehte.

Wenn nun viele Polizisten gekommen waren und auf dem Hof auf ihn warteten? Er könnte vom Architektenbüro aus anrufen. Aus dem Büro, wo sie in einer verdammten Bürolandschaft saßen und alle alles hören konnten? Vom Glasermeister also. Nein. Dieses Gespräch mußte er von einer Telefonzelle aus führen.

Er verließ das Badezimmer, jetzt schweißnaß. Verängstigt. Irgendwas war total am Arsch. Sie hätten sich nie im Leben mit einem einzigen Fahnder beim *Bristol* begnügt, wenn sie wüßten, was in der Wohnung war. Sie hätten im Tor eine Truppe placiert und ihn verhaftet, sowie er erschienen wäre. Blödmann.

Aber wenn das kein Fahnder war...? Dann war das? Irgendein Tropf, der gern in seiner Karre sitzt und unter seiner Hutkrempe Zeitung liest.

Der Mann war ihm bekannt vorgekommen. Aber wenn man mehr als 40 Jahre lang in Oslo gewohnt hat, minus ein paar Jahre in der Provinz, trifft man an jeder Ecke dieser größten Kleinstadt der Welt Bekannte.

Es konnte auch die Mafia sein. Na und? Oslo ist nicht Chicago, Detroit oder West Side Manhattan. Wenn der Typ noch immer da saß und glotzte, konnte er in die Rezeption vom *Bristol* springen und vom Telefon dort auf der Treppe oder dem unten bei den Toiletten aus anrufen. Die norwegische Mafia nietet keine Leute auf der Straße um.

Thygesen ging hinaus, schlug die Tür zu und blickte durch das große staubige Fenster auf dem Treppenabsatz auf den Hof. Er öffnete das Fenster. Das ruhige Dröhnen des Vormittagsverkehrs kam in Wellen durch die Märzluft auf ihn zu. Der Hof war noch vereist. Aber der Hausmeister hatte Rinnen in das Eis gehackt, in denen das Schmelzwasser emsig auf den Ablauf in Hofmitte zufloß. Es sickerte und plätscherte unten im Ablauf, daß es eine Lust war.

Er ging die Treppe hinab, langsam, als wäre er gerade nach einer langen Grippe wieder auf die Beine gekommen. Im ganzen Körper verspürte er dieses Angstgefühl, das in den Menschen sitzt, weil es noch nicht viele Jahrtausende her ist, daß wir in den Wäldern Jäger und gejagtes Wild waren.

Die Außentreppe zum Hof war aus Granitblöcken gemacht und hatte ein gußeisernes Geländer. Das Geländer war von der Sonne angewärmt. Er ging die sieben Stufen hinab, eine nach der anderen. Im Hof standen die üblichen Wagen. Mittelklassewagen, die den Architekten, Furuholmens Databüro und dem Buchhandelslager gehörten. Er überquerte den Hof und betrat den Durchgang zur Straße.

Das Sonnenlicht fiel gleichmäßig und ruhig in den Torweg. Die hellblaue Bemalung des bogenförmigen Portals war abgeblättert, ganz normal. Der komische Wasserhahn an der Wand ließ den Schnabel hängen. Niemand hatte den weiß angestrichenen Holzschrank verrückt, der völlig fehl am Platz in einer Ecke neben der Treppe rechts im Torweg stand.

Aber wovon, zum Teufel, hatte er einen Magenkrampf?

Er sah ein Paar moderate Schwanzflossen eines Amerikaners hinter dem Eisentor zur Straße hervorlugen.

Hinter sich hörte er ein Knipsen, ein scharfes Sausen und eine leise Stimme, die sagte: «Stehenbleiben!»

Thygesen fuhr herum und wurde vom Licht geblendet.

Ein Mann kam auf ihn zu. Er trug eine rot und schwarz karierte Sportjacke. Der Rauch einer Zigarette wirbelte gegen das Licht. Mit ein paar schnellen Schritten war Alaskajacke im Schatten, in dem Thygesen stand. Er hatte einen Walkie-talkie an einem Riemen über der Schulter und eine Pistole in der Faust.

«Halt die Fresse und keine Bewegung!» sagte er.

Heute hatte Alaskajacke vergessen, seine Sonnenbrille aufzusetzen. Seine Augen waren aufgerissen, wie bei einem Fisch, der aus der Tiefe heraufgezogen wird.

Thygesen hielt die Hände weit vom Körper weg. Er hörte, wie das Auto näher kam und anhielt. Es war so nah, daß er spürte, wie das Auspuffgas sein Hosenbein flattern ließ.

«Du spinnst», sagte er zu Alaskajacke. «Es kommen Leute.»

«Ins Auto», sagte Alaskajacke. «Dreh mir den Rücken zu und mach schnell.»

Thygesen sah die Pistolenmündung, ein schwarzes Löchlein. Eine Sportpistole, Kaliber 22, Durchmesser 5,6 Millimeter. Weder Colt noch Luger, aber auf diese geringe Entfernung verdammt effektiv.

«Die Hände so. Ins Auto!»

Thygesen drehte ihm den Rücken zu. Jeden Moment würden Leute kommen und schreien. Er sah ein paar kleine Mädchen mit Ranzen auf den Rücken vorbeieilen, nur fünf armselige Meter entfernt.

Der Wagen war ein purpurroter unbestimmbarer Amerikaner oder amerikanisierter Europäer. Vielleicht ein Plymouth. Thygesen zählte seine hämmernden Herzschläge: eins, zwei, drei.

Jetzt, jeden Augenblick. Ein Ingenieur auf der Treppe rechts, ein Architekt im Tor.

Alaskajacke drückte ihm den Lauf in den Rücken, unter dem linken Schulterblatt.

Die Tür des Plymouth wurde geöffnet. Ein paar leere Colaflaschen steckten im Türfach.

Thygesen machte zwei Schritt nach vorn. Alaskajacke schob mit dem Pistolenlauf. Thygesen bückte sich und setzte den rechten Fuß auf die Gummimatte vor dem Rücksitz.

Er könnte die Tür zuknallen und den Mann auf dem Vordersitz in den Würgegriff nehmen.

«Rein jetzt, du Arsch!» rief Alaskajacke und schlug Thygesen mit der freien Hand in den Nacken. Er taumelte auf den Sitz.

Der Fahrer hatte den Hut abgenommen. Er hatte glatte, zurückgekämmte, mausgraue Haare.

Alaskajacke sprang herein, schlug die Tür zu und drückte Thygesen die Pistole hart in die Seite.

Der Fahrer drehte sich um und grinste mit braunen Zähnen.

«*Morning*», sagte De Soto. «*Morning*, Brüderchen. Voll in die Falle gegangen, was?»

14

De Soto ließ das Auto aus dem Durchgang gleiten. Als die Vorderräder die Mitte des Bürgersteiges erreicht hatten, hielt er und winkte liebenswürdig ein paar Fußgänger vorbei. Dann bog er nach links in die Kristian IV. Gate ein.

An der Kreuzung mit der Universitetsgate hatten sie Rot. Im Spiegel begegnete Thygesen De Sotos Augen. Ein Paar zwinkernde, muntere Augen.

«Schön braun bist du», sagte De Soto. «Viel Sport?»

«Sag deinem Macker, er soll die Knarre wegtun», sagte Thygesen.

«Nett, dich zu sehen», sagte De Soto. «Hab gehört, du bist jetzt in der Reklamebranche.»

«Tu die Knarre weg, zum Teufel!»

«Ruhe, Brüderlein.»

De Soto gab auf der Kreuzung Gas. Sie passierten die Nationalgalerie.

«Du hast den Rembrandt gekriegt?» versuchte sich Thygesen.

«Tja. Hab einem Fredi den Plan verkauft. War mir 'n bißchen zu riskant.»

Der Wagen hatte zu weiche Federung. Sie schaukelten an Tullinlökka vorbei, und das Auto hatte leichte Schlagseite nach rechts, als sie an einer roten Ampel in der Frederiksgate hielten.

«Keine Superkarre. Aber so viele richtige Amis rollen nicht mehr herum», sagte De Soto. Er nutzte die Haltezeit, um sich schnell eine Zigarette zu drehen und sie mit dem Feuerzeug im Armaturenbrett anzuzünden.

Der Plymouth kam gut den Hang hinauf.

«Hat sich ganz gut bezahlt gemacht, den Rembrandt-Coup zu verscheuern», sagte De Soto. «Aber ich habe ja schon immer gesagt, man kann gar nicht genug Startkapital haben.»

Sie waren im Wergelandsvei, der Schloßpark lag mit schweren Bäumen zur Linken, *Kunstnernes Hus* zur Rechten. Die Löwen vor *Huset* lagen da und hielten die beiden Fahnenstangen fest.

«Du erinnerst dich doch an den Goldraub, von dem ich erzählt habe? In Bergen. Schnupftabakdose für 300000 und viele andere Leckerbissen.»

Neues Anhalten, diesmal an der Kreuzung vor der PH.

«Tu die Knarre weg», sagte Thygesen.

De Soto wandte sich um und blickte interessiert auf die Pistole.

«Keine Panik», sagte er zu Alaskajacke. «Du kannst den Lauf nicht durch seinen Mantel drücken.»

Alaskajacke nahm die Pistole näher zu sich heran, ein paar Zoll. Es war ein langläufiges Teil, ein bißchen wie eine aufgebohrte Luftpistole, war aber ein Kleinkaliberschießeisen. Die Marke war Thygesen unbekannt. Tschechisch? Mit Spezialmunition, wie sie die Bullen in den Staaten verwendeten? Die hatten schnellschießende Maschinenpistolen mit dem bescheidenen Kaliber 22. Auf 150 Meter Abstand konnten sie ein faustgroßes Loch in einen Mann oder eine Mauer schießen. Pro Sekunde fielen 30 Schüsse. Ungefähr. Alaskajackes Pistole schien ein normales Sechsschußmagazin im Schaft zu haben. Trotzdem war sie gefährlich genug.

«Ich hab kein Glück mit den Goldpreisen gehabt», erzählte De Soto munter. «Erinnerst du dich an den Hehler, den ich erwähnt habe, diesen, dem ihr nie was nachweisen konntet? Er hat wie ein Blöder gefeilscht und wollte die verdammte Schnupftabakdose nicht nehmen. Aber er ist genauso gierig, wie seine Scheißangst groß ist, weißt du.»

Sie rutschten auf den Straßenbahnschienen den Bogstadvei hinauf. Die Leute gingen auf dem Bürgersteig und blickten mißmutig zu den Dächern hoch, wenn Sperren aufgestellt waren und Eiszapfen drohend über den Dachrand hingen.

De Soto hörte nicht auf: «Man muß investieren, wenn man vorzeitig in Rente gehen will. In meinem Alter braucht man ganz schön viel Kohle.»

Doch, De Soto war in Form. Der redselige De Soto. Der charmante De Soto, der nach dem Krieg seine Karriere als Heiratsschwindler begonnen hatte. Er hatte an jedem Finger drei reiche Witwen gehabt, sich am laufenden Band verlobt und gut davon gelebt. Danach fing er mit Safes an. Bei einem Bankraub bei Mjöndalen war er zum erstenmal verhaftet worden. Er hatte Pech mit dem Auto gehabt, es hatte eine Panne und fiel kopfüber in den Drammenselv. Aber De Soto kam heraus und schwamm nach oben. Er blieb bei den Safes. Fing an, Geld und Aktien zu drucken. Verlegte sich für ein paar Jahre auf gefälschte Postsparbücher und Schecks. War an einer einträglichen Diamantengeschichte beteiligt. Wurde von seinem Kumpel verpfiffen, der zuviel wußte – aber sich vor Gericht nicht traute, mehr als die Hälfte zu sagen. Kam mit ein paar Jahren davon. Und kam nach zehn Jahren in Freiheit nach Ullersmo. Dort redete er den Jungs ein Loch in den Kopf. Es gab nicht mehr so viele Gangster aus den fünfziger Jahren, und mit keinem war es so lustig wie mit De Soto. Er machte Pläne, er kannte tausend Anekdoten und schämte sich nicht, wie ein Berufskomiker Einar Gerhardsen zu parodieren («Liebe Landsleute») oder etwas so Unsinniges zu tun, wie sich mitten im Weihnachtsgottesdienst zu erheben und zu singen: «Ich bin ein Papagei aus Amerika», aus den ‹*Räubern von Kardenomme*› von Thorbjörn Egner.

Trotzdem wurde De Soto von niemandem unterschätzt. Er konnte Unterhalter, Schwärmer, Affe, Träumer und Planer des Großen Coups oder der Phantastischen Flucht sein, soviel er wollte. Aber er täuschte niemanden.

Ein bißchen fett war er, und sein Gesicht war blank, als hätte man es mit Vaseline eingerieben. Auf der Visage das ewige ölige Grinsen. Braune Zähne. Nicht der angenehmste Atem der Welt.

Aber niemand sollte versuchen, ihn zu linken. Dann war er schnell und gefährlich wie ein Wildnerz im Forellenteich. Dann schlugen seine molligen Fäuste zu, als trügen sie unsichtbare Boxhandschuhe. Es hieß, er habe einem Wärter die Nase abgebissen, als er zum erstenmal saß. De Soto war daraufhin angebunden worden. Hatten ihn im Strafloch festgezurrt. Und da lag er dann in der Finsternis und sang Lieder von Evert Taube, hoch und falsch. De Soto lächelte, wenn er gefragt wurde, ob das stimme.

Aber wenn man ihn nach der Rådegeschichte fragte, konnte man nicht mit einem umgänglichen gelbbraunen Grinsen rechnen.

Jemand hatte sich am Keller der Råde-Sparkasse versucht. Die Alarmanlage war kurzgeschlossen und der Schneidbrenner gut in Gang gewesen, als eine Putzfrau den Lichtschimmer entdeckt und den Sheriff angerufen hatte. Es waren zwei Männer, aber sie konnte keine brauchbare Beschreibung liefern. Sie flohen in einem Amerikaner. Die Polizei sperrte ganz Östfold ab. Der Wagen, ein weißer Chevy, machte Zündhölzer aus den Holzsperren bei Svindal. Die Beamten aus Mysen und Askim standen mit Nagelmatten an der Skiptvetkreuzung. Der Chevy kam mit 120 aus dem Regen, schlitterte, umging die Nagelmatten, hob einen Beamten auf die Kühlerhaube, rutschte einmal um sich selbst und raste weiter.

Der Beamte hatte das Rückgrat gebrochen und war seitdem querschnittsgelähmt. Der Chevy wurde ein paar Tage später in einem Erlengehölz an der Glomma gefunden.

Das Werkzeug in der Bank, das gestohlene Auto, das Tempo – alles deutete auf De Soto. Aber es gab keine Fingerabdrücke, und alle Sänger schwiegen. Man sagte, De Soto sei in Schweden untergetaucht. Ein Gerücht kam in Umlauf, daß De Soto so unvorsichtig gewesen sei, einen Südnorweger namens Egeland mit in die Råde-Affäre hineinzuziehen. Egeland war für sein Geschick mit Schneidbrenner und TNT sowie dafür bekannt, daß er den Mund nicht halten konnte, wenn er ein paar Schnäpse intus hatte. Eine Zeugin meldete sich und gab an, sie hätte am Abend vor dem Banküberfall De Soto und Egeland auf der Bastöfähre gesehen. Nach Egelands Verschwinden behaupteten auch einige, sie hätten ihn und De Soto im *Lido* in Drammen gesehen.

De Soto wurde bei einem simplen Einbruch in einem Supermarkt in Bodö verhaftet, vierzehn Tage nach Råde. Böse Zungen sagten, er habe sich verhaften *lassen*, nur um in bezug auf Egeland die Auster zu spielen.

Egeland wurde nie gefunden. Die Zeitungen schrieben, De Soto habe im Verhör angegeben, Egeland habe nach Australien auswandern wollen. Er leugnete nicht, Egeland zu kennen. Alle kannten Egeland. Aber was die Bank und den verletzten Beamten anging, so hatte De Soto nichts weiter als Bedauern übrig, daß ein so brauchbarer Plan in den Teich gegangen war. Für die, die daran beteiligt gewesen waren. Und das mit dem Beamten war wirklich schlimm. Meinte die Polizei vielleicht, er sollte der Familie Blumen schicken?

Wann immer eine Leiche an Land getrieben wurde, schrieben die Zeitungen, es sei Egeland. Aber es war immer ein Selbstmörder oder ein portugiesischer Trawlermatrose.

Der jahrelange Verdacht haftete De Soto an, aber er ließ es sich nicht nahegehen. So war De Soto; wie ein Weltergewichtsringer, der sich mit grüner Seife eingeschmiert hat.

De Soto bog am Valkyrieplass nach links ab, hatte bei der Majorstukreuzung Grün und fuhr brav mit sechzig den Sörkedalsvei hinauf.

Thygesen bat um eine Zigarette, erhielt die Tabakpackung und fing an zu drehen. Der Tabak fiel entweder hinunter oder klebte wie kleine Würmer an seinen schweißnassen Fingern. Am einen Ende war die Zigarette nur ein leerer Papiertrichter. Das Papier flammte auf, als De Soto ihm Feuer gab.

Sie passierten Volvat, Heggeli. Weiße Villen gaben sich sorglos der Vormittagssonne hin. Vor der Smestadkreuzung gerieten sie in den üblichen Stau. Thygesen sog an der Zigarette, als wäre sie seine letzte.

Mach keinen Quatsch, dachte er. Sie halten an einem ruhigen Ort an. Du gibst ihnen den Stoff. Sie reiben sich die Hände, geben dir einen Tritt in den Arsch und fahren zufrieden von dannen.

«Du hast Hermann ja schlimm zugerichtet», sagte De Soto.

Thygesen konnte seine Augen im Spiegel sehen. De Soto hatte kurze Wimpern. Er zwinkerte nie, sondern kniff die Augen zu schwarzen Hautfalten zusammen.

«Elvis Presley», sagte Alaskajacke. Ein Zucken durchfuhr ihn. Er lachte sein Axthieblachen. «*Elvis isn't dead. He just smells funny.* »

«Fresse», sagte De Soto

Der Plymouth stand im Leerlauf in der Schlange.

«Scheißautomatik», sagte De Soto. «Hätte nicht gedacht, daß du so stoffgeil wärst, Villi, daß du einen Knaben wie Hermann dafür umlegen würdest.»

Villi, dachte Thygesen. Wie oft hab ich in Ullersmo gesagt, daß es *Ville* heißt. Aber De Soto hatte sich für Villi entschieden und blieb dabei.

«Du hättest ihn wegbringen können. Diesen Mistkram in die Erde schaffen. Der Gestank, Mann, Villi.»

«*He just smells funny*», kam von Alaskajacke.

«Halt die Fresse, Punk!»

De Soto biß seinen Partner ab wie eine Kneifzange Kupferdraht.

«Das schafft uns unerwartete Probleme», sagte er. «Daß der Bursche nicht weg ist.»

Thygesen zertrat die Zigarette auf der Gummimatte. Er mußte irgend etwas sagen: «Ich war es nicht. Ich habe Hermann nicht umgebracht. Seine Tussi hat das gemacht.»

Scheiße. Er bereute es, sowie er es gesagt hatte. Das war Verpfeifen. Wie eine Kröte war es aus seinem Mund gehüpft.

De Soto kam bei Gelb über die Smestadkreuzung und gab auf dem Hang bei Sörbyhaugen Vollgas.

«Seine Tussi, deine Tussi. Weiß nicht, wem seine Tussi sie jetzt ist», sagte De Soto. Putzpuppenmunter. «Könnte auch meine Tussi sein. Meine Schwiegertochter.»

Alaskajacke hackte, stockend: «Schwie-ger-toch-ter. Je-ss-as.»

«Du meinst doch die kleine Linda, nicht wahr?»

Alaskajacke amüsierte sich jetzt königlich. Er zitterte vor Lachen. Sein Finger auf dem Abzug zitterte auch. Thygesen warf einen raschen Blick auf ihn. Er hatte ein wenig grauen Schaum in den Mundwinkeln, und seine Nasenlöcher liefen. Was lief, leckte er mit der Zunge weg. Auch seine Zunge war mit grauem Schaum belegt. Seine Rotbarschaugen glotzten vor sich hin.

«Du hast wohl die Narbe gesehen, die Linda auf den Titten hat?» fragte De Soto.

Thygesen antwortete nicht.

«Üble Sache. Joffa hat nicht gesessen, als du beim Barras warst?»

Ullersmo war für De Soto nur ‹der Barras›. «Nettester Ort, wo ich seit der Deutschlandbrigade gelandet bin. Fein hier beim Barras. Farbfernsehen und so.»

«Joffa, mußt du wissen, ist so ein kleiner Ableger, den ich mit einer Schipperwitwe aus Larvik produziert habe. Der Mann ist im Atlantik torpediert worden. Brauchte Trost, weißt du. Dann hat sie obendrein den kleinen Johan Fredrik gekriegt. Wenn du mich fragst, dann meine ich, der Junge ist nicht ganz bei Verstand. Wedelt zuviel mit dem Messer herum.»

Sie passierten Husbyleiren und Hovseter. Bei der Kreuzung in Röa bog De Soto nach Grini ab.

Thygesen saß steif da. Seine Hose war naß. Nicht von Pisse, sondern von Schweiß. Vorn hatte der Plymouth zwei Einzelsitze. Zwischen ihnen gab es eine breite Armlehne, auf die De Soto einen Korb für Kleinkram montiert hatte.

Im Korb lag sein Hut. Die Feder vibrierte. Sie war so gefärbt, daß sie wie eine Falkenfeder aussah. Unter dem Hut lag ein funkelnagelneuer Tokai-Walkie-talkie mit ausgezogener Antenne.

Thygesen dachte: Du packst die Pistole, schnappst den Walkie-talkie und rammst Alaskajacke die Antenne ins Auge.

Es war hoffnungslos. Hut und Walkie-talkie standen für ihre jeweilige Zeit. Idiotischer Hut. Guter Walkie-talkie. De Soto war es gelungen, 1950 und 1980 zu kombinieren. Er war zu fast allem imstande. Und das Gerede ging weiter.

«Joffa hat diese Braut mit nach Hause gebracht. Damals war sie nicht älter als neunzehn, zwanzig. Sie mochte mich. Ich war wie ein Vater für sie. Dann hat Joffa in der U-Bahn einen Bullen erstochen und ist nach Bayern gekommen. Aber ich war draußen. Und da kam sie zu mir, weißt du. Brauchte Kohle, war auf der Rolle, hatte nichts zum Übernachten. Das Fleisch ist schwach, wie man sagt. Ich mußte die Frau einfach ab und zu antatschen. Sie mochte das auch.»

«Soso», sagte Thygesen. «Halt die Fresse.»

Mit der rechten Hand fand er den Türgriff. Sie waren in der Senke am Lysakerelv, kurz vor der Brücke. Er könnte die Tür aufreißen und sich in den Grinidam fallen lassen.

«Du bist doch nicht böse?» fragte De Soto. «Willst doch nicht aussteigen? Stich ihn ein bißchen, Punk!»

‹Ich könnte vielleicht Hermann verpfeifen. Aber ich könnte nicht des...› hatte Linda gesagt, als sie im *Café Eno* saßen. Ihre lispelnde Stimme hatte ihn grenzenlos irritiert, und er hatte nicht daran gedacht, daß mit der Wortstellung etwas nicht stimmte.

‹Aber ich könnte nicht De Soto verpfeifen.›

Sie hatte sich gut wieder in den Griff gekriegt. Und er, blöd wie er war, hatte nichts kapiert. Erst im Hotel.

‹Ich habe dich gelinkt. Du weißt nicht, warum ich hier bin. Ich kann nichts sagen. Des- ... deshalb.›

Da hatte er begriffen. ‹Du kennst jemanden, den ich kenne›, hatte er ihr gesagt. Er wußte es, hatte es an ihren kleinen Versprechern gemerkt. Aber scherte sich nicht darum, war Idiot, wollte vögeln und vergessen, vergessen und vögeln. ‹Liebe dich.› Verdammte Pest!

«Nicht sauer sein», sagte De Soto. «Schon viele haben sich von einem Frauenzimmer um den Finger wickeln lassen. Und Linda war was Besonderes. Nette Muschi. In Ordnung, wenn sie nicht gedopt war.»

Sie kletterten die Steigung zu der Kreuzung hoch, wo eine Straße nach Eiksmarka und eine nach Haslum führt.

«Wo willst du hin?» fragte Thygesen.

De Soto fuhr in der Kurve an einem Tankwagen vorbei und bog nach Haslum ab.

«Schießgelände», sagte Alaskajacke. Er amüsierte sich.

«Fresse, Scheißpunk!» kommandierte De Soto.

Ein gelbes Schild mit schwarzen Buchstaben kam auf sie zu: Skytterkollen.

De Soto verlangsamte und bog nach rechts in Richtung Skytterkollen ab.

Jetzt waren sie auf den Grinifeldern. Schneebedeckte, glitzernde Flächen, mit Skispuren kreuz und quer. Ein Knirps in Rennausrüstung schwuppte über eine Schneewehe und fiel in einem Durcheinander von Skiern und Stöcken auf die Fahrbahn. De Soto bremste. Der Plymouth schlingerte nach rechts und ließ die Schnauze hängen. De Soto winkte dem Jungen, er solle es leichtnehmen und machen, daß er auf die Beine kam.

«Aber wenn sie gedopt war – total verkorkst. Der Stoff war der reine Lichtschalter. Sie verlosch geradezu. Und dann haben diese guten Menschen aus Bjölsen sie aufgelesen. Aber sie ist mit dem Schwiegerpapa in Kontakt geblieben, weißt du. Hat mir sogar Kohle gegeben, als ich rauskam.»

Thygesen hörte, und hörte doch nicht zu. Linda war jetzt aus der Welt. Vielleicht hatten sie sie schon kassiert? Und jetzt war er dran. Der Plan war nicht schlecht. Typisch De Soto: In den Wald, wo ohnehin viel geknallt wird. Ein paarmal plaffen. Leiche in eine Schneewehe. Warten, bis es dunkel wird. Sie holen. Deponieren. In den Fjord. Auf den Müllabladeplatz Was sich gerade anbietet.

Sie bogen in den Östervannvei ein. Die Straße war von Eis und Schnee bedeckt.

Ins Wäldchen, dachte Thygesen, dahin, wo geschossen wird. Die Gefangenen im KZ Grini. Das war sicher ganz furchtbar. Aber nicht so sinnlos wie dies hier.

Ein Mann mit Traber und Sulky kam auf sie zu. Thygesen packte den Türgriff. Alaskajacke steckte ihm den Pistolenlauf zwischen zwei Rippen. Er spürte ihn wirklich dort.

«Fahr ihn zum Knast», sagte Alaskajacke. «So ein bekloppter Mörder!»

De Soto hinderte ihn nicht, sondern spendierte ein braunes Grinsen. Thygesen verfolgte das im Spiegel. Ruhig wie ein Buddha fuhr De Soto. Er bog nicht in den Jössingvei zum Ilagefängnis ab, sondern fuhr geradeaus, den geraden Weg zur Lövenskjoldbane und nach Skytterkollen.

Auf beiden Seiten der Straße standen paarweise Parkverbotsschilder mit einigen hundert Metern Zwischenraum wie blaue und rotlila Blumen vor dem dunkelgrünen Wald und dem Schnee.

‹Schießgelände› stand auf einem Schild am Straßenrand. Das Schild war zerschossen. De Soto fuhr auf den großen Parkplatz.

Thygesen dachte: Ich kann mit dem Stoff spielen. So tun, als hätte ich keinen, oder als hätte ich nicht allen. Sagen, ich hätte ihn versteckt.

Detektivgeschichten! So was wäre in Detektivgeschichten möglich. De Soto hatte angenommen, der Stoff sei in der Wohnung, hatte sie durchsucht und nichts gefunden. Als er Thygesen sah, wußte er, daß Thygesen den Stoff holen wollte. De Soto hatte sich nüchtern überlegt, daß niemand einen Pendelverkehr mit einer Wohnung betreibt, in der eine Leiche liegt. Daß Thygesen den Kram noch nicht geholt hatte, wußte er natürlich von Linda. Sie hatte das ganze Hotelzimmer durchsucht. Hatte sie wirklich? Und sich trotzdem zwei, drei glatte Ficks mit ihm abgerissen und ihre Maske behalten?

Nein, De Soto wußte nur, daß der Stoff irgendwo in der Nähe von Hermann oder Thygesen sein mußte. Und wenn Thygesen ihn hätte, würde er sich verpissen. Den ganzen Wichs in Tromsö, Stockholm, Aberdeen verkaufen. So mußte De Soto gedacht haben. Und er hatte mit Engelsgeduld gewartet.

Sie standen auf dem Parkplatz bei Skytterkollen, in einer Ecke für sich. Drei, vier andere Wagen standen 180 Meter entfernt. Kein Arsch zu sehen. Ein kleiner Pudel wuselte im Schneematsch herum und verschwand. Schußserien erklangen vom Schießgelände.

Im Auto herrschte plötzlich Totenstille. De Soto machte irgend etwas auf dem Vordersitz.

Er schenkte aus einer Thermosflasche Kaffee ein. Er schenkte tatsächlich aus einer Thermosflasche Kaffee ein!

Alaskajacke beugte sich vor und flüsterte ihm etwas wie ‹machen, daß sie fortkämen› ins Ohr.

Laut sagte De Soto: «Denke, wir warten ein Weilchen. Nimm dir 'ne Coca. Wir haben Zeit. Kaffee?»

Er fragte Thygesen.

«Ein Schluck Kaffee kann nie schaden. Hab nur die eine Tasse. Gib mal 'ne leere Flasche.»

Thygesen reichte ihm eine der leeren Flaschen aus dem Fach in der Tür. De Soto goß Kaffee aus der Thermosflasche hinein, sicher und ohne zu kleckern. Mit einem Taschenmesser öffnete er eine Coca-Cola und gab sie Alaskajacke.

Thygesen spürte die Wärme des Kaffees durch den Flaschenhals, durch die Handschuhe.

«Zigarette?» fragte De Soto.

«Hab selber», sagte Thygesen. In der rechten Manteltasche hatte er das Springmesser.

«Hier wird nicht in den Taschen gewühlt, Brüderlein», sagte De Soto und gab ihm den Tabak. «Siehst du die grüne Karre da hinten?»

Der Parkplatz war leicht abschüssig, die Sonne brachte Eis und Schnee zum Glitzern, Thygesen sah einen hellgrünen Volvo.

«Zivilbullen», sagte De Soto. «Möglicherweise die Terrortruppe. Eine Bande von denen übt hier jeden Mittwoch Pistolenschießen. Ich hab das überprüft.»

Ja, das hat er bestimmt überprüft, dachte Thygesen. Ging kein Risiko ein. In Ullersmo hatte De Soto über den endgültigen Coup philosophiert. Nicht den *großen,* sondern den *endgültigen.* Der allen Sorgen und Kümmernissen ein Ende bereiten und den Lebensabend an der Riviera finanzieren sollte. Schon damals hatte er an Rauschgift gedacht. «Man muß mit der Zeit gehen. Zuschlagen, wo am meisten zu holen ist. Mindestens eine halbe Million, lieber eine ganze. Bombensicherer Plan. Wie in Öl investieren. Zuerst mußt du Kapital beschaffen. Eine große Partie kaufen. Es auf den Markt werfen, wenn die Zeit reif ist. Und dann wie der Geist durchs Schlüsselloch verschwinden.»

Keine Zeugen. Keiner, der reden kann. Das alles hatte er Thygesen ausgemalt. «Am besten solo. Aber wenn du Stoff nach Hause bringst, brauchst du Leute. So wenig wie möglich. Leute aus der Szene, die den Stoff weiter verdealen können. Macht sich nicht gut, wenn ein alter Knacker anfängt, selber zu hökern. Aber du mußt ihnen vertrauen. 110 Prozent. Sonst? Heute kriegt man zehn bis zwölf Jahre.»

Aber De Soto konnte doch Alaskajacke nicht vertrauen? Unmöglich! Der nächste auf der Abschußliste war Alaskajacke.

Das Auto füllte sich mit Rauch. De Soto kurbelte das Fenster hinunter und ließ Luft herein. Er stieg aus und streckte sich. Spähte zum hellgrünen Volvo hinüber. Ein paar andere Autos kamen.

Jeder, der auf einen großen, fast leeren Parkplatz fährt, stellt sein Auto in der Nähe der anderen Autos ab. Dieses Gesetz befolgten auch die Neuankömmlinge, obwohl sie zur Riflebahn wollten und ein paar hundert Meter extra gehen mußten.

Sie trugen Gewehrfutterale und Schützenmützen mit breiten Schirmen.

«Nicht rufen», sagte De Soto, stieg ein und kurbelte das Fenster wieder hoch. «Interessiert es dich, wie ich die Pension hingetrickst habe?»

Ohne auf die Antwort zu warten, fing De Soto mit seinem Bericht an, wobei er am Kaffee nippte. Ab und zu wurde er durch ein ungeduldiges Kichern von Alaskajacke unterbrochen, der aussah, als könnte er einen guten Schuß vertragen.

«Hermann, weißt du, Brüderlein, galt als guter Kurier. Hatte eine sichere Methode, sagte er. Oder er war strohdumm und frech wie Oskar. Weiß nicht. Aber das weißt du doch sicher?»

Das war keine Aufforderung zu berichten. De Soto war auch Psychologe. Zuerst hatte er Thygesens Selbstvertrauen zerstören wollen, indem er ihm klarmachte, wie Linda ihn hereingelegt hatte. Jetzt wollte er Thygesen vor der Liquidierung mit Kaffee und der Einweihung in ein Komplott beruhigen.

«Ich habe ihn für einen Trip ausgerüstet. Mit dem Rest vom Goldraub. Bei Lieferung sollte Hermann 10 000 Kronen bar auf die Hand bekommen. Gut bezahlt. Aber was passiert? Der Idiot geht in Dekkung, als er nach Hause kommt. Ruft mich an und verlangt fifty-fifty-Teilung. Viel will mehr, wie man sagt.»

De Soto kurbelte das Fenster hinunter und ließ Luft herein. Der Platz war so öde wie der Petersplatz nach Ostern.

«Und mein Freund, der Punk hier, war traurig, als unser Stoff ... Wie hast du das noch genannt?»

«Weißes Eitsch. Stärke 4», sagte Alaskajacke und trank einen Schluck Cola.

«*Unser* Stoff kommt in der Stadt in Umlauf. Wir finden heraus. daß Hermann sich bei seiner Mama verkrochen hat. Beschließen, erst mal abzuwarten. Man soll immer erst mal abwarten.»

«Danach haben wir die Scheiße aus seiner Mutter herausgepreßt», sagte Alaskajacke. «Aber die dumme Kuh wußte nicht, wo er die Ware versteckt hatte.»

De Soto hieß ihn schweigen, er lachte ein kurzes Lachen.

«Die Alte war blöd. Der Junge sagt die Wahrheit. Dann schickten wir unseren Lockvogel aus, um das Kuckuckskind aus dem Nest zu holen. War gar nicht leicht zu kriegen. Ich hatte sie eine Weile nicht gesehen, und sie war ja in Bjölsen mit diesem Künstlervolk zusammengezogen. Aber ein Kumpel von Siggen liefert Linda springlebendig im *Soria Moria* ab. Ich verspreche ihr so viel Dope, daß es von jetzt bis ins Altersheim reicht. Noch Kaffee, Brüderlein?»

«Lieber Schnuffel», sagte De Soto mit der Stimme, mit der er beim Hofgang Aud Schönemann imitiert hatte. «Du bist reich geworden?

Geh doch mit mir aus! So macht Linda es am Telefon. Das wird zuviel für den Trottel. Aber er ist feige, weißt du. Er nimmt bis vor die Tür ein Taxi. Wir liegen auf der Lauer. Ich postiere Siggen am Eingang vom *Humla*. Arschkalt ist's auch. Und was macht Siggen? Was hast du gemacht, Punk?»

Alaskajacke antwortete nicht. Er fand ein paar neue Rippen, zwischen die er die Pistole stecken konnte.

«Er geht ein Bier trinken. Aber er tickt nicht, daß in dem Haus mehrere Bars sind, er hat nur von *Humla* gehört. Aber es gibt noch mehr. *Ribo* und ...»

«Down Town», sagte Thygesen.

«Genau. Während Siggen im *Humla* von Tisch zu Tisch geht und sie nicht findet, hast du dich oben im Nachtklub eingemischt. Du willst die Frau aufreißen. Du hast noch nie eine so unpassende Frau aufgerissen, Brüderlein. Aber als ihr geht, verlieren wir die Fährte. Und als Siggen zur Karre zurückkommt, sage ich ihm ein paar Nettigkeiten.»

Thygesen fing an, das ganze Gerede zu mögen. Jetzt wußte er, was er zu tun hatte. Sobald die Volvoleute sich zeigten, mußte er sich hinauswerfen, sich über den Platz rollen lassen und wie ein wildes Tier rennen. Alaskajacke fing an, tranig und nervös zu werden. Es konnte gutgehen. Sie würden nicht wagen zu schießen, wenn die bewaffnete Terrortruppe 150 Meter entfernt war. Er könnte ihnen den Stoff geben, um Zeit zu gewinnen. Es würde gutgehen.

De Soto beobachtete ihn scharf im Spiegel, redete aber auf dieselbe Tour weiter. «Aber dann hattest du eine positive Überraschung, was, Siggen?»

«Je ... ss ... as, ja. Ich hab auf dem Torg herumgeschnüffelt. Hab gehört, im Park schwirrte ein Typ herum und fragte nach Hermann. Oder nach der Alten von Hermann.»

«Und du findest Brüderlein Villi», sagte De Soto.

«Leichte Kiste. Der war so g-geil auf die Alte, daß er mir seine Adresse gegeben hat, damit ich sie hinschaffe.»

«Aber trotzdem», sagte De Soto etwas irritiert, «haben wir Probleme. Linda hat Muffen gekriegt und schwirrt herum. Jemand sieht sie am Ostbahnhof. Wir geben bekannt, wenn sie mit Hermann und seinem Stoff durchgebrannt ist, werden wir beide kreuzigen.»

Thygesen dachte: Warum haben sie nicht im Salon angerufen? Warum haben sie Hermanns Auto in Ruhe gelassen? Sie mußten doch den Salon kennen und wissen, daß Hermann da geparkt hatte.

«Und dann kommt heraus, daß dieser Wichser deine Adresse falsch verstanden hat. Heute lernen die wohl die Könige nicht mehr in der Schule? Was, Punk?»

Alaskajacke zerhackte ein paar Zweige. Thygesen fand, er wirke langsam verheißungsvoll daneben.

«Er kennt den Unterschied zwischen Kristian IV. und Kristian August nicht. Und damit suchen wir bei der falschen Nummer 10.»

Die Olsenbande, dachte Thygesen und sagte es laut: «Die Olsenbande.»

De Soto fuhr zusammen. Alaskajacke bohrte mit dem Pistolenlauf im Mantel. Eine Schnellschußserie vom Schießplatz zerriß die Stille. De Soto hustete. Er fuchtelte mit dem Taschenmesser. Plötzlich fuhr er zusammen, drehte sich um und hing über dem Sitz, zwischen seinen dicken Fingern war nur die Klinge zu sehen. Die Klinge war klein, aber scharf geschliffen.

«Witzig, Brüderlein? Ich weiß, woran du denkst. Abhauen, wenn jemand zum Volvo kommt. Meinst, wir könnten dann nicht schießen. Aber ich hab von Junior ein paar Tricks gelernt.»

Langsam setzte er Thygesen das Messer an die Kehle.

«Mir ist es egal, ob ich dir hier den Hals aufmache oder ob ich im Wald mit dir spiele. Blut im Auto ist fies. Aber im Prinzip ist kein Unterschied.»

Er zog das Messer zurück, blieb aber auf dem Sitz hängen. Sein Atem war warm und rauh, wie der eines Hundes.

Ein paar Minuten verstrichen, ohne daß jemand sprach.

Thygesen sah an der Südwestecke des Platzes vier Männer aus dem Wald kommen. Vier ungefähr gleich große Burschen, kräftig, in Windjacken und Steppjacken, mit Schultertaschen.

«Da kommen sie», sagte Alaskajacke.

De Soto drehte sich nicht um. «Sag Bescheid, wenn der Volvo losfährt.» Das Messer war an Thygesens Kehle, und er versuchte unwillkürlich, die Kinnmuskeln zu straffen.

«Du kannst mich doch dazunehmen», preßte er durch die Lippen.

«Genau, Brüderlein. Ich kann dich dazunehmen, und meine Mutter, wenn sie noch lebte, und Hermann. Und den Schah von Persien. Einen Amateur wie dich! Der auf einer Goldgrube sitzt und nur ans Ficken denkt!»

«Die Bullerei fährt», sagte Alaskajacke.

«Du!» sagte De Soto und hustete heftig. Das Messer zitterte an Thygesens Gurgel. Er zog es ein paar Millimeter zurück, aber Thygesen merkte, daß etwas Warmes seinen Hals hinablief.

«Scheiße! Gib mir deinen Schal, Punk!»

Alaskajacke wickelte mit der freien Hand seinen zitronengelben Schal ab und knüpfte ihn locker um Thygesens Hals.

«Einen Tropf wie dich!» sagte De Soto und spuckte Thygesen zwischen die Beine. «Ich hätte mich fast totgelacht, als Linda angerufen und gesagt hat, du hättest sie im *Centrum* von vorne und von hinten gefickt. Die Süße! Sie sagt auch, Hermann sei tot, und gibt mir deine Adresse. Nicht wahr, Siggen, es ist nett, wenn sie anruft?»

Sie hat nicht angerufen, dachte Thygesen. Von der Zelle in Vålerenga aus hat sie versucht, Hermann anzurufen. Sie hätte es vom Spanier aus machen können, aber da wußte sie noch nicht, daß ... Und wenn sie angerufen hätte, als sie heute morgen gegangen ist, hätten sie nicht genug Zeit gehabt, um meine Wohnung auf den Kopf zu stellen, hätten nicht gewagt, bei Tageslicht einzubrechen. De Soto mußte das Rätsel Kristian IV. / Kristian August am Vorabend gelöst haben.

«Sie hat nicht angerufen!» rief Thygesen. Er spürte einen Schmerz am Hals, so etwas, als ob ihn jemand mit Nähgarn erdrosseln wollte.

«Eingebildet ist er auch, Siggen. Er meint, die Alte würde ihn nicht verpfeifen, bloß weil er mal drübergestiegen ist.»

«Sie hat nicht angerufen. *Du* hast angerufen. Du hattest die Sache völlig aus dem Griff verloren. Du hast alle Hotels angerufen und nach mir gefragt.»

«Hörst du, Siggen? Der glaubt, wir lügen.»

Alaskajacke bewegte sich unruhig.

«Du wirst die ganze Chose verpfuschen», sagte Thygesen. «Die werden dich finden. Die werden dir Hermann anhängen. Und mich. Vorsätzlicher Mord, um ein weiteres Verbrechen zu verdecken. Sonnenklar, lebenslänglich plus Sicherheitsverwahrung. Du wirst Rudolf Heß noch um Jahre schlagen, De Soto.»

«Hör dir den Advokaten an!» schrie De Soto. Er mußte mit der Messerklinge unter Thygesens Nase.

«Du mußt auch Linda umlegen. Und die beiden anderen, die vom *Down Town* mitgekommen sind.»

«Was für andere?»

Thygesen zuckte mit den Schultern, so gut er konnte. Das Nähgarn zog sich um seinen Hals zusammen. Er spürte, wie der Schal naß wurde.

«Ach, das habt ihr nicht aus Linda herausquetschen können, als ihr sie heute früh auf der Pilestredet kassiert habt. Gnade euch Gott, wenn ihr zu hart gequetscht habt. Ich habe die Namen der beiden anderen aufgeschrieben. Liegen im Hotelzimmer.»

«Gut», sagte De Soto. «Gut geblufft. Dann können wir die Namen ja da holen. Siggen macht das. Der macht sich überhaupt. Hat dich wunderbar beschattet, als du aus dem *Centrum* kamst. Hat nur die Jacke umgewendet. Hat auch gute Arbeit geleistet, als er dich an der Treppe erwartet hat. Nett, so ein Walkie-talkie, Siggen? Siggen!»

Alaskajacke zuckte zusammen.

«Was machst du mit dem da?» fragte Thygesen. «Dasselbe wie mit Egeland? Du hast ja keine Hemmungen, einen Kumpel umzunieten, De Soto.»

«Ist die Bahn klar?» fragte De Soto. Er hätte selber nachsehen können, aber er mußte Alaskajacke ablenken.

«Kommt ein Mann auf Skiern. Mit einem Vogelhund.»

Der Skiläufer glitt über den Platz. Er verschwand in Richtung Eiksmarka im Wald.

«Mir scheint, unser Brüderlein beginnt zu faseln», sagte De Soto zu Alaskajacke. «Aber den Stoff hat er doch bei sich?»

Thygesen gab keine Antwort.

«Hände hoch!» sagte De Soto.

Thygesen hob beide Hände über den Kopf.

«Du hast es doch nicht in den Arsch gesteckt?» fragte De Soto mit dem alten guten Funkeln in den Augen. Mit der linken Hand öffnete er Thygesens Mantel, dann die Jacke. Er fand eine der Hülsen in der Jakkentasche.

«Schöne Bananen», lachte De Soto. «Was, Siggen? Das bringt mich an die Riviera und dich ins Paradies.»

«Ni ... Nirwana», sagte Alaskajacke. «Ich glaub, ich hab Vi ... sionen.»

«Und du hast alles bei dir, Brüderlein?» fragte De Soto mit aufgesetzter Gleichgültigkeit. «Na, das finden wir schon mit einem bißchen Heckenschießerei heraus.»

«Ich glaube ... der Kerl hat eine Scheißangst!» sagte Alaskajacke. «Los, raus mit dem Rest.»

Ein blauer Ford Granada kam aus der Stadt und parkte am Eingang der Riflebahn. Ein Paar, Frau und Mann, kam heraus, hängte sich die

Büchsen über die Schultern, ging lachend den kleinen Abhang zur Bahn hinab und war nicht mehr zu sehen.

«Ganz schön viel Betrieb hier», sagte De Soto. Er öffnete die Tür auf seiner Seite vorne. «Steck die Knarre unter den Gürtel und zieh den Reißverschluß hoch», sagte er zu Alaskajacke. «Nein, wartet hier. Ich halt ihm das Messer an die Nieren. Du bleibst zwei Meter hinter uns. Er hat langsam Schiß vor dem Messer.»

«Schiß vorm Messer», sagte Alaskajacke im Papageienstil. «Raus mit dir!»

Thygesen öffnete die Tür und hob die Beine hinaus. Beim Aufstehen wäre er fast gestürzt, schaffte es aber, aufrecht zu bleiben. De Soto lief um das Auto herum und packte Thygesens rechten Arm mit seiner Linken. Das Messer hielt er in der rechten Hand, sein Arm lag vor seinem Bauch, und er richtete die Messerspitze auf Thygesen, auf den Punkt, an dem sich die rechte Niere befinden mußte. Vermutlich wußte De Soto besser, wo die Nieren saßen als Thygesen selber.

«Ganz ruhig», sagte er, und Thygesen begriff nicht, was De Soto machte, ehe die Messerklinge durch Mantel, Jacke und Hemd gedrungen war. Das war leicht zu begreifen. De Soto ließ die Messerspitze in die Haut sinken. Ein scharfer Schmerz. Thygesen stöhnte und krümmte sich.

«Früher war's jetzt, und übel ist's schlimmer», sagte De Soto mit seinem braungelben Grinsen. «Also gehen wir, Brüderlein.»

15

Auf dem Gymnasium hatte Vilhelm Thygesen einen Tagtraum. Der tauchte zumeist im Matheunterricht auf: Er hatte ein grausames Verbrechen begangen oder eine Heldentat – oder vielleicht am liebsten eine Mischung von beidem. Worin die Tat bestehen sollte, konnte er sich nie so richtig ausdenken. Das Große an seinem Tagtraum war, daß er durch lockeren Schnee über eine weite Ebene lief, einen zugefrorenen Sumpf oder See. Er war von einem Weg aus einen Abhang hinab und auf die weite weiße Fläche hinaus gelaufen. Der Mond schien. Hinter ihm stand schwarz der Nadelwald. Von dort kamen sie. Von dort schossen sie. Sie trafen. Er fiel vornüber, schluckte Schnee und sah Funken. Sie pumpten ihn mit Blei voll, wie man sagt. Er war so voll von dem Blei, daß er schwer in den Schnee sank. Aber noch lebte er, und er schaffte es, durch den Schnee zu kriechen, wobei er eine lange Blutspur hinterließ. Die Klimax des Tagtraumes kam: Er näherte sich einem Licht, von einer Hütte oder einer Laterne. Das Licht flackerte. Er kroch. Ein Mädchen kam auf ihn zugelaufen, mit offenen Haaren im Mondlicht. An ihren Wangen glitzerten Tränen. Es war entweder Anne-Marie mit dem engen Pullover, die dunkle Barbara aus Nonnehjemmet oder Marit W. aus Abbedikollen, je nachdem, welche mit ihm auf dem letzten Klassenfest einen Swing getanzt hatte. Weinend warf sie sich vor ihm in den Schnee. Aber er sagte nur: «Da siehst du's!» Und dann starb er, einsam, doch sie war an seiner Seite, da draußen in der weißen Weite.

Jetzt ging er über einen Platz, der weit und weiß genug war. Aber was nun passieren würde, hätte niemals dem Vilhelm Thygesen passieren können, der aufs Gymnasium gegangen war, das Juridicum *cum laude* bestanden und als kommender Star gegolten hatte. Es könnte einem Fremden geschehen, einem, mit dem er auf Grußfuß stand, einem Kollegen, der abgestürzt war und lichtscheue Affären angefangen hatte.

In Norwegen könnte es übrigens auch nicht passieren. Und dies war doch Norwegen? Doch, es war sogar der Teil von Norwegen, den er am besten kannte. Hunderte von Malen hatte er sich die Loipe nach Brunkollen hochgequält, im Rucksack das Pfadfinderhandbuch, eine Dose Spaghetti à la Capri, den Primuskocher, Skiwachs und Schlafsack. Er hätte blind zur Skuta und im Halbschlaf nach Brunkollen gehen können. Von dort könnte er nach Bento hinunterrollen und mit heiler Haut ankommen, und wenn er auch so breit wie der Mississippi wäre.

Die Loipen waren angelegt worden, als das Schießgelände ausgebaut und verändert wurde. Aber die Hauptloipe war dieselbe. Hier hatte er Einar an dem Abend begleitet, an dem Einar sein Messer in eine Holzwand schlagen wollte, gefehlt und sich bis auf den Fingerknochen geschnitten hatte. In herbstlicher Finsternis waren sie die steile, glatte Loipe hinabgelaufen – ohne zu stolpern, ohne sich zu erschrecken. Während Einar blutend und sauer auf der Treppe des Schießbahnbüros saß, war er ins Restaurant gegangen und hatte ein Taxi bestellt. Einar war verdammt gut drauf und konnte allein zur Unfallstation fahren. Das Taxi fuhr. Und er machte seine Lampe fertig und ging in den Mitternachtswald. War Per dabei? Möglicherweise war Per dabei, aber in seiner Erinnerung war er allein. Vor Angst hätte er fast geweint, Schatten hinter jedem Baum, moosbewachsene Steine, die sich bewegten,

Zweige, die brachen, der Geruch von alten Pilzen und toten Blättern. Er wollte schon kehrtmachen und blind nach Skytterkollen zurücklaufen, da bemerkte er den Birkenholzgeruch von der Brunkollhütte.

Er kam hin. Lief die letzten paar hundert Meter wie ein Hase auf das Licht der Hütte zu, jagte durch Gestrüpp und fiel in eine Vertiefung. Beruhigte sich auf dem Hof und *ging* hinein. Kaufte zwei Flaschen Limonade und stieg die Treppe zum Schlafraum der Mädchen hoch. Marit W. war eine von ihnen. Sie war ein Jahr älter als er. Trotzdem bekam er einen Kuß, und den Kuß nahm er im Triumph mit zur Pfadfinderhütte 100 Meter weiter.

Das war noch immer seine verdammt liebste Erinnerung; der Birkenholzduft, Marit W.s Haare, die Wärme ihres Schlafsacks und ihres Pullovers, der Geschmack ihres Mundes. *Das* war wirklich, alles andere war gelogen und erfunden und konnte nicht passieren.

Er stolperte über einen Eisklumpen.

«Blau kannst du spielen, wenn jemand kommt», sagte De Soto und adjustierte das Messer. «Vergiß das nicht! Du spielst blau, und ich sage: ‹Verlier die Flasche nicht, Jörgen.›»

Ein Bus schaltete am Fuß des Abhangs in den zweiten Gang. Sie waren erst ein paar hundert Meter gegangen.

«Stop», sagte De Soto.

Der Bus fuhr vorbei, 25 Meter entfernt. Er stoppte am Rand des Parkplatzes, ließ ein paar Passagiere aussteigen und blieb stehen.

«Marsch», sagte De Soto.

Er wählte dieselbe Loipe wie die vier Burschen von der Terrortruppe. Das Loipenschild des Skivereins nannte die Entfernungen, die Thygesen auswendig wußte: Brunkollen 3,5; Muren 2,5.

Sie gingen auf einer harten Kruste. Die Skispur trug sie, sie sanken nicht ein. Die Loipe verlief am Zaun der Riflebahn.

Aber die Bahn lag auf der anderen Seite des Hügelkamms, außer Sichtweite. Die Schützen da oben machten eine Pause.

Ein Meisenpaar zwitscherte schrill im Gestrüpp. Die Sonne fiel in Streifen durch die Kiefern.

«Stop!» sagte De Soto. Er hatte jetzt genug geredet. War mit einem ernsten Geschäft beschäftigt. Abmachung getroffen, nichts mehr zu bereden, der Vertrag kann unterschrieben werden.

Knapp hundert Meter von ihnen entfernt kam ein Skiläufer aus dem dichten Wald. Er trug Rot, einen roten Langlaufanzug.

Thygesen hatte das Gefühl, der Skiläufer bewege sich in Zeitlupe.

«Raus aus der Spur», befahl De Soto. Das Messer glitt einen Zentimeter tiefer.

Thygesen spürte, wie sich um den Schmerzpunkt ein warmer Fleck verbreitete. Zuschlagen und laufen! Die können nicht dich und einen unschuldigen Skiläufer umbringen.

De Sotos Griff um seinen Arm wurde strammer. Alaskajacke war dicht an seinen Rücken herangekommen.

Aber ein Mensch auf dem Weg zum Schafott flieht nicht, wenn die Henker ihn schon vorher fertiggemacht haben.

Die Stockbewegungen des unschuldigen Skiläufers klangen wie ein Jazztrommler, wenn er aufs Becken schlägt: Sssj, sssj, sssj.

«Laß die Flasche nicht fallen, Jörgen», sagte De Soto.

Thygesen ließ die Beine unter sich nachgeben und warf sich vornüber auf die Loipe. De Soto stolperte, da er an Thygesens Arm hing. Das Messer glitt heraus. Alaskajacke lachte hysterisch.

«Die Flasche, verdammt!» rief De Soto. Er fand Thygesens Handgelenk und drehte es nach hinten. «Denk an die Flasche!»

Der Skiläufer blieb drei, vier Meter vor ihnen stehen. Sein Gesicht war schweißnaß. Kleine Eiszapfen baumelten vom Kinnbart, der unter der Mütze hervorschaute.

Thygesen und De Soto lagen in der Loipe. De Soto bog Thygesens Handgelenk um wie mit einem Schraubstock.

«Bescheiß uns nicht mit der Flasche, Jörgen!»

«Mörder!» stöhnte Thygesen. «Sie wollen mich umbringen! Hol Leute!»

De Soto ließ sein Handgelenk los und packte den Ringfinger der rechten Hand. Er bog ihn nach hinten, es knackte scharf.

«Verrückte!» rief Thygesen. Der Skiläufer ging vorsichtig auf die Seite. Sein schweißnasses Gesicht spiegelte Unglauben angesichts dieses Suffgelages im Wald, moralische Entrüstung und ein wenig Angst davor, in irgend etwas verwickelt zu werden.

«Hör nicht auf ihn», sagte De Soto. «Gerade aus der Klapsmühle entlassen worden!»

«Die wollen mich umbringen!» rief Thygesen. «Die haben mir den Finger gebrochen!»

«Und du hast die Flasche verdödelt, du Arsch», sagte De Soto, legte Thygesen einen Arm um den Hals und drückte mit der anderen Hand sein Gesicht in den grobkörnigen Schnee.

«Entschuldigung», sagte der Skiläufer. «Loipe.»

Wieder klang es sssj, sssj. Die Skier schlugen auf die harte Unterlage. Das Geräusch erstarb.

«Los, hoch», sagte De Soto. «Verdammt viel Verkehr hier für einen Werktag.»

Thygesen blieb liegen. Stechender Schmerz durchjagte ihn, hauptsächlich vom Finger. Sollten sie doch hier und jetzt Hackfleisch aus ihm machen! Dann hätten sie wenigstens die Schererei, ihn von der Loipe wegzuzerren.

«Hoch mit dir, Brüderlein!»

Thygesen lag. Er freute sich über das mit dem Finger. Es würde nicht so schlimm sein, erschossen zu werden, wenn der ganze Körper so schrecklich weh tat. Sie hatten ihn gestochen und gebrochen, und so viel mehr konnten sie ihm nun nicht mehr antun.

De Soto kniete neben ihm nieder. «Du hast mehr Mumm, als ich gedacht hätte, Villi. Nun steh schon auf.»

Thygesen fühlte, wie er durch den Schnee sank. Die gute Stimmung aus seinem Kindertraum überkam ihn. Jetzt würde bald Marit W. kommen, auf einem Ausflug mit ihrer ganzen Familie, und er könnte sich blutend und prächtig erheben und sagen: «Da siehst du's. Die Welt ist ein Irrenhaus.»

De Soto sagte ihm leise ins Ohr: «Das mit dem Finger tut mir leid. Aber das überlebst du. Darfst das nicht mißverstehen. Ich will dich nicht umbringen.»

«Was hast du mit Linda gemacht?» fragte Thygesen mit Schnee im Maul und Blut auf den Lippen. Er sah nicht hoch. Er sah nur die Schneekristalle an, die die Sonne reflektierten, und ein paar Tannennadeln und einen Tannenzapfen.

«Sie soll ihren Frieden haben», sagte De Soto. Mit väterlicher Stimme. «Du auch, Villi. Ich wollte dir nur einen Schrecken einjagen. Mußte die Garantie haben, daß ich alles kriege. War so viel Chaos. Hatte so viel Kohle investiert. Bin über 50, weißt du. Der letzte Job muß sich lohnen.»

«Geh zum Teufel», sagte Thygesen. «Du hast Egeland fertiggemacht.»

De Soto war dicht an seinem Ohr, mit ruhigem Atem. «Ehrlich geflucht, Villi, ich weiß nicht, was aus Egeland geworden ist.»

Auf der Pistolenbahn wurden Schnellschußsalven abgefeuert. Es klang wie Peitschenhiebe. Die Riflebahn antwortete mit einer langsamen Serie, die am Gipfel ein gellendes Echo hervorrief.

«Das mit Egeland hatte sein Gutes für mein Image, wie man sagt. Meinst du, *ich* würde *dich* wegen Hermann anzeigen? Ich will dir helfen, ihn loszuwerden.»

Alaskajacke kam und stellte sich vor Thygesen. Der konnte die Stiefel sehen.

«Wir können d – wir können das ganze Haus anzünden», sagte Alaskajacke.

«Fresse, Punk», sagte De Soto munter. «Siggen hier ist nicht so geldgeil. Den interessiert nur der Stoff. Wenn die Operation vorbei ist, kriegst du 25 000.»

Alaskajacke schuffelte mit den Füßen. Thygesen hörte ein Geraschel und merkte, wie dringend er pissen mußte.

«Richtig, Siggen. Piß du nur. Gut für die Nerven», sagte De Soto. «Würde uns auch nicht schaden, nach dem ganzen Kaffee, was, Brüderlein? Hoch mit dir.»

Thygesen kam auf die Knie. Er zog den Handschuh von der rechten Hand. Der Ringfinger war am innersten Gelenk gebrochen. Die beiden anderen Gelenke baumelten schlaff herab. Die Bruchstelle war bereits blau und geschwollen. Das Nähgarn um den Hals spürte er nicht mehr. Der Messerstich schmerzte wie heftiges Seitenstechen nach einem langen Lauf.

Ein Baum war am Rand der Loipe umgestürzt. Thygesen stützte sich auf die Wurzeln, es gelang ihm sein Gerät herauszuholen und einen Piß zu vollführen. De Soto tat das gleiche, dicht neben ihm.

Thygesen registrierte, daß irgendwer viele Löchlein in die hartgefrorene dunkle Erde geschossen hatte, die die Baumwurzeln beim Fallen mitgerissen hatten.

«25 000; in Ordnung?» fragte De Soto. «Vergiß nicht, daß ich die ganze Arbeit hatte. Aber das können wir nicht hier klären. Gehen wir doch an eine ruhige Stelle, die ich kenne. Paar hundert Meter. Ich kriege den Stoff. Du kriegst ein Papier über die 25 000 mit meiner Unterschrift und so.»

Thygesen packte mit der linken Hand eine Kienwurzel.

«Mich bluffst du nicht», sagte er.

«Mach schon, sonst brauch ich das Messer», sagte De Soto. «Nur ein paar hundert Meter. Danach fahre ich dich zu einem netten Arzt meiner Bekanntschaft. Der verpaßt dir Gips und Bandagen.»

«Leck mich am Arsch», antwortete Thygesen.

Das Messer, das kleine Messer, lag wieder in De Sotos Hand. «Hab keine Lust, dich aufzuschlitzen. Aber diesmal muß ich dir tief in den Rücken stechen, kapiert? Na komm schon. Du gehst vorn.»

Und Thygesen ging. De Soto keuchend hinter ihm. Alaskajacke im Schlepptau. Ihre Schritte knirschten im Harschschnee.

Für etwa 50 Meter war der Zaun der Riflebahn umgerissen. Ein weißes Schild mit roter Hand warnte: Stop!

Sie gingen in den dichten Nadelwald. Tropfen von den Bäumen hatten die Loipe vereisen lassen. Thygesen glitschte. De Soto war hinter ihm.

Hinter dem Wäldchen lag eine offene Schneise, Buschzweiglein piksten durch den Schnee. Thygesen konnte eine der Baracken an der Pistolenbahn sehen. Sie war braun angestrichen und hatte grüne Blenden. Über den Standplätzen auf der Bahn gab es ein Dach aus Wellblech oder Plastik, wie die Dächer der Straßencafés auf Karl Johan. Ein roter Kombiwagen stand an der Baracke.

Schnellschußsalven peitschen die Luft. Auf der Riflebahn sandte ein Schütze zögernde Einzelschüsse aus, aber sie dröhnten am Hang. Auch von noch weiter her, von der Tontauben- oder der Hirschbahn, erklangen vereinzelte Schüsse.

«Verdammt viel Betrieb», sagte De Soto. «Viel Volk hier bei gutem Wetter.»

Sie erreichten den Weg zur Pistolenbahn und bogen nach links in einen Weg ein, den der Schneepflug ausgespart hatte und der in Richtung Muren führte. Thygesens Stiefel sanken durch die Schneekruste.

«Hier runter», sagte De Soto.

Er hatte sich eine ideale Stelle ausgesucht. Eine Lichtung, auf der ein Stapelplatz für Holz oder ein Parkplatz ausgegraben war. An einem Ende befand sich ein steiler Sandhang. Die anderen Seiten waren von dichtem, frisch gepflanztem Nadelwald umgeben. Ein Traktor hatte früher im Winter den Schnee beiseite geräumt, aber nun war alles wieder zugeschneit. In der Mitte lagen Holzstapel unter meterdicker Schneedecke.

Thygesen blieb stehen. Er stand bis zu den Knien im Schnee.

«Vorwärts», befahl De Soto.

Thygesen machte ein paar Schritte. De Soto schubste ihn mit der freien Hand.

«In die Ecke.»

«Geiler Platz», sagte Alaskajacke und kämpfte sich bis an Thygesens Seite vor. Er hatte seine Pistole hervorgeholt.

Geil? Ein geiles Schlachtfest würde das geben. Der Fisch war im Netz, das Netz übers Dollbord gezogen, der Haken saß in den Kiemen. Stoß und Schnitt, und der Fisch läge da und schnappte nach Luft, schlüge ein paarmal mit dem Schwanz, *finito*. Und wer die Zunge herausschnitte, bekäme zehn Öre dafür.

In der Ecke lag ein schneebedeckter Haufen von Tannenzweigen und Nadeln. Auch Laubbaumholz war hier aufgestapelt. Das Holz sah dunkel aus. Es lag schon lange da. Die Sonne hatte darauf etwas Schnee zum Schmelzen gebracht. Das Wasser war zu langen schlanken Eiszapfen gefroren. Die Eiszapfen versperrten einen dahinter liegenden Hohlraum wie Gitter vor einem Fenster in Ullersmo.

‹Da›, dachte Thygesen. ‹Und dann ein paar Tannennadeln darüber. Er hat das gut geplant.›

«Mir ist so komisch im Magen», sagte Thygesen.

«Geh hinter den Stapel», sagte De Soto. Er hatte volle Kontrolle.

Thygesen versank fast bis zum Bauch im lockeren Schnee hinter dem Holzstapel. Keine Möglichkeit zur Flucht. Er scharrte Schnee weg und hockte sich hin, schmuggelte das offene Springmesser von der Manteltasche in den rechten Stiefelschaft. Er stopfte die Hosenbeine in die Stiefel und hoffte, De Soto sei so selbstsicher, daß er diese Veränderung nicht bemerken würde. Er kämpfte sich zurück.

«Das ging ja schnell», sagte De Soto.

«Hab nichts geschafft.»

Alaskajacke lachte. Hack-hack.

Das mit dem Messer hätte ich mir sparen können, dachte Thygesen. Müdigkeit überkam ihn mit einem Schlag. Vielleicht wäre es gut, es hinter sich zu haben? Löst viele Probleme. Befreit dich von einem Scheißleben. Wofür sollst du noch kämpfen? Alles ist Betrug und Schwindel.

«Zigarette?» fragte De Soto.

Er hatte eine für sich und eine für Thygesen gedreht. Er zündete eine mit der Glut der anderen an.

«Hände hoch, Villi.»

Thygesen streckte die Arme in die Luft. De Soto steckte ihm die Zigarette in den Mund. Mit flinken Fingern untersuchte er seine Taschen. Thygesen lehnte sich zurück und ruhte seinen Rücken am verschneiten Holzstapel aus.

«Wie Bananen», sagte De Soto. «Reihenweise Bananen.»

Hock-hock von Alaskajacke.

De Soto legte die Hülsen in Reih und Glied neben sich in den Schnee.

Thygesen dachte: Sie werden auch im Rektum nachgucken, wenn sie mich umgenietet haben. In den Därmen graben.

«Achtzehn», zählte De Soto. «Sicher, daß es nicht mehr waren?»

«Nein. Das ist alles.»

«Hermann wollte zwanzig leere Hülsen von mir, ehe er nach Kopenhagen gefahren ist.»

«Er hat verkauft. Hat etwas selber gebraucht. Hat eine ver ...»

«Ganz recht, die kriegen wir. Was hast du mit der letzten gemacht?»

«Hab bloß die.»

«Sicher?» De Soto holte eine kleine Stahlkette aus der Jackentasche. Er trug eine graubraune, anonyme Nylonjacke. Die Kette wickelte er mit einer raschen Bewegung um sein Handgelenk.

Das Ende der Kette traf Thygesen über der Nasenwurzel. Er spürte, wie Feuer über seine Stirn züngelte.

«Sind das alle?»

«Ja.»

De Soto schlug und traf dieselbe Stelle.

«Achtzehn ist alles?»

«Ja, zum Teufel.»

Die Zigarette war Thygesen aus dem Mund gefallen und verbrannte nun den gelben Schal. Es roch angebrannt. De Soto schnippte die Zigarette weg.

«Waren wo?»

«In seinen Stiefeln.»

«Ach so?» fragte De Soto nachdenklich. «In den Stiefeln?»

«In einer gegossenen Glasfaserform in der Sohle, in einem Hohlraum zwischen Sohle und Gelenk», sagte Thygesen und griff nach seiner Nasenwurzel.

«Runter mit der Pfote! Was, zum Teufel, für ein Gelenk?»

«Das ist ...»

«Scheiß drauf.»

«Er hatte die Behälter mit einem stark riechenden Zeug eingeschmiert. Um die Köter am Flugplatz zu täuschen.»

«Clever», sagte De Soto. «Warum hast du nicht an die Stiefel gedacht, Punk?»

Alaskajacke schwankte, bis zum Knie im Schnee, mit starrem Blick auf die Plastikhülsen.

«Ko ... komische Idee. Nie von so was ge ...»

«Genug. Fresse!»

De Soto ließ das Kettenende rotieren. Der Stahl glitzerte wie ein Flugzeugpropeller.

«Hast du den Stoff gecheckt, Brüderlein?»

«Nein. Laß die Scheißkette.»

«Sicher?»

De Soto schlug einen ziemlich schlaffen Schlag, der Thygesen am Kinn traf.

«Sicher?»

«Kein Bluff.»

«Bist du zu doof zu. Was hat Linda gesagt?»

«Frag sie doch selber.»

Der Schlag traf schräg auf die Wange. Lähmend. Thygesen ging in die Hocke und spürte Blut aus Gaumen und Mundhöhle hervorquellen. Er hustete den warmen Stoff nach oben, ehe er daran erstickte, schaffte es aber nicht, ihn auszuspucken. Die Kiefernknochen hatten sich verschlossen.

Den Mund voll Blut, mit flimmernden Augen und vernebeltem, rotierendem Gehirn, sah er, wie De Soto eine Hülse öffnete und den Inhalt mit der Zungenspitze kostete.

«Fühlt sich an wie Originalware. Ist jedenfalls nicht gemischt. Du als Experte, probier du mal», sagte De Soto und warf Alaskajacke eine Hülse zu.

Thygesen beugte sich vor, wobei ihm das Blut aus den Nasenlöchern lief. Seine Kiefer öffneten sich. Er erbrach einen roten Wasserfall. Dann kam er wieder zu Atem und begann zu brüllen.

«Fresse! Fresse!» zischte De Soto. Thygesen hatte keine Luft mehr. Er ging in die Hocke und spürte, wie die Tränen nach draußen drängten und wie sich der Magen umstülpte.

«Schmeiß mal die Knarre», sagte De Soto zu Alaskajacke. Zu Thygesen sagte er: «Heulst du jetzt? Fängst bestimmt gleich auch noch an zu scheißen. Am besten hören wir auf mit dem Quatsch. Will dich bloß markieren. Nehm deine Kniescheibe, damit wir Vorsprung kriegen.»

«Bluff!» versuchte Thygesen zu rufen. Aber es wurde nur ein Quaken. Er war wie ein zitterndes Gelee aus Blut, Rotz und Tränen. Ein Gelee, in das jemand stach und hämmerte. Stach und hämmerte.

«Die Knarre», sagte De Soto zu Alaskajacke.

Der Junge in der rot und schwarz karierten Jacke hatte die Plastikhülse wieder verkorkt und sie in den Mund gesteckt. Es sah aus, als rauchte er eine Zigarre. Seine Augen waren gelb-weiß und gen Himmel gekehrt.

«Das ist kein Ge ... Gemisch, nein», sagte Alaskajacke. Er machte einen Schritt rückwärts, fiel auf den Hintern und blieb so im Schnee sitzen.

Mit beiden Händen hielt er die Pistole. Seine Hände waren groß und rot gefroren. Eine Fingerspitze fehlte. Der Pistolenlauf wippte wie eine Wünschelrute. Endlich gelang es ihm, die Waffe ruhig zu halten. Er sog an der Hülse, ließ sie zwischen den Lippen hinein- und hinausgleiten. Thygesen versuchte, auf die Beine zu kommen.

Er mußte das Messer werfen, hoffen, daß er traf, sich über den Holzstapel werfen und laufen.

Aber die Pistole zeigte auf den Falschen.

«Hei, Punk», sagte De Soto. «Laß den Scheiß. Dich will ich doch gar nicht. Ich will den Scheißbullen.»

«Scheißbullen», sagte Alaskajacke und spuckte die Hülse aus.

De Soto trat einen Schritt auf ihn zu.

Der Schuß klang scharf und kurz.

De Soto griff sich an den Bauch und fiel auf die Knie. Alaskajacke schoß wieder. Das Geschoß verschwand heulend im Wald.

De Soto hickste. Alaskajacke schoß abermals. Vor De Soto stob der Schnee hoch.

«Ihr lügt! Es müssen mehr sein!»

Er wies mit der Pistole auf die Hülsen im Schnee.

«Gibt nix mehr», röchelte De Soto. «Du hast mir in den Bauch geschossen, du Schwein! Hol einen Arzt.»

«Mich bescheißt du nicht. Das ist kein Pfund.»

Alaskajacke schoß aus nächster Entfernung und traf De Soto, der zusammenfuhr und begann, die Schneekruste zu zerkratzen.

«Ich nehm alles», lachte Alaskajacke. Es war ein Woody-Woodpecker-Lachen und hätte Tote erwecken können. Aber sie mußten zuerst tot sein, um geweckt werden zu können.

Thygesen krabbelte in Deckung hinter den Holzstapeln. Alaskajacke ging ihm nach. Thygesen blieb stecken, kam los, blieb an einigen Büschen hängen, brach Zweige, wäre fast ohnmächtig geworden. Ein Schuß erklang, dann eine Serie. Von der Bahn. Die Lövenskioldbahn hatte ihm immer schon dieses Kriegsgefühl eingeflößt. Das Echo von den Bergen. Deutsche mit Stahlhelmen.

Er wandte sich Ajacke zu. Der Junge stand drei Meter von ihm entfernt und zeigte seine graubleiche Zunge.

Ajacke? Einmal hatte Thygesen auf ein Taxi gewartet, das ihn zum Flugplatz von Rovaniemi fahren sollte. Wieso wollte er in Rovaniemi ein Flugzeug nehmen? Vorbei und vergessen. Aber er hatte es sehr eilig. Irgendeine Frau erwartete ihn. Er stand an einer öden Bushaltestelle. Aus Gebüsch und Moor roch es nach Weiden. Die Mücken summten. Er mußte dieses verdammte Flugzeug erwischen. Aber der Fahrer – wenn er käme – könnte sicher nur Finnisch. Deshalb nahm er einen Sprachführer aus dem Rucksack, ein gelb-blaues Büchlein. Dort stand: «Zum Flughafen, bitte: *Ajakaa lentosatamaan.*» Der Wagen kam. Es war ein uralter Pobeda. Er sagte: «*Ajakaa lentosatan.*» Der Fahrer lachte und berichtigte ihn: «*Ajakaa lentosatamaan.*» Sie erwischten das Flugzeug.

«Wo's der *Rest*?» fragte Ajacke und lachte sein allerhöllischstes Lachen: Hehehehehee!

Woody Woodpecker, so klang es für Thygesen. Es war das Lachen aus den flimmernden Filmen, die jeden Freitag im Klubhaus von Njård gezeigt wurden. Es war ein kleines heißes Klubhaus, voller Schüler, die Kuchen und kleine Flaschen mit Cola bekamen. Danach gingen sie in den dunklen Abend hinaus und lachten das Lachen aus dem Film.

«*Der Rest*», sagte Ajacke.

«Hab noch mehr. Versteckt. Bei 'nem Kumpel. Ich muß das für dich holen.»

Ajacke schoß in den Schnee.

Russisches Roulette, dachte Thygesen. ‹*Deerhunter*›. Der, der im ‹*Deerhunter*› das Gehirn rauspustet.

«Du lügst», sagte Ajacke. «Du hast es bei dir.»

Letzte Chance.

«Ich hab noch mehr im Stiefel», rief Thygesen. Er hob den linken Fuß.

«Keine Bewegung!»

«Im Stiefel, im Stiefel, zum Teufel! Nicht schießen. Nicht auf den Stiefel schießen!»

Ajacke zielte mit beiden Händen auf Thygesens Stiefel und drückte ab. Ein neuer scharfer, kurzer Schuß.

Der Schuß schlug durch das Leder des Schaftes. Er konnte nicht den Knochen getroffen haben, denn es tat nicht sehr weh.

Thygesen gelang es, sich in eine gekrümmte Stellung zu erheben, wie ein Tier auf dem Sprung. Und er war ja auch ein Tier auf dem Sprung. Endlich in der Offensive. Gott sollte ihn trösten, wenn mehr als sechs Schuß im Magazin waren.

«Jetzt hab ich dich gelinkt, Punk!» brüllte Thygesen und spuckte Blut. «Ich habe dich total gelinkt. Guck mal, was ich wirklich im Stiefelschaft habe!»

Er packte den Messergriff, holte das Messer heraus und machte einen unsicheren Schritt auf Ajacke zu.

«Geh heim zu Muttern, du Wichspunk, und saug an ihren Titten! Das ist das einzige, wozu du taugst!»

Ajacke zielte auf Thygesens Brust und drückte ab. Klick. Er drückte wieder und wieder. Klick-klick-klick. Es klang wie das alte Zeitsignal im Radio auf voller Lautstärke. Er warf die leere Pistole weg.

Thygesen sprang auf ihn zu und schlug mit dem Messer. Ajacke fiel rückwärts, gurgelte etwas Unhörbares und kam wieder auf die Beine.

«Nach Hause und saugen, Tittenpunk!»

Thygesen schlug und verfehlte wieder. Ajacke drehte ihm den Rükken zu und machte ein paar wunderliche Sprünge durch den aufgewühlten Schnee, erreichte festeren Harschschnee und lief, stolperte, lief wie ein waidwunder Enterich und verschwand zwischen den Bäumen auf dem Weg zur Pistolenbahn.

Thygesen brach im Schnee zusammen. Seine Brust war ein bißchen zu eng. Er fraß Luft. Fraß und fraß. Das Herz hämmerte in ihm wie ein Preßluftbohrer und wollte die Luft wieder aus ihm heraustreiben.

De Soto ließ einen Laut hören. Er lag nur ein paar Meter entfernt, aber für Thygesen schien ein Fluß aus Zeit zu verrinnen, bis er bei ihm ankam. Unterwegs fand er die Pistole und steckte sie in die Manteltasche. Er hielt das Messer bereit, als er De Soto erreichte. De Soto lag auf dem Bauch und strampelte hilflos mit dem Bein, um sich umzudrehen.

Thygesen packte seine Schultern und drehte ihn halb um.

«Hol einen Arzt, Siggen. Sonst sterb ich.»

Thygesen schaffte es, ihn ganz auf den Rücken zu drehen. De Soto öffnete die Augen, zwei schmale Schießscharten.

«Teufel, *du*! Wo 's Siggen?»

«Hat alles leer geschossen und sich verpißt.»

«Das Arschloch hat mich im Bauch erwischt. Und am Schenkel. Glaub, der Sack ist heil.»

«Hände hoch», sagte Thygesen. De Soto versuchte es.

«Tut so scheiß weh», sagte er. «Hab keine Waffen mehr. Nur Munition in der Jackentasche.»

«Messer?»

«Wenn du's nicht siehst, müssen wir's in den Schnee getreten haben.»

Thygesen konnte das Messer nicht sehen. Er fand die Munition in der Jackentasche und drückte sie ins Magazin.

«Hat er meine Innereien erwischt?»

Thygesen schlug einen blutigen Jackenfetzen zurück. Der Schuß war dort eingedrungen, wo ein Arzt zur Blinddarmoperation angesetzt hätte. Das Loch war überraschend klein. Es war dunkelbraun. Das gleiche Loch gab es im Schenkel, kurz unterhalb der Leiste. Es blutete stärker, war aber kaum besonders gefährlich.

«Ja», antwortete Thygesen. «Gib mir die Wagenschlüssel, Björn, ich besorg einen Arzt.»

«Hosentasche.»

Mit der rechten Hand schaffte es Thygesen nicht, die Schlüssel herauszufischen. Aber mit der linken klappte es.

«Beeil dich, Villi.»

«Noch was vom Rembrandtgeld übrig?»

«Hab alles da reingesteckt ...» sagte De Soto und wies unbestimmt um sich.

«Alles in'n Stoff?»

«Alles. Nichts mehr zu holen für dich, Villi. Aber hier im Schnee liegt eine Million.»

«Hat Linda dir gesagt, daß ich im *Centrum* war?»

«Hol einen Arzt.»

«Antworte, zum Teufel. Sonst bleib ich hier sitzen.»

«Paß auf den Irren auf. Abgesägtes Schrotgewehr im Kofferraum», sagte De Soto. Er hustete. Eine Blutspur lief aus dem Mundwinkel.

«War Linda das oder nicht? Ja oder nein.»

«Ich glaub, ich sterbe.»

«Antworte!»

«Ach, leck mich ... hol was zu trinken ...»

Thygesen rieb seine Lippen mit Schnee ein. De Soto schloß die Augen und verlor vermutlich das Bewußtsein. Thygesen klappte sein Messer zusammen, überprüfte die Pistole und fing an, den Weg zurückzugehen, den sie gekommen waren. In seinem linken Stiefel war es jetzt warm und gut. Das Bein war beim Gehen etwas ungebärdig, aber fühlte sich besser an als das erfrorene rechte.

Auf der Pistolenbahn wurde Schnellschußsalve auf Schnellschußsalve abgefeuert. Er überquerte die Schneise mit den kleinen Büschen. Nahm die Pistole in die linke Hand, wegen des gebrochenen Fingers. Hielt nach Ajacke Ausschau.

Im Nadelgehölz war der Knabe nicht. Thygesen ging am Zaun der Riflebahn entlang. Er näherte sich dem Stopschild. Bei der Baumwurzel war etwas Rotes. Thygesen ließ sich fallen.

Der Schuß klang dumpfer als die Pistolenschüsse. Aber auf 50 Meter Entfernung werden die Schrotkugeln weit verteilt, und Thygesen blieb ruhig liegen. Er schloß die Hände um den Schaft und stützte sie auf den Schnee, um besser zielen zu können.

Ajacke trat vor. Er hatte ein doppelläufiges Gewehr. Es war abgesägt, ja. Er zielte auf Thygesen.

«Nutzt nix. Mit der Mühle kannst du nicht mal 'n Scheunentor treffen.»

Ajacke schoß. Thygesen hatte das Gefühl, ein paar Schrotkugeln in den Haaren zu spüren. Er zielte auf die Beine. Schoß und hörte, wie der Schuß in die Wurzel einschlug. Aber das war genug für Ajacke. Er machte kehrt und sprang von Baum zu Baum.

Tarzan schwingt sich von Kronleuchter zu Kronleuchter, dachte Thygesen. Er hätte gern geheult. Nicht gelacht, sondern geheult. Aber dafür fühlte er sich zu kaputt.

Langsam und umständlich begab er sich zu De Soto zurück. Er war sicher, daß Ajacke noch mehr Patronen hatte und daß er beim Auto im Hinterhalt lag. Bis die Polizei von Bærum ihn verhaften kam. Und er war sicher, daß De Soto fertig war.

De Soto lag auf dem Rücken und starrte in die Sonne. Er war kalt.

Thygesen schleppte ihn zur Eiszapfenhöhle. Die Eiszapfen zerklirrten, als er De Soto hineinschob. Aber er fand Tannenzweige und wollte ihn damit bedecken. Statt dessen zerrte er De Soto halbwegs hoch und zog ihm die Jacke aus. Auf dem graubraunen Stoff war das Blut nicht sonderlich gut zu sehen, es hätte auch ein Bierfleck sein können. Er schubste De Soto zurück und deckte ihn zu.

Ajacke ließ sich nicht blicken.

Er steckte den Schlips in die Manteltasche und legte den Burberry zusammen. Gut, daß die Verkäuferin bei Ferner Jacobsen nicht mit ansehen mußte, wie schlecht er den Mantel behandelte.

Er hatte Tabak, Streichhölzer, die Autoschlüssel, das Messer und die Brieftasche. Alles hatte in seiner eigenen Jacke Platz. De Sotos war sehr eng für ihn. Er wischte das Blut mit dem Mantel ab. De Sotos Taschen waren leer. Thygesen hob die Hülsen auf. Er fand sechzehn heile und steckte sie in die Taschen der De-Soto-Jacke. Zwei Hülsen waren beim Kampf zertrampelt worden. Der Schnee war in den Schnee gelaufen. Er warf die beiden kaputten Hülsen zwischen die Jungtannen.

Die Pistole durfte er nicht verlieren. In der Manteltasche fand er sie nicht. Aber sie lag unter ein paar Zweigen. Der Lauf war zu lang für die Seitentaschen der De-Soto-Jacke. Mit dem Messer schnitt er ein Loch in das Futter der linken Tasche. Achtete darauf, die Knarre zu sichern. Steckte den Lauf in das Loch und spürte den Schaft beruhigend in der linken Hand.

Thygesen verschaffte sich einen letzten Überblick. Er trat Schnee über die Blutflecken.

Dann nahm er das Mantelbündel unter den Arm und begann, die Loipe nach Brunkollen hochzugehen.

Gehen? Das linke Bein schleppte er hinter sich her. Aber er erreichte den Wald. Die grauen Stämme standen dicht auf beiden Seiten der Loipe.

16

Er fand einen Stein. Und zwar oberhalb der Pistolenbahn, wo die Loipe sich in eine blau und eine rot markierte aufteilte. Der Stein lag auf einer Felskuppe, von der Loipe aus nicht sichtbar. Er war trocken. Die Sonnenwärme steckte noch in ihm, obwohl die Sonne in einem Dunstschleier über Kolsås hing. Unten auf der Pistolenbahn wurde noch immer geknallt und geschossen, als bekämen die Schützen 90 Kronen pro Stunde dafür. Das Martinshorn hatte er auch noch nicht gehört.

Er setzte sich auf den Stein und drehte sich eine Zigarette. Er lebte. Er konnte Rauch einsaugen und ausblasen. Es gab ein paar Extralöcher in ihm, und sein Finger ließ den Schnabel hängen. Aber diese Schäden ließen sich reparieren.

Er, der Scheißbulle, hatte Ajacke dazu gebracht, ihn ins Bein zu schießen. Wenn die Provokation nicht geglückt wäre, läge er jetzt mit De Soto da unten und starrte in den Himmel.

Sie würden ihn mit Schweißhunden und scharfen Waffen verfolgen. Es würde ein verdammter Nervkram sein, alles zu erklären. Der Gedanke an die Viecher war nicht angenehm. Er mußte eine Stelle finden, wo sie ihn nicht erreichen konnten, bevor die Männer kämen und die Kontrolle übernähmen. Einen Felsabsatz. Vielleicht schaffte er es zur Skuta? Das wäre gut. Wenn er dort ankommen wollte, mußte er sich zusammenreißen. Konnte sich genausogut präsentabel machen. Blöd, wenn das Leben aus ihm liefe, bloß weil er die Löcher nicht dichtmachen könnte.

Es war unmöglich, den linken Stiefel auszuziehen. Die Kugel hatte voll getroffen, ein paar Zentimeter unter dem Rand. Den Weg hinaus hatte sich die Kugel durch die äußere der beiden Schlaufen gebahnt, die am Stiefel angenäht waren, damit er sich leicht ausziehen ließe. Der Stiefel war schwer und warm. Wenn er die Zehen bewegte, machte es schwupp-schwupp, als wäre er voll Wasser.

Da er die Zehen bewegen konnte, mußten Knochen, Muskeln und Nerven ziemlich billig davongekommen sein. Er fing an, den Stiefel mit dem Springmesser aufzuschneiden. Es war zum Stechen gedacht, nicht zum Schneiden. Die Brasilianer mußten im Busch einen Stier mit schrecklich zäher Haut gefunden haben, um daraus Stiefel zu machen. Aber er säbelte und schnitt und schaffte es, das Leder zur Seite zu zerren. Das Hosenbein war festgeklebt. Er riß es los.

In der Wade war eine Vertiefung. Als hätte jemand mit einem Kugelhämmerchen zugeschlagen. Die Vertiefung war blau und tat höllisch weh. Die Kaliber-zweiundzwanzig-Kugel war am Bein entlang geschlingert und hatte eine seichte Rinne hinterlassen, um sich dann durch die Muskeln zu pflügen und die Arbeit durch den Austritt nach daumenlanger Wanderung durch sein Fleisch zu vollenden.

Das Blut hatte begonnen zu gerinnen. Ein bißchen sickerte noch immer hinaus, aber es war kaum der Rede wert. Er hatte sich eine unwahrscheinlich hübsche Schußwunde zugezogen. Hollywood hätte keine wohlerzogenere Kugel in die Schulter des Helden in einem Cowboyfilm schießen können.

Thygesen schnitt ein paar Streifen vom Mantelfutter und wickelte sie um die Wunde. Dann zurrte er den Schlips um den Stiefel, um die Lederfetzen zusammenzuhalten, zog das Hosenbein darüber und putzte Krusten und Flecken mit Schnee ab.

Der Pikser von De Soto verursachte noch üblere Schmerzen als Bein und Finger. Vielleicht hatte er die Nierenspitze angestochen?

Thygesen riß Jacke und Hemd hoch. Er hatte auch ein Unterhemd. Es war rot geworden. Wenn er ruhig saß, war es nicht so schlimm.

Bewegte er sich, so schien De Soto wieder da zu sein und das Messer umzudrehen. Um eine Art Verband anzulegen, mußte er Jacke und Hemd ausziehen.

Viel Mantelfutter wurde verbraucht. Er wickelte eine Schicht nach der anderen um seinen Leib. Fast unmöglich, es zum strammen Sitzen zu bringen. Es gelang ihm, einen Knoten zu machen, er zog an. Und mußte wohl prompt in Ohnmacht gefallen sein. Als er wieder zu sich kam, lag er mit dem Rücken auf dem Stein und war kalt wie einer, der im Eis badet. Zitterte und hustete. Jedes Husten war ein Dolch im Bauch. Er versuchte, nur mit dem Hals zu husten. Die Luft heraufzulocken. Schließlich war keine mehr in ihm übrig, und er schaffte es, Hemd, Jacke und Mantel anzuziehen.

Er nahm sich eine neue Zigarette. Sog vorsichtig daran, um keinen neuen Hustenanfall zu verursachen.

Nun kam Genosse Ringfinger an die Reihe. Er brach ein paar gerade, feine Espenzweige ab und schnitzte sie zu passender Länge zurecht. Er machte den Finger so gerade, wie es möglich war. Vier Espenstöckchen verteilte er um den Finger. Für diese Arbeit hatte er den Mantelgürtel aufbewahrt. Wie hieß es doch noch? Verschalen? Nein, schienen. Er wollte schienen. Schiene, schiene, wenn dir dein Leben lieb ist.

Die Stöckchen rutschten heraus. Der Gürtel rutschte ab. Er versuchte es mit ein paar Streifen vom glatten Mantelfutter. Es ging nicht, er konnte sie nicht verknoten. Er leerte die Tabakpackung aus und steckte Tabak und Papier in eine Jackentasche. Wie viele Taschen er jetzt hatte! Dann schnitt er das Plastik in Streifen. Die konnte er verknoten. Den Fingern gefiel das nicht. Das Blut pochte. In ihm mußte noch viel Blut sein, und das meiste wollte unbedingt in die Fingerspitze.

Ein Hund bellte unten bei Skytterkollen.

Thygesen stand auf. Sofort fiel er auf die Nase. So lag er eine Weile und meditierte. Am besten begab er sich zurück zur Zivilisation und ließ sich etwas Besseres als diese verdammte Amateurchirurgie verpassen.

Wieder hoch. Der Held geht. Gjensidige besteht. Der Frühlingswind weht. Der Geist vergeht. Alles versteht. Habakuk war ein Prophet.

Jetzt drehte sich alles nett und sauber um ihn. Der Mantel war zu schwer. Er trat ein kleines Grab für ihn in den Schnee.

Was spielte das mit dem Mantel für eine Rolle?

In Oslo waren in den letzten 30 Tagen nicht viele Burberries verkauft worden. In diesem war sogar ein Etikett von Ferner Jacobsen. Die Polizei brauchte nur hinzulatschen und die Verkäuferin zu fragen. Sie würde eine erstklassige Beschreibung liefern. Aber er wollte sich doch ohnehin stellen? Mit erhobenen Händen aus dem Dschungel kommen, auf den Lippen die Wahrheit.

Und für zwei schnelle Morde eingeknastet werden? Ajacke würde sagen, der Scheißbulle habe De Soto erledigt. Hermann lag immer noch als stummer Zeuge da. Sie würden zwei und zwei zusammenzählen und zwölf rauskriegen. *Zwölf Jahre.*

Er trat Schnee über den Mantel. Heute war sein großer Schneetretetag.

Der Hund bellte wieder. Er war nicht näher gekommen und war nicht Mitglied einer Koppel. Einsamer Kläffer.

Er hatte noch immer kein Martinshorn gehört. Die Pistoleros und Riflejungs da unten spielten noch immer Krieg. Die Polizei von Asker und Bærum würde sie bitten, ihr Schießen einzustellen, wenn ihre Truppen in der Gegend auf Mörderjagd gingen.

Also hatte er noch immer eine Chance. Nicht zu entkommen, aber es auszudehnen, noch einen Spaziergang auf der Aufschubsallee zu machen.

Er war bei der Loipe angekommen. Hier waren Skiläufer und Fußgänger gewesen, sie war fest und fein. Er ging 100 Schritt und setzte sich, um sich auszuruhen. Sich ausruhen war blöd. Es war verteufelt mühsam, wieder auf die Beine zu kommen.

Die Loipe war dieselbe wie vor 30 Jahren. Er kam auf eine kurzgeschorene Lichtung, von der er Aussicht auf den Parkplatz hatte. Der Plymouth stand friedlich in seiner Ecke.

Jetzt müßte er einen sanften Abhang erreichen, der in einem Bachlauf endete, der nie zufror. Hier hatten sie immer ihre Rucksäcke abgeworfen und getrunken. Falsch. Er kam zu einer vereisten Steigung, auf der der Wald so dicht war, daß die Tannenzweige ihm ins Gesicht schlugen. Noch eine Steigung und eine Abbiegung nach Westen, an die er sich nicht erinnerte. Dann kam das Geröllfeld mit den Riesensteinen. Und dann erst der Bach, der unter einigen gespreizten Fichtenwurzeln einen kleinen Brunnen bildete.

Er torkelte los. Die Zunge trocken und geschwollen.

Der Kolk *war* offen. Zuerst tunkte er seine verschandelte Visage ins Wasser, dann füllte er den Mund, spuckte aus, füllte wieder. Dann trank er einen Liter. *On the rocks.*

Am letzten Abhang vor Skuta kam ein Skiläufer auf ihn zugepflügt.

Der Mann schrie nach der Loipe. Thygesen trat beiseite. Der Skiläufer packte den Pflug ein, stocherte los und verschwand. Würde er sich an einen dösigen Fußgänger erinnern, der ihm auf der Loipe begegnet war? Sicher, wenn man ihn fragte. Aber auf den Skiläufer wartete ein Auto, und er beeilte sich, um zu Dusche, Frikadellen und der Madame nach Hause zu kommen.

Skuta, die *Schute,* überragte Birken und Tannen. Es war eine graue Klippe, hoch wie ein mittlerer Wohnblock und geformt wie der Bug eines Passagierdampfers. Vor kurzem hatte jemand eine Göschstange auf die äußerste Kante gesetzt. Eine weiße Stange, an die der Reeder die Gösch – die Bugflagge – hängen konnte, wenn die Schute einen Hafen anlief.

Thygesen ging 100 Schritt den Hang hinauf in Richtung Skuta. Das brachte ihn nur den halben Weg. Das linke Bein fing an, unter dem Knie zu verschwinden, schaffte es aber trotzdem, Schauern in den Schritt hinaufzuschicken. Weitere 100 Schritt brachten ihn zu dem Schild, auf dem *SKUTA* stand. Hier sollte eine Loipe abgehen, die nach ein paar hundert Metern zur Kante hinführte, von wo man einen weiten Ausblick hatte. Aber auf der Loipe war seit dem letzten Schneefall niemand gegangen! Seltsam. Vielleicht weil die Leute zu schnelle Skier und zu wenig Zeit hatten.

Ein Elch war durch den jungfräulichen Schnee gelaufen. Da war der Schnee weich gewesen, denn das Tier war tief eingesunken. Thygesen bewegte sich leicht und schnell auf der Kruste, einen Schritt nach dem anderen.

Die Elchspur führte bis zum Bug. Es mußte ein komischer und ziemlich kleiner Elch gewesen sein. Denn er hatte sich hingelegt. Im Schnee war ein deutlicher Abdruck eines schlafenden Elches. Ein paar graue Haarbüschel hatte das Tier auch hinterlassen.

Hier gab es viel, das nicht stimmte. Die Loipe war nicht eingelaufen, und ein Elch hatte seiner Natur getrotzt und sich hingelegt. Der Elch soll im Stehen schlafen. Das ist seit der Arche Noah so.

Zum Glück war auch ein Hase unterwegs gewesen. Er hatte ein paar ganz normale braune Kötel hinterlassen. Die Kötel waren nicht Kaliber 22, zum Beispiel, oder weiß mit roten Tupfen. Soweit Thygesen das beurteilen konnte, war es ganz normaler Hasendreck.

Er war ziemlich fertig. Ein Huckel lockte mit trockenem Gras. Er legte sich hin und schloß vor der Sonne die Augen. Aber die gab keine Wärme. Die Schmerzen hieben auf ihn ein, als wäre er ein Brett in der

Werkstatt des Weihnachtsmannes und sollte von fleißigen Weihnachtsteufelchen mit Hammer und Nägeln zum Vogelhaus verarbeitet werden.

Neben ihm auf dem Grashuckel lag ein Stück Silberpapier. Er entdeckte es, als er versuchte, sich auf die Seite zu legen. Zwei Gedanken meldeten sich: Er mußte den Stoff loswerden, bevor sie ihn schnappten. Er mußte die Schmerzen lindern.

Vierzehn Hülsen hatte er noch. Er steckte sie in den Schnee. Dort standen sie wie eine Kompanie Soldaten in hellgelben Khakiuniformen. Zwei waren auf der Strecke geblieben, waren auf dem Schlachtfeld verlorengegangen, als er mit sich selber Rotes Kreuz spielte. Er war einen teuren Weg gegangen. Er hätte sich einen Saab Turbo für die beiden versusten Hülsen kaufen können.

Drachenjagd, dachte Thygesen. Von Amts wegen hatte er ein paar Narkotikabücher gelesen, als er noch ein junger grüner Gerichtsreferendar im Norden war und sich vorgenommen hatte, wie ein Adler auf eine Bande niederzufahren, die von Rettungsbooten und -flößen auf Kuttern und Trawlern Morphium klaute. Diese Bücher waren keine Lehrbücher darüber, wie man sich anknallen sollte. Ganz im Gegenteil. Aber um ihre Sachkenntnis zu beweisen, gaben die Verfasser gerne ein paar Gebrauchsanweisungen zum besten. Ein Rezept, das ihn fasziniert hatte, kam aus Hongkong. Man nehme eine Prise reines Heroin. *Reines*, wohlgemerkt. Wenn die Ware mit Strychnin, Chinin, Globoid o. ä. gestreckt ist – wie es in den westlichen Großstädten üblich ist –, kann die Drachenjagd mißlingen. Ist der Prozentsatz unter 10 gesenkt, ist das schlechte Ergebnis garantiert. Dann muß die kleine Kanüle her, und die Fixe muß intravenös gesetzt werden, um zu wirken. Doch von prima Ware nehme man also eine Prise – nicht zuviel, Mäßigkeit ist eine Tugend! – und lege sie auf ein Stück Silberpapier oder Alufolie. Das Silberpapier an den Rändern umknicken, damit nichts wegkommt. Man gebe, falls man das in der Küche der Pfarrei haben sollte, ein neutrales Pulver hinzu, zum Beispiel zerstoßene Schlaftabletten. Dann mit Streichhölzern, Feuerzeug oder Kerze anzünden. Aber bitte: Das ist etwas ganz anderes als an einem Wintertag im Schloßpark ein Jointlein anzustecken!

Der Stoff im Silberpapier wird glühen und schmelzen. Er beginnt zu dampfen. Man wiege das Silberpapier vorsichtig hin und her, während man weiter einheizt und die Temperatur beibehält. Nun wird der Dampf zu sichtbarem Rauch, ganz ähnlich wie Zigarrenrauch. Die phantasiebegabten Chinesen, die überall Drachen sehen, finden natürlich, daß der

Rauch einem Drachen ähnelt. Er kann schwer zu fangen sein. Am leichtesten läßt er sich durch einen Strohhalm aufsaugen. Von dem Gift, das Sie nun inhalieren, wird Ihnen abwechselnd heiß und kalt, wie einem Malariapatienten. Danach werden Sie allerhand Wundersames zu sehen bekommen und sich so gut in Form fühlen wie ein vollgedopter sowjetischer Langstreckenläufer. Aber wenn Sie auch die Goldmedaille für 30 Kilometer gewinnen, so hat es keinen Sinn, sich auf Ihren Lorbeeren auszuruhen. Und es wird schwer sein, nach der Hälfte des Fünfzig-Kilometer-Laufes abzubrechen. Nach der wohlbekannten Theorie über Zuckerbrot und Peitsche werden Sie ein Sortiment extremer Probleme bekommen. Das Rennen kann, wie gesagt, nicht abgebrochen werden. Es brennt. Und es juckt. Es ist schwer, sich am Rückenmark und im Kleinhirn zu kratzen. Aber genau da brennt es ja!

Sie jucken und kratzen. Bald haben Sie sich ganz weggekratzt. Sie gleichen immer mehr einem Langstreckenläufer, der ohne Unterbrechung 50 Fünfzig-Kilometer-Läufe zurückgelegt hat, ohne auch nur eine Flasche Malzbier gekostet zu haben.

Wohl bekomm's! Wenn Sie Lust haben, können Sie auch Ihre Freunde einladen. Bald werden Sie feststellen, daß Sie keine nervigen Freunde mehr haben. Sie haben sowieso nur noch sehr wenig. Wenn Sie reich sind, können Sie sich einen Arzt kaufen, der sie einigermaßen mit Methadon und Kethogan versorgt. Sind Sie arm, können Sie anfangen, außerhalb der Öffnungszeiten die Apotheken zu besuchen, ausgerüstet mit einer Brechstange. Sie können auch silberne Löffel, Autoradios und Pelzmäntel stehlen, um in der Stadt Rückenkratzer zu kaufen. Sind Sie Mann, können Sie Ihre Analöffnung verkaufen. Sind Sie Dame, können Sie alle Öffnungen verkaufen, die Sie besitzen.

Gute Reise! Graben Sie sich rechtzeitig ein. Sagen Sie Bescheid, wenn Sie sterben und wo Sie zu sterben gedenken, dann ersparen Sie den Leuten vom Bestattungsunternehmen die Scherereien mit dem komischen Geleeklumpen, zu dem sie werden, wenn Sie zu lange auf dem Dachboden eines Abbruchhauses liegen.

Oh, das alles wußte er so verdammt gut! Trotzdem war Thygesen von dem Gedanken besessen, sich ein Saugrohr zu basteln. Er kam schließlich auf die Idee, einen Hunderter zusammenzurollen. Trockene Holzstöcke lagen ausreichend herum. Er zündete ein paar an und hielt sie unter das Silberpapier. Bis der Stoff zu blubbern begann, hatte er sich schon gründlich die Finger verbrannt.

Der Rauch war nicht dramatisch. Das bißchen, das sich entwickelte, erinnerte eher an einen Spatzen als an einen Drachen. Er machte durch den Hunderter ein paar Lungenzüge. Es hatte nicht gewirkt, als Linda – diese verdammte Linda! – den Stoff mit dem Tabak vermischt hatte. Jetzt würde es auch nicht wirken. Die Dealer in Christiania hatten dem armen Hermann Pißkram angedreht. Es war Waschpulver. Es roch ein bißchen süßlich wie Biotex. Hier saß er, blödester aller Tröpfe, waidwund auf einer Bergkuppe, und versuchte, seine Schmerzen mit angebranntem Waschpulver zu vertreiben, anstatt sich in ein steriles und anständiges Krankenhaus zu legen.

Aber wenn er in Gang war, dann war er in Gang. Er saugte und zog. Der Hunderter fing Feuer. Er warf ihn weg, so leicht wie ein Börsenjobber in den zwanziger Jahren den Schein weggeworfen hätte, mit dem er seine Zigarre angezündet hatte, und nahm einen neuen. Es fing schrecklich an zu qualmen. Der brennende Hunderter hatte das trokkene Gras angesteckt.

Thygesen erhob sich. Er erhob sich erstaunlich leicht. Das Blut war aus dem gebrochenen Finger weggeflossen. Es lief in ihm herum und sammelte sich an einer heimlichen Stelle, legte Tempo zu und floß in die Gegenrichtung. Das war witzig! Er war ein Entdecker im oberen Amazonas, der gerade, nach endlosen Strapazen Eldo... nein, nicht Eldorado, nicht Eldorado! –, der den dunklen Casiquiare-Strom gefunden hatte. Bis jetzt hatte noch niemand von diesem Fluß gehört, der den größten Nebenfluß des Amazonas, den Rio Negro mit dem Orinoko verbindet. Aber bald würde der Entdecker Vilhelm der Einsame das Dorf Esmeralda am Fuße der Sierra Pacaraima erreichen und die Entdeckung bekanntgeben. Der Casiquiare floß ruhig, ohne Wirbel, tropisch warm, voller treibender Zweige und Seerosenblätter. Dann mündete er in den gewaltigen Rio Negro im Süden. Schwarz war der Fluß und unendlich. Im Norden gab der Casiquiare sein Wasser dem ebenso mächtigen Orinoko, der schlammgrau in die Karibik floß. Der Orinoko war die Mutter der Gewässer und konnte alles Böse, allen Schlamm, alles Schlangengift und allen Schmerz in sich aufnehmen. Der Strom brachte es dem Meer. Das Meer ließ sich zu Regen destillieren. Der Schmerz sank langsam auf den Grund. Der Regen trieb in Kumuluswolken über die endlose *selva,* den großen Wald. Die Indianer im Dorf Esmeralda zogen sich in ihre Hütten zurück und machten Feuer. Der Rauch trieb durch die Dachöffnung ins Freie. Die Indianer brieten ein Schweinchen. Aber sie brieten zu lange. Es roch schon angebrannt.

Verdammt! Gras und Zweige um seine Beine wollten schon seine Stiefel anzünden. Er trat die Flammen aus. Die blöden Indianer sollten die Aufmerksamkeit der Bullen nicht so auf sich ziehen. Vilhelm der Einsame sendet Rauchsignale. Jetzt haben wir ihn. Macht euch bereit für Umzingeln und Kampf!

Am besten Schnee darüber treten. Himmel, was hatte er heute viel Schnee getreten!

Leise wie Schnee, sagt man. Quatsch. Er horchte am Schnee. Es knisterte und knasterte im Schnee. Der Schnee sang. Kizz, kizz! Weiß wie Schnee, sagt man. Wie kurzsichtig. Denn der Schnee ist rot. Das ist eine Tatsache. Lieber tot als rot. Lieber Schnee als Brot. Der Elch ißt Schnee. Er hat ein nasses Maul, mit dem er Schnee frißt. Der hat's leicht. Nie sah man einen Elch Bier oder Wodka trinken. Der Elch kennt nämlich das Wesen der Natur. Für den Elch sieht der Schnee nicht rot aus. Er sieht ihn weiß. Wie Heroin. Und nicht nur das: Der Elch hat kapiert, daß das, was die Menschen aus alter Gewohnheit für Schnee halten, und worauf sie Slalom fahren oder das sie wegräumen – in Wirklichkeit Heroin ist. Warum sterben die Fische in den Seen Südnorwegens? Überdosis. Die Heroinfabrikanten in Burma haben die Macht über die Welt ergriffen. Sie haben sich mit den Indianern in Esmeralda zusammengetan, und die haben einen alten Medizinmann, der Nahkontakt 5. Grades mit dem Regen- und Schneegott hat. Den Medizinmann kotzt es an, daß der weiße Mann aus knurrenden Flugzeugen mit Maschinengewehren auf Frauen und Kinder in Esmeralda schießt. Damit will er Schluß machen. Deshalb läßt er es über dem Land des weißen Mannes schneien. Aber wie die meisten erfolgreichen Medizinmänner kennt er seine Grenzen nicht. Er läßt es zuviel schneien. Niemand begreift, was es ist. Nur der Elch. Aber der Elch hält maß. Der nimmt nur kleine Dosen. Und der Medizinmann in Esmeralda soll erfahren, welche Hölle er dem Elch bereitet hat, wenn die Menschen endlich mitkriegen, daß der Boden von Na-du-weißt-schon bedeckt ist. Dann wird der Elch friedlos und der Frieden elchlos. Dann gibt es Verkehr auf den Waldwegen, Schlangen in den Loipen und Fünfhundert-Meter-Springen auf Holmenkollen. Dann werden amerikanische Vietnamveteranen über Katnosa mit dem Fallschirm abspringen und alles ummähen, was sich bewegt.

Thygesen erhob sich wieder. Er lachte. Er war wahrlich ein bißchen verrückt. Auf dem Berg saß ein Brüderlein und lachte auch. De Soto? Nein. Es war der gute alte De Echo, der dort saß. Aber ist der nicht tot? Nein, er bewegt sich doch noch!

«Hollioi!» rief Thygesen.

«Lioi!» antwortete De Echo.

Aber der Himmel war dunkelblau geworden. Die Sonne stand hoch über den Gipfeln im Westen. Trotzdem war der Himmel dunkelblau. Dunkles Blau. Das kam natürlich davon, daß er Ajackes Sonnenbrille aufhatte. Oder nicht? Dann mußte die Sonne der Mond sein, und dann war Nacht. Dann mußte er gute Nacht sagen. Das war schade, denn im Wald herrschte jetzt eine zarte und wehmütige Stimmung.

Über allen Gipfeln
ist Ruh.

Goethe hatte das geschrieben. Eigentlich komisch, daß auch der alte Goethe auf Rauschgift abfuhr. Der rauchte wohl Opium.

Unter Skuta war dichter Nadelwald. Die Bäume waren saftiggrün und hatten noch die Tannenzapfen vom Vorjahr. Der Wind raschelte mit den Tannenzapfen und sauste auf leichten Flügeln vorbei. Unten auf dem Schießgelände versuchten sie, Löcher in den Wind zu schießen. Aber wie alles andere, was sie da unten trieben, war das vergeblich.

Ein Baum stand so nah, daß es witzig sein könnte, sich auf den Wipfel zu werfen und die glatten, einladenden Äste entlangzugleiten. Aber so verrückt war er nicht, ha, ha.

Da hielt er sich besser an die Kiefern. Neben ihm war ein Kiefernstamm mit grober, hellbrauner Rinde. Er könnte fünfzehn, nein, vierzehn Rindenboote schnitzen, in jedes einen Soldaten setzen und seine Kompanie auf Abenteuer aussenden. Aber dann müßte er in die Haut des Baumes schneiden. Er horchte am Baum. Es war ganz still. Wenn er hineinschnitte, würde gelber Harz herausfließen. Harz ist keine Träne. Bäume weinen nicht. Aber sie werden ewig stehen und uns alle überleben. Der Wind ließ sich nicht erschießen, er spielte mit den Haaren der Kiefer. Die Kiefer schlief. Bäume haben ein unstillbares Schlafbedürfnis. Die Kiefer war so warm. Sie wurde warm vom Schlafen.

Sein Kopf war etwas zu groß geworden. Die Arme waren so lang, daß sie die Kiefer umfassen konnten. Er hatte Plastik um einen Finger gebunden. Den Finger konnte er auf der anderen Kiefernseite sehen. Sie schlief. Der Wind war kalt. Er mußte sich an eine geschützte Stelle legen. Der Elch hatte ihm ja ein Bett gemacht. Er legte sich in die Elchmulde. Er war ganz klar. Ihm fehlte jetzt nichts. Er war jetzt vom Stromnetz auf Batteriebetrieb umgeschaltet. Dort, wo die Leitungen befestigt waren, im linken Bein und am Bauch, murrte es. Der Strom hatte keine hohe Spannung und war behaglich. Natürlich war es kein richtiger Strom. Aber das Wichtigste war, daß er gute Empfangsbedingungen schuf und den Verstärker in Gang hielt. Der Gesang des Schnees und die Begleitung des Windes klangen gut. Er schloß die Augen und sah zwei blaue Sonnen mit goldenen Strahlenkränzen.

Er lag im Kinderbett. Das Bett war weiß, mit kühlen Gitterstäben, die nach Leinöl rochen. Das Bett flog in wogendem, herrlichem Bogen durch die Dunkelheit. Er war an Bord. Ein kleiner Kapitän, der die Decke über sich zog und in die Dunkelheit segelte. Angst hatte er nicht. Das Bett fiel und fiel, aber ihm konnte nichts passieren, wenn er sich nur gut an den Gittern festhielt. Mußte er pissen, so würde die Pisse ihn nicht naßmachen, sondern warm und gut und sicher. Er segelte. Die Sonnen entschwanden, die Sterne erloschen im All. Dort war kein Drache, nur ein Teddybär aus schwarzem Samt. Der fiel auch, und er hätte ihn gern an Bord genommen. Aber um den Teddy zu bekommen, müßte er die Gitterstäbe loslassen und in die Finsternis gehen. Das wagte er nicht. Er blieb an Bord, der kleine Kapitän, gut und warm unter der Decke.

17

Als Thygesen erwachte, war ihm sofort klar, daß sie auf ihn geschossen hatten, als er schlief. Er erhob sich auf alle viere und wollte um Tragbahre und Erste-Hilfe-Ausrüstung bitten, dann würde er sich gehorsam ins Gefängniskrankenhaus bringen lassen.

Die Schweine waren nicht da. Sie hatten auf ihn geschossen und waren ihrer Wege gegangen, um ihn allein krepieren zu lassen. Sie hatten ihn in Bein und Niere geschossen, den Finger hatten sie mit ihren Terrortruppenstiefeln zertreten.

Aber gegangen waren sie nicht. Nein, sie lagen im Achterschott auf der Lauer. Hinter den Kiefern, die die Masten von Skuta waren, lagen sie. Wenn sie merkten, daß er noch nicht tot war, würden sie wieder zuschlagen und ihm so viel verpassen, wie Butch Cassidy und Sundance Kid in Bolivien bekommen hatten. Eine Wand aus Blei.

Er legte sich in die Elchmulde. Die schreckliche Kälte jagte ihn wieder hoch. Er war so kalt, als hätte er draußen gelegen, seit er den Mutterleib verlassen hatte. Seine Zähne klapperten. Als er endlich stand, brach er in heftiges Husten aus. Der Husten wollte die Lungen aus ihm herauszerren, und an der rechten Lunge hing eine blutige Niere.

Langsam wurde er klarer. Es war noch immer hell, so hell, daß es in den Augen schmerzte. Die Sonne hielt sich ein paar Fingerbreit über den Gipfeln im Westen. Vielleicht hatte er rund um die Uhr geschlafen, 24 Stunden in der Mulde gelegen? Nein, dann hätte er das Glück, tot zu sein. Jetzt war er so steif wie ein Hecht, der auf dem Grund angefroren ist.

Er scharrte Reisig, Gras, Rindenstücke und Tannenzapfen zusammen, plünderte ein paar Birken und machte ein brauchbares Feuer. Die Wärme kam prickelnd in Gesicht und Hände zurück. Seltsamerweise hatte er Hunger. Er hätte gerne einen Finger – vor allem *den* Finger – für einen Becher Kakao gegeben. Ganz einfach Kakao.

Tabak ist der Trost des Hungrigen. Thygesen drehte sich eine normale Zigarette ohne Zusatz. Sie ließ seinen Kopf schweben wie einen Ballon.

Am schlimmsten waren die Füße. Den rechten Stiefel konnte er sich mit dem linken austreten. Den linken zog er in einem Ruck aus, und davon fiel er wieder in Ohnmacht. Aber wie üblich kam er wieder zur Besinnung, leider. Hätte er eine Motorsäge, so würde er mit dem ganzen linken Bein kurzen Prozeß machen, sich ein Holzbein schnitzen und sich mit einer Mundharmonika auf Karl Johan aufstellen.

Den Kalten Brand hatte er noch nicht. Er zog die Socken aus, und seine Füße waren schön und weiß, von der Konsistenz gefrorenen Kabeljaufilets. Er hielt sie so nah ans Feuer, wie er wagte, und massierte mit den Fingerspitzen. Socken und Stiefel spießte er zum Trocknen auf Stöcke.

Jemand schickte ihm mit einem Spiegel Signale. Er entdeckte die Stadt. Ganz Oslo lag zwischen ihm und dem Signalgeber. Es stellte sich heraus, daß mehrere ihm per Spiegel etwas zumorsten. Sie benutzten einen unverständlichen Code. Es waren wohl doch nur tote Fenster in den Hochhäusern von Tveita und Oppsal, die die tiefstehende Sonne reflektierten. Kein Hilfscorps war zu ihm unterwegs.

Oslo lag da mit einer halben Million Menschen, denen er schnurz war. Er konnte seinen Stoff verkaufen – denn jetzt war es wohl seiner, laut Gewohnheitsrecht – und jedem eine Krone geben, um ein bißchen Aufmerksamkeit zu erlangen. Aber das konnte die Schmerzen nicht kurieren. Deshalb rollte er sich eine Pulverzigarette und zündete sie an, kehrte dem Feuer den Rücken, um ihn zu wärmen, und versuchte sich zu erinnern, welcher Tag heute war. Mittwoch. Die Sekretärinnen von Victoria Terrasse nannten den Mittwoch ‹Klein-Samstag›. Für ihn würde es wohl der kleine Sterbetag werden.

Das hätte Larry hören sollen. Larry hätte das brauchen können. Larry saß jetzt wohl bei Engebret und speiste Kalbsbraten mit gebackenen Kartoffeln. Engebret lag da hinten irgendwo hinter Ullernåsen, so weit weg wie Cotopaxi.

Er sollte jetzt durch die Stadt gehen, auf dem Heimweg nach seinem Tagewerk im Gericht und im Anwaltsbüro. Beim Storting die Straßenbahn nehmen. Sich auf einen warmen Sitz setzen, die Hosenbeine hochziehen, damit sie nicht ausbeulten, und den Kamelhaarmantel aufknöpfen, wenn es in der Straßenbahn zu warm würde. Ein bißchen in *Newsweek* und der Abendausgabe von *Aftenposten* blättern. Sich auf das Abendessen zu Hause in Bestum freuen. Heute hätte Phalada, seine schöne Gattin, Schneehühner und Preiselbeeren aus der Tiefkühltruhe genommen und eine heiße, fette Sahnesauce zubereitet. Mit einem Kind auf jedem Knie – Klein Ville und Villolinchen – würde er vier, fünf Schneehühner einwerfen. Und dann: ein Grog vor dem Kamin. Danach: unter die Daunendecke mit Phalada.

So hätte er leben können, an diesem Mittwoch, dem 26. März 1980. Es wirkte ganz unfaßbar und im Grunde leicht komisch. Es war Mittwoch. Wenn der Rest der Woche im selben Stil verliefe, würde das Krematorium keine schöne Leiche geliefert bekommen.

Er zog an seiner Zigarette. Null Wirkung. Falsch eingestellt. Die Sender liefen weg.

Vor ihm lag die Stadt klar und still. Er sah sie durch ein umgedrehtes Fernglas. Seit er zuletzt hier gesessen hatte, war sie gewachsen. Das Westend war ungefähr wie früher, unveränderlich wie es war. Am Steilhang über Merradal waren ein paar neue Terrassenhäuser hinzugekommen. Viele Betonkästen in Hovseter und Voksenjordene.

Aber im Osten hatte die Entwicklung rudelweise Schächtelchen und Kästchen hinterlassen. Darin wohnten entweder Bienen oder Menschen. Höchstwahrscheinlich Menschen.

Er versuchte, den Rauch zu verschlucken, ihn im Magen zu halten. Sein Herz begann zu hämmern. Er inhalierte mehr.

Jetzt dachte er gut: Die Stadt löst sich auf. Zwei verschiedene Kräfte wirken auf sie ein. Nummer eins ist die Zentrifugalkraft, die die Stadt nach draußen verstreut, Nummer zwei ist die Zentripetal ... Zentripetalkraft, die die Stadt auf geheimnisvolle Weise zusammenhält. Das Zentrum dieser Kraft ist wohl das Postgirohaus.

Niemals ist Oslo so wohlgenährt, gut angezogen und glänzend gewesen. Und nie zuvor hat Oslo seine Einwohner so systematisch zermahlen. Die beiden Zentri-Kräfte, die auf diese Stadt einwirken, wirken auch auf die Menschen. Sie werden zum Beispiel zueinander hingezogen, entweder auf Homo- oder auf Hetero-Manier. Er hatte nichts gegen Homos. An eine Wand da unten hatten sie die Parole gemalt: «Für dich – gegen den Heterostaat». Er würde gerne helfen, die Kanonen gegen den Heterostaat und den Thermostat und den Arbeiterparteistaat aufzufahren. Weg mit dem ganzen Tinnef!

Sein Rücken wurde warm, aber er dachte jetzt nicht mehr so gut. Die Menschen werden zueinander hingezogen. Aber – swusch! werden sie auseinandergeschleudert, und zwischen ihnen liegen nur noch Schweinekälte und Dutzende Schichten von armiertem Beton. Jede zweite Ehe in seiner Bekanntschaft, seine eigene inbegriffen, war zum Teufel gegangen. War die Ehe daran schuld? Kam es daher, daß die Frauen keine Klitoris und die Männer kein Sperma hatten. Nein, verflucht. Nie zuvor in der Geschichte waren so viele Klitoris, soviel Sperma und Orgasmen im Umlauf gewesen. Kam es vielleicht daher, daß die Leute sich die Hafergrütze zum Frühstück nicht leisten konnten? Pustekuchen, die konnten sich Häuser aus Hafergrütze bauen.

Die Gesellschaft ist so reizend geworden, daß es nicht zum Aushalten ist. Wichskram. Aber was haut denn die ganzen Leute um? Warum muß es weggedopt, fortgedöst werden? Die Leute sind *nicht* gedopt. Nur die Randbereiche knallen sich voll. Die Topoberklasse und das unterste Lumpenproletariat. So war es immer. Das moderne Rauschwesen in Europa hat ganz munter damit angefangen, daß Aldous Huxley und die Schickeria und England sich mit dem Kaktussaft Meskalin angetörnt haben. In der Stadt unter ihm konnte das Rauschgiftdezernat Kokain in den Villenvierteln und den Rest auf der Straße finden. Aber das Dezernat fand nur ein bißchen vom Rest und erwischte alle Jubeljahre einen Öldirektor mit Marihuana bei der Zollkontrolle.

Vielleicht sollte er dem Rauschgiftdezernat seine Dienste anbieten? Nützliche Arbeit. Ungefähr so nützlich, wie jeden Tag eine Palme in einem Dschungel umzuhauen, in dem sich alles durch Knospung vermehrt und pro Tag zwei Meter wächst.

De Soto sollte auferstehen und Chef der staatlichen Drogenkommission werden. Mit Panzerwagen und Tommygun könnte er in der Stadt aufräumen. Und Ajacke könnte Oberarzt werden. Der Patient bittet um Methadon, weil es abwärtsgeht, und kriegt statt dessen Zyanid und verschwindet ganz. Linda wäre zur Oberschwester in der Notstation geeignet. Wenn ein überdosierter armer Teufel käme und um Gegengift bäte, würde Linda den Betreffenden munter und liebenswürdig auf eine Falltür rollen und ihn per Knopfdruck in den langen Schacht zum flüssigen Erdinneren expedieren.

Aber neue Leute und neue Systeme würden den Scheiß weiter verbreiten. Die Post hat Pläne, dünne Glasröhren für die Übermittlung von Gesprächen durch Lichtsignale zu legen, die sogenannte Glasfaseroptik. Das redet die Post den Leuten jedenfalls ein. Da es nicht gelungen ist, die Allgemeinheit mit dem Fernsehen lahmzulegen, haben die herrschenden Mächte etwas Schlaueres ausgeheckt. Durch die Glasfasern soll nämlich allen Teilnehmern legales Rauschgift geschickt werden. Der Stoff heißt Mastodon und wird im Ural und in Arkansas getestet. Die erste Dosis macht dir nicht mehr aus als ein Teelöffel Büchsenmilch, trotzdem hängst du fest wie ein Wal an der Harpune. Du kriegst einen Computer ins Wohnzimmer. Ein Knopfdruck, und der Schuß sitzt piff, paff in deinem Hintern. Wie sollst du sonst funktionieren, Mann? Wie sollst du zwischen allen Robotern mit dem Job fertig werden, Darling? Okay, du kriegst einen etwas starren Blick davon. Aber das tun auch alle anderen, die bei unserer lieben Post die JOINT & JUNK SERVICES abonnieren, und du willst doch wohl nicht außen vor bleiben, he? Und so lange die Vibrationen stimmen und dein Rüssel steht, kannst du dich wohl nicht beklagen.

Scheißt doch der Hund drauf. Thygesen verbrannte einen neuen Stock mit so viel Pulver, daß er fast nicht gebrannt hätte. Er hatte guten Ausblick auf sein neues Zimmer. Zimmer mit Zugang zum Fußballplatz und Hof. Um den Hof der Ila-Sicherheitsverwahrung lief eine hohe Betonmauer, hübsch grün angestrichen. Mütterlein machte alle Lichter an. Jetzt konnte da drinnen die abendliche Gemütlichkeit beginnen, woraus sie auch bestehen mochte.

Lieber wollte er ins Colosseum-Kino. Die Kuppel des Saales konnte er ungefähr in der Mitte des Oslokessels sehen. Dort wollte er *‹South Pacific›* sehen. Einmal war er mit Anne-Lise mit dem Busen im Colosseum gewesen. Leider kam er weder in ihren BH noch in ihren Schlüpfer. Das war bestimmt die Ursache all seines späteren Elends.

Er hätte Freud hier haben sollen. Von Kalle Marx und Morten Luther ganz zu schweigen. Wenn sie Karten hätten, könnten sie Bridge spielen. Danach könnten sie über die Stadt blicken, und ihm würde alles erklärt werden. Wenn nicht Baden Powell mit schiefer Pfadfindermütze aus dem Wald käme und sie mit dem Stock in den Abgrund jagte.

Er legte sich ans Feuer. Dann betrachtete er die andere Kuppel in der

Stadt, den Radarturm bei Lutvann. Der Radarturm stand dort, um vor russischen Atomraketen und Bombern mit Wasserstoffbomben zu warnen. Seit Jahren fand das Radarsystem aber nur verirrte deutsche Starfighter, die herunterfielen und einzig für ihre Piloten gefährlich waren.

Aber jetzt kamen ein paar russische Schlauköpfe im Tiefflug über Glomma. Der eine traf die Sinsenkreuzung, der andere hatte es unglaublicherweise auf die Klosterruine auf Hovedöya abgesehen. Ein amerikanischer B52-Bomber setzte gleichzeitig – und ganz still und lautlos – zur Landung auf Fornebu an.

Das erste, was geschah, war, daß die Fähre nach Nesodden aus dem Sonnenstreifen, in dem sie fuhr, 1000 Meter in die Luft gehoben wurde. Dann fing die ganze Stadt Feuer. Schade, daß er keine Kamera hatte. Der angebrannte Geruch kam natürlich von der De-Soto-Jacke, die ins Feuer geraten war. Aber auch die Stadt fing Feuer, auf elektrische und seltsame Weise. Überall funkelte es neonrot, und kaltes Hydrogenlicht erleuchtete die Straßen.

Die Festung Akershus brannte in gelbem Licht. Holmenkollen stand wie eine glühende weiße Fackel am Hang. Der Tryvannsturm war überbeleuchtet wie ein brennender Weihnachtsbaum.

Die Stadt brannte schnell nieder. Zum Schluß glühte es nur noch im Aschenhaufen. Der Schöpfer packte oben in Groruddalen die Stadtmatte und rollte sie auf. Wohnblocks und Villen, Versicherungsgebäude und Banken bürstete er mit Abfall und Ruinen von der Matte.

Dann entrollte der Schöpfer die Matte wieder, tannengrün und fein. Die Elche übernahmen. Es waren Elche, die viele Mutationen durchgemacht hatten. Sie hatten vier Hörner und riesige Hauer. Fanden sie eine Mauer, so stießen sie sie ein. Fanden sie eine Leiche ... ja, dann machten sie von ihren Hauern Gebrauch.

Thygesen machte einen mißglückten Versuch, in seiner Hand über dem Feuer Schnee zu schmelzen. Er hatte solchen Durst. Was danach passierte, war ihm völlig unklar, auch nachdem er sich in Sicherheit gebracht hatte.

Er stürzte auf Milorghylla, einen Felsabsatz.

Auf Skutas Backbordbug, oder der Ostwand, gab es einen Sims im Berg, vier Meter unter Deckhöhe, oder wie man das nennen will. Der Sims ist ungefähr fünf Meter lang und anderthalb Meter breit. Als Ville Fähnleinführer bei den Bibern war, hörte er, daß hier 1943 einige Widerstandskämpfer Zuflucht gesucht hatten. Sie waren auf der Flucht vor der Gestapo und hatten Radiosender und Stengewehre. Seit damals wurde der Felsvorsprung Milorghylla genannt.* Als Fähnleinführer hatte er alle Biber am Seil hinuntergelassen. Der Kleinste mußte heulend wieder hochgezogen werden.

Plötzlich lag er selber dort und schrie in die schwarze Nacht um Hilfe. Es hatte mit Anfechtung zu tun. Er hatte eine Anfechtung gehabt und alle Hülsen auf Milorghylla hinabgeworfen. Um sie zu vernichten? Oder um sie für ein anderes Mal zu verwahren?

Jedenfalls wollte er auf Leben und Tod die Hülsen wiederhaben. Um sie zu leeren? Oder um sie mitzunehmen und eine halbe Million zu verdienen?

Es müßte möglich sein, nach Bergsteigermanier zur Milorghylla hinabzuklettern, mit Füßen und Fingern in Bergspalten. Er hatte den Halt verloren und war auf den Rücken gefallen. Der Fall nahm ihm den Atem. Aber er überlebte und erlitt alle Höllenqualen. Die Widerstandskämpfer zeigten sich nicht mit Rettungsring und Seil an Deck.

Er schoß mit der Pistole. Er war ein Mörder, und nun sollten sie ihn, zum Teufel, endlich holen kommen! Aber die Stadt war selber ermordet worden, und keiner kam.

Er zielte auf seine Schläfe. Das Kaliber war zu klein. Und sein Gehirn war zu einem Nüßchen eingeschrumpft. Er hatte Angst, es nicht zu treffen, sondern nur zwei Löcher in den Schädel zu pusten – und dann den schrecklichen Klang des Windes zu hören, der durch das Kranium pfiff.

Er krallte sich nach oben. Nach oben. Nach oben! Der Wald war finster. Der Harschschnee trug ihn, aber Äste und Zweige griffen nach ihm mit ihren Fingern und hielten ihn fest.

Auf einem mondhellen, offenen Gelände begegnete er der Weißen Dame. Sie war eigentlich eine Spukfigur, über die jeder Fähnleinführer ins Hüttenbuch eine Epistel schreiben mußte.

Aber jetzt kam sie auf ihn zu. Weiß. Ohne Gesicht. Schwebend. Die Tannen sausten einen Klagegesang. Die Weiße Dame glitt ihm entgegen, ganz still, ganz ohne Gesicht, ihre weißen Gewänder schleiften durch den Schnee.

Jedes Haar auf seiner Haut stand zu Berge, und er fror an. Die Musik in den Bäumen war eine Kantate von Webern, die letzte, die Webern schrieb, bevor er durch ein Mißverständnis während der Ausgangssperre in Wien von einem amerikanischen Soldaten erschossen wurde.

* Milorg: norwegische Widerstandsorganisation gegen die deutsche Besatzungsmacht

Die Weiße Dame kam näher. Er schrumpfte in seiner Haut, und die hing lose um ihn herum.

«Zeig mir dein Gesicht», sagte die Weiße Dame.

Er zitterte hemmungslos. Die Pisse lief aus ihm heraus.

«Küß mich», sagte die Weiße Dame.

Er beugte sich vor und küßte das kalte, hautlose Gesicht.

«Geh nie an mir vorbei», sagte die Weiße Dame.

Er trat einen Schritt zur Seite, sank ein und blieb steif stehen. Die Weiße Dame umarmte ihn. Kalt wie Tang vom Meeresgrund waren ihre Finger.

Er ging durch sie hindurch, stolperte und lief, heulte und schrie.

Danach hatte er die Freude, den Muselmann und das Hiroshimakind zu treffen.

Schlief er im Schnee?

Ein tollwütiger Hund bellte in der Nähe. Finsternis umgab ihn. Der Hund bellte.

Marit W. kam, um ihn zu führen. Er packte begierig ihre Hand. Knochen! Er wollte ihr Gesicht greifen, aber sein Atem blies es weg wie Staub, und das grinsende Gebiß wurde sichtbar.

Zwei weiße Lilien leuchteten ihm in der Finsternis entgegen. Lilien auf teerbraunen Pfählen. Er fand den Schlüssel auf seinem alten Platz unter dem losen Verandabrett, schloß Außen- und Innentür auf und warf sich auf die Pritsche. Er packte die harten, mit Sackleinen gefüllten Kissen, als wären sie lebende Wesen, und schwebte in unglaublichem Tempo durch schwindelnde Leere.

18

Der Theaterdirektor Toralv Maurstad hatte kürzlich verkündet, Chef des Nationaltheaters zu sein wäre dasselbe, wie als Heizer in der Hölle zu arbeiten. Vilhelm Thygesen war als Heizer im Fegefeuer angeheuert worden. Wenn es auch nicht so anstrengend war, wie Schauspieler zu feuern, so war es doch sehr mühsam. Thygesen feuerte Tag und Nacht, soweit er den Unterschied zwischen Tag und Nacht sehen und Streichhölzer finden konnte. Aber er feuerte nicht mit Holz, nein, nicht mit Holz. Er feuerte mit Spiritus.

Das Silberpapier kräuselte sich, und der Rauch stieg auf. Je mehr er feuerte, desto mehr ähnelte der Rauch wirklich seinem Drachen. Es war ein milder alter Drache, der dem Heizer im Fegefeuer gerne die Arbeit erleichtern wollte. Ein zahnloser, graublauer Drache war es, aber der Drache hatte eine Tochter, die zu Besuch kam und mit der nicht zu spaßen war. Wenn *sie* kam, lag Thygesen in dem zu engen Schlafsack – das Messer parat und die Pistole entsichert.

Wer der Verrücktere von beiden war, der Theaterdirektor oder der Werbeberater (einen Namen muß das Kind ja haben), sollen die Experten entscheiden. Zweifellos sah Thygesen vieles, was der Theaterchef lieber nicht gesehen hätte. Und er hörte ab und zu einen Hund, gegen den der Hund von Baskerville sich so barsch wie Snoopy vorgekommen wäre.

Eigentlich war das Ganze eine komplette Albernheit. Manchmal kletterte ein gesunder Zipfel seiner Seele den Schornstein hinauf und betrachtete ihn, wie er da lag und sich krümmte. Der gesunde Zipfel lachte schallend. Und er lachte zurück. Eigentlich pusselte er mit dem Heroinschnupfen ja nur herum, um die Schmerzen zu betäuben. Aber die Grenzen zwischen eigentlich und uneigentlich verschwammen, und er bewegte sich in einer gefährlich großen Grauzone.

Einmal aß er eine Dose mit vierzehn Joika-Frikadellen. Sofort spuckte er die Rentierklöße in einen Eimer. Er schmolz Schnee auf dem Spirituskocher und trank Saft und koffeinfreien Nescafé. Die Flüssigkeit behielt er im Magen, zusammen mit ein paar eingeweichten Scheiben Knäckebrot und einem Dutzend leicht schluckbarer Gewürzgurken.

Er hatte also die Pfadfinderhütte von Brunkollen erreicht, die versteckte Höhle des 2. Bestumer Fähnleins, die den Namen Bento trug. Hierher war er aus der finstren Nacht gekommen, Arm in Arm mit der Knochenfrau, und hatte geschwitzt wie eine von Rommels Wüstenratten. Instinktiv hatte er den Schlüssel gefunden. Er wußte nicht, ob er sich über diese überraschende Rettung freuen oder sie beklagen sollte. Um in dieser Frage Klarheit zu gewinnen, mußte er sofort den Drachen fragen.

Es gab einen Spirituskocher in der Hütte und vier Liter Spiritus. Mehr brauchte er nicht, außer einem Schlafsack. Den fand er auf dem Zwischenboden.

Manchmal fing der Schlafsack Feuer, wenn er Streichhölzer fallen ließ oder den Spirituskocher umwarf. Der Schlafsack war uralt und offenbar mit einer Mischung aus Pferdehaaren und Tonerde gefüllt. Sie brannte schlecht, qualmte aber entsetzlich.

Zuerst hatte er sich den Kopf darüber zerbrochen, eine Spritze zu finden. Im Schrank beim Kamin fand er den Erste-Hilfe-Kasten. Keine Spritze. Er legte Mullbinden und Pflaster ordentlich auf den Tisch, bereit, mit einer gründlichen Bandagierung zu beginnen. Aber erst: die Spritze.

Die Jungen hatten sie versteckt. An einem Nagel in der Wand hing eine kodierte Instruktion. «Blauer Trainingsanzug gefunden. Auskünfte bei Knut.» Er wußte gut, wer Knut war, weidete der denn immer noch Pfadfinderknaben? Warum hatte Knut sich nicht deutlicher ausdrücken können?

Bei all den verdammten rauschgiftsüchtigen Pfadfindern heutzutage mußten sie doch Spritzen in der Hütte haben! Unter der Bank in der Ecke fand er eine Nummer von *Cocktail*. Sie war von 1951, und die Mädchen zeigten noch nicht alles. Wahrscheinlich hatte er selber die Zeitschrift hergetragen. Der Gedanke daran erfüllte ihn mit blubberndem Lachen und verrückter Wehmut. Er machte ein Pusterohr aus einer Dame von der Reeperbahn. So sparte er Hunderter.

Die Ironie der Situation nahm ihn völlig gefangen. Manchmal wurde er unsäglich sentimental und heulte und spielte sich auf. Nachdem er den Gedanken an die Spritze aufgegeben hatte, quälte ihn besonders das Fehlen eines Radios. Dann die Finsternis. Die Läden vor den Fenstern wollte er nicht wegnehmen. Die Fahnder draußen würden sich mit einem Blick durchs Schlüsselloch begnügen müssen.

Die erste Nahrung, die er zu sich nahm, war mit Zucker gemischter Kakao. Diese Trockennahrung machte ihn verrückt nach Wasser. Als er alle Skrupel überwand und hinausging und zwei Töpfe mit Schnee füllte, war heller Tag. Der Köter, sicher Wachhund der Brunkollhütte, 200 Meter steilen Tannenwald weiter hoch, begann zu bellen, als er die Tür zuschlug. Aber er hatte keine Angst vor dem Vieh. Nicht am Tag.

Sein Fehler war, daß er anfing, alte Hüttenbücher und Protokolle zu studieren. In einem Heft fand er den Bericht über die Weiße Dame, von ihm selber vor dreißig unendlichen Jahren aufgeschrieben:

> *Eines Nachmittags wollte ich von Kampen nach Skansebakken gehn, um den Buß zu nehmen. Aber ich bog bei Vensåsseter falsch ab und kam schließlich nach Tjæregravshögden. Nun wurde es dunkel, und da wußte ich mir keinen andren Rad, als mir eine Hütte aus Tannenzweigen zu bauen, aber ich hatte zum Glück Roßinen und Schokolade und Streichölzer im Rucksack und konnte mir ganz schnell ein großes Feuer*

machen. Nach und nach gingen die Flammen aus, und ich machte es mir auf meinem Bett aus Zweigen gemüdtlich. Aber da spürte ich, wie ein kalter Hauch übers Mohr von Blekktjærn kam, und ich hörte ein Sausen. Ich dachte, das wäre ein Auerhahn, der auf dem Mohr am Kollern war, und dachte nicht weiter daran, sondern beruhigte mich. Der kalte Hauch hörte aber nicht auf. Plötzlich sah ich eine weiße Gestalt. Sie schwebte übers Mohr auf mich zu. Das war die Weiße Dame. Ich muß zugeben, daß ich einen Riesenschreck kriegte. Als die Weiße Dame näher kam, wurde es nicht besser; denn sie hatte keine Beine und keine Arme. Aber das Schrecklichste war, daß sie kein Gesicht hatte. Nun kann ich nicht abstreiten, daß ich Angst hatte. Ich nahm die Beine in die Hand und rante durch den Wald. Die ganze Zeit kam die Weiße Dame hinter mir her. Sie machte kein Geräusch. Als ich schlieslich zum Hvitsteenvann kam, lief ich um den See. Jetzt waren meine Kräfte fast erschöpft, aber als ich zu der Hütte am Nordufer kam, dachte ich, ich wäre in Sicherheit. Ich kuckte über Hvitsteenvannet, um zu sehen, ob sie über das Wasser geglitten kam, aber das tat sie nicht. Da fühlte ich mich sicher und öffnete die Hüttentür. Da stand sie im Windfang, und jetzt breitete sie ihr weißes Gewant aus zu ein paar Armen, die mich umfingen. Ich schrie, weil, jetzt wußte ich, daß das geschehen würde, was alle wissen. Und das ist, daß sie dem, den sie berührt, den Todeskuß gibt.

Dieser kleine Aufsatz, Pflichtübung eines Fähnleinführers, war vielleicht kein Grund zum Protzen. Aber er hatte einige wunderliche Züge, die nichts Gutes verhießen. Er hatte das Gekritzel der anderen Fähnleinführer gelesen. Im Gegensatz zu ihnen hatte er die Weiße Dame beschrieben; ohne Glieder, ohne Gesicht. Der Führer des Adlerfähnleins hatte ganz frech die Weiße Dame mit seinem Fahrtenmesser ums Leben gebracht. Thygesen registrierte, daß der Adlerführer derjenige war, der im späteren Leben im Auftrag einer großen Bank einen berüchtigten Bericht über Radikale verfaßt und der seine Karriere vorläufig als Informationschef eines Konzerns mit über 1000 Angestellten beendet hatte.

Kein anderer Junge erwähnte den Todeskuß. Und wem es nicht gelang, vor der Weißen Dame davonzulaufen, der fügte konsequent noch etwas hinzu, wie:

‹Ich war sicher, daß ich jetzt sterben müßte, aber dann hörte ich lautes Lachen. Es kam heraus, daß Dag und Eyvind sich mit ihren Laken verkleidet und mich so hereingelegt hatten.›

Unter seinem Bericht stand kein so tröstlicher Nachsatz.

Natürlich war ihm klar, daß er sich wegen solch kindlichen Unfugs nur sorgte, weil er down und angeknallt war. Auch, daß man Heroin ‹Weiße Dame› oder ‹Weiße Königin› nennt, war ihm bewußt. Der Zusammenhang zwischen der lächerlichen Spukgeschichte und seinem Seelengewäsch war ganz natürlich.

Trotzdem kroch er mit gezücktem Messer in den Schlafsack. Er hatte Knäckebrot und die verdammten Gurken herunterbekommen. Nun schlief er weder noch träumte er. Es waren die üblichen Halluzinationen. Er sah seine eigene Leiche unter den Tannenzweigen an Stelle De Sotos und an Stelle von Hermann im Badezimmer. Ein Ajacke mit zwei blicklos aufgerissenen weißen Blindenaugen tastete im Zimmer nach ihm herum. Dann kamen die Wände auf ihn zu, die braunen Wände, an denen die Kerzen gewaltige Schatten machten, wie Aladin-Geister.

Als er erwachte, wußte er, daß die Weiße Dame im Zimmer war. Eine Pulverzigarette verjagte das Gefühl. Der kalte Schweiß tröpfelte. Er wollte aus dem Schlafsack. Die Schnur hatte sich verheddert. Er konnte seine Hände nicht befreien.

Sie lehnte sich über ihn. Die Weiße Dame hatte ein Gesicht bekommen. Dieses Gesicht kannte er. Es war nicht Lindas, es war Elins. Elin grau und verzerrt, als hätte sie zu lange im Moor gelegen.

Er schrie und heulte, schluchzte und spuckte Schaum. Das Gesicht verschwand. Mit dem Messer befreite er sich aus dem Schlafsack. Die Pistole lag auf dem Boden. Er feuerte zwei Schuß in den Kamin. Sie schlugen wie böse Wespen zurück. Er warf die Pistole weg und blieb auf dem Boden liegen, zitterte wie eine Espe bei steifer Brise. Zum Schluß packten ihn Krämpfe, und er fiel in einen Nebel.

Als er wieder aus dem Nebel auftauchte, nahm er die Hülse. Sie war noch halb voll. Den Inhalt schüttete er auf den Schnee neben der Treppe. Fluchte und trat das Gift in den Schnee.

Danach bereute er schlimmer als ein Bauer, dem in der Stadt im Suff sein ganzes Geld geklaut worden ist. Er plante schon ‹Die lange Reise› mit der Pistole als Lotsin. Schlug den Kopf gegen den Kaminsims. Dachte, er könnte den Schnee sammeln und den Stoff herauskochen, sammelte Schnee in Töpfen und fing an zu kochen. Sah ein, daß es Schwachsinn war, und trat Topf und Spirituskocher gegen die Wand. Der Vorhang fing Feuer. Er trat es aus, warf die Fetzen in den Kamin und legte sich auf die Pritsche. Dort lag er und versuchte, sich die Augen auszureißen. Dann schwirrte er durch die Hütte und wollte zur Milorghylla, um die süßen, kleinen Hülsen zu holen. Es endete mit neuer Havarie, neuem Krampf und einem langen, aber verhältnismäßig ruhigen Nebeltrip.

Die Abstinenz war ja gar nicht so schlimm, wie er geglaubt hatte. Er war ja auch nicht wirklich *süchtig* gewesen, hatte den Stoff nur als Medizin genommen, nicht wahr? Gegen Kopfweh und Bauchschmerzen nahm er zehn bis zwölf Dispril aus der Hüttenapotheke. Was ihn nun bekümmerte, war die bläuliche Färbung, die die Schußwunde angenommen hatte, und daß honiggelber Eiter herausquoll, wenn er die Kugellöcher zusammendrückte.

Im Holzschuppen bei der Hütte fand Thygesen Anzündeholz, Holzscheite und ein paar Gummistiefel. Er machte ein ordentliches Feuer im Ofen, erwärmte Wasser und wusch sich am ganzen Körper mit Sunlichtseife und Küchenlappen. Als nette Extraplage hatte der Pilz zwischen den Beinen angefangen, sich zu aktivieren. Thygesen hüpfte nackt in den Schnee hinaus und öffnete ein paar Fensterläden. Spiegel gab es in Bento nicht, aber in der Scheibe konnte er sich einen Überblick über seine Gestalt verschaffen. Mit den Bartstoppeln konnte er nichts machen. Die Jungen hatten kein Rasierzeug dagelassen. Die Gegend um die Niere sah aus, als hätte ein Esel dagegengetreten. Der Nähgarnschnitt um den Hals war dagegen nur ein dünner, brauner Streifen. Der Ringfinger war zu einer Wurst herangewachsen, die ziemlich giftig und unappetitlich aussah.

Zuerst wusch er die Schußverletzung mit Pyrisept, schmierte Wundsalbe darauf und verband sie mit Mull. Er wickelte eine Binde herum, die er mit Sicherheitsnadeln befestigte. Binde Nummer zwei brauchte er für den Nierenstich. Um den Finger legte er eine elastische Stützbandage, und er fand ein grünes Pfadfindertaschentuch, das sich als Schlinge verwenden ließ. Ein paar Kratzer, die er abbekommen hatte, als De Soto seine Visage eingeseift hatte, qualifizierten sich für ein Pflaster pro Stück.

Jetzt würde kein Pfadfinderführer auf der Welt ihm das Erste-Hilfe-Abzeichen verwehren. Möglicherweise könnte er als Azubi in einer ägyptischen Mumienwicklerei antreten.

Mit Kleidung war die Hütte kärglich bestückt: ein löcheriger Isländer für Vierzehnjährige, ein Stoffhut Marke Caltex, zwei Regenmäntel, eine kleine Schlafanzug- oder Trainingshose, eine rote und eine blaue Skistiefelgamasche und ein Paar Strümpfe in den Nationalfarben. Er wählte den Isländer und die Strümpfe und verwarf den Rest. Von seiner eigenen Ausrüstung hinterließ er Ajackes gelben Schal, das blutige Unterhemd, die Ferner-Jacobsen-Jacke, die Socken und die Unterhose. In bezug auf die Schlafanzughose änderte er seine Meinung und schnitt sich daraus eine ziemlich scharfe Hose. Er wusch Hemd und De-Soto-Jacke und hängte sie zum Trocknen auf den Ofen.

Er fraß eine Dose Tomatenbohnen und trank eine Unmenge Kaffee und Kakao, warf den Rest vom Dispril ein und fühlte sich in Topform, knackte weg und wachte davon auf, daß das Hemd angebrannt roch.

Die Tabakspackung war nun leer. Aber er wußte Rat und drehte sich eine Fluppe aus den Kippen im Kamin. Ins Hüttenbuch legte er zwei Hunderter und schrieb einen Gruß von Frank Bull-Iversen, der von einem Schneeskooter überfahren worden und hilflos liegengeblieben war und der sich zur Hütte geschleppt und hier seine Rettung gefunden hatte.

Er sah sich in der Fensterscheibe. Er hätte schlimmer angezogen sein können. Der Isländer saß beklemmend eng um den Hals, gab ihm aber ein sportliches Aussehen.

‹Vom Schneeskooter überfahren› war nicht dumm. Er grinste sich selber zu. Die Zähne müßte er sich mal wieder putzen.

Pistole, Messer, Schlüssel und Brieftasche waren an ihrem Platz. Er hatte eine Million versust, war aber mit dem Bargeld vorsichtig gewesen. Noch immer hatte er 1800 Kronen von Hermanns Geld übrig.

Stiefel hatte er auch. In den einen Gummistiefel hatte er zwar mit der Axt ein Loch gehackt, aber die Gummistiefel waren besser als die Brasilianer und hatten den Vorteil, daß sie den steifen und zerschossenen Teil des linken Hosenbeines bedeckten.

Thygesen schloß die Fensterläden, goß eine Waschschüssel in den Ofen, verriegelte die Türen und legte den Schlüssel unter das lose Brett.

Es war Tag. Es schneite. Der Schnee würde De Soto bedecken.

Welchen De Soto? Ach, er hatte einmal mit jemandem namens De Soto zusammen gesessen. Was aus dem wohl geworden war? Vielleicht war er auf Bewährung freigekommen.

Alles war ein Traum gewesen. Wirklich waren nur die Tannen, die schwer und grau dastanden wie in einem Roman von Gunnar Larsen und die sich einschneien ließen.

Er ging nordwärts durch den Neuschnee, hinkte und wäre fast gefallen, fand aber dann die Loipe nach Muren. Ruhig ging er auf den Hof von Brunkollen.

19

Der tollwütige Hund bellte. Es war ein mittelgroßer schwarzer Hund von unbestimmbarer Rasse. Er war bei einer der Scheunen an eine Birke gebunden. Thygesen ließ das Vieh an sich herankommen, um ihn zu beschnuppern. Das Gebell ging in tiefes Knurren über. Er kitzelte das Tier hinterm Ohr und erreichte ein Wedeln.

Von außen war Brunkollen unverändert, braun verschalt und mit roten und weißen Fensterrahmen. Die Kaminstube war verschönert worden. Aber der etwas mottenzerfressene Fuchskopf hing noch immer an der Wand, und die ausgestopfte Eule stand auf dem Kamin.

Draußen hatte er eine ganze Menge Skier gesehen. Trotzdem überraschte es ihn, wie viele Leute da in Rrot, Weiß und Blau saßen und Johannisbeersaftgrog tranken.

«Einen Grog», sagte Thygesen zu dem Mann hinter der Theke. «Traktorunfall», sagte er und zeigte seinen Finger. «Krankgeschrieben. Aber ich konnte nicht zu Hause in Lommedalen rumhängen. Mußte mal raus.»

«Dreifünfzig», sagte der Mann. Er war ziemlich jung, blond und ordentlich.

Alle starrten Thygesen an, als wäre er aus dem Grabe auferstanden. Vielleicht war schon Ostern?

Der Grog war stark und gut. Thygesen kam es vor, als glotzten die Leute nicht mehr so, als er Kaffee, Schokoladenkuchen und South State bestellte. Die Pistole beulte vielleicht die Jackentasche aus, aber wenn der Reißverschluß hochgezogen war, konnte niemand den Griff sehen.

«Hätten Sie wohl eine Zeitung?» fragte er den Hüttenwirt.

«Ja, Sie wollen über das Unglück lesen?» fragte der Hüttenwirt.

«Selbstverständlich», sagte Thygesen. «Die Leute sollten nicht so rumballern ...»

«Es ist ja wohl nicht sicher, daß es eine Explosion war», sagte der Wirt. «*Dagbladet* schreibt das zwar, aber ...»

Er gab Thygesen ein zusammengefaltetes *Dagbladet*.

Die Schlagzeile sprang ihm mit Kriegstypen in die Augen: 93 Tote?

Er kleckerte Kaffee auf die Untertasse, als er an seinen Tisch ging. Dort hatten sich zwei Mädchen mit roten Pausbacken niedergelassen.

Thygesen blickte auf das Bild eines großen Rettungshubschraubers: «Hier wird ein schwerverletzer Mann von der Katastrophenbohrinsel an Land gebracht. Der erste Hubschruaber mit 16 Überlebenden der Alexander Kielland landete heute morgen auf dem Flugplatz von Sola.»

Ihm ging auf, daß die Nation an anderes zu denken hatte als an verrückte Knastbrüder, die im Wald versuchten, sich gegenseitig zu ermorden. Er spürte, daß er rot wurde, und fühlte sich schrecklich unbehaglich. Schnell las er die vielen Seiten mit Katastrophenberichten. Das Unglück, das nicht geschehen konnte, war geschehen, und es war das größte in Norwegen in diesem Jahrhundert.

Über gefundene Leichen bei der Lövenskioldbahn, eine mißglückte Bluthundjagd auf den entflohenen Mörder oder die Verhaftung eines verrückten Junkies mit Schrotgewehr stand nichts da.

«Ist die von heute?» fragte er die Mädchen.

Die sahen auf das Datum und kicherten. Das Datum war Freitag, der 28. März.

«Nein, die ist von gestern», sagten die Mädchen.

Also war Samstag, der 29. März. Er war nur knapp drei Tage in der Bentohütte gewesen, und noch keine Woche war vergangen, seit er den armen Hermann im Badezimmer gefunden hatte.

«Entschuldigung, habt ihr die richtige Uhrzeit?» fragte Thygesen. «Meine Uhr ist kaputtgegangen, als ich vom Traktor gefallen bin. Ich bin auch irgendwie ganz wirr im Kopf.»

«Zehn vor zwölf», sagten die Mädchen.

«Seid ihr oft hier?»

«Wir trainieren für das Langlaufabzeichen.»

«Habt ihr von der Schießerei gehört? Unten bei der Lövenskioldbahn.»

«Schießerei?» fragten die Mädchen und blickten sich an. «Ach, du denkst an den Spinner, der beim Östervann die Skiläufer bedroht hat? Der mit der Schrotflinte, der rumgefaselt hat, im Wald wäre kein Schnee.»

Der Gedanke an den Mann, der im Wald keinen Schnee fand, ließ die Mädchen in schallendes Gelächter ausbrechen.

«Aber die Polizei hat ihn wohl kassiert?» fragte Thygesen.

«Keine Ahnung. Glaub ich nicht. Unni hat erzählt, er wäre bei Övrevoll gesehen worden. Vielleicht haben die kein Interesse an so einem.»

Ein Mann mit Holmenkollmütze und konservativem, marineblauem Popelineskianzug hatte das Gespräch belauscht.

«Nein, sie haben ihn nicht festgenommen. Das hat jedenfalls nicht in den Zeitungen gestanden. Ich frage mich wirklich, was die Polizei eigentlich treibt. Und dann behaupten noch einige, wir brauchten weniger Gefängnisse.»

Der Mann wies erzürnt in Richtung Ila-Sicherheitsverwahrung und ging stramm hinaus. Er hatte wohl Skier mit Balatabindung und brauchte gewiß nur *einen* Stock, im Geiste Nansens.

Aber Thygesen war nicht unzufrieden mit dem Gehörten. Neue Chance für einen Spaziergang unter Kastanien auf der Allee, wo alles auf *mañana* verschoben wird.

Er warf dem tollwütigen Köter ein Zuckerstück hin, der daraufhin knurrte wie ein Außenbordmotor, und begann, die Loipe nach Muren hinabzugehen.

Die Loipe Brunkollen-Muren ist eine der steilsten in Vestmarka. Sie fällt von knapp 400 Metern auf knapp 200 ab. Die Strecke beträgt anderthalb Kilometer, aber man muß ziemlich tranig sein, um das nicht in fünf Minuten zu schaffen, wenn der Schnee einigermaßen ist.

Thygesen brauchte zu Fuß eine Dreiviertelstunde. Jetzt im Spätwinter war die Loipe aufgepflügt, geschmolzen und gefroren, sah aus wie eine Bobbahn, und unter dem Schnee war sie auch so glatt. Sein linkes Bein gab ein paarmal unter ihm nach, und er hielt sich mit seiner kaputten Hand irgendwo fest.

Hinter Muren ging er auf der kaum freigefahrenen Straße nach Överland. Hier kam er verdammt langsam voran. Schließlich mußte er sich auf die Schneewehen setzen und eine rauchen. Es wurde kälter. Seine Hustenanfälle waren nicht witzig für die verdammte Niere.

Er gab einem grünen Golf, der auf ihn zugehuckelt kam, das Zeichen zum Anhalten.

Der Fahrer war ungefähr so angezogen wie Thygesen, hatte sich aber auf dem Traktor halten können. Ihm war es schnurz, was dem Tramper fehlte. Das Autoradio spielte schwere Trauermusik.

«Die haben gerade in den Nachrichten gesagt, es könnten 140 Tote sein. Und das nach Berge Vanga und allem. Norwegen ist ja doch ein gefährdetes Land. Das soll das schlimmste Unglück seit Titran sein.»

«Titanic?» fragte Thygesen.

«Titran an der Tröndelagküste. Voriges Jahrhundert. Ein höllischer Sturm, der ein paar hundert Fischer umgeschmissen hat.»

Sie erreichten die trockene Asphaltstraße bei Överland Gård. Thygesen stieg beim Krematorium von Haslum aus. Er wußte, daß es ein Krematorium war, weil er einmal dort zu einer Beerdigung gewesen war, für Uneingeweihte mußte es wie ein Bungalow im Bunkerstil aussehen. In Bærum ist alles so schick, und deswegen soll für die Bærumer auch der Tod ein bißchen flotter sein als für den Rest der Welt.

Er ging mühsam den Kirkeveien hinab. Die meisten vorbeikommenden Autos hatten Skier auf dem Dach, waren voller Familien und schwer bepackt. Offenbar war der Osterverkehr in vollem Gang.

Morgen ist Palmsonntag, dachte er und fragte sich eine Sekunde oder zwei, wo er Ostern verbringen würde. Er verdrängte den Gedanken. Denn jetzt mußte er versuchen, sich zum Bahnhof von Haslum zu karren.

Und dann?

Die Kolsåsbahn in die Stadt.

Aber dann?

Jemanden suchen.

Wen?

Tja, dieselben Tussis wie immer: Lill Lindfors, Linda Lovelace und Linda Lispellippe. Kannst dir eine aussuchen.

Und was sollte er mit Linda, wenn es sie noch gab?

Sich eine Frage beantworten lassen. Nichts von Bedeutung. *Shut up*. Fresse, Punk!

Und er nahm das wirklich nicht so schwer. War das, weil ein Plan angefangen hatte, in ihm zu reifen? Der Plan, in die Wildnis zurückzukehren?

Unbeugsam ging er auf den Bahnhof von Haslum zu, der zu beiden Seiten von schmucken Mittelklasse-Holzhäusern umgeben war, deren Bewohner in die Berge gereist waren. Dieben und Verbrechern preisgegeben, lagen die Häuser mit geschlossenen Vorhängen da. Und wer nicht dafür sorgt, die Abendausgabe von *Aftenposten* zu vernichten, bevor er fährt, ist dumm. Das ganze Wochenende liegt die Zeitung sonst im Briefkasten oder auf der Türmatte und lädt zum Einbruch ein.

Thygesen rettete einen Villenbesitzer vor Plünderung und Ärger mit der Versicherung. Er faltete die Abendausgabe zusammen und steckte sie in die Hintertasche.

In Haslum gab es eine Konditorei. Die Konditorei war geschlossen, obwohl es kaum später als drei sein konnte. Das war eine Vorwarnung für Thygesen. Nun mußte er mit in die stille Woche, in der Oslo so still ist wie Jostedalen oder die Pest.

Zwei Taxis schneiten am Bahnhof ein. Verlockend, ein Auto zu nehmen. Aber wo, zum Teufel, sollte er sich hinfahren lassen? Besser, er nahm die Bahn. Mit der konnte er zur Endhaltestelle fahren, zum Nationaltheater. Besser, Knete zu sparen. Vielleicht gab es noch unvorhergesehene Ausgaben.

Thygesen setzte sich auf die Bank im Windschutz und fror am Hintern. Er fühlte sich unsäglich melanselig und trübcholisch.

Melancholisch und trübselig, zum Teufel! Konnte er nicht einmal mehr klar denken? Am besten, man macht Schluß mit dem verdammten Wrack Vilhelm Thygesen. Den Lauf an den Gaumen und klick, spjong!

Es dröhnte und sang in den Schienen. Eine echte alte blaue Bahn kam um die Kurve. Thygesen stieg ein, bezahlte 6 Kronen, setzte sich auf einen freundlichen braunen Sitz und entfaltete seine *Aftenposten*.

Die Bahn rasselte langsam auf die Stadt zu. In Ringstabekk hatte die frohgemute Jugend mit Filzstift den Stationsnamen zu *Ringstafick* gemacht. Aber dieser Scherz konnte ihn nicht wachhalten. In Tjernsrud stieß ein dickes Frauenzimmer mit vielen Taschen und einem Pekinesen ihn aus dem Halbschlaf. Er warf einen Blick auf die Zeitung in seinem Schoß.

Dort stand eine Meldung, von der Thygesen schlagartig wach wurde, und er begriff, daß es völlig unnötig war, wenn er sich das Leben nähme. Er, Vilhelm Thygesen, war schon tot. Da es mit schwarzen kleinen Lettern auf dem Papier der seriösesten Zeitung des Landes stand, mußte es stimmen, auch wenn er das Gefühl hatte, die Nachricht von seinem Tod sei doch reichlich übertrieben.

20

Ja, die Nachricht von Vilhelm Thygesens traurigem Tod in den Flammen war reichlich übertrieben.

So weit er den *Aftenposten*-Artikel verstehen konnte, hatte Ajacke ihn umgebracht. Er dachte an Ajackes Worte: «Wir können die Bude anstecken.»

Aftenposten spendierte zwei Spalten unten auf Seite 4: ‹Mann in der Innenstadt verbrannt›. Der Text in all seiner Knappheit lautete:

> *Die Polizei nimmt an, daß ein Feuer in der Kristian IV. Gate in Oslo heute morgen auf Brandstiftung zurückgeht. Das Feuer entstand in einem Flügel des sogenannten ‹Märchenhofes›, aller Wahrscheinlichkeit nach in einer Wohnung im zweiten Stock. In dieser Wohnung fand man den umgekommenen Mieter. Es handelt sich um den ehemaligen Polizisten Vilhelm Thygesen, der vor einigen Jahren in Verbindung mit der Affäre ‹Eisernes Kreuz› herostratische Berühmtheit erlangte.*
>
> *Der explosionsartige Brand griff auch auf die Wohnungen in den anderen Etagen des Flügels über. Die dortigen Mieter konnten sich jedoch retten. Die Feuerwehr bekam das Feuer schnell unter Kontrolle, doch wurden dem Haus beträchtliche Wasserschäden zugefügt.*
>
> *Die Polizei sucht nun einen Mann von etwa 25 Jahren, der kurz vor Ausbruch des Feuers in der Nähe der Kristian IV. Gate 10 gesehen wurde. Der Gesuchte trägt eine rot karierte Sportjacke, blaue Jeans, braune Stiefel und eine Sonnenbrille. Er ist mittelgroß, kräftig gebaut und hat mittelblonde, halblange Haare, vielleicht auch einen Schnurrbart.*
>
> *Nach unseren Informationen ist diese Beschreibung identisch mit der, die am Donnerstag nach einem Zwischenfall am Östervann bekanntgegeben wurde. Dort hatte ein junger Mann Skiläufer bedroht und mit einem Schrotgewehr Schüsse in die Luft abgegeben. Die Polizei kann zum jetzigen Zeitpunkt nicht bestätigen, ob zwischen dem Zwischenfall vom Mittwoch und der mutmaßlichen Brandstiftung heute ein Zusammenhang besteht.*
>
> *Kommissar Gerd M. Andreassen sagt, es sei nicht auszuschließen, daß es sich um einen Racheakt gegen den umgekommenen Thygesen handelt, der nach Beendigung seiner Haft wegen vorsätzlichen Mordes jetzt als Berater für eine Werbeagentur tätig ist.*

Die Leute bei *Aftenposten* schießen ja inzwischen verdammt schnell, dachte Thygesen. Der Journalist, der sich das abgeleiert hatte, war wohl auf dem Sprung nach Geilo gewesen, die Slalomskier schon auf dem Dach seiner falsch geparkten Karre, oder er war stinksauer, weil er über einen schnöden Mord berichten mußte und nicht auf die Katastrophe in der Nordsee angesetzt wurde. Es sah *Aftenposten* auch nicht ähnlich, so schnell Namen zu nennen. Das überließ man sonst lieber den Kollegen von der Boulevardpresse. Und wie sicher das alles behauptet wurde; ohne Wenn und Aber schrieb der Journalist, es *ist* der ehemalige Polizist usw. Wirklich widerlich, einen toten Mann zu beleidigen, indem man ihm ‹herostratische Berühmtheit› zuschrieb.

Er mußte einen Leserbrief voll schnaubenden Protests schreiben. Balke könnte ihm bei der Formulierung helfen. Er hatte mit dem Tropf Balke viel Spaß gehabt, als sie mit der Affäre Kielland & Co beschäftigt gewesen waren.

Großes Ding mit Diamanten und Drogen. Kielland hatte zwar in der ersten Instanz eine milde Strafe bekommen und war zu den Bermudas abgehauen, ehe die Sache in Revision ging; aber über Balkes Zeugenaussage liefen in der Stadt noch immer Legenden um. Alles, was *Aftenposten* nicht hatte drucken wollen, hatte er in verfeinerter Form vor Gericht ausgebreitet. Der korrekte Balke hatte Kielland einen Florettstich nach dem anderen versetzt. Danach wurde er befördert, und zwar außer Landes, nach Washington. Seine Korrespondentenberichte von dort waren meistens strohtrocken. Der arme Balke, er litt wohl noch immer unter seiner unglücklichen Liebe zu der blöden Kuh, die sich jetzt Vigdis Thygesen de Punta nannte und die auf den Kanarischen Inseln ungeduldig darauf wartete, daß die Alte abkratzte und sie das Krähenschloß in Bestum und die Hütte in Rauland verscheuern könnten.

Von der interessanten Neuigkeit über seinen Tod in gute Laune versetzt, vergaß Thygesen, daß es nicht so leicht war, Balke ins *Håndverkeren* einzuladen, um einen Leserbrief zu komponieren; nicht nur weil Balke in den Staaten war.

Es würde auch zu großes Aufsehen erregen, wenn jemand, der Vilhelm Thygesen dermaßen ähnlich sah, in eine Wirtschaft, zwei Blocks von dem Ort entfernt, wo man ihn am Morgen tot gefunden hatte, hereinspaziert käme und um einen Halben bäte. Einige der Gäste würden bestimmt in Ohnmacht fallen vor Verwunderung darüber, daß er so wenig angebrannt, aber so sehr angeschossen aussähe.

Er lachte. Das tat weh. Der Pekinese kläffte. Er war wohl kaum tollwütig, sah aber böse aus wie ein hochnäsiger Lord.

Wer war das noch, der Pekinesen nicht ausstehen konnte? Er durchforstete sein wundes Gehirn nach dieser Information, so wie ein Verschalungsschreiner in einem Kasten mit rostigen Drei-, Vier- und Fünfzöllern, die er schief und verbogen aus Zement gezogen hat, nach dem passenden Nagel sucht.

Mutter. Seine Mutter konnte Pekinesen nicht ausstehen, wegen ihrer Stupsnasen und ihres arroganten Wesens. Als sie noch auf der Höhe war, hatte Frau Thygesen in jeder zweiten Nachbarsfrau einen schrecklichen Pekinesen gesehen.

Sie hatte er vergessen. Wenn der zuständige Polizeibeamte auch nur einen Funken Anstand besaß, mußte er sich über die Angehörigen informiert haben, ehe er hocherfreut Thygesens Namen bekanntgab. Er hatte wohl das Pflegeheim in Tåsen angerufen und erfahren, daß Frau Thygesen am Leben, aber jenseits aller Kontaktmöglichkeiten war.

Sie würden sie zur Beerdigung schleifen. Machte sich so am besten. Und dann würde sie dasitzen und vielleicht ahnen, was da vor sich ging, wegen der Orgelmusik und des Blumenduftes. Während der Sarg mit Hermanns armer verkohlter Leiche zu einer letzten Runde in den Krematoriumsofen geschoben wurde. Teufel auch.

Aber natürlich würde es so weit nicht kommen. Vilhelm Thygesens Körper würde obduziert werden. Immerhin bestand ja der Verdacht auf Mord und Brandstiftung. In der Hitze schrumpft man zwar, aber doch keine 10 Zentimeter. Die Ärzte in der Pathologie würden die Wunde im Auge bemerken und Alarm schlagen. Außerdem spielte ja auch die normale Identifikationsroutine eine Rolle. Bei Mord und Brandstiftung waren die Kripoexperten dran. Die Jungs ließen sich nicht hereinlegen. Das mindeste, was sie tun würden, wäre, die Liste der vermißten Personen durchzugehen.

Mama Mossige hatte sicher ihren Buben als vermißt gemeldet. Falls die Umarmung von De Soto und Ajacke sie nicht dauerhaft plattgedrückt hatte.

Alle und jeder wären genervt von der Entdeckung, daß sie die falsche Leiche auf dem Marmortisch hätten. Er hatte nur eine neue Frist bekommen. Wie hieß das noch? *Galgenfrist.* Die Allee, auf der er wanderte, endete nicht in Sonnenuntergang und Glück. Er sah, was nun dort stand: Eine Holzkonstruktion, ein umgedrehtes L, und daran pendelten Strick und Schlinge im kalten Wind, der die Blätter der Bäume in der Allee so unangenehm rascheln ließ. Es war zeitig im Oktober. Er war zum Platz am Ende der Allee gekommen. Regenblanker Asphalt wurde von Straßenlaternen beleuchtet, die schwach im Wind schwankten. Das Licht der Laternen traf auch die gewaltigen grünen Baumkronen. Und mitten auf dem Platz, überraschend klein und zierlich, stand der Galgen. Da in Norwegen die Todesstrafe abgeschafft war, gab es keinen Henker mit schwarzer Kapuze und auch kein Publikum aus Staatsanwälten und anderem Pack. Er mußte den Job schon allein erledigen. Denn um zu verhindern, daß er sie enttäuschte, sich umdrehte und zurücklief (als ob das überhaupt möglich wäre!), hatten sie hinter jeden Baum einen Traum gestellt. Die Frauen spielten mit ihm Verstekken. Sie winkten ihn weiter. Er lief, um nicht sehen zu müssen, ob sie Gesichter hätten. Arme winkten und streckten sich ihm entgegen. Er lief, naß von Regen und Schweiß.

«Was sind Sie so schrecklich unruhig?» kläffte der Pekinese. Vielleicht war es auch die Besitzerin. «Sind Sie krank?»

«Nein», sagte Thygesen.

Der Pekinese biß ihn ins Hosenbein.

«Nicht krank», sagte Thygesen. «Aber wütend über den Gefängnisdirektor. Die hätten mir wirklich ein Taxi spendieren können, nach drei Jahren Sicherheitsverwahrung. Auch wenn ich wegen Vergewaltigung und Sodomie gesessen habe.»

Die Alte aus Tjernsrud packte ihren kleinen Schnuffelpuffel.

Die Bahn fuhr über den Lysakerelv. Nach einem vorübergehenden Landaufenthalt war er wieder in Oslo. Das war auch ein Spiel, dessen er nie müde wurde: Wenn er Oslos Grenze passierte, nachdem er außerhalb der Stadt gewesen war, straffte er die Wangen und dachte, nun wollte er fest sein und die alten Fehler nicht wiederholen, einen neuen Anfang machen und so weiter. Aber meistens vergaß er sich und bohrte sich schon vor Sköyen oder Grönlia in der Nase.

Am Hang von Aasjordet wurde gebaut, und es handelte sich dabei nicht um Bausparkassenhäuser. Es waren Beverly-Hills-Häuser. Flach, aber lang und breit wie Scheunen, mit Riesenfenster zum Swimmingpool hin. Hier wollte die Geldmacht einziehen. Von hier aus wurde das Land geleitet, kontrolliert und an den Ohren gehalten. Wer hier baute, lebte nicht im Luxus, er wohnte in kalt berechnendem Überfluß. Hier wurden keine De Sotos oder Ajacken empfangen, falls die Damen überhaupt noch empfangen mochten. Vielleicht kauften sie auf dem Markt der Entwicklungsländer ihre Kinder, um sich Falten auf dem Bauch und Hängebrüste zu ersparen? Hier brauchte sich keiner seine Kohle zusammenzusparen oder -schießen. Kinder, die an Hasch gerieten, hatten schon gelernt, sich die Finger zu verbrennen, und durften sich für 250 Kronen die Stunde einem Psychiater anvertrauen.

Die feinen Pinkel, die hier wohnten, finanzierten weder Mafias noch Neonazis. Direktes Engagement in der Unterwelt und bei den Polithyänen war eher die Ausnahme. Die Regel war, daß von hier aus saubere Investitionen in Superschiffe, die explodierten, Bohrinseln, die kenterten, Fabriken, die Skien vergifteten, Gemüsefarmen, die Senegal ausplünderten, getätigt wurden. Hier hatte man saubere Fingernägel. Thygesen glaubte nicht mehr an heimliche Komplotte. Er hatte gelernt, daß es zu Blindheit führte, sich Schurkenmodelle nach ausländischem Muster zu machen. Dann sah man das norwegische System in all seiner Pracht und Verrücktheit nicht mehr. Hier vor ihm standen die Grundpfeiler des Systems. Von hier bliesen kalte Winde wie der Schirokko des Mittelmeers auf die Stadt hinab und jagten die Menschen im Walzer um das Goldene Kalb. Die Schurkenstreiche, die hier des Nachts in den Doppelbetten erträumt wurden, übertrafen De Sotos wildeste Phantasien. Denn hier träumte man nicht von einem ‹endgültigen Coup›, sondern von dem permanenten: der systematischen und permanenten Plünderung der Arbeit des Volkes. Und weil die Feinen nicht von eigener Arbeit leben wollten, steckten sie das ganze Land mit ihrer Moral an. De Sotos Gedanken von Gold und Nichtstun an der Riviera stammten eigentlich von hier. Er hatte nur die hiesige Moral so vereinfacht, daß es strafbar wurde. Er ging direkt mit Dynamit auf einen Safe los, während sie sich mit Aktien und Obligationen hereinschlichen. Das Gesetz gehörte ihnen, und wenn sie es brachen, wurden sie nicht bestraft, auch wenn sie sich so viele Millionen erschwindelt hatten, wie De Soto sich an Tausendern erträumte.

Auch Ajacke war ein uneheliches Kind dieser Villenviertel. Sie würden auf ihm herumtrampeln wie auf einer Kakerlake und ihn nicht anerkennen, zur Not ein Almosen bewilligen, damit er angebunden in einem Heim gehalten werden könnte.

Aber wer hat diese tödlich öde Gesellschaft geschaffen? Wer hat zum Beispiel die häßlichste U-Bahn der Welt gebaut, eine U-Bahn, die so scheußlich und betonkalt ist, daß du dich einfach um Sinn und Verstand schnüffeln *mußt,* um zu glauben, daß es sie gar nicht gibt, und Fenster einwerfen, Alte überfallen und Tanten erstechen, nur um zu spüren, daß du existierst?

«Guck mal», sagte Thygesen zu dem Pekinesen. «Jetzt kommen wir am Ullernåsen-Bahnhof vorbei. Den Windschutz gibt es schon so lange wie die Bahn. Aber in alten Tagen hieß die Haltestelle Mærradalen. *Das* war gut genug, solange hier nur Penner wohnten. Aber dann kamen all die Terrassenhäuser zu 500000 Einlage, und da hat die Haltestelle elegant den Namen geändert. Wenn du, du kleiner häßlicher Köter, das nicht als Zeichen für die Heuchelei und Torheit der Welt anerkennst, dann schubs ich dich von der Mærradalsbrücke.»

Die Alte aus Tjernsrud wickelte sich in ihren Persianer und wollte mit dem Schaffner eine Konferenz abhalten. Aber Thygesen war schneller. Der Schaffner stand im Mittelgang.

«Dieser Pekinese hat so komischen Schaum ums Maul», sagte Thygesen. «Glauben Sie, ein so kleiner Hund könnte ...»

Im hinteren Teil des Wagens fand er einen neuen Platz. So durchfuhr er schnell das Westend, das er immer hassen und nach dem er sich immer zurücksehnen würde. Hat man erst die klare Westendluft eingeatmet, sein beruhigendes Nachmittagslicht gesehen und seine üppigen Puddinge gekostet – dann wird man immer ein wehes Verlangen danach mit sich herumtragen.

Weil er keinen Plan hatte, lief sein Kopf weiter im Leerlauf. Was sollte er tun, wenn ihn jemand auf der Straße erkannte? Viele lasen wohl am Tag vor Palmsonntag nicht *Aftenpostens* Abendnummer. Trotzdem würde sich das Gerücht rasch an den Tränken in der Stadt verbreiten. Er könnte sagen: «Komisches Mißverständnis. Ich bin vor 14 Tagen ausgezogen. Die Wohnung hat ein Nordnorweger gemietet. Heißt Mortensen oder so. Armer Teufel. Doch, klar hab ich der Polizei Bescheid gesagt. Montag kommt die Berichtigung. Prost! Ich sag's mit Hemingway nach dem Flugzeugabsturz bei Murchison Falls: Das Gerücht über meinen Tod bedeutet ... Aber das hast du sicher selber gelesen. Aufs Leben, du!»

Die Bahn raste durch den Tunnel hinter Majorstua. Im Halbdunkel des Wagens überflog er den Rest der Zeitung. Die Identifizierungsgruppe der Kripo war nach Stavanger unterwegs, um die Untersuchung der Opfer der Alexander Kielland zu beginnen. 14 Mann waren bei der Gruppe. Wieder spürte Thygesen, wie seine Wangen rot und warm wurden. Teufel, der Strick würde sich dehnen, und er würde mit der Schlinge um den Hals auf dem Asphalt stehenbleiben. Als nächstes würde wohl der Weltkrieg kommen und ihn zusammen mit dem Rest in die Ewigkeit schubsen, aus und vorbei.

Eine kleine Notiz berichtete, daß zwei Personen in einer Wohnung in Bjölsen tot aufgefunden worden waren. Todesursache war eine Überdosis Rauschgift.

Sein Herz stockte einen Moment, ehe er die Altersangaben sah: 17 und 26. Es konnte also nicht Linda sein. Linda? Was für eine Linda?

Als er am Nationaltheater ausstieg, hatte Thygesen beschlossen, daß er eigentlich einen Ausflug nach Bjölsen machen könnte. Er ging langsam und stolpernd vom Untergrund zur Telefonzelle. Jannikes Salon fand er ohne Schwierigkeiten im Branchenfernsprechbuch. Aber wie hieß die Frau mit Nachnamen? Ohne Hoffnung auf Antwort wählte er die Nummer des Salons. Es sagte piep! und: «Dies ist ein automatischer Anrufbeantworter. Hier ist Jannikes Salon. Wir haben bis Osterdienstag geschlossen. Nach dem Summton können Sie Ihren Terminwunsch hinterlassen. Jannike Kil wünscht Ihnen frohe Ostern.»

Bingo! Und er schlug Kil auf. Keine Jannike Kil, und auch keine Jannike Kiil. Aber unter Kihl fand er sie in der Bergensgt. 16.

Am nächsten Stand nahm er sich ein Taxi.

21

Bergensgata 16 gehörte zu dem Typ Mietshaus, der ganz oben auf der Abschußliste der Sanierungschefs steht. Als Thygesen aus dem Taxi krabbelte, regnete es frisch geschmolzenes Eis. Der Himmel hing wie eine nasse Wolldecke über dem Haus. Es war grau verputzt und in Lot und Winkeln völlig ungerade. An der Mauer konnte er lesen, daß sich im Erdgeschoß ein Kolonialwarenladen befunden hatte. Die schwarze Schrift stammte vom Ende des 19. Jahrhunderts. In dem ehemaligen Laden befand sich nun eine Wohnung, offenbar Jannikes; die gleichen Vorhänge mit finnischem Design wie im Salon in Vålerenga. Die meisten Fenster im Haus waren erleuchtet. Thygesen vermutete, die meisten Hausbewohner wären jung, mit oder ohne Arbeit und eheliche Papiere. Der obligatorische Student mit runder Brille und leidendem, zerstreutem und mit sich selbst beschäftigtem Gesichtsausdruck, ein alter Aquavitsäufer, ein paar Marokkaner, ein ruhiges Ehepaar von 40 Jahren mit vier Kindern, ein weniger ruhiges Paar jüngeren Jahrgangs, das sich entweder gegenseitig die leeren Flaschen an den Kopf warf oder wie besessen liebte.

Das wäre ein Wetzstein für die Terrortruppe, wenn die Kräne mit den Eisenkugeln herangerollt würden, um Nr. 16 zu Staub zu zerschlagen. Aber die Jungs im blauen Battledress würden das wohl als willkommene Abwechslung betrachten. In einem oder zwei Jahren würden die Besetzer auf die Straße geworfen, die Parolen von den Mauern gefetzt, die Steine weggefahren sein. Und Nr. 16 würde in Glas und Beton auferstehen, mit Bewohnern, die auf Strümpfen gingen, sich von Tütensuppen ernährten und mit ihrem halben Monatslohn die Mietrechnungen der Wohnungsgesellschaften in Schach hielten.

Jetzt strahlte das Haus ein warmes, anheimelndes Licht aus. Thygesen ging hinein, am Hintern schweißnaß wie ein Bär.

Die Briefkästen bildeten ein herrliches Chaos aus Dymotape, aufgepappten Zetteln, Kritzeleien mit Filzstift und dem Vermerk der Post: «Dieser Briefkasten ist zur Zeit nicht in Betrieb.»

Linda Leirgulen gab es hier nicht. Aber Jannike Kihl und Truls Deinboll standen da, auf einem richtigen Schildchen, mit weißen Buchstaben auf schwarzem Grund.

Im Hinterhof war noch ein Eingang. Thygesen stolperte über eine schwarze Wildkatze. Das Licht im engen Treppenhaus funktionierte nicht. Er leuchtete die Briefkästen mit einem Streichholz an und fand L. Leirgulen sofort. Typisch für einsame Frauen in finstren Mietshäusern, ihren Vornamen nicht zu nennen. Die beiden kleinen Fenster in der Tür hatten Scheiben aus Drahtglas. Dahinter lag die Dunkelheit. Er schellte ohne besondere Hoffnung. Sie hatte eine moderne Schelle mit einem netten Ding-Dong-Klang. Aber das half nichts. Sie war nicht da, und auf einmal wußte er, daß sie tot oder etwas Ähnliches war.

Zusammengesunken und unendlich steif in beiden Beinen mühte er sich die Treppe hinunter. Jannikes Tür war grün lackiert, die der Nachbarn noch poppiger. Sie war mit roten und weißen Streifen dekoriert, und Thygesen mußte unwillkürlich an eine ätzende Zahnpasta aus den sechziger Jahren denken, die nach Zuckerzeug schmeckte und die vollständig durchgefallen war. Larry hatte mit dem Gedanken an eine Wiederauflage mit Fluor gespielt.

Er schellte. Es war eine hitzige Schelle. Die beiden tollwütigen Windhunde fingen an zu jaulen. Eine Männerstimme brachte sie zur Ruhe.

Thygesen hatte einen ungewaschenen Typen mit Ohrringen erwartet. Aber Truls war ein frisch geschrubbter Bursche in einwandfreiem, braunem Polohemd und blaßoranger Cordhose. Seinen kranken rechten Arm preßte er an den Körper, die Hand steckte in der Tasche. Er rauchte einen Zigarillo.

«Klasse», sagte Truls.

Da Thygesen offensichtlich nicht begriff, was klasse war, fügte Truls hinzu: «Der neue Bote, nicht wahr?»

Thygesen hustete, und das fühlte sich nicht besser an als vorhin.

Truls streckte die linke Pfote aus, Thygesen dito. Es kam zu einem ziemlich spartanischen Händedruck.

Truls führte das Wort: «Wir warten schon den ganzen Tag auf die Zeitung. Jannike hat einen Leserbrief geschrieben. Polemik gegen den Zusammenarbeitsausschuß.»

Thygesen begann zu ahnen, worum es ging. Er kannte diese Zeitung nur vom Hörensagen, deren Botensystem eine politische Organisation war. *So* waren sie also, Lindas Aufpasser. Die Windhunde machten hinter Genosse Deinboll krumme Rücken, wie es so ihre Art ist.

«Bedaure», sagte Thygesen.

«Aber bist du denn nicht der neue Klempner aus Nr. 20?» fragte Truls.

Thygesen hatte Lust zu sagen, er sei der neue Defraudant aus 2001, ließ es dann aber. Statt dessen sagte er: «Ich bin mit Linda befreundet. Wüßte gern, wo sie wohl steckt.»

Und schon verlor er in Truls einen Kumpel. Sein Gesicht war nicht mehr offen und vertrauensvoll, sondern verschlossen und mißtrauisch. Der Bursche hatte arabische Augenbrauen, die hochfuhren und dabei mit den Runzeln zusammenstießen, die die Stirn hinabstürmten.

«Mossige?» fragte er. «Ich soll von Jannike grüßen, sie ist im Kino, und sagen, wenn du dein Auto nicht wegschaffst, läßt sie es abschleppen. Und Jannike und ich möchten *sehr* gern, daß du die Finger von Linda läßt, Mossige. Wir wissen verdammt gut, was du treibst.»

Genosse Deinboll war kein Künstler, sondern Studienrat. Thygesen stand auf schwankendem Boden. Wenn er Mossige war, so war er tot. War er Thygesen, so war er es laut *Aftenposten* auch. Wenn Truls das alles wußte, hatte er ein höheres Informationsniveau als die meisten Studienräte.

«Ich mach das nicht mehr», sagte Thygesen.

«Das kannst du auf dem Land erzählen.»

Es wurde schlimmer und schlimmer. Auf dem Lande war er ja gerade gewesen und wollte nicht zurück, weder tot noch lebendig. Das Ganze kam ihm vor wie die Szene in der Oper *‹Rigoletto›*, in der der Held ein Frauenzimmer ersticht, das sich in einem Sack versteckt hat. Nach zwanzig Stichen singt sie noch genauso schön und erreicht mit dem Dolch im Rücken das hohe C.

«Ganz ehrlich», sagte Thygesen. «Ich *muß* Linda sprechen. Ich kann ihr helfen. Bin ihr das schuldig. Den Wagen fahr ich morgen weg. Ich mußte ganz schnell nach Deutschland, wegen einer Partie Kugelschreiber.»

«Du hast ihr geholfen wie der Strick dem Gehenkten, Mossige. Du kannst mit deinen Kugelschreibern zum Teufel gehen. Wir sind schöne Idioten, daß wir dich nicht schon längst angezeigt haben.»

«Schon möglich», sagte Thygesen.

«Ich freue mich, dich zu sehen. Und daß du so schäbig aussiehst, Mossige. Gute Reise in die Gosse! Hat endlich jemand versucht, dich fertigzumachen?» fragte Truls und starrte auf den Finger. «Das war nicht zu früh.»

Er war wirklich wütend. Vielleicht war er der lokale Vikar? Thygesen erwartete, die Tür ins Gesicht oder die Windhunde an die Kehle zu bekommen.

«Ich habe den Kontakt zu Linda verloren», sagte er und versuchte, den heruntergekommenen, reuigen Sünder zu spielen, der auf Knien gekrochen kommt und um Gnade bettelt.

«Das haben wir auch», antwortete Truls. «Sie hat den größten Teil der Woche blaugemacht, und wir haben keine Ahnung, wo sie ist. Aber wir befürchten das Schlimmste, Mossige. Und dann ...»

Er sagte ‹blaugemacht› und nicht ‹geschwänzt›. Dann war er wohl Architekt, nicht Studienrat. Aber ein harter Brocken, trotz des lahmen Armes. Thygesen zog sich einen Schritt zurück, und das war das Dümmste, was er tun konnte, denn die Tür folgte ihm mit Donnerhall.

Matt! Er setzte sich auf die Treppe und rauchte eine Zigarette. Jetzt bist du schachmatt, was ist dein nächster Zug? Die Figuren vom Brett wischen und in die Falle gehen. In die Falle? Er glaubte, den Portier vom *Centrum* vor sich zu sehen, der sicher *Aftenposten* las, wenn er nicht seine Hemdtasche gerade mit Zehnern füllte: Ach, Thygesen von Nr. 65? Suchen Sie sich lieber woanders ein Zimmer. Wir vermieten nicht an Wiedergänger, aber Ihre Rechnung können Sie schnell noch bezahlen.

Der Portier vom Centrum!

Er würde wissen, ob sich jemand nach Herrn Thygesen erkundigt hatte.

Nach einer Weile im Regen fand Thygesen eine Telefonzelle am Bjölsenpark. Mit der linken Hand – an der rechten wurden langsam auch die unverletzten Finger steif – wählte er die Nummer des *Centrum*. Das Pfadfindertaschentuch, das er als Schlinge eingeplant hatte, legte er über die Sprechmuschel.

«*Centrum H'tel*», nuschelte die Stimme. Der Portier hatte keine Osterferien.

«Ja, guten Abend. Hier ist Schjerven von der Polizei Oslo. Es geht um einen Gast, von dem wir annehmen, daß er vor kurzem bei Ihnen gewohnt hat.»

«Ja?» kam es ruhig und abwartend.

«Habt ihr einen Vilhelm Thygesen im Gästebuch?»

«Das haben wir, ja. Ist abgehauen, ohne seine Rechnung zu bezahlen. Der kam mir gleich nicht ganz koscher vor.»

«Dieser Thygesen ist verunglückt. Wir haben den Verdacht, daß es sich um Mord handelt.»

«Himmel», sagte der Portier, flach und nicht besonders überrascht.

«In diesem Zusammenhang habe ich ein paar wichtige Fragen. Zuerst: Ist Herr Thygesen zu Anfang dieser Woche angerufen worden? Dienstag abend oder Mittwoch morgen zum Beispiel, also kurz bevor er das Hotel zum letztenmMal verlassen hat?»

«Dienstag abend. Irgendein Mann hat nach ihm gefragt. An sich geben wir keine Auskunft, aber der Anrufer sagte, es ginge um einen Lotteriegewinn, auf ein gemeinsames Los. 50000.»

«Können Sie die Stimme beschreiben?»

«Der Mann war aus Oslo. Um die Fünfzig. Klang wie ein kalter Fisch.»

«Hat er einen Namen genannt?»

«Nicht sofort. Als ich fragte, ob ich etwas ausrichten sollte, hat er gesagt, Olsen, und er würde vorbeikommen.»

«Dann war da noch diese Frau.»

«Ja?» sagte der Portier, etwas abwartend, aber mit einer Spur Unruhe in der Stimme. «Sie sprechen etwas undeutlich, können Sie lauter reden?»

«Ich rufe über Autotelefon an. Werd's versuchen», sagte Thygesen mit seiner besten Polizeistimme. «Diese Frau hat sich als Thygesens Gattin ausgegeben?»

«Stimmt. Aber das habe ich nicht geglaubt, und sie mußte ein eigenes Zimmer nehmen.»

«Aha. Glauben Sie, sie hat trotzdem bei ihm übernachtet?»

«Bei wem?»

«Thygesen?»

«Das weiß ich wirklich nicht. Wir haben hier genug zu tun, auch ohne den Gästen nachzuspionieren.»

«Wann hat sie Mittwoch morgen das Hotel verlassen?»

«Gegen halb acht. Ohne zu frühstücken.»

«Haben Sie gesehen, ob sie von jemandem erwartet wurde?»

«Ja, ich habe sie ein bißchen beobachtet. War nicht gerade unser Typ Gast, dieser Thygesen. Kam her und sah aus, als käme er frisch aus der Ausnüchterungszelle. Dann hat er sich umgezogen und war ein feiner Max.»

«Haben Sie vielleicht gedacht, er hätte den Lotteriegewinn kassiert, ohne mit seinem Partner zu teilen?»

«Nicht schlecht geraten. Aber am Mittwoch morgen lag der Partner hier auf der Lauer.»

«Haben Sie ihn gesehen?»

«Nein, nicht deutlich. Aber ich habe den Wagen gesehen. Der kam in aller Herrgottsfrühe. Saßen zwei Burschen drin.»

«Welche Wagenmarke?»

«Dunkelroter Plymouth Hardtop. Circa 68 / 69 Modell. Aber sie warteten nicht auf diesen Thygesen. Sie waren scharf auf die Dame.»

«Ja?»

«Als sie die Straße überquert hatte, sprang so ein Fiesling aus dem Auto ...»

«Können Sie ihn beschreiben?»

«Kanadische Holzfällerjacke, Sonnenbrille ...»

«Das genügt. Was ist dann passiert?»

«Ich hatte das Gefühl, der Anblick des Plymouth war ein Schock für sie. Versuchte, kehrtzumachen und wegzulaufen. Aber der Typ hat sie gepackt. Sie riß sich los. Dann fuhr der andere Wagen quer über den Bürgersteig. Es sah aus, als wäre sie mehr oder weniger freiwillig eingestiegen. Und ich kann Ihnen sagen, die haben die Reifen nicht geschont, als sie weggefahren sind.»

«Danke», sagte Thygesen. «Sie haben mir wertvolle Auskünfte gegeben, die unsere Vermutungen bestätigen.»

«Gibt's vielleicht ein Honorar oder Prozente oder so was?»

«Glaub ich nicht. Aber ich werde Sie auf dem laufenden halten.»

«'kay», sagte der Portier, und bevor er auflegte, hörte Thygesen eine rauhe Stimme um zwei Pils bitten. Im *Centrum* ging das Leben seinen Gang. Der Portier mußte bei Scotland Yard in die Lehre gegangen sein.

Hätte er selber das nur auch getan! Denn er stand im Nieselregen, der kalt und dicht über die Bäume im Bjölsenpark fiel, und nun, wo er sich brennend wünschte, Linda zu finden und sich für alles zu entschuldigen, was er über sie gedacht hatte, hatte er keine verdammte Spur und konnte genausogut dem Schlammwasser folgen, das am Bürgersteig entlangfloß.

De Soto hatte sie nicht umgebracht. Dann hätte er anders über sie gesprochen. Sie gehörte ihm und den Seinen und würde ihn nie verpfeifen. Anders war es mit einer Westendratte wie Thygesen, die jederzeit platzen könnte. Aber De Soto hatte ihr schwer zugesetzt. Ihre beste Tarnung wäre es gewesen, zur Arbeit zu gehen, als wäre nichts passiert. Statt dessen war sie aus Panik in Deckung gegangen.

Wo würde eine Frau wie Linda Zuflucht suchen? In irgendeinem Narkonest. Aber die waren in Oslo so zahlreich wie die Schwalbennester unter dem Giebel eines Holzhauses auf dem Lande.

Ein grüner VW-Bus fuhr langsam vorbei. Thygesen fuhr zusammen, als ihm klar wurde, daß es eine Grüne Minna war.

Das Fenster der Grünen Minna wurde heruntergekurbelt. Ein spitzes Gesicht sah ihn an. Er umklammerte den Pistolengriff.

«Lebst du noch, Karlsen?» fragte das Spitzgesicht.

Das mußte ein Spruch hier im Viertel sein, denn in der Grünen Minna erscholl ein Gewieher wie bei einem Pferdetransport.

Er tat, als suchte er nach einem Kronenstück, ging in die Telefonzelle, wählte 017 und erfuhr, daß es beim nächsten Ton achtzehn Uhr, dreiundzwanzig Minuten und dreißig Sekunden war. Die Minna fuhr langsam die Kongsberggate hinab. Thygesen wünschte Frau Uhr fröhliche Ostern und hängte ein.

Wenn er jetzt etwas brauchte, dann Schweinebraten mit Rotkohl, ein Bier und schwarzen Kaffee.

22

Im *Soria Moria* gab es das alles. Thygesen fraß und trank abwechselnd Bier und Kaffee, bat um mehr Kartoffeln, zerquetschte die Kartoffeln in der braunen Soße und spachtelte. Du frißt, als hättest du noch nie etwas zu essen gesehen, dachte er.

«Hei, du frißt, als hättest du noch nie etwas zu essen gesehen», sagte seine innere Stimme mit tiefem Kellerbaß. Oder sprach ihn jemand an?

Thygesen schielte vom Teller hoch. Nein. Das große Lokal war eher spärlich besetzt. Die Stille vor dem Samstagssturm. Das Stimmen gewirr verteilte sich mit dem Rauch unter der hohen Decke. Er hatte sich in eine besonders dunkle Ecke gesetzt. Entweder stimmte etwas mit seinen Augen nicht, oder *Soria Moria* sparte Strom, um erst richtig aufzudrehen, wenn Aschenputtel über die Berge käme. Aber Thygesen hatte nichts gegen gedämpfte Beleuchtung.

Neben ihm saß ein Ein-Export-und-eine-halbe-Flasche-Portwein-Greis, der aussah, als hätte er seit vielen Jahren kein Wort gesagt.

Ein großer Schatten glitt in sein Gesichtsfeld.

«Soso. Ich habe noch nie einen Verstorbenen so viele Kartoffeln einwerfen sehen.»

Thygesen blickte auf und steckte die linke Hand diskret in die Jackentasche. Vor ihm stand eine geräumige Mannsperson. Der Bursche hätte sich als Statist in einem Spaghetti-Wikingerfilm gut gemacht. Der rote Bart teilte sich ungefähr da, wo der Mund sitzen mußte, und legte ein weißes Gebiß frei.

«Erkennst du mich nicht? Macht doch nichts, daß ich mir einen Scherz erlaubt habe, oder? Friß in Frieden», sagte der Wikingerstatist und holte mit fragendem Ausdruck in der roten Fassade einen Stuhl. «Martinsen», sagte er und streckte die Hand aus. «Rolf Martinsen.»

Thygesen winkte mit der verletzten Hand. Martinsen ließ seine fallen und setzte sich. Thygesen konnte sich an keinen Martinsen erinnern, welcher Wikingerfraktion auch immer.

«Hab mir diesen Bart zugelegt, seit wir uns zuletzt begegnet sind», sagte Martinsen und biß in seine Pracht. Ein paar Brösel fielen zu Boden, und Thygesen bildete sich ein, daß eine Kohlmeise im Sturzflug aus dem Bart käme und hinter den Bröseln hersetzte. Er wurde wirklich langsam selig müde.

«Schweigaardsgate. Die Johnsen-Sache», sagte Martinsen.

Jetzt dämmerte es Thygesen. Nur ein Zeuge hatte die Kielland-Sache konsequent Johnsen-Sache genannt, und das war der Hausmeister des Mietshauses, in dem der Seemann und Lastwagenfahrer John Roger Johnsen umgebracht worden war.

«Der Hausmeister?» fragte Thygesen.

«Ebender», sagte Martinsen. Er ging zum Nebentisch und holte seinen Halben.

«*Long time no see*», sagte Martinsen. «*Skål!*»

«*Skål*», sagte Thygesen.

«Hast du das Buch bekommen, das ich dir in den Knast ...»

«Ja, danke», sagte Thygesen. «Vielen Dank.»

«Balke und Laila und ich waren zum Cupfinale in London. Haben das dort in einem Buchladen entdeckt.»

Thygesen erinnerte sich: Es war ein Buch über die Nazipartei *National Front* gewesen. Er erinnerte sich auch an die seltsame Freundschaft zwischen dem Sonderling Balke und dem Mann, den Balke als ‹proletarischen Kraftsproß› bezeichnet hatte.

«Gutes Buch», sagte Thygesen, «die beste Analyse, die ich kenne.»

«Das freut mich zu hören. Hatte nicht mit Antwort gerechnet. Bei der Zensur da oben machen sie wohl Hackfleisch aus den Briefen.»

Thygesen spürte einen Stich schlechten Gewissens. Er hatte das Buch nicht lesen und auch keine Dankeskarte schicken mögen, als er egozentrisch in seiner Zelle brütete. Balke – die Inkarnation eines vertrockneten rechten Aristokraten – hatte es geschafft, ein guter Kumpel von Martinsen zu werden. Thygesen war es schnurz gewesen. Aber dann die Welt anzuspucken, weil sie ihn vereinsamen ließ.

«In der Zeitung hat gestanden, du wärst tot. Verbrannt. Pfui Teufel. Deshalb bin ich so froh, dich zu sehen.»

Martinsen grinste, um zu zeigen, wie sehr er sich freute. Vielleicht war das aufrichtig, vielleicht war der Mann doch kein Polizeispitzel, sondern noch immer Aktivist der roten Bewegung. Einen Kraftsproß konnte man ihn kaum noch nennen. Er fing gewissermaßen an, voll zu erblühen, und becherte wohl ganz nett. Das war vermutlich die neue Linie. Sich in den Bierhallen mit den Volksmassen verbünden.

Thygesen spulte die Geschichte über den Nordnorweger ab, der seine Wohnung übernommen hatte.

«Ja, ich fand auch, du sähest lebendig aus. Etwas müde vielleicht, aber mit aufsteigender Tendenz. Wie steht's denn? Hast du ...?»

Martinsen gestikulierte behutsam mit beiden Händen, um einen Boxkampf anzudeuten.

«Skisturz», sagte Thygesen. «Lauf ziemlich viel Ski.»

«Siehst auch aus, als kämst du direkt aus dem Wald, ja. Hast du schon eine neue Bleibe?»

«Stovner», sagte Thygesen. «Untermiete. Teuer und fies.»

«Sag bloß. Und du hast Arbeit?»

Thygesen nickte und deutete ein neues *Skål* an. Martinsen lehnte nicht ab.

«Könnte dir hier was besorgen. Dauert nur 'n bißchen. Bin Hausmeister in Torshov. Gleich hier um die Ecke. Viele alte Leute im Haus.»

«Gut», sagte Thygesen. «Könnte was Billigeres brauchen.»

Sie konzentrierten sich aufs Bier. Thygesen konnte nicht übersehen, daß Martinsen nicht nur ein gutgläubiger Wikinger war. In seinem Blick lag etwas Forschendes.

«Und der, der deine alte Bude abgesengt hat, haben sie den Scherzkeks schon erwischt?»

«Noch nicht», antwortete Thygesen.

«Fährt einen Riesenami. Schwarzer Trans Am.»

Thygesen nahm einen guten Schluck und brauchte sehr lange, um eine Zigarette zu drehen und anzuzünden. Jetzt war er mit Forschen an der Reihe.

«Schon möglich», sagte er.

«Hab einen Typ gesehen, der zur Beschreibung in *Aftenposten* paßte. Vor ein paar Tagen. An der Shell-Tankstelle in Sagene. Seine Jacke stimmte nicht. Aber solche Jacken kann man ja umdrehen. Er hatte eine Mütze auf der Birne und war auf der Oberlippe frisch rasiert.»

Thygesen überlegte, ob alle Portiers und Hausmeister im Königreich ein Examen von Scotland Yard haben mußten. Aber als sie den Johnsen-Fall zwischenhatten, hatte Martinsen ja bewiesen, daß er nicht so tranig war, wie sein Bäuchlein anzudeuten schien.

«Wenn ich den Richtigen gesehen habe, dann heißt der Siggen. War Mittelstürmer in der Juniormannschaft von Skeid, ehe er an die Fixe geraten ist.»

«Dealer?» fragte Thygesen.

«Vielleicht», sagte Martinsen. «Seiner neuen Karre nach zu urteilen, bestimmt.»

«Weißt du, wo er wohnt?»

«Keine Ahnung.»

«Kennst du eine Frau namens Linda?»

Martinsens Blick war nun nicht mehr forschend, sondern wachsam. Thygesen erinnerte sich, daß er schon fast komisch skeptisch gewesen war, als sie nach den Banditen suchten, die Johnsen umgebracht hatten. Martinsen war Anti-Bulle.

«Keine Panik», sagte Thygesen. «Ich bin nicht wieder im Fach. Schreib ein bißchen. Freischaffend. Wollte gern ein bißchen über die Narkototen hier oben rauskriegen. Vielleicht für eure Zeitung.»

Das letzte kaufte Martinsen ihm nicht ab.

«Mir egal, wo du schreibst», sagte er. «Aber hier gibt's jede Menge Lindas.»

«Linda Leirgulen», sagte Thygesen. «Arbeitet in einem Frisiersalon.»

«Die kenn ich. Sie wohnt im selben Haus wie Jannike und Tru ...»

Er unterbrach sich und leckte sich verdutzt im Bart, als hätte er der Sicherheitspolizei die Zusammensetzung des Zentralkomitees verraten.

«Weiß ich», sagte Thygesen. «Aber sie ist seit einer Weile nicht zu Hause gewesen. Vielleicht ist sie aufs Glatteis geraten. Ich muß dringend mit ihr sprechen. Und dabei ist von nichts Strafbarem die Rede.»

«Nein?» fragte Martinsen.

«Unter uns gesagt, ich bin scharf auf die Kleine.»

«Soso», sagte Martinsen skeptisch, als hätte ihm jemand eine Zitrone angeboten und sie als Melone ausgegeben.

«Mir liegt viel dran, sie zu finden. Ich bin im Moment nicht so gut drauf, und ...»

Martinsen sah nicht aus, als gefiele ihm die Vermischung von Samstagspils und Seelensuppe.

«Werd Freddy fragen», sagte er und blickte sich im Lokal um.

Thygesen sah, wie er sich an einem Tisch mit Altrockern niederließ. Der Typ, der Freddy hieß und auch so aussah, hatte Schmalzlocke, schwarze Nappajacke und weißes T-Shirt. Sein Idol war entweder John Travolta oder der Knabe in der Pepsi-Reklame. Martinsen palaverte lange und intensiv mit ihm.

Thygesen saß an einem Export, als Martinsen zurückkehrte.

«Zwei oder drei Möglichkeiten», sagte er. «Aber mach keinen Scheiß. Hier passiert allerlei. Ein paar Kunden haben nach den Überdosen von Lille-Svein und Synnöve Bauchweh gekriegt.»

«Ich wollte nicht infiltrieren», sagte Thygesen und goß aus seinem Glas in Martinsens leeres.

«Niemand spricht von infiltrieren. Ist ohnehin gefährlich genug, sich irgendwo einzumischen», sagte Martinsen. Mit einem Bleistiftstummel begann er, auf dem Bierdeckel zu kritzeln.

Dann schob er Thygesen den Bierdeckel zu.

«Hier hast du drei Adressen. Alle wohlbekannt. Nach einem Einbruch in einer Apotheke vor ein paar Wochen gab es eine Razzia in der Bentsebrugate. Wirf den Bierdeckel weg, wenn du die Adressen auswendig kannst. Und zieh Freddy nicht mit rein, wenn du mit jemandem redest.»

«Hast mir einen großen Dienst erwiesen», sagte Thyesen. Kaum eine Stunde später war er sich schon nicht mehr sicher, ob er nicht besser auf diesen Dienst verzichtet hätte. Aber jetzt sagte er *skål*.

«Danke, ich bin mit dem Wagen», antwortete Martinsen, und seine

Zunge spielte etwas nervös im Bart. «Laila wartet am Kino. Muß hin. Guck hier doch wieder rein. Haben viel zu bequatschen.»

«Ich werd auftauchen», sagte Thygesen. Aber in Wirklichkeit wollte er untertauchen.

Es regnete nicht mehr. Noch war es nicht dunkel. Ein milder Wind fegte durch die Vogtsgate, ein Straßenbahndach glänzte regennaß. Er fühlte sich besser als seit langem. Jetzt hatte er das Glück in der Hand.

Was würde er mit Linda machen, wenn er sie gefunden hätte? Ein Bussi auf die Wange, und dann würden sie De Sotos Rat befolgen und abwarten. Er müßte sich zusammenflicken lassen. Dann könnten sie Ostern in einer Nobelherberge im Hochgebirge verbringen.

Thygesen ging fast ohne Probleme die Vogtsgate hinunter und bog nach rechts in die Bentsebrugata ab.

23

Auf dem Bierdeckel stand: «B. bru. gt. Block u. b. Fluß, Eing. C. Koppang/Arnd. gt. Eing. Mt. nb. Sag. Lunchb. Terje/‹Kjerka› Wnhm.» Die Schrift war krakelig, der Bierdeckel naß. Thygesen riß ihn in Stückchen und warf sie in einen gelben Papierkorb.

Problemlos fand er den Block unten beim Fluß. Es war ein Block von dem Typ, der mehr als jede andere Bauform für Thygesen ein Symbol für Ost-Oslo war. Er war entweder in den harten Dreißigern oder in den vergoldeten Fünfzigern gebaut worden – in einer Epoche, in der die Blockarchitektur noch Spuren von Leben aufwies. Fünf rote Klinkeretagen. Ein schräges Dach hing majestätisch über dem obersten Stock. Eingangstür aus solidem, braun gebeiztem Holz. Messingklinke. Betontreppen mit eingegossenen und abgeschliffenen Kieseln.

Die Tür von N. Koppang machte diesen guten Eindruck gleich wieder zunichte. Ihr war deutlich anzusehen, daß sie aufgebrochen worden war. Ein langer Splitter war vom Türrahmen abgeplatzt und hatte eine weiße, leuchtende Stelle hinterlassen. Auf die Tür waren um das Yale-Schloß drei Brettstücke genagelt. N. Koppang, oder wer hier nun wohnte, war entweder tot oder ausgegangen. Die Türglocke schellte, aber niemand eilte herbei.

Thygesen überquerte die Bentsebrücke. *Sagene Lunchbar* fand er in einem kleinen, versteckten Haus an der Ecke Maridalsveien und Arendalsgata. Terje wohnte in einem grauen, recht modernen und ganz anonymen Eckhaus. Terje Olaussen war mit Namen und Klingel vertreten. Die Eingangstür war abgeschlossen.

In dieser Straße sollte es eine Snackbar geben, *Bentsekroa*. Thygesen kannte sie aus den Zeiten von Abitur und Studium. Sie war bis Mitternacht geöffnet und hatte die besten Grillwürstchen der Stadt sowie neumodisches Softeis. Er hätte nichts gegen ein paar heiße Zipfel, direkt vom Grill, einzuwenden. Aber wie so viele gute und billige Dinge war *Bentsekroa* aus dieser Welt expediert worden.

Statt dessen mußte er im Dunkeln stehen, in einer Toreinfahrt an die Mauer gelehnt, und warten. Der Trans Am des armen Hermann war nirgendwo zu sehen. Ajacke konnte Linda erwischt und ihr die Schlüssel abgenommen haben. Aber höchstwahrscheinlich hatte er die Karre geknackt, nachdem er den Besitzer abgefackelt hatte. Es gab keinen Grund, warum er in der Nähe sein sollte, nur, daß er vor ein paar Tagen an der Shell-Tankstelle hinter der Kreuzung gesehen worden war.

Endlich kam ein Weiblein mit Kopftuch und steckte ihren Schlüssel ins Schlüsselloch von Terjes Haus.

«Zu Olaussen oben», sagte Thygesen, lüftete höflich seinen imaginären Hut und navigierte an dem Weiblein vorbei.

Das Weiblein gefror zum Szenenfoto aus einem Film. Thygesen begann sofort, sich die Treppen emporzuarbeiten. Terje Olaussen wohnte im 2. Stock, zusammen mit Karin Sundt (falls sie mehr war als ein Name auf einem kupfernen, unbeholfen gravierten Türschild).

Er schellte. Entweder funktionierte die Klingel nicht, oder die Wohnung war von Gehörgeschädigten bewohnt. Drinnen konnte er nämlich eine Stereoanlage klimpern hören. Thygesen klopfte. Hart, mit dem Schlüssel. Keine Reaktion. Auch ein paar vorsichtige Tritte mit dem gesunden Fuß hatten keine Wirkung.

In der grau angestrichenen Tür war ein Spion. Okay. Wenn die da drinnen warten wollten, konnte er das auch. Er vertrieb sich die Zeit damit, Streichhölzer vor den Spion zu halten, wodurch das Glas rußig wurde. Diese Beschäftigung fing an, ihn zu langweilen, und er donnerte mit der linken Faust gegen die Tür.

Weit weg, wie der Riese in seiner Berghöhle in der Kinderstunde, sagte eine Stimme: «Scheiße. Terje, es klopft.»

Und dann, näher und von unten, als läge jemand auf der Matte und betrachtete seine Stiefelspitzen durch den Spalt über der Türschwelle: «'s 'n das?»

Ja, wer war er? Das wurde langsam kompliziert. Er konnte sich als Frau Leirgulens Verlobter vorstellen. Okay. Aber welcher der vielen war er? Und öffnete dieses Losungswort eine Fixertür?

Er hielt sich die Hand vor den Mund und sagte: «De Soto.»

«Wer?» fragte die Person, die sich, dem Klang nach zu urteilen, von der Matte erhoben hatte.

«De Soto. Freund von Linda. Hab was für sie.»

«Was denn?»

«Fünfmal darfst du raten!» rief Thygesen. Er legte ein schnelles Ohr an die Tür, ihm war, als höre er drinnen eine weitere Stimme flüstern. Gut, daß Haus und Tür ausreichend modern und hellhörig waren. Denn die Flüsterstimme sagte: «Sag, sie 's krank.»

«Linda is nich hier. Sie's krank. Is nach Hause gegangen.»

«Leck mich am Arsch. Ich *weiß*, daß sie hier ist.»

Flüsterstimme: «Sag ihm, er soll sich verpissen.»

Aber es wurde still. Er hörte nur ein Trippeln, als wohnten Mäuse im Haus.

«Bestell ihr einen Gruß von De Soto, und sag ihr, wenn ich nicht innerhalb von fünf Sekunden rein kann, dann kann sie auf den Kram scheißen.»

Die Mäuse wuselten noch immer herum.

«Ihr habt eine gelbe Plastikhülse. Aber es ist nicht mehr viel drin», sagte Thygesen.

Flüsterstimme: «Sag, er soll abhauen. Blufft doch bloß.»

«Wir haben keine Hülsen», sagte die Stimme.

«Dann habt ihr auch keine verdient», rief Thygesen. «Dann landen sie im Gully. *So long.*»

Er blieb stehen und trat, so hart er konnte, auf der Stelle. Das tat ekelhaft weh, gab aber im Treppenhaus gute Resonanz.

Er wurde leiser. Seine Schritte verstummten ganz.

Die Tür öffnete sich ein klein wenig. Thygesen wirbelte wie ein Kreisel herum und steckte einen Fuß in den Spalt. Sein Messer hatte er in der Rechten parat. Mit der Linken packte er eine rosa Hemdbrust.

«Scheiße, Scheiße!» piepste die Hemdbrust. «Laß mich los, du Wichspickel!»

Thygesen ließ los. Über der rosa Hemdbrust befand sich das Gesicht eines etwa Fünfundzwanzigjährigen. Es war blaßgelb wie Butter, die zu lange in der Sonne gestanden hat. Seine Augen waren bleich und zugewachsen, so sehr er sie auch aufzureißen versuchte. Hinter ihm sah Thygesen einen jungen Mann mit merkwürdig narbigem, altem Gesicht, unterteilt durch einen schmalen, lippenlosen Mund. Er registrierte, daß das alte Gesicht eine Flasche in der Faust hielt, die Flasche war aber ganz.

«Terje?» fragte Thygesen.

«Hä?» fragte der Typ mit dem rosa Hemd. «Du bist doch kein Bulle?»

«Steht hinter mir einer in Uniform?» erwiderte Thygesen.

«Tu das Messer weg», bat der andere, der vielleicht Terje war.

«Wenn ich rein darf», sagte Thygesen.

«Wie heißt du?» fragte Altgesicht.

«De Soto.»

«Vater von Joffa?»

«Stimmt», sagte Thygesen.

«Linda hat bei euch gewohnt?»

«Manchmal.»

«'s Joffa?»

«Sitzt. Kommt im Juni auf Bewährung raus.»

Thygesen drückte auf den Knopf, und die Messerspitze verschwand mit dem bekannten satten Geräusch in ihrem Hohlraum. Er machte einen halben Schritt auf einer zerfetzten Kokosmatte.

«Linke Tasche», sagte Altgesicht. «Was is'n in der Tasche?»

«Mein Bügeleisen», antwortete Thygesen. Er zeigte den Schaft.

«Von den zehn, die Joffa bei Waffen-Frantzen geholt hat?»

«Nein, ist aber so ähnlich», sagte Thygesen.

«Keinen Browning?»

«Nix, du Schlaukopf. Das ist eine Caligula-Express.»

Altgesicht akzeptierte die Caligula-Express. Er teilte seine fadendünnen Lippen und ließ etwas Luft heraus.

«Laß ihn rein, Terje. Aber bloß in die Küche.»

Die Küche sah aus wie ein Medikamentendepot. Und wenn, dann mußte sie die Abteilung für Leergut sein. In Regalen und auf Tischen standen und lagen Pillengläser, Schachteln, Flaschen und Metallhülsen. In einer Ecke stand ein Karton voller brauner Glasfläschchen mit Drehverschluß. Die Etiketten waren meistens rot, grün oder blau. Nembutal und Methadon schienen die Lieblingsmarken zu sein.

Thygesen konnte sich nicht so recht vorstellen, wozu diese schamlose Dope-Ausstellung gut sein sollte. Vielleicht waren Terje und die eventuelle Karin Exhibitionisten und wollten dem Freundeskreis ihre guten Beziehungen zu gewissen, freigiebigen Ärzten zeigen. Thygesen merkte sich ein paar bekannte Namen auf den Etiketten. Es war natürlich auch möglich, daß die Show für die Leute vom Rauschgiftdezernat bestimmt war, falls sie zur Tür herein getrampelt kämen.

«Wir haben bloß legalen Stoff», würde Terje sagen und über die verschiedenen Marken und darüber, wer die Rezepte ausgeschrieben hätte, plaudern. Inzwischen würde Karin, der leider unwohl war, auf dem Klo Kotzgeräusche machen und allen vorhandenen illegalen Stoff hinunterspülen.

Die Küche wirkte ansonsten kleinbürgerlich, ja, fast pingelig. Gestärkte Spitzengardinen im Fenster, kein schmutziges Geschirr vom letzten Jahr im Spülbecken, Schrank und Schubladen in gedämpften Pastellfarben angestrichen. Zwei Osterglocken – in natura – in einem Glas auf dem Tisch. Gelbe Plüschküken auf der Fensterbank. Auf die Kühlschranktür war eine Goofy-Figur geklebt. Thygesen fürchtete, in all dem Wahnsinn könnte es auch kleine Kinder geben. Aber die Frage sollte ihm nie beantwortet werden.

«Gib ihm 'n Pils», sagte Altgesicht.

«Haben wir denn welches, Henki?» fragte Terje.

«Gerade gekauft», sagte der, der Henki hieß. «Terje ist Anti-Alkoholiker, verstehste», sagte er zu Thygesen. «Trinkt bloß Diätcola.»

Zwei Pils und eine Diätcola kamen auf den Tisch. Thygesen trank sein Glas in einem Zug leer und schenkte sich neu ein.

«In Deckung?» fragte Henki. Er trug ein Collegehemd von UCLA, wo er sicher Chemie studiert hatte. Die meisten biochemischen Tests hatte er wohl an sich selber gemacht. Seine nackten Unterarme sahen aus, als hätten sie den Sommer in einem Ameisenhaufen verbracht.

«Gewissermaßen», antwortete Thygesen. «Hab mir 'ne Post in Schonen vorgeknöpft, in Halmstad. Nur kleine Scheine, aber ganz brauchbare Postsparkassenzettel.»

Sie tranken schweigend. Rod Stewart jaulte in der Anlage im Wohnzimmer aus vollem Halse.

«Fernseher?» fragte Thygesen.

«Wieso denn?» fragte Terje.

«Nachrichten», antwortete Thygesen. «Ob die schon was über die Kiste in Schweden wissen.»

«Können noch nich rein», sagte Terje. «Karin findet die Ader nich.»

Thygesen begriff, daß Karin nicht nach Erz suchte. Das begriff er.

«Linda hilft ihr dabei», erklärte Henki. «Karin kann nix in den Arm setzen. Muß den Schenkel nehmen. Will keine Typen dabei, verstehste.»

Hier herrschte also Keuschheit.

«Hast du was von Hermanns Ware?»

«Ja.»

«Dachte, der hätte Linda alles gegeben.»

«Hermann ist ein Schlaffi», sagte Thygesen. «Aber blöd ist er nicht.»

«Muß blöd sein, um dreckige Spritzen zu nehmen», sagte Terje. «Und dann auch noch Gelbsucht, Scheiße.»

«Sechs Wochen Isolierstation. Ein halbes Jahr nix trinken. Wär doch was für dich, Terje, wo du eh nich trinkst.» sagte Henki. «Vielleicht würden die dir auch deine Methadonquote geben.»

Aha. Der vielseitige Hermann lag im Krankenhaus auf der Isolierstation. Wahrlich eine mobile Leiche. Terje sah aus, als hätte er nicht übel Lust, im Krankenhaus seine legale Quote zu bekommen. Seine Hautfarbe würde ihm sicher dabei helfen, als Gelbsuchtpatient anerkannt zu werden.

Im Wohnzimmer wurde Rod Stewart abgestellt. Ein schwerer Gegenstand fiel auf den Boden. Thygesen hörte jemanden stoßweise schluchzen.

Terje blickte hinein, schloß vorsichtig die Tür und setzte sich zu seiner Cola. Er nahm eine ostergelbe Kerze und zündete sie an.

«Mein Arsch tut mir langsam weh», sagte Thygesen.

«Wieviel hast du? Wieviel Gramm?» fragte Henki.

«Zwanzig hier, das Doppelte woanders.»

«Kostet?»

«Verkauf nicht. Das läuft über Linda.»

«'so denn?»

«Damit die Punks was zu fragen haben», antwortete Thygesen und war nicht unzufrieden mit sich.

Terje stützte den Kopf mit den Händen und sah verlangend und bekümmert aus. Er war ein langer, magerer Bursche. Ungefähr 1,90, falls er imstande war, gerade zu stehen. Aber er hatte anscheinend einen dauerhaft krummen Rücken. Sein Gesicht war nicht häßlich, nicht verkommen. Irgendwo unter der Haut lagen die Züge des kleinen Jungen, der munter am Nationalfeiertag mitmarschiert war, der sein Fähnchen geschwungen und seinen Matrosenanzug mit Eis bekleckert hatte. Aber diese Züge lagen seltsam tief, als trüge er eine Maske aus durchsichtigem Guttaperchapapier. Thygesen fragte sich, wie der Affe auf Terjes Rücken gekommen war, welcher Prozeß ihn umgeworfen hatte.

Bei Henki gab es keine Fragen. Er gehörte zu der Sorte, die aus ihrer

Mutter herausspringt, heult, weil in den Brüsten nur Milch ist, die Flasche an die Wand pfeffert und die Spritze verlangt, tum Zeufel!

«Mag Hermanns Stoff nich», sagte Terje. «Glaub nich, daß er sauber is.»

«Hör nich auf den», sagte Henki. «Der setzt sich nich mal 'nen Schuß, wenn nich die anderen die Brühe schon getestet haben.»

«Nur gut, wenn man vorsichtig is», sagte Terje.

Und Thygesen hatte keine Zweifel darüber, wer von den beiden am längsten leben würde. Terje würde bald aufhören, die Fürsorge zu belästigen, aber Henki würde für immer ein Fall für Anstalten und Gefängnisse sein.

Die beiden verwickelten sich in eine Diskussion darüber, was Lille-Svein und Synnöve umgebracht hatte. Terje vertrat die Theorie, der Hermann-Stoff sei mit «Scheiß gemischt gewesen». Henki behauptete fest, es handele sich um eine Fehldosierung von Methadon. Für Thygesen war der Disput nur von akademischem Interesse, aber er hörte doch zum Zeitvertreib zu. Irgendwer war in Lörenskog in eine Apotheke eingebrochen. Da hatten sie Methadon mitgenommen. Methadon in Pulverform gab es in der Stadt meistens in Gestalt von zerstoßenen Tabletten. In den Tabletten waren 50 Prozent Bindemittel – ‹Moltofill› in Henkis Terminologie. Aber das Pulver aus Lörenskog war fast reines Methadon, mit einem Gehalt von 90 Prozent oder so. Lille-Svein und Synnöve war dieser Unterschied nicht klargewesen, und deshalb «war die Fixe zu stark für sie».

Wieder fiel im Wohnzimmer der schwere Gegenstand auf den Boden. Jemand sagte: «Verdammte Kuh», aber es klang nicht wie Lindas Stimme.

Terje stand auf, ging aber nicht hinein. Er begann, in der Küche im Kreis zu traben, wobei er in regelmäßigen Abständen auf die Uhr schaute.

«Fünf Minuten über meine Zeit», sagte er. «Dieses Warten geht mir auf den Keks.»

Er klopfte an die Wohnzimmertür.

«Noch nicht, Terje», antwortete eine tiefe, etwas heisere, aber ziemlich melodische Stimme.

Terje lief weiter im Kreis. Er stieß kleine Klagelaute aus, und sah weiterhin dauernd auf die Uhr. Thygesen hatte noch nie einen Storch gesehen. Aber er konnte sich vorstellen, daß ein wankelmütiger Storch, der sich nicht entschließen konnte, über Winter nach Süden zu reisen, Ähnlichkeit mit Terje haben müßte.

«Sie macht mein Schema kaputt», sagte Terje.

«Kann der denn nich mal stillsitzen!» sagte Henki.

Aber auch er umklammerte mit weißen Handgelenken sein Glas und trank in kurzen, schnellen Zügen.

«Scheiße, Terje», rief er plötzlich. «Geh rein und sag ihr, sie soll sich den Schuß in die Perle setzen! Oder sonstwohin, du Strohwichser! Hast du total die Kontrolle verloren?»

Thygesen hatte den ganzen Zirkus dicke. Er stand auf, legte eine wachsame Hand auf das Messer und öffnete die Tür. Hinter ihm in der Küche verstummte jäh jedes Geräusch. Im Wohnzimmer konnte er nichts erkennen als einen Couchtisch. Es gab gedämpfte Puffbeleuchtung. Zwei Lampen mit roten Schirmen. Auf dem Couchtisch waren zwei Kerzen fast heruntergebrannt. Daneben standen Mineralwasserflaschen und eine Zwei-Liter-Milchpackung. Verbrauchte Streichhölzer, Medizinflaschen, Kapseln, ein paar Kanülen und viele Teelöffel waren verstreut. Alles zeichnete sich scharf und deutlich im unruhigen Schein der Kerzen ab.

Das übrige Zimmer lag in rotem Halbdunkel. Warum die Kerzen flackerten, begriff er nicht, denn die Luft war muffig und verbraucht. Vielleicht war nur noch so wenig Sauerstoff übrig, daß Kerzen und Menschen erloschen?

Der Tonarm des Plattenspielers surrte und lief in leeren Rillen, von der Stereoanzeige schwach beleuchtet.

«Linda?» fragte er leise, ging hinein und achtete darauf, die Küchentür nicht im Rücken zu haben. Ein Brotmesser könnte sonst kommen.

Vom Sofa hinter dem Tisch hörte er schweren, unregelmäßigen Atem und ahnte Teile eines weißen Körpers. Er tastete nach der Wand, nach einem Lichtschalter und fand einen.

«Verdammt», sagte die Person auf dem Sofa, «mach keinen Scheiß, Terje. Ich bin jetzt fertig.»

Es war nicht Linda. Thygesen konnte Karins Gesicht nicht sehen, denn sie drehte sich schnell auf den Bauch, um dem grellen Licht zu entkommen. Ihre Haare waren schwarz, lang und verfilzt und überfluteten das Kissen. Sie trug ein indisches Baumwollkleid. Das Kleid war hochgezogen und lag als Wulst um ihre Taille. Sie trug keine Unterhose und lag mit gespreizten Beinen da. In einer anderen Situation hätten die glatten, kräftigen Schenkel sicher Thygesens Aufmerksamkeit erregt.

«Wo ist Linda?» fragte er.

Mit Ausnahme dessen, was man vielleicht ‹Operationstisch› nennen könnte, war das Zimmer nett und ordentlich. Er bemerkte ein kleines niederländisches Nippespaar aus weiß-blauem Delfter Porzellan. Die Frau mit Spitzenhaube und der Mann mit Piccolohut. Sie machten sich gegenseitig einen Kußmund.

«Linda?» fragte Thygesen und zog das Kleid über Karins Blöße, im Namen der Schamhaftigkeit, ehe er sie schüttelte und ihr ein paar leichte Klapse aufs Ohr gab.

«Die sind drinnen», sagte sie mit dem Gesicht im Kissen. «Laß mich in Ruhe!»

Die sind drinnen, hatte sie gesagt.

Es gab nur eine Tür, hinter der sich dieses ‹drinnen› verbergen konnte. An diese Tür war ein Plakat geheftet, das eine schöne Hippiemutter mit einem Kind in den Armen zeigte.

Thygesen öffnete die Tür. Das Schlafzimmer dahinter hatte nicht dieselbe rote Beleuchtung wie das Wohnzimmer. Hier war das Licht weiß und grell. Ein nackter Mann lag auf der Seite in einem Gewühl von zerknüllten Laken und Decken, quer über einem Doppelbett. Sein Körper war kräftig und unbehaart, die Haut war unrein und hatte wohl seit Jahren keine Sonne mehr gesehen. Am linken Handgelenk glitzerte das Stahlarmband einer Rolex.

Linda kniete über das Bett gebeugt. Ihr einer Fuß war geschwollen und verdreht. Zuerst dachte Thygesen, auch sie sei nackt, doch sie trug die fleischfarbene Unterwäsche. Er schloß hinter sich die Tür, schob Jeans und ein paar bestickte Kissen mit dem Fuß beiseite und machte zwei meilenlange Schritte zu ihr. Vorsichtig packte er ihre Schultern und drehte sie um, so daß sie mit dem Rücken am Bett lehnte. Ihr Kopf baumelte schlaff nach einer Seite, die Haare fielen ihr über die Augen. Ihr Mund war halb offen. An ihren Lippen hing Speichel, als hätte sie versucht, mit dem Mund Seifenblasen zu machen.

«Laßt doch», sagte Linda. «Ich hab nix mehr. Keinen Furz mehr.»

«Ich will doch gar nichts», sagte Thygesen und strich ihr die Haare aus den Augen.

Sie sah ihn an. Die Augen waren blutunterlaufen. *Far out, man. Far out.*

«Hei», sagte sie leise und schulmädchenscheu. «Hei, du.» Ihr Kopf fiel auf die Seite und riß den übrigen Körper mit.

Thygesen brachte sie wieder ins rechte Lot.

«Hei, Björn», sagte Linda. Und dafür verbrauchte sie ihre letzten Kräfte. Thygesen schüttelte sie. Lappenpuppe. Schlafpuppe. Schlaf, mein Püppchen.

«Du bist ja gar nicht De Soto», schaffte sie noch.

«Nein», sagte Thygesen.

«Nein», wiederholte sie.

«Kennst du mich noch?»

«Kenn dich. Du bist der Typ, von dem ich ...»

«Ja?»

«Die dicke Lippe», sagte Linda. Sie hob einen Finger und befühlte ihre Oberlippe.

«Die Ätzlippe.»

Thygesen ließ sie los.

«Dicke Lippe», hickste Linda, schloß die Augen und sank zu Boden, langsam, als hätte sie ihre Rolle in diesem Alptraum geprobt.

Thygesen ging wie schlafwandlerisch um das Bett. Er drehte den Nackten auf den Rücken.

Ajacke lag mit so leeren Augen da, wie er sie im Wald bei der Lövenskioldbahn gehabt hatte.

Thygesen fegte das Bettzeug beiseite und stieg ins Bett. Die Matratze gab unter ihm nach. Das Messer hatte er parat. Aber er benutzte die Stiefel. Er trat Ajacke hart ins Kreuz.

Der Junge stöhnte.

«Fresse, Punk!» sagte Thygesen und trat wieder. Und wieder. Ajacke versuchte, sich mit den Händen zu schützen. Thygesen zielte mit dem rechten Stiefel auf seinen Kopf und traf neben dem Ohr. Das Geräusch von Stiefel auf Knochen und Knorpel war widerlich. Ajacke hörte auf zu stöhnen. Aber er atmete noch. Thygesen schnappte sich einen Spiegel und hielt ihn vor Ajackes Mund. Der Spiegel beschlug. Thygesen warf ihn an die Wand. Er zerbrach. Sieben Jahre Unglück. Na, wenn schon.

Die verdammte Jacke hing über einem Stuhl, das Futter nach außen gekehrt. Hermanns Wagenschlüssel waren in der Tasche. Thygesen nahm sie und ersetzte sie durch De Sotos. Die Rolex, die Ajacke der Leiche gestohlen hatte, durfte er behalten. Die Knarre konnte Thygesen brauchen.

Linda lag zusammengekrümmt wie ein Kind auf dem Boden. Sie war ein schönes Kind.

Thygesen spielte mit dem Messer und mit Gedanken. Ein schneller Stoß, und Linda wäre aller Plagen ledig. Die Messerspitze würde sie mit weniger Schmerzen vom Leben befreien als die Spritzen, die ihr noch bevorstanden.

Aber er bückte sich und gab ihren Haaren einen leichten Abschiedskuß.

«Hei, du», sagte er. Dann stand er auf, verschluckte seinen wilden Zorn und den Klumpen in seinem Hals.

Manche kommen, manche gehen, manche können nicht bestehen.

Thygesen knipste das grelle Deckenlicht aus, ließ aber die Neonröhre über der Kommode brennen. Er ging ins Wohnzimmer.

24

Wer zwei so verschiedene Fixer wie Henki und Terje bei der Arbeit gesehen hat, vergißt das nicht so leicht. Und wer gesehen hat, wie Karin auf dem Sofa saß und ganz normal aussah – wie eine junge, süße und mollige Satellitenstadthausfrau, nur ein bißchen unordentlich frisiert –, muß sich so seine Gedanken machen, wenn die warme Stimme, die auch im Nebenzimmer so gut zu hören ist, plötzlich wie abgeschnitten verstummt, wieder erklingt, erstirbt, dieselben Wörter immer wieder sagt, summt, röchelt. Wer sich die Freiheit nimmt, über den Balkon in dem Mietshaus in Bjölsen einzubrechen, das ‹Kjerka› genannt wird und aus dem die Polizei vor ein paar Tagen die Leichen eines Mädchens und eines Jungen getragen hat, die seit drei oder vier Tagen dort gelegen hatten, hat eine Erinnerung fürs Leben. Am besten erinnert er sich wahrscheinlich an den Geruch. Denn die Polizei hat die Fensterscheiben eingeschlagen, um den Totengeruch auszulüften. Vielleicht erinnert er sich auch am besten an einen Vorhang, der im Wind weht, an eine komische Kindertasse mit einem tanzenden Bären oder an das Exemplar von *‹Mein Leben›*, mit dem Farbbild eines Glückspaares vor einem Herrensitz auf dem Titel, das auf dem Sofa liegt. Nein, am allerbesten erinnert er sich an das angebrannte Papiertuch auf dem Tisch, das Tuch, das es nicht geschafft hat, richtig Feuer zu fangen und das ganze Elend einzuäschern, weil die Atmosphäre im Zimmer so erstickend war, daß nicht einmal trokkenes Papier, angesengt von der letzten Zigarette, am Rand des Tisches brennen konnte.

Und wer das gesehen hat und trotzdem nur ein paar Wissensfetzen über den Zustand der Dinge in der Schattenwelt besitzt, weil er nur bis zum Knie im Lebenssumpf und -schlamm versunken ist, der verspürt den Drang zu schlagen. Er kann einen Schlag für Sozialarbeit führen, für Aufräumen, Flicken, Stopfen.

Okay. Es schadet nicht und ist sicher eine notwendige Vorarbeit für eine andere Gesellschaft. Wichtiger ist aber, daß der Drang zu schlagen sich zu dem Drang auswächst, das ganze alte, unbrauchbare, verrottete Bauwerk zu zerschmettern. Die alten Götzenbilder stürzen, das getünchte Grab zertrümmern.

«Muß man Kommunist sein?» fragen die Vorsichtigen. Tja, hm! Angenommen, hier ist die Rede von einem abgedankten, sentimentalen Romantiker, der säuft und ab und zu eine Untat begeht. Oder er hat vielleicht eine ziemlich zynische und unsichere Person, die ihre terroristisch-anarchistischen-revisionistischen Neigungen hinter einem politischen Steingesicht vom Typ Kommissar verbirgt? Vielleicht ist er nur ein Flegel, ein Taugenichts, der von allem etwas und nichts von irgendwas weiß und am liebsten aufs Land ziehen, grün werden, Schnaps brennen und heimlich liberal wählen möchte?

Vielleicht ist er eine unselige Kombination aller drei Typen. (So was gibt es, da kann man sicher sein!) Und dann? Da steht er nun mit all seinen Gebrechen und schwankt im Wind. Mehr denn je möchte er *schlagen*. Und wo ein Wille ist, ist auch ein Weg.

Aber wie schlagen, und was? Sollen wir mit der Stirn gegen die gotischen Säulen der Creditbank oder die Glastüren der Kreditkasse schlagen? Werden sehen. Wir müssen warten, bis der Feind seine Panzer auffährt. Derweil beraten wir uns und laden.

Und du, mein Freund? Wenn *er* das kann, dieser schreckliche Schaumschläger, dieser brillante Kappeskopp, dann kannst auch *du*. Wehe und wehe, wenn du es nicht wagst! Denn dann werden sie dich dopen, vergiften, vergasen und bestrahlen, um dich zu guter Letzt mit all ihren Panzern zu überrollen. Möchtest du *so* enden, einer auf der Autobahn plattgefahrenen Katze zum Verwechseln ähnlich? Oder möchtest du dich nur den Gefahren entziehen, um als vertrocknete Geranie auf der Fensterbank im Altersheim St. Sterilius zu sterben, ohne etwas anderes vollbracht zu haben als einen Furz jeden Morgen und einen Tropfen jeden zweiten Abend?

Und Thygesen? Der Witz an Thygesen ist vielleicht, daß er erledigt ist. Fix und fertig. Es ist kein guter Witz, keine erbauliche Geschichte. Aber tröste dich, es geht jetzt schnell dem Ende entgegen.

Die Séance im Wohnzimmer erinnerte Thygesen an die Suchaktion nach einem Lawinenunglück. Henki stach eifrig und aufgeregt, als läge seine Erbtante unter den Schneemassen, und als müßte er sie retten, damit sie vor ihrem Tod noch ein Testament zu seinen Gunsten unterschreiben könnte. Terje machte seine Nadel zu einem Rettungshund, der sich über den Unterarm schnüffelte, um in diesem bleichen Gebiet just die richtige Stelle zum Zustechen zu finden.

Karin aber war schon ausgegraben worden und saß, eine Wolldecke um die Schultern, unter Schockeinwirkung daneben.

«Was 'n das für 'n Krach? Kann ja nich mal meinen Puls dabei finden», sagte Henki.

«Siggen mußte kotzen», antwortete Thygesen. «Ist jetzt okay.»

Er starrte auf die Nadel, die jetzt begann, um einen Punkt in Henkis Armbeuge zu kreisen.

«Siggen hat Hermanns Karre geliehen, solange Hermann im Krankenhaus ist», sagte Karin.

«Wir können doch mal was fahren», sagte Henki. «Zum Auslüften. Hängen hier rum, seit Linda mit dem Stoff gekommen ist.»

«Pst», sagte Terje ohne weiteren Kommentar. Er lehnte sich ermattet zurück.

«Gutes Zeug. Das beste seit langem», sagte Henki.

«Mit Strychnin», sagte Terje. «Hermann ist eine Ratte.»

«Siggen hat die ganze Zeit noch kein Wort gesagt. Jedenfalls nicht zu mir. Aber er hat Hermanns Karre geliehen, solange Hermann im Krankenhaus liegt», sagte Karin.

Henki stach zu, als tue die Tante gerade ihren letzten Atemzug.

«Kannst du nich dafür sorgen, daß deine Alte die Fresse hält?» fragte er Terje.

«Pst», sagte Terje in die Luft, an die Allgemeinheit gerichtet.

«Wir könnten uns doch ein bißchen auslüften», sagte Karin.

«Halt die Fresse! Terje, du mußt mir den setzen!»

Terje kniete gehorsam nieder und übernahm Henkis Spritze. An Terje waren viele Talente verloren: Er hätte Arzt mit Akupunktur als Spezialität oder Wassersucher in der Sahara werden können. Ohne zu zögern, fand er eine Ader mit ausreichender Feuchtigkeit und setzte die Nadel so, daß sich in der Haut eine kleine Vertiefung bildete.

«Da doch nich», sagte Henki.

«Pst!» sagte Terje.

«Da ist's zäh wie Fotzenhaut!»

Aber Terje stach zu.

«Oh, verdammt. Ich glaub, das hat gesessen», sagte Henki.

Friede senkte sich über die Hausgemeinschaft. Thygesen sah eine ungeöffnete Flasche Gordon's Dry Gin hinter dem Milchglas im Regal. Er nahm die Flasche und legte einen Hunderter an ihre Stelle. Gin konnte er nicht vertragen, wer mag schon Gin? Er trank ein paar herbe Züge direkt aus der Flasche.

Henki schaltete den Farbfernseher an und glotzte einen Schweden an, der die letzten Neuigkeiten aus der Welt und aus Värmland erzählte. Terje hatte eine kleine Papiertüte hervorgekramt. Daraus goß er weißes Pulver in einen Suppenlöffel. Mit einem Teelöffel gab er etwas Pulver aus einem großen Glas hinzu. Aus einem Wasserglas goß er vorsichtig ein paar Tropfen auf den großen Löffel und begann, den Brei mit einem Zahnstocher umzurühren. Verdünnte mit Wasser. Rührte um. Ließ den Löffel über der Kerzenflamme kreisen. Ab und zu legte er ihn hin, um einen Schluck aus dem Milchkarton zu trinken.

«Was willst du dir denn jetzt reinpfeifen?» fragte Thygesen.

«Petidin.»

«Nie von gehört.»

«Geiles Zeug. Dämpft den Druck irgendwie, wenn's abwärts geht. Guter Start, wenn's aufwärts geht.»

Thygesen dachte, von ihm aus könnte es auch ein Desinfektionsmittel sein, Vitamin oder Benzin.

«Hab vorhin ein paar Milligramm Ketogan genommen. Brauch da jetzt Petidin drauf», sagte Terje. Er holte eine in Zellophan verpackte Spritze. Die Nadel brachte er über der Kerze zum Glühen.

«Pst», sagte er. Als wäre die Kerzenflamme laut. Er drückte die Spritze ganz durch. Dann saugte er die Soße bis zur Halbvollmarkierung ein und studierte den Inhalt genau.

Thygesen zog die Jacke aus. Er stank nach Schweiß. Die Pulloverärmel waren eng. Er krempelte den rechten auf.

«Hier», sagte Thygesen und streckte Terje den rechten Arm hin.

«Hä?»

«Bin jetzt dran», sagte Thygesen. Er hatte zwei Hunderter parat. Henki hatte ihnen den Rücken zugedreht und sah sich die Wiederholung der Tore eines Fußballspiels an. Karin war von einer neuen Lawine erwischt worden und lag im Koma.

«Drei», sagte Terje.

Thygesen nahm einen dritten Schein aus der Tasche.

«Wieviel kannst du ab?» fragte Terje.

«Hau mir den ganzen Wichs rein.»

«Dein Arm is clean.»

«Hab ihn gewaschen, ja.»

«Sind nich viele Stiche drin, mein ich.»

«Im Knast machen wir's unterm Knie. In die Kniekehle. Damit wir nicht entdeckt werden.»

Terje stach in eine Ader im Handgelenk. Er drückte die Nadel vorsichtig durch.

«Mach schon», sagte Thygesen.

Als Terje die Nadel wieder herauszog, war nicht einmal ein Blutstropfen auf dem Handgelenk zu sehen. Thygesen krempelte den Ärmel herunter und zog die Jacke an. Er steckte die Ginflasche zwischen Gürtel und Bauch, zog den Pullover darüber und zog den Reißverschluß hoch.

«Darfst jetzt nich trinken», sagte Terje. «Dann is total Schluß.»

«Kannst du drauf scheißen», sagte Thygesen.

«Mach's gut im Bade, du alte Schokolade», sagte Henki. «Das sagt Hermann immer.»

«Sagte», antwortete Thygesen. «Er hat ein Bad zuviel gesehen.»

«Stirbt doch nich an Gelbsucht», sagte Henki.

«Wo hast du denn deinen Stoff?» fragte Terje.

«Linda gegeben», sagte Thygesen. «Wo hat Siggen die Karre abgestellt?»

«Unten am River, denk ich. Wieso?»

«Will sie leihen und noch mehr Nachtisch holen. Wir sehn uns morgen. Sagt Siggen, er soll seinen blöden Schwanz aus Linda rauslassen», sagte Thygesen, und das mußte er sagen, um sich stark genug zu fühlen, dieses Narrenhaus zu verlassen.

Aber er wollte nicht in den Teil von Sagene, der ‹River› genannt wird, weil er am Abhang auf dem rechten Akerselvufer liegt, und er würde sie natürlich nie wiedersehen.

Wo sollte er hin?

Zuallererst: eine ganze Flasche Gordon's Dry leeren. Er begann schon im Treppenhaus und setzte es unten im Dunkeln beim Fluß fort. Er trank weiter, kurz bevor der Pfad die Marcus Thranes Gate kreuzte. Die Luft war wieder kälter geworden. Kies und Harschschnee knirschten unter seinen Füßen. Er ging nach Grünerlökka.

Was, zum Teufel, sollte er da?

Sich ein Schlupfloch suchen, vielleicht. Wer lebt, wird sehen, und wer nicht lebt, wird vermutlich nicht sehen. Das kann ungerecht wirken. Aber so ist das.

Thygesen ging den Hang zum Wasserfall bei der alten Hjula-Spinnerei hinab. Auf dem kleinen Platz daneben stand eine Bank. Er setzte sich auf die Bank. Der Wasserfall war satt vom vielen Frühlingswasser. Grau, wie der Akerselv ist, macht er weißen Wasserfallschaum, als wäre er der Altaelv.

Er hörte ein Platschen. Das mußte die leere Flasche sein, die er hineingeworfen hatte. Denn sein Körper hatte das Platschen nicht verursacht. Sein Körper saß auf der Bank, und er selber war irgendwo in seinem Körper. An einem warmen Ort.

Der Dichter Melville hat geschrieben: «Ein Mensch ist eine Fregatte mit tausend Seelen an Bord.» Das läßt sich auf viele Weisen auslegen. Eine Deutung kann sein, daß, selbst wenn bei einer Seeschlacht mehr als neunhundert Seelen fallen, immer noch einige übrig sind.

25

Ein riesiger Dinosaurier, groß wie ein Haus, mit braunschwarzen Schuppen am Rückgrat und flachem, meterlangem Echsenkopf mit zusammengequetschtem Maul. Der stand ruhig da und sah auf ihn herab, in zehn bis zwölf Meter Entfernung. Er lag. Er konnte sich nicht bewegen, er war wie festgefroren. Auch der Dinosaurier bewegte sich nicht. Aber ein rotes Flämmchen kam unter dem Bauch zum Vorschein und verschwand wieder. Das Untier machte einen kleinen Piepslaut.

Thygesen hatte keine Angst. Er war nichts. Er war nur eine leere Schale. Ein zu früh gelegtes Vogelei war er. Das Ei hatte weder Gelb noch Weiß. Der Kalk der Schale war so dünn, daß das leere Ei zerbrochen war, als der Wind es aus dem Nest getragen hatte. Jetzt lag die Eierschale auf dem Boden, zu klein und zu brüchig, um für den Dinosaurier von Interesse zu sein.

Er mußte das Ganze als Jurist bewerten:

A) Er hatte das Delirium.

B) Er war in der Hölle.

Punkt A muß gestrichen werden, Herr Richter! Ein Delirierender sieht kleine Tiere in verschiedenen Farben!

Zu Punkt B, verehrtes Gericht, sind zwei Bemerkungen hinzuzufügen:

1. Hätte man dem Angeklagten vorher gesagt, daß es in der Hölle so kalt ist, wäre er ein fleißiger Kirchgänger geblieben.

2. Gibt es Kinder in der Hölle? Diese Frage muß der Herr Staatsanwalt beantworten, ehe wir weitermachen.

Denn es war so kalt wie in einem verlassenen, eingestürzten Iglu, in dem keine Tranlampe mehr gebrannt hat, seit Großvater seinen letzten Seehund harpunierte, und Kinder gab es in Massen. Man kann sich zwar ein Inferno mit minus 273 Grad vorstellen, Schneetreiben im Schmelzofen und Eiszapfen im Teufelsbart, aber kann man sich das Reich der bleichen Hel voller ganz normaler Kinder in Jeans, Öljacken und abgewetztem Cord denken?

Thygesen verfolgte die Flamme unter dem Bauch des Dinosauriers mit den Augen, und da war es keine Flamme, sondern ein kleines Mädchen mit Pferdeschwanz und rotem Anzug. Sie hüpfte wie ein Gummiball hin und her unter dem Tier, und dabei piepste sie vor Vergnügen. Zwei Jungen hingen in einer Art Flechtwerk, das die Dinosaurierlende umkränzte, und ein kleiner Schelm krabbelte eichhörnchenflink den furchterregenden Nacken hinauf, rutschte am Hals herab und blieb auf dem Kopf sitzen.

Höchst eigentümlich, das Ganze! Er gab seine juristischen Schlußfolgerungen auf und versuchte statt dessen, sich vom Boden loszureißen. Das ging gut. Er packte einen Busch. Der wuchs in einer Art großem Blumenkübel aus alten Eisenbahnschwellen, die nach Teer rochen. Dort standen auch ein paar Vogelbeerbüsche. Dieser Teil des Jenseits war also mit Büschen bepflanzt und mit Kindern bevölkert. Plus dem Dinosaurier. Er – oder vielleicht war es eine sie? – schien aus Holzplatten und Eisenbolzen gemacht zu sein. Die Kinder sprachen norwegisch und vietnamesisch.

Thygesen fand einen frisch eingepflanzten Baum, der von grünen Stöcken gestützt wurde. Die Stöcke durften auch ihn stützen. Er verschaffte sich einen geographischen Überblick. Wie hieß das hier zum Beispiel? Der Platz hieß ‹Ungerade Tage›. Das berichteten zwei Schilder an Hauswänden. Zwei andere Schilder widersprachen sofort und behaupteten, der Platz hieße ‹Gerade Tage›. Der Platz hatte also einen lieben norwegischen Namen. Vielleicht war es ein Parkplatz für Echsen?

Nein, nun begriff er. Er war auf dem Ögles Plass*, einem Spielplatz. Eine statistische Untersuchung hatte ja zum großen Entsetzen der Ge-

* Ögle: norwegisch – Echse

meinde ergeben, daß es in den alten Stadtvierteln von Kindern nur so wimmelte. Aus elenden Mietshäusern, wo man nur unfruchtbare Alkoholiker, Gemeindearme und abgeplackte Frauenzimmer wähnte, quollen Kinder in den seltsamsten Farben und in großen Mengen. Die Gemeinde reagierte spontan und überschüttete den Slum mit Skulpturen, die Schnecken, Eidechsen, Schlangen und Drachen darstellten, sowie mit Wandmalereien, auf denen Menschen im Kopfstand einen Beischlaf vollführten. Doch diese Kunst konnte die Kinder nicht verjagen.

Aber wo war Ögles Plass? Er machte ein paar unsichere Schritte in eine der Straßen, die vom Platz abzweigten. Sie hieß Kirkegårdsgata. Das brauchte ihm niemand zu sagen, er wußte genau, wohin es ging. Verwirrender waren ein paar wettergegerbte Plakate an einem altmodischen Transformatorhäuschen. Die Botschaft, die die Plakate zu vermitteln versuchten, war, daß er am 1. Mai um 12 Uhr in Spitzbergen den sowjetischen Druck auf Grönland zurückweisen sollte. Umgekehrt, beim Leibhaftigen! Er sollte um 12 Uhr auf dem Grönland-Platz in Oslo erscheinen, um die sowjetische Aggression auf Spitzbergen zu bekämpfen. Aber warum konnte man sich denn nicht in Spitzbergen treffen, wo es doch um Spitzbergen ging? Er hatte doch bewiesen, daß er jede Form von arktischer Kälte überleben konnte.

Kampfausrüstung konnte er in Rolf Prysers Elektroladen kaufen. Im Schaufenster standen nur ein paar Lampenschirme in zeitlosem Stil. Aber ein Schild lockte damit, daß man hier Nike kaufen könnte. Nur Prysers angeborene Bescheidenheit hatte ihn an der Mitteilung gehindert, daß es sich um Nike-Raketen handelte. Das Schild bot auch ‹Jack-Service› an. Das war doch interessant. Die Welt brauchte dringend Jack-Service. Was das eigentlich war, würde die Welt schon herausfinden, wenn es ordentlich vermarktet würde.

Thygesen ging nicht in den Laden, um seine Dienste anzubieten. Er packte Rolf Prysers Regenrinne und kotzte die Kirkegårdsgata voll.

Er gab auf. Es war wohl kaum der 1. Mai, und der nun erklingenden Kirchturmglocke nach zu urteilen war es Sonntag um zehn oder elf. Aber er könnte um 12 Uhr in Spitzbergen sein, wenn er mit einer von Prysers Raketen abgefeuert wurde.

Die Kinder entdeckten ihn und kletterten vom Dinosaurier. Die Person, die sich bewegte, erschien ihnen wohl als das interessantere Fossil. Mit dem munteren Ruf «Der Penner is wach!» umringten sie ihn und eskortierten ihn vom Ögles Plass in die Schæffersgate. In dieser Straße gab es ein hellrotes Mietshaus mit einem Büro im Erdgeschoß. Unter dem Jubel der Kinder durchsuchte Thygesen sich selber. Die Pistole erweckte die größte Begeisterung. Das Messer war verschwunden. Aber sein Schlüsselbund war erhalten. Nach einigen Mißlichkeiten fand er einen Schlüssel, der der richtige sein mußte, und es gelang ihm, den ins Schlüsselloch zu stecken, so wie ein stockbesoffener Mönch eine schlafende Nonne vergewaltigt.

Der Büroboden kam mit hoher Geschwindigkeit auf ihn zu. Er klammerte sich daran, um nicht abzurutschen. Der Boden beruhigte sich, die Linoleumfliesen wurden weich und zu einer Matratze im weiß angestrichenen Bett. Der kleine Kapitän war auf neuer Fahrt durchs Universum, seekrank und tiefgefroren, aber lebendig wie immer.

Später, in der Dunkelheit, kroch er aufs Sofa und breitete eine Decke über sich. Als er wach wurde, war es noch immer dunkel. Frau Uhr erzählte ihm, es sei zwei. Er hatte also dreizehn Stunden geschlafen und legte sich für drei weitere wieder hin. Den lichten Morgen feierte er mit Filterkaffee.

Das Büro hatte ihm gehört, als er eine Anwaltspraxis in Grünerlökka hatte. Er hatte es spartanisch und vernünftig eingerichtet. Bernhard hatte nicht viel verändert. Er hatte Sofa, Kühlschrank, Kochplatte und Kleiderschrank hineingestellt, weil er hier schlief, wenn er spät arbeiten mußte oder seinen Draht zu Turid verknotet hatte. Beides kam oft in Bernhards Anwaltspraxis und Privatleben vor. Er war ein guter Junge, etwas dumm, würde nie ein Star werden, war aber 95 Prozent ehrlich und vorläufig idealistisch genug, um für magere Honorare dem Proletariat dienen zu wollen. Er hatte das Büro von Thygesen übernommen, als Thygesen seine Anwaltslizenz verloren hatte. Da Schreibtisch, Kopierer, Kaffeemaschine und die beiden Sessel Thygesen gehörten, hatte er einen Schlüssel behalten. Den er noch nie benutzt hatte.

Er saß auf seinem alten Platz am Schreibtisch und trank Kaffee. Vor sich hatte er Bernhards Archivregal. Jetzt, wo er die Vorhänge geöffnet hatte, konnte er den Bretterzaun und den Hinterhof der Agra-Margarinefabrik auf der anderen Seite der stillen Schæffersgate sehen.

Er saß auf seinem Platz, und was ihm seit 1976 passiert war, war bloß eine Krankheit gewesen. Psychisch und physisch entsetzlich, aber jetzt war er hindurch, und er hatte seine Zulassung als Anwalt zurückerhalten. Er war früh hergekommen, um eine Räumungsklage vorzubereiten. Das Haus erwachte zum Leben, Leute zogen ab und ließen Wasser durch die Rohre sausen. Ein Radio wurde eingeschaltet, spielte zwei kräftige Takte einer Morgenmelodie und wurde gedämpft. Die Sonne erreichte das Dach der Margarinefabrik. Ja, er war wieder da. Hatte nur ein paar Jahre gekränkelt. Um neun würde er an seinem Platz im Gericht stehen. Da sein Anzug noch in der Klinik hing und die schwarze Robe in der Reinigung war, mußte er Bernhards Gerichtsanzug, die schwarzen Lackschuhe und die Robe leihen.

Teufel! Süßer Traum, bittere Morgenstunde.

Aber die Träumerei pflanzte eine Idee in sein stürmisches Gehirn. Wenn er denn kein Anwalt sein konnte, so wollte er wenigstens ein Schurke sein. Die Idee verschmolz mit den vagen Fluchtplänen, die auch aus dem Tiefdruckgebiet in seinem Schädel auftauchten.

Er rasierte sich mit Bernhards Braun, wusch sich am ganzen Körper, trocknete sich ab, deodorierte sich. Bernhard duftete gerne ein bißchen feminin. Thygesen brauchte das jetzt auch, denn seine Schußverletzung roch gar nicht gut. Er opferte Bernhards weiße Gerichtstaschentücher für einen neuen Verband. Der Finger mußte selber sehen, wie er zurechtkam. Er erinnerte in jeglicher Hinsicht an eine reife Pflaume, würde aber sicher durch die Paßkontrolle kommen.

Bernhards weißes Hemd hatte keinen ganz sauberen Kragen, saß aber wie angegossen. Der Anzug war über den Schultern weit und um die Taille eng. Die Hose reichte nicht bis zu den Schuhen, es war eine richtige Hochwasserhose. Aber dafür kamen die Schuhe um so besser zur Geltung, so blank, wie sie waren.

Den Kram aus Brunkollen deponierte Thygesen in Plastiktüten im Kleiderschrank. Die Pistole legte er in die oberste Schreibtischschublade.

Im Kühlschrank fand er Käse, eine Dose Pfirsiche, zwei Büchsen Heringsstücke und ein halbes Glas Himbeermarmelade. Er aß alles auf, inklusive Marmelade. Das Radio in der Etage über ihm quälte sich durch Morgengymnastik und Andacht, Nachrichten und Andacht. Das Morgenleben im Haus hatte nicht das übliche Tempo, und ihm ging auf, daß die Osterruhe vielleicht die Durchführung seiner Idee erschweren könnte. – Nein, im Gegenteil! Ostern war Hochsaison für die Leute, mit denen er in Kontakt treten und Geschäfte machen wollte, auch wenn sie keine Pastoren waren. Sie waren vorsichtige Strategen, die in Deckung saßen, während sich die Soldaten im Feld abplagten.

Die Kinderstunde für die Kleinsten war vorbei. Thygesen trank lauwarmen Kaffee, sog an einer Zigarette, die er sich aus Kippen gedreht hatte, und blätterte im Telefonbuch. Er wählte die Nummer von Geschäftsführer Asbjörn Grenersen. Grenersens Firma importierte Militärartikel, die über Annoncen in Herrenmagazinen vertrieben wurden. Was Grenersen exportierte, war weniger bekannt, aber Thygesen glaubte Indizien dafür zu haben, daß es sich um Gold handelte. Grenersen war bei der Arbeit und griff schnell zum Hörer.

«Guten Tag», sagte Thygesen. «Mein Name ist Vilhelm Thygesen. Ich rufe im Auftrag einer größeren Versicherungsgesellschaft an.»

«Aha», sagte Grenersen, er war kein Trottel am Telefon, sondern aufmerksam wie ein Boxer.

«Sie haben vielleicht von mir gehört?» fragte Thygesen.

«Nein», antwortete Grenersen. «Welche Gesellschaft vertreten Sie?»

«Storebrand und Idun. Es handelt sich um eine Einbruchsversicherung.»

«Aha», sagte Grenersen. «Ich habe alles, was ich brauche.»

«Sie haben vielleicht von einem Mann namens De Soto gehört?»

«Despoto?»

«De Soto.»

«Ein Spanier?» fragte Grenersen.

«Nein, ein Norweger. Einer, der schon ziemlich weit unten auf der schiefen Bahn ist. Sie wollen doch nicht behaupten, daß Sie De Soto nicht kennen?»

«Was soll eigentlich dieser Unfug am frühen Morgen? Der 1. April ist erst am Dienstag. Ich habe weder von Ihnen noch von Ihrem blöden Spanier je gehört. Ade!»

Grenersen legte den Hörer auch schnell wieder auf. Es tutete lange in Thygesens Ohr.

Er verlor nicht den Mut. Im Telefonbuch fand er Ottar M. Fosse, Gebrauchtwagenhändler.

Fosse war nicht bei der Arbeit und offenbar auch nicht zu Hause in Nordstrand. Aber dann nahm jemand ab, und er klang ziemlich groggy.

«Fosse», sagte er.

«Morgen, Fosse», sagte Thygesen. «Mein Name ist Vilhelm Thygesen. Ich rufe im Auftrag der Storebrand-Versicherung an. Sie haben vielleicht von mir gehört?»

«Keine Ahnung», antwortete Fosse. «Doch, Sie waren doch in diese schreckliche Sache mit Nazis und so was verwickelt, nicht wahr?»

«Stimmt.»

«Ich muß sagen, daß meine Sympathie bei Ihnen lag. Nur gut, daß den Nazis eine Lehre erteilt worden ist. Wir haben ja gesehen, wozu sie fähig sind», sagte Fosse und räusperte sich gewaltig. «Und jetzt sind Sie bei der Versicherung?»

«Ja.»

«Eigentlich brauche ich ja nichts. Meine Autos versichere ich selber, und das Haus ist für teures Geld abgedeckt.»

«Es geht auch nicht um eine Police, Fosse», sagte Thygesen.

«Nein? Etwas mit dem Dach? Ich dachte, das machte die Feuerversicherung?»

«Nein, auch nicht mit dem Dach. Es geht um einen gemeinsamen Bekannten.»

«Ach?»

«Aber zuerst will ich Ihnen mehr über meinen Auftrag erzählen. Ich bin so eine Art Privatdetektiv für Storebrand. Ich wurde ja verurteilt und mußte sitzen und bekam so meine Kontakte ... Ja, Sie verstehen?»

«Bisher ja.»

Fosse war ganz Ohr, und angespannt, so groggy er auch sein mochte.

«Einer davon heißt De Soto. Sie haben vielleicht von ihm gehört?»

«De Soto? Ja, das klingt bekannt. Sie meinen Björn Eriksrud, nicht wahr? Er hat ein paar Jahre für mich gearbeitet. Tüchtiger Autoverkäufer, aber nicht so ganz auf dem Boden des Gesetzes. Hat er Ärger mit der Versicherung?»

«Nein, und das wissen Sie verdammt gut, Fosse. Ich will nicht unangenehm werden. Aber Sie müssen verstehen, ein Mann in meiner Situation, der seine Existenz und eine erfolgreiche Rechtsanwaltpraxis verloren hat, kann ein bißchen verzweifelt sein, wenn er mit nichts anfangen muß.»

«Das glaub ich Ihnen sofort, Thygesen. Ich bin selfmade.»

«Es geht also um De Soto. So gut, wie Sie ihn kennen, ist Ihnen sicher klar, daß De Soto niemals singen würde, wie es in diesen Kreisen heißt?»

«Bewahre. Auf seine Weise ist er ehrlich», sagte Fosse und wirkte noch ekstatischer.

Thygesen pilkte. Er pilkte Kabeljau mit der Telefonleitung als Schnur. Jetzt hatte ein dicker Brocken angebissen. Tief unten war der Fisch dabei, seinen weißen Bauch nach oben zu drehen, den Widerstand aufzugeben, bald könnte er ihn übers Dollbord ziehen. Im Telefon sauste es nur.

«De Soto», sagte Thygesen, «hat ein kleines Problem, das ihm das Singen unmöglich macht.»

«Ja?»

«De Soto ist tot, Fosse.»

Wieder Stille. Fosse räusperte sich und beschwichtigte einen Hund.

«Nein, so etwas!» sagte er. Aber er klang erleichtert.

«Seien Sie nicht so sicher, daß Ihnen das hilft. Sie wissen, wie das mit Leuten auf dem Sterbebett ist, nicht wahr? De Soto hat sich *mir* anvertraut.»

«Worauf wollen Sie hinaus?» fragte Fosse, in dem verzweifelten Versuch, sich durch Zappeln vom Haken zu befreien.

«De Soto hat von einem sicheren Einbruch erzählt, den er in Bergen gemacht hat. Er erbeutete eine sehr wertvolle goldene Schnupftabaksdose und einige andere Gegenstände aus Edelmetall.»

«Davon weiß ich wirklich nichts.»

«Keine Panik, Fosse. Sie scheinen doch ein netter und verständiger Mann zu sein. Aber jetzt lügen Sie. De Soto hat *Sie* als Empfänger der Beute genannt. *Hehler*, wie es oft heißt. Dieses Wort klingt brutal, aber ...»

«Das läßt sich nicht beweisen, Thygesen! Sie wollen mich nur bluffen. Wenn De Soto wirklich tot ist, kann er nichts mehr aussagen, und Sie erreichen nichts.»

«Die moderne Technik hat uns den kleinen Kassettenrecorder beschert, wissen Sie, Fosse. Praktisch, wenn man einen in der Tasche hat, auch am Sterbebett.»

«Tonbandaufnahmen werden nicht als Beweismaterial anerkannt.»

«Nicht vor Gericht. Aber für Storebrand ist so eine Aufnahme gut genug. Storebrand verliert nicht gerne eine halbe Million.»

«Was wollen Sie eigentlich, Thygesen? Raus damit!»

«Als Spitzel für Storebrand bekomme ich Prozente. Bei Wertsachen zehn Prozent. Aber ich bekomme auch manchmal zehn Prozent für das Gegenteil.»

«Für das Gegenteil?»

«Stellen Sie sich nicht dümmer, als Sie sind, Fosse. Ich nehme manchmal zehn Prozent dafür, daß ich Silber und Gold *nicht* finde. Dann muß natürlich der Besitzer blechen.»

Fosse hing jetzt auf dem Dollbord. Nun mußte noch der Haken in ihn geschlagen werden.

«Das ist Erpressung, Thygesen! Verdammt freche Erpressung!»

«Es tut mir leid, das sagen zu müssen, aber so ist es. Erpressung ist ein passendes Wort. Ich will zehn Prozent. Das macht 50000.»

«Sie sind verrückt. Das werden Sie büßen. Ich habe meine Verbindungen, und wir lassen uns nicht von einem Arschloch wie Ihnen an der Nase herumführen.»

«Bedrohen können Sie mich später. Jetzt drohe ich. Sie finden mich in meinem Büro, Schæffersgate 6. Ich gebe Ihnen eine Stunde für die Bank. Ich will den Betrag in Hundertern. Sie nehmen ein Taxi bis zur Kreuzung Toftes Gate mit meiner Straße. Sie steigen aus und gehen zu Fuß in die Schæffersgate. Sie bleiben vor Nummer 6 stehen, zünden sich eine Zigarette an und warten, bis Sie sie geraucht haben. Das Geld haben Sie in einer Mappe, die Sie vor ein Fenster im Erdgeschoß setzen. Graue Vorhänge im Fenster. Ich bin bewaffnet und niete Sie um, wenn mir etwas komisch vorkommt. Muß ich Ihnen etwas wiederholen?»

«Die Hausnummer?» fragte Fosse.

«Sechs. Und gehen Sie um Himmels willen nicht in Ihren Laden, um den Safe aufzuräumen. Ich habe da einen Burschen postiert. Ein Narkogespenst namens Siggen. Er hat ein abgesägtes Schrotgewehr, und wenn er auch Analphabet ist, so weiß er doch, wo der Abzug ist.»

Bang! Hörer hinlegen und ausatmen. Thygesen sank im Sessel zusammen. Er wartete und trank Kaffee. Die Nachrichten um zehn erzählten vom Abschluß der Rettungsaktion in der Nordsee, dann kamen Nachrichten auf samisch.

Und dann kam Ottar M. Fosse. Er war jünger, als Thygesen gedacht hatte. Als er sich gegen den Zaun der Margarinefabrik lehnte und dampfte und rauchte, sah er aus wie ein Familienvater, der in einem Pornoladen gewesen ist und die Aktentasche voll heißer Höschen mit französischer Öffnung hat. Er paffte die Zigarette zu Ende, sah nach rechts, dann nach links und dann wieder nach rechts, wie ein beispielhafter Fußgänger, dann eilte er über die Straße und setzte die 50000 auf den Bürgersteig unter das Fenster.

Thygesen klopfte mit dem Pistolenschaft an die Fensterscheibe und streckte einen lustigen Daumen in die Luft. Fosse fuhr zurück, mit erschrecktem und verbittertem Gesichtsausdruck. Thygesen enteignete eine von Bernhards Zigarren und zählte die Scheine. Es waren genau 500.

Jetzt brauchte er nur noch einen Paß, und einen Paß konnte ihm vermutlich nur De Soto beschaffen.

26

Thygesen rief das Reisebüro Bennett an und buchte einen Flug nach Kopenhagen für Dienstag, 1. April 1980, 10 Uhr 30 von Fornebu. Das Ticket wollte er auf dem Flugplatz holen und bar bezahlen. Der Computer registrierte ihn als Andreas Furuseth.

Er schlenderte in den Sofienbergpark, setzte sich auf eine Bank, sonnte sich ein paar Stunden, um für sein Paßfoto eine schöne Farbe zu bekommen. Es wurde kühl. Er ging zu Buksemakeren und kaufte sich einen Frühjahrsmantel. Der war nicht so großartig wie der Burberry, paßte aber gut zu Bernhards Anzug. Um sich vor der Reise etwas Bewegung zu verschaffen, ging er zu Fuß in die Möllergata. Das Bein fühlte sich beschissen an, aber er kam hin und ließ beim Fotografen im Paßamt ein paar richtig schöne Bilder von seiner Visage machen. Auf dem Paßamt hatte er allerdings nichts zu suchen. Ohne Vorlage eines Taufscheins würden sie Andreas Furuseth wohl kaum einen Paß geben. Er nahm ein Taxi zurück nach Grünerlökka und aß in Beckers Restaurant im Markvei Salzhering. Nach dem Essen kaufte er ein paar Kleinigkeiten in einem Eisenwarenhandel und in der Apotheke und sicherte sich sechs Dosen Pils und eine Hammelwurst, um etwas zum Abendessen zu haben. Er brauchte eine Uhr, schlug aber nicht groß zu und begnügte sich mit einer Timex, die zu Lehrer Furuseths etwas heruntergekommenem Image paßte. Im Büro kaute er dann Dispril und trank Pils. Gegen elf durchquerte er den menschenleeren Sofienbergpark. Er hatte es nicht weit. De Soto hatte immer über der Bäckerei in der Helgesensgate gewohnt, und dort besaßen seine Erben noch immer eine Wohnung, wenn man dem Schild *Björn Eriksrud* Glauben schenken durfte.

Ein Verbrecher rechnet nicht damit, in die eigene Grube zu fallen. De Soto hatte sich nur ein schlaffes Schnappschloß gegönnt. Thygesen nahm sein frisch gekauftes und solides Bacho-Stemmeisen und eine Scheibe aus hartem Plastik. Die Scheibe hatte er sich einfach aus dem Boden einer Blumenvase zurechtgeschnitten und mit einer Feile bearbeitet, um sie gut im Griff zu haben. Mit dem Eisen stemmte er die Tür die nötigen Millimeter auf, mit der Plastikscheibe versuchte er, die Zunge des Schlosses zurückspringen zu lassen. Beim ersten und beim zweiten Versuch klappte es nicht. Er stemmte, bis sich das Eisen verbog, und drückte gegen die Scheibe. Smock! und er war in De Sotos heimlicher Kammer.

Das Wohnzimmer war möbliert, wie es sich für einen Kerl wie De Soto gehört: ein großer Palisandertisch, Sofa und zwei Sessel aus Ochsenleder, Farbfernseher, Sony-Stereoanlage und ein Barschrank mit bestem Inhalt. Nicht mehr, aber auch nicht weniger. Unter dem Barschrank gab es vier Schubladen mit Schlössern, die reines Larifari waren. Thygesen benutzte sein Eisen, die Schubladen sprangen heraus wie bei einer Registrierkasse. In der oberen fand er nur einen Massagestab und ein paar Massagezeitschriften. In Nr. 2 gab es Eisenwaren und Munition. Ein fetter, feiner Vorkriegs-Marine-Colt war das Kleinod der Sammlung. In Nr. 3 lagen neue Pässe und Postsparbücher, und Nr. 4 enthielt die kleine Stempelwerkstatt der Familie.

Der einzige Haken an den Pässen war, daß sie mit Namen und Abdrücken von rechten Daumen gefüllt waren, sowie mit einer Reihe Bilder, die De Soto mit und ohne Perücke und Schnurrbart zeigten.

Paßnummer D 0004557-1, gültig bis 9. VIII. 1988, paßte Thygesen am besten. De Soto hatte ihn für den Maurer Hans Fredrik Jensen ausgestellt, geboren 1925 in Skedsmo, Wohnort Oslo. Jensen hatte braune Haare und blaue Augen und war 1,73 groß. Jensen war also zu klein, zu alt und zu blauäugig, um Thygesen zu sein. Aber als Maurer konnte er wohl durchgehen?

Das Foto war schwarzweiß und mit zwei Heftklammern befestigt, die leicht zu entfernen waren. Den Gummistempel mit dem Text OSLO POLITIKAMMER – Polizei Oslo –, norwegischem Löwen und drei Sternen gab es in De Sotos Sortiment. Thygesen heftete sein Bild ein. Es so zu stempeln, daß der neue den alten Stempel überdeckte, war nicht leicht. Aber das Resultat war wohl gut genug, um damit nach Dänemark zu fahren. Wenn sie nicht Jagd auf ihn machten.

Thygesen suchte sich im Barschrank eine Flasche King's Legend aus und verließ die Wohnung so leicht, wie er gekommen war. Mit dem Whisky nahm er sich Zeit. Die Nacht brachte ein paar schlimme Anfälle und Schweißausbrüche. Aber er kam auf die Beine, als der telefonische Weckdienst um acht Uhr anrief. Mit dem Paß in der rechten Hand studierte er sich im Spiegel. Maurer Jensen hatte ein seltsames Zucken im linken Augenlid. Sonst fehlte ihm nichts, außer daß er vom Gerüst gefallen war, sich den Finger gebrochen und ein Bein verletzt hatte. Jetzt wollte er zu Ostern eine kleine Spritztour nach Kopenhagen machen, um das Krankengeld auf den Kopf zu hauen.

Die Briskebybahn brachte Thygesen zum Ostbahnhof. Dort legte er die Mappe mit 40000 in ein Schließfach. Ein gesetzestreuer Bürger wie

Maurer Jensen würde keine ungesetzlich hohen Summen mit zu einer Sauftour nach Kopenhagen nehmen. Um Gepäck zu haben, kaufte er sich eine Umhängetasche, die er mit Apfelsinen, Schokolade, Morgan-Kane-Büchern, Rasierapparat und Zahnbürste füllte, dazu zwei Garnituren Unterwäsche und eine Packung Black-Jack-Pariser.

Er rief Fornebu an und annullierte Andreas Furuseths Kopenhagenreise. Dann nahm er ein Taxi zum Flugplatz. Im Flugzeug war noch massenhaft Platz, und Hans F. Jensen hatte keine Probleme damit, einen Sitz zu bekommen. Er war Viertel nach neun auf dem Flugplatz. Um fünf vor halb war das Check-in erledigt. Der Osterverkehr war abgeebbt. In der Abflughalle war es so ruhig und friedlich wie in einer Kirche. Zwei ältere Damen gingen zur Paßkontrolle. Thygesen machte sich zu Hans, ging hinterher und fragte laut: «Wo soll ich denn meinen Paß abliefern?»

An der Paßkontrolle saß eine schmucke Polizistin, die ihm irgendwie bekannt vorkam, obwohl sie so jung war, daß sie erst nach seiner Zeit ihren Dienst angetreten haben konnte. Sie hatte ein breites Gesicht, klare graublaue Augen und Haare mit schwacher Krause. Ein Farbfoto von ihr hing an einer goldenen Klammer an ihrer Brust. Aus der Tasche der hellblauen Uniformbluse ragten ein paar Kugelschreiber.

Thygesen hatte weiche Knie und machte sich noch weicher, um Maurer Jensens Größe zu erreichen. Er hielt den Paß zwischen schwitzenden Fingern. Die Polizistin nahm ihn.

«Und Sie wollen nach ...?» fragte sie.

«Kleiner Ausflug nach Kopenhagen», sagte Thygesen. Sie durchblätterte den Paß wie ein Kartenspiel. Betrachtete das Farbfoto.

«Ferien?»

«Nur ein Ausflug, jetzt, wo ich krank geschrieben bin», sagte Thygesen.

Sie legte den Paß hin, hielt ihn aber immer noch mit drei Fingern fest. Thygesen nahm das rote Heft zwischen Daumen und Zeigefinger der rechten Hand. Als er ihn an sich reißen wollte, bemerkte er, daß sie ihn noch festhielt. Zwischen ihren Fingerspitzen verlief eine rote Brücke. Wenn er die nicht verbrennen konnte, mußte er hinüber und ihren Arm hinaufmarschieren, den langen Arm des Gesetzes. Sie würde den Mund wie Leviathan öffnen, die ungeschminkten Lippen zusammenpressen und ihn in Verwahrung nehmen. Zwölf Jahre lang müßte er dann in ihr sein, hinter den kräftigen Zähnen eingesperrt. Er würde in ihrem Gehirn herumkriechen und an die Stirn klopfen, um einen Ausgang zu finden. Er würde versuchen, durch Nebenhöhlen und Nase zu fliehen, aber sie würde ihn in einem Luftsturm zurückschnüffeln und saugen. Danach würde er versuchen, durch die Ohren zu entkommen, würde Anlauf nehmen und gegen das Trommelfell anrennen, aber das würde wie ein Trampolin wirken und ihn zurückwerfen. Nachdem er durch die öden Flure in Schenkel- und Oberarmknochen marschiert wäre, würde er einen verzweifelten Ausbruchsversuch durch das Bauchfell unternehmen, um die Öffnungen der Frauen zu finden, die er so gut kannte, aber die in dieser Gefangenschaft unerreichbar waren. Das Bauchfell würde ihn wie ein Geschwür einkapseln. Viele Jahre später würde er dann zur Sicherheitsverwahrung in der Herzkammer überführt werden. Dort könnte er das Leben ganz nah vorbeipulsieren hören, dunk-dunk, dunk-dunk. Schließlich würde die Anzahl der Kerben in der Herzkammerwand 4380 betragen. Viertausenddreihundertachtzig Tage wären verstrichen. Blut, Flüssigkeiten und Schleim würden ihn in die Luftröhre schwemmen. Sie würde ihn aushusten wie eine Bazille. Und mehr als eine Bakterie war er auch nicht wert. Lichtempfindlich, lebensuntauglich, nur geeignet, überall Pest und Cholera zu verbreiten. Die unbarmherzigen ultravioletten Strahlen und der Lärm der Menschen würden ihn fertigmachen.

«Ist Ihnen schlecht?» fragte die Polizistin.

«Ein bißchen Schmerzen in der Hand. Bin vom Gerüst gefallen.»

Ein Schatten der Verwunderung tanzte in ihren graublauen Augen. Sie ließ den Paß los, er riß ihn an sich. Die Brücke war verbrannt.

Ein nasserer Waschlappen, als Hans Fredrik Jensen alias Vilhelm Thygesen war, hatte noch nie die Flugzeugentführerkontrolle auf Fornebu passiert. Heute enthielt seine Tasche keine Maschinenpistole. Der Sicherheitsmann preßte seine Schußverletzung, aber das war wie der Hauch von Engelsfittichen. Und er ging durch Radar und Röntgen und den Rest mit dem ruhigen Selbstvertrauen eines kleinen Suffmaurers, der nicht vorhatte, einen Jumbojet zu kapern.

In der Transithalle angekommen, war er so benebelt, daß er eine Dose Tomatensaft kaufte. Aber er trank sie gehorsam aus. Eigentlich mußte er sich ein paar Zeitungen besorgen, hatte aber keinen Bock. Vielleicht brachten *Dagbladet* und *Klassekampen* positive Nekrologe auf ihn? Die Menschen, die an diesem Tag in der Transithalle waren, wollten nicht zu großen Abenteuern reisen. Sie waren von der Sorte, die keinen langen Osterurlaub nehmen kann, und sie wirkten irgendwie verspätet, als würden sie ihr Ziel nie erreichen. Ein Mann seines eigenen Alters stolperte mit einem halb geleerten Flachmann in der tätowierten Hand umher. Aber weil alle in milder Stimmung waren – vielleicht auch, weil sie etwas aus dem schrecklichen Unglück in der Nordsee gelernt hatten –, behandelten sie ihn mit einer Nachsicht, die See- und Ölleuten sonst nicht zuteil wird.

Thygesen entdeckte, daß sein Paß in seinem Schoß lag. Der Reichslöwe war heute guter Laune und streckte ihm die Zunge heraus. Die Axt, die der Löwe in den Klauen hielt, sah ungefährlich aus wie ein Kinderspielzeug. Er gab dem Paß einen flüchtigen Kuß und steckte ihn in die Tasche.

Im Paß stand, er sei 1925 geboren. Glaubte die verdammte Tussi in der Paßkontrolle wirklich, er wäre 55 Jahre alt? Was für blinde Hühner wurden bloß heutzutage eingesetzt? Meinten die denn, eine so wichtige Angelegenheit wie die Paßkontrolle ließe sich erledigen, indem man dasaß, ein paar Kugelschreiber am Busen schwenkte und jung und lekker aussah? Sie hätte wegen Pflichtversäumnis angezeigt werden sollen. War er vielleicht ihr Vater? Hatte er angehende Polizistinnen gezeugt? Glaubte sie vielleicht, er würde in zwölf Jahren in Rente gehen? Blöde Kuh. Wenn er gekonnt hätte, wäre er zurückgegangen und hätte es ihr hier und dort besorgt.

Ach, sollte sie doch da sitzen und ihren kleinen Polizeihintern wetzen, bis sie selber 55 war. Er hatte anderes zu betrachten. Denn miamai, miamaiou! Genau neben ihm saß das Reh! Ein kurzgeschnittenes Wesen mit schönen Wölbungen unter einem lila und gelb gestreiften Kittel, vertieft in den seligen Wodehouse. In einer glänzenden Plastiktüte unter dem Tisch bewahrte sie eine Flasche Smirnoff und eine Stange Prince auf. Nicht sein Geschmack, was Wodka und Filterzigaretten anging, aber *sie* war entschieden sein Typ, und auf ihrem Tisch hatte sie einen winzigen Martini mit Eiswürfeln, und das wies darauf hin, daß sie zur leichtfüßigen Sorte gehörte, und wer könnte jetzt wohl keinen Martini gebrauchen?

An der Theke kaufte er zwei Martini und setzte den einen auf ihren Tisch, aber sie war aus Island und verlobt. Deshalb mußte er beide Drinks kippen, zusammen mit acht Paralginchen, bevor der Flug aufgerufen wurde.

Thygesen ging als einer der letzten an Bord. In dem Moment, in dem er der SAS-Dame die Plastikhülle mit der Kopie seines Flugscheins überreichte, sah er, wie sich ein Mann von der Terrortruppe draußen auf dem Flugplatz hinter einen Gepäckwagen warf, aber er zuckte nicht so schrecklich zusammen, denn der Mann war als Gepäckmann verkleidet und schien genug damit zu tun zu haben, die Koffer wieder aufzustapeln, die vom Wagen gefallen waren.

Diesige Nullgradluft lag über dem Flugplatz. Er ging, ruhig schlendernd, an Bord der DC 9 und entschied sich für einen Platz weit hinten auf der Backbordseite, in der Raucherzone. Durch das Schwanzauge des Flugzeuges hatte er Aussicht auf eine Brudermaschine, die sich Garder Viking nannte, und hinter dem Wikinger konnte er eine weiße, kahle Fläche auf einem Berg in Vestmarka sehen, die sicher den Namen Brunkollen trug. Dort ragte eine einsame Kiefer in den Himmel. Die war bestimmt zur Erinnerung an seinen guten Freund, den bösen De Soto, dort hingestellt worden, der vermutlich dort verstorben war und unter Tannenzweigen zu Erde wurde.

«Guten Morgen, meine Damen und Herren, Kapitän Krschz und seine Besatzung heißen Sie an Bord der SAS DC 9 nach Kopnnhngen willkommen», sagte eine Stimme im Lautsprecher.

«Guten Morgen, meine Gipfel und Höhen, Kapitän Thygesen und Maurer Jensen an Bord ihres Bettes wünschen Ihnen Lebewohl, da wir augenblicklich Sinn und Verstand verlieren werden ...»

Salziger Satan! Er durfte jetzt nicht herumfaseln, wenigstens nicht so laut, daß jemand es hörte. Denk an etwas Konkretes und Erdverbundenes, dachte Thygesen. Die Gipfel, zum Beispiel, niemand kennt die Gipfel, wenn es tagt. Doch du, du Todgeweihter, du kennst sie. Weit hinten hinter Bogstadvannet kannst du einen flachen, mit Tannen bewachsenen Kamm sehen, das ist Galemyråsen. Högåsen ist schroffer und näher, und seit den Urzeiten, als du ein kleiner Räuber und Pfadfinderführer warst, haben sie den Gipfel skalpiert, so daß er jetzt weiß leuchtet. Im Süden streckt Lönnmosahögda seine sanften Kuppen nach Triungen. Das schroffe Dölefjell mit Skuta geht in Brunkollen über, das einen wütenden Tannenwust in die Luft streckt, weil es nicht so berühmt ist wie Kolsås, dieser dreckige Schieferhügel voller Generale. Dabei hat allein die kurze Strecke zwischen Brunkollen und Kolsås eine Reihe höchst bemerkenswerter Gipfel aufzuweisen: Skriverberget, Skollerudåsen, Grarudåsen und Steinshögda. In diesen Gipfeln wohnen vier Männer: einer, der schrieb, einer, der zur Schule ging, einer, der grau und einer, der *so stoned* war.

Diese Burschen hatten die Gestalt von vier Bergen angenommen und standen nun als Wachtposten um die Stadt, ohne daß die Stadt davon wußte.

Man nennt sie ‹die Stadt mit dem großen Herzen›, und du wirst sie verlassen, denn in ihrem Heiligtum bist du ein Geächteter, und vielleicht kommst du niemals zurück? Du bist ihr mit erhobenem Haupt und Knabenblick gegenübergetreten, sie hat dich in einer Blutlache geschlachtet. Aber daran sind die Stadt und ihr Wesen ohne Schuld, es sind die Menschen, die bestimmen. Sie sollten allesamt eines Tages nach Galemyråsen wandern und sich ruhig hinsetzen, in stiller Betrachtung, um zu überlegen, ob der Berg vielleicht nach einem heißt, dem die Galle übergelaufen ist. Sie sollten mit ihrem Gefasel aufhören. Die Stadt hat kein großes Herz, sie ist ein grauer Klumpen aus gestresstem Beton, wird behauptet. Aber haben sie jemals *ihre* Herzen herausgerissen und sie pochend auf den Rathausplatz gelegt – okay, heute würden die Herzen auf dem Platz in zehn Minuten zu Hackfleisch gefahren –, aber haben sie sie je einander und der Stadt angeboten? Wenn sie das täten, dann würden sie sehen, daß Irre wie De Soto, Ajacke und er selber sich nicht mehr gegenseitig ins Gedärm schießen würden, daß sich eine Göttin wie Linda nicht mehr verkaufen und sich nicht mehr die Gehirnmasse herauspusten müßte, daß das Geld allen Wert und die Geldleute allen Respekt verlieren würden, wie sie es verdienten.

Kapitän Krschz und sein Haushalt brachten die Kiste zum Abheben. Thygesen warf einen letzten Blick auf die Gipfel und beschloß, daß sie heute eine Herde Pottwale waren, die mit schweren Köpfen nach Süden jagten. Er öffnete den Gurt und ging nach achtern. In einem Kabuff spuckte er ins Klo, einfach so, und nachdem er diesen Vers gesungen hatte, setzte er sich wieder und registrierte, daß der Bundefjord völlig vereist war, daß das Flugzeug keinen Schatten über Nesodden warf und daß er seinen Tabak vergessen hatte.

Von der Stewardess bekam er Pepsi und Tabak. Noch 50 Minuten bis Kopenhagen. Er begann, die SAS-Zeitschrift *Scanorama* zu lesen. Dort stieß er sofort auf ein surrealistisches Gedicht, das seltsamerweise von Direktor Egil Abrahamsen von Det Norske Veritas verfaßt war, und zwar in der Sprache William Shakespeares:

The offshore boom that started
about a decade ago
put drilling rigs into likely
oil waters all over the world,
often without
real knowledge

of how they would stand
up to wind,
water,
and corrosion.

Veritas wasn't the only
classification society
that saw
the need for better rules and inspection,
but it was
certainly one of the first

I think we were
as fast as the others.

IT MAY SOUND LIKE BRAGGING,
BUT I THINK
WE ARE STRONGER
IN THIS AREA
THAN THE OTHERS.

Langsam ging ihm auf, daß es sich um ein Interview mit dem Direktor handelte. Thygesen wurde von stiller Freude darüber erfüllt, daß das Land noch immer Söhne besaß, die sich so furchtlos ausdrückten, nur wenige Tage vor dem größten Off-shore-Unfall der Weltgeschichte, der einem rostigen Klapperkasten widerfahren war, den Veritas für gut befunden hatte, in einer Nordsee, in der veritas-getestete Bohrinseln standen und barsten und leckten, als hätte die Gesellschaft dort draußen den größten Schrotthandel des Globus aufgemacht.

Was ist ein Mann mit Pistole verglichen mit einem Stahlkonzern? De Soto war ein Schädling. Nun gut. De Sotos Schlechtigkeit war klare und einfache Schlechtigkeit. Niemand würde auf die Idee verfallen, die Angestellten des Stahlkonzerns für besessen von derselben Schlechtigkeit zu erklären. Dennoch konnte ein Stahlkonzern mehr Schaden anrichten als hundert De Sotos. Und zu den vielen Gründen für die große norwegische Seekatastrophe gehörte auch dieser: die verdammte norwegische Selbstzufriedenheit.

Nachdem er über die Schneedecke von Östfold und Bohuslän geflogen war, ging Kapitän Krschz über dem schneelosen, gelbbraunen Schonen und dem Atomreaktor Barsebäck niedriger. Im Tiefflug überquerte er Saltholms wasserkranke Erde und landete planmäßig um 11 Uhr 30 in Kastrup.

Thygesen war klar und kalt. Er wußte genau, was er zu tun hatte. Zuerst rekognoszieren, dann publizieren und schließlich: entweichen.

Ein Schlafwandler kontrollierte seinen Paß, sah, daß er aus dem Vaterland der Riesen kam und öffnete ihn nur so eben. Thygesen ging langsam in Richtung Transithalle. Die dänischen Sicherheitsmänner hatten graue Hemden mit grünen Epauletten.

Er blieb vor einem Aussichtsfenster stehen und tat so, als untersuchte er den Inhalt seiner Tasche. Auf den Rollfeldern herrschte lebhafter Fahrzeugverkehr; Fahrräder, Trecker mit Gepäckanhängern, Ford Transits mit SAS-Emblem, ein paar gelbe VW-Busse, Fiats von der Reinigungsgesellschaft ISS, Privatwagen und eine Art blaue Jeeps, die Tankwagen zogen. Alle Einzelheiten fielen ihm so deutlich auf, als hätte er niemals etwas anderes getrunken als alkoholfreies Bier.

Ein paar Grauhemden näherten sich. Thygesen ging auf die Schranke zu, wo ein paar Käfigeulen die Leute für die Transithalle sortierten.

«Kann ich da drinnen einen Flug nach Bangkok buchen?» fragte er und zeigte auf die Arkaden mit den Luxusläden.

Alles in Ordnung, und er wanderte beschwingt ins Café. Dort kaufte er ein Krabbenbrot, ein klitschiges Milchbrötchen, einen halben Liter Milch und Kaffee. Es kostete 34 dänische Kronen. Der Kassierer bekam 50 norwegische. Unaufgefordert behielt er den Rest. Doch, Thygesen war jetzt im Römischen Reich und in der EG, *you bet*. Die Musik, die durch die Lautsprecher erklang, war haargenau dieselbe wie im *Café Eno* im Strömsvei, doch im Gegensatz zu *Eno* hatte Kastrup ständig Flüge mit Yugoslavia Airlines nach Belgrad und Pan Am nach New York.

Durch das Fenster sah er den Flughafen. Flughäfen haben nichts vom Charme, Licht und Geruch der Seehäfen. Die Möwen werden mit Netzen gefangen, damit sie nicht die Jetmotoren verstopfen, das Gras wird abgesengt, der Asphalt gekocht, die Luft getränkt von den Auspuffgasen, der Sauerstoff verbrannt, die Menschen hinter Plexiglas gesperrt, damit sie sich nicht nach Chicago schleichen können, wenn sie nur ein Ticket nach Kristiansand haben.

Thygesen gab sein Milchbrötchen einem tollwütigen Boxerwelpen, der sofort von einem Grauhemd eingefangen und weggebracht wurde. Die Hitze war entsetzlich, das Licht übertrug Lichtreflexe von den aufmarschierten Flugzeugen. Er nahm den Fahrstuhl zum Klo und wusch sich lange. In der Bar kaufte er Campari und Soda zu 22,75 dänischen Kronen und studierte die Weltzeittabelle der SAS.

Nach Bangkok ging an fast allen Tagen um 15 Uhr eine SAS-Maschine. Dienstag war so ein Tag. Flug SK 971 ging nach Osten, und dieses Flugzeug war eine DC 10. Thygesen wußte, daß DC 10s kaputtgehen, einen Motor oder zwei verlieren und auf Hausdächer fallen. Das bekümmerte ihn nicht. Er wollte ja in gar keine DC 10.

«Mein Bruder», sagte er zu einer Frau am Informationsschalter, «ist in Thailand krank geworden. Ich wüßte gern, ob ich so kurz vor dem Abflug noch ein Ticket nach Bangkok bekommen kann.»

Die Frau befragte den Computer. Es gab noch genug Plätze für den Flug SK 971.

«Was kostet der Flug?»

«6355 dänische Kronen», sagte sie und war verdammt süß und lieb und fragte, was dem Bruder denn fehlte.

«Mein Bruder Dess Otto hat Starrkrampf», antwortete Thygesen.

«O je. Wollen Sie Ihr Ticket sofort?»

«Ich muß nach Norwegen telegrafieren. Mein anderer Bruder kommt vielleicht auch mit, er ist mit einem anderen Flug aus Norwegen hierher unterwegs.»

Der Bildschirm verkündete, die Maschine nach Bangkok solle über Ausgang 39 bestiegen werden. Thygesen ging zum Fließband, das die Passagiere zu den Ausgängen brachte. Das Band verfrachtete ihn durch einen Korridor, den die Architekten von Ullersmo nicht besser hätten entwerfen können.

Nach 300 Metern sah er ein Schild: VORSICHT TRUPPE.

Er nahm die Hände hoch und fiel voll auf die Nase. Als er sich umdrehte, sah er, daß dort VORSICHT TREPPE stand. Diese Schweine!

«Muß man hier seinen Paß zeigen?» fragte er ein paar Uniformierte am Ausgang 27.

Sie hielten ihn für einen Schweden und sagten: «*No, you don't need to show a passport in any exit.*»

Er ging weiter zum Ausgang 39 und betrachtete ihn gründlich. Hier war genauso lebhafter Auto- und Jeepverkehr wie überall sonst in Kastrup. Ein paar Privatwagen parkten in der Nähe, genau unter dem Terminalgebäude. Thygesen nahm tapfer das Fließband zurück.

«Bitte, geben Sie mir das Ticket nach Bangkok», sagte er zu der Süßen am Informationsschalter.

«Wie war Ihr Name?»

Jetzt war die Zeit reif fürs Publizieren, dafür, so viele Fußspuren wie möglich im Sand zu hinterlassen.

«Vilhelm Thygesen.»

Sie notierte den Namen auf dem Ticket und sagte, er könne es in der Bank auslösen. In der Bank tauschte er 6000 norwegische um, mit denen er bezahlte, und 1000 zum Bestechen. Das war eine Menge aus dem Fenster geworfenes Geld, aber da er sich ja selber aus dem Fenster werfen wollte – gewissermaßen –, bezahlte er eben.

Ruhelos lief er vor dem Informationsschalter hin und her, rauchte, spuckte, fuchtelte mit den Armen und hüpfte ein bißchen Himmel und Hölle. Wenn die Süße sich jetzt nicht an ihn erinnern konnte, mußte sie so ausgetickt sein wie ein alter Wecker. Er ging zum Schalter und bat um Hilfe.

«Mein Bruder wollte mit dem Flug aus Bergen kommen. Das Flugzeug ist gerade gelandet, aber ich kann ihn nicht finden. Könnten Sie ihn wohl ausrufen lassen?»

Sicher konnte sie. Wie hieß denn sein Bruder?

«Ville Thygesen. Aber sagen Sie einfach ‹Herr Thygesen aus Norwegen›.»

Die Musik wurde unterbrochen. Herr Thygesen, Herr Thygesen aus Norwegen wurde gebeten, sich am SAS-Informationsschalter zu melden. Jetzt wußte ganz Kastrup, daß er vorbeigeschaut hatte, *bound for Bangkok*. Es wäre ja trist, wenn die Polizei ein frisches Interpol-Telex mit seinem Steckbrief bekommen hätte. Aber dafür müßte Ajacke verhaftet worden sein und gesungen haben, Hermann müßte gewogen und zu leicht befunden oder De Soto entdeckt worden sein – und die Helden in Oslo mußten die Bedeutung dieser Einzelfälle begriffen oder ihren Zusammenhang erkannt haben. Und warum sollten sie in Dänemark einen Thygesen suchen, wenn kein Thygesen aus Norwegen ausgereist war? Wenn sie davon ausgingen, daß er mit falschem Paß reiste, würden sie annehmen, daß er ihn auch weiter benutzte.

Er setzte sich in die Bar und wartete. Dort saß eine Frau wie Suzanne Brögger in einem Umhang so weiß wie Creme, lila Bluse und mit lila Blume im schwarzen Haar. Sie knirschte mit lila Lippen auf einem grünen Apfel aus Argentinien. Sie könnte ihn von allem wegvögeln. Aber sie war von drei Halbaffen mit Perlenketten umgeben, die fraßen Würste und Pastillen und wieherten die ganze Zeit.

Vielleicht sollte er das Ticket auf Maurer Jensens Namen umbuchen und doch nach Bangkok fliegen? Sich in Pattaya einlogieren und Hurerei tanken und Sonne treiben. Umgekehrt, du Schafskopf! Sei jetzt vorsichtig mit dem Campari.

SK 971 nach Bangkok wurde aufgerufen. Thygesen nahm die Tasche, sammelte seine Kräfte, um dem Korridor zu trotzen, und stellte sich auf das Fließband, das ihn zum Ausgang 39 brachte.

27

Thygesen entschied sich für einen jungen Reisenden, der dem Geißbock vom Abelhaugen nicht ganz unähnlich sah. Der Junge war aus Deutschland und wollte Papa besuchen, der da draußen im Teakgeschäft war. Thygesen fragte, ob er 500 dänische Kronen verdienen wolle. Er hielt ihm den Betrag hin. 25 graugelbe dänische Zwanzigkronenscheine sahen ziemlich beeindruckend aus. Der Junge rutschte unruhig auf dem roten Glasfasersitz in der Wartehalle herum, als hätte Thygesen ihn schon ins WC gelotst und ließe die Hose fallen.

Er durfte das nicht mißverstehen, erklärte Thygesen auf germanisch. Es ging um eine Wette, einen Spaß unter Freunden. Er könnte die fünfhundert haben, wenn er Hand in Hand mit Thygesen durch die Ticketkontrolle gehen und ihm im Ausgang einen Kuß geben würde.

«Was?» fragte der Junge.

«Ein Küß», sagte Thygesen und schmatzte in die Luft. «Nicht so langvarig. Ganz kurz und schnell.»

Der Junge grinste und rutschte weiter hin und her. Thygesen steckte ihm die 500 in die Brusttasche, als wäre er Portier im *Centrum*. Er war etwa achtzehn und sah geschlechtsreif aus. Ein netter kleiner Freund für ein altes Schwein wie Thygesen.

«In dem Korridor sagen wir auf Wiedersehen», sagte Thygesen. «Und ich verschwinde. Ich absentiere mich.»

Bangkok boarding. Die Passagiere im Warteraum strömten am Ausgang zusammen. Thygesen trat die Tasche unter den Stuhl, streichelte seinem neuen Freund über den Kopf und führte ihn zur Schlange. Er achtete darauf, daß sie in eine Gruppe von thailändischen Studenten beiderlei Geschlechts gerieten.

Er gab der Ticketdame Vilhelm Thygesens Ticket. Als Vilhelm

Thygesen würde er auf der Passagierliste auftreten und SAS allerlei Kopfzerbrechen bescheren.

In dem trichterähnlichen Gang, der zur Vordertür des Flugzeuges führte, blieb er stehen und packte den Deutschen mit festem Griff. Der Junge gab ihm einen trockenen Kuß auf die Wange. Thygesen preßte ihn an sich und leckte ihm das halbe Gesicht. Die Thaistudenten stießen sich an und kicherten. Zu Thygesens großer Freude verstopften sie den Flugzeugeingang. Stewardessen oder Stewards auf der anderen Seite des Eingangs würden nicht sehen können, daß er verduftete.

Er ließ den Jungen los, seufzte tief und innig, winkte ein kurzes Lebewohl und glitt wie ein Schatten durch eine Tür zu seiner Linken. Wozu diese Tür diente, wußte er nicht genau. Wahrscheinlich wurde sie vom Kabinenpersonal, von Cateringleuten, die Waren an Bord brachten, und von Flugkapitänen benutzt, die vor dem Abflug noch einmal pissen mußten. Ihm egal. Das einzig Wichtige war, daß diese Öffnung nicht zum Flug SK 971 führte, sondern auf eine Treppe, und diese Treppe nach unten. Er rückte seinen Schlips gerade und ging ruhig und würdevoll die Treppe hinunter. Jetzt war er kein alternder und hektischer Schwuler mehr, jetzt war er ein besonnener Agent des norwegischen Nachrichtendienstes und der Terrorbekämpfung.

Zwei Privatwagen standen in zehn Meter Entfernung. In einem las ein junger Mann eine Zeitung. Es war ein grüner Mazda-Kombiwagen.

Thygesen klopfte diskret ans Seitenfenster. Der Fahrer kurbelte das Fenster nach unten.

«Pedersen?» fragte Thygesen.

Nein, der Fahrer schüttelte den Kopf und war nicht Pedersen.

«Verdammt», sagte Thygesen. «Pedersen ist unser dänischer Kontaktmann. Er wollte mich hier mit einem japanischen Wagen abholen.»

Seine gute Scheckkarte von der Sparebank hatte Thygesen parat. Er hielt sie so, daß nur sein Foto zu sehen war.

«Norwegische Sicherheitspolizei», sagte er. «Überwachungsdienst. Ich habe einen verdächtigen Burschen beschattet. Einen mutmaßlichen Baader-Meinhof-Mann. Leider war es der Falsche.»

Der Fahrer war ganz Ohr.

«Jetzt muß ich meine Kollegen im Hovedbanegården verständigen, damit der Richtige nicht mit der Bahn entkommt.»

Thygesen winkte mit einem Bündel neuer Zwanzigkronenscheine.

Alles klar für den Fahrer. Thygesen ging um das Auto, warf einen Blick auf die Flugzeugtreppe, wo alles ruhig blieb, öffnete die Tür und stieg ein.

Er hatte angenommen, daß es einem Mann mit Dreck am Stecken leichter fallen müßte, aus einem großen internationalen Flughafen *hinaus* als in ihn *hinein*zukommen. Wenn diese Annahme stimmte, war er erst einmal gerettet.

Der Fahrer fuhr im Zickzack zwischen Containern und Gepäckwagen hindurch. In überraschend kurzer Zeit erreichten sie ein offenes Tor im Drahtzaun. Im Tor standen zwei dänische Polizisten. Sie hatten hohe, schwarze Gestapomützen, trugen ihre Revolver in Lederhalftern an den Hüften und schienen blonde Trottel zu sein. Aber Thygesen wollte sie nicht unterschätzen. Er blickte geradeaus und versuchte, ein Derrick-Doppelkinn zustande zu bringen.

Der Fahrer zeigte seinen Flugplatzausweis, den er an seiner Jacke befestigt hatte. Er wechselte ein paar Worte mit dem Polizisten, der sich über das Auto beugte und Thygesen betrachtete. «Schwedischer Spion», glaubte Thygesen zu hören. Der Bulle winkte sie durch das Tor, und die Luft, die sich in Thygesen angestaut hatte, fand den Ausgang, oben und unten, aber er gebrauchte, so gut er konnte, die Schalldämpfer.

Sie schlängelten sich durch den Stoßzeitverkehr auf dem Amager Boulevard. Thygesen blickte nervös auf die Timex. Aber er hatte viel Zeit. Himmel, seit dem Kommiß hatte er nicht mehr so viel Zeit gehabt.

Der Fahrer war ein Steward von Mærsk Airlines, der ein Techtelmechtel mit einer Stewardess unterhielt, die nicht nach Bangkok mußte, die aber ein Verhältnis mit dem Kapitän der Maschine hatte, wenn er recht verstand. Er hörte nicht richtig zu, denn er dachte an die Aufregung, die es in Bangkok geben würde. In einem halbleeren Flugzeug wurden die Passagiere sicher nicht gezählt. Vielleicht wurden auch bei der Kontrolle in Bangkok die abmarschierenden Passagiere nicht mit der Liste verglichen. Aber sobald die Polizei in Oslo aufwachte und ihre Fahndungs-Telexe nach Ost und West schickte, würde es Aufregung geben. Vor allem im Osten. Die Computer von Kastrup würden ihn melden, die Ticketfrau würde schwören, daß er sein Ticket in Empfang genommen und an Bord gegangen war. Wie er nach Kopenhagen gekommen war, würde nicht so interessant sein. Und wenn er sich im Kettenkasten der Fährendregg versteckt hätte. Vielleicht würde man anfangen, in Nyhavn nach Maurer Jensen zu suchen. Die Tussi von der Paßkontrolle in Fornebu würde einen Verweis ernten.

Dann würden all die großen und kleinen Chefs im Dezernat Theorien ausbrüten. Ist der Gesuchte über dem Indischen Ozean mit dem Fallschirm abgesprungen? Hat er sich im Toilettentank versteckt? Kaum. Also hat er einen falschen Paß, hat sich unterwegs die Haare gefärbt und möglicherweise SAS-Servietten in die Wangen gestopft, wie Marlon Brando im ‹*Paten*›, um seine müde Visage älter wirken zu lassen.

Und nun würde das Ungemach für alle europäisch aussehenden Mannsbilder zwischen 25 und 50 (nicht 55, zum Teufel!) anheben, die mit Flug SK 971 nach Bangkok gereist waren, um Hurerei oder Geschäfte zu betreiben. Harte, kleine Thai-Polizisten würden sie aufsuchen und die Echtheit ihrer Pässe stark anzweifeln. Wer Thygesen am ähnlichsten sah, konnte mit ein paar Tagen in einem tropischen Kaschott rechnen, während die Interpol-Computer Informationen über Fingerabdrücke und Körperbau austauschten.

Der Mazda schlich über den H. C. Andersens Boulevard und hielt am Rathausplatz. Thygesen stieg aus, dankte dem Fahrer und versprach, sein Bestes zu tun, um den Terroristen zu fassen, der sicher ein Enkel des berüchtigten Dr. Mengele in Paraguay war.

Zufrieden mit einem so dramatischen Tag und mit 500 Eiern winkte ihm der Fahrer munter zu, machte eine Taxenumdrehung und gab Gas zurück nach Kastrup, um herauszufinden, wie sich die Intrige zwischen Stewardess und Flugkapitän in seiner Abwesenheit entwickelt hatte.

Thygesen war mitten in Kopenhagen, und es war Frühling und 15 Grad plus. Die Sonne schien auf Wikinger, die in Luren bliesen, auf Drachen, die von Stieren getötet wurden, auf Männlein in Hut und Mantel auf dem Dach des Rathauses und auf alles, was es sonst noch an Skulpturen in der Nähe gab. H. C. Andersen saß in Bronze gegossen da und krümmte sich und vergaß, an das arme Mädchen mit den Schwefelhölzern zu denken. Thygesen ließ sich von Andersens Geist fangen. Er dachte nicht eine Sekunde an das Mädchen, das er einmal in einem Park in Vålerenga getroffen hatte. Das Mädchen mit den Schwefelspritzen. Nein, er setzte sich in ein Straßencafé mit Namen *Pizzeria Vesuvio*. Dort aß er knallrote Würste und trank patinagrünes Tuborg, während das Leben vorüberwimmelte.

Kopenhagen hatte ihn nie angezogen. Er kannte die Stadt nicht, und die Stadt kannte ihn nicht. Astrid hatte ihn ein paarmal hergeschleift, um mit ihm ins Königliche Theater zu gehen, aber er soff sich auf der Fähre immer sternhagelvoll, und im zweiten Akt mußte er dann dringend pissen. Außerdem gehörte Astrid in ein anderes Leben. Er erwog, ihr eine Postkarte zu schicken, verwarf den Gedanken aber. Ein Sadist war er nicht.

Nach ein paar Tubörgchen fing er an, Leute in grünen Parkas mit Fellrand an der Kapuze zu zählen. Er kam bis 116, dann gab er auf. Er begriff. Die Dänen bereiteten sich darauf vor, Grönland, oder war es Spitzbergen, am 1. Mai um 12 Uhr zu besetzen. Aber warum ließen sie die Invasionstruppen schon am 1. April in aller Öffentlichkeit herumlaufen? Es sah außerdem verdammt warm aus. Wenn diese Parkas eine Modetorheit waren, dann waren die Leute hier verrückter als früher. Aber so war es wohl überall.

Eine Stunde lang zählte er Frauen mit Pferdeschwänzen, kam durcheinander und gab auf. Die schönsten Frauen fuhren Rad. Auch das war neu. Früher hatten die schönsten Frauen etwas ganz anderes getrieben.

Er stand auf und bat sie höflich, den Teufel zu tun. Der Engel Doris war sehr verwundert. Sie schlug die Fittiche zusammen. Thygesen zog den Reißverschluß hoch, legte ein paar Zehner aufs Bett und ging.

Nichts Menschliche ist mir fremd, hatte irgendein blöder Dichter einst ausgerufen.

Alles Menschliche ist mir fremd, dachte Thygesen, fand ein Taxi und bat, zum Bahnhof gefahren zu werden. Entweder hatte er sich unklar ausgedrückt oder unterwegs anders entschieden. Denn das Taxi hielt vor dem Jazzclub *Montmartre* in der Nörregade. Thygesen sagte «hallo» zu einer Dunkelhaarigen am Eingang, bezahlte 25 Kronen und war im *Montmartre*. Astrid hatte ihn früher in diese kulturradikale Höhle gelockt, nachdem er auf dem Plüsch des Theaters gesessen hatte. Jetzt war er wieder hier, und Allah wußte, warum.

Der Raum war halb voll, und das Publikum saß da mit Vino Tinto und Kerzen Blanco und hörte andächtig vier Jazzmusikern zu, zwei dunklen und zwei Dänen. Thygesen kaufte den Rotwein des Hauses und erfuhr, daß das Kenny-Drews-Quartett spielte. Er hielt den Schlagzeuger für Kenny Drews, aber es war der Pianist. Spielen konnten sie jedenfalls.

Er war in einen Laden gekommen, wo Musik verkauft wurde. Besser so ein Laden als einer, der Sex verkaufte.

Ein paar einzelne Frauen waren in ihre Gläser und die Rhythmen vertieft. Thygesen studierte hier einen Jeansschenkel, dort einen Katzennacken, fing einen Blick, sah Zähne weiß glänzen. Konnte er Frauen wirklich nur als Unterlagen ansehen? War er vielleicht hergekommen, um eine Nummer aufzureißen, ehe sie ihn krallten, die verdammten Richter, die ihn am Ende der Allee erwarteten, in der er herumtorkelte – nur eine letzte Nummer, ehe die eisernen Türen verriegelt würden? Pa! Er würde nicht hinter Schloß und Riegel zurückgehen. Das Spiel war doch gelungen. Er war so frei wie der Saxophonist auf dem Podium. Alles, was er sich ausgedacht hatte, hatte gut funktioniert. Durch Hunderte von Generationen hatte sich der Jäger–Wild-Instinkt auf ihn übertragen. Er meisterte die Rolle des Gejagten. Triumph! Er hatte seine Verfolger gelinkt! Er war ein As! *Skål*! Die Tischplatte kam näher. Er durfte jetzt nicht seinen Plan vergessen. Er durfte gar nicht hier sein. Er schob den Tisch weg, der kippte um, aber er hatte Tarzankräfte und hob ihn wieder auf.

Merkten sie das, die anderen Tranis im Lokal? Seine Kräfte! Und die innere Zärtlichkeit, die er ausstrahlte? Zärtlich war er, und liebevoll! Aggressiv? Er? Teufel auch! Die Tischplatte wollte ihn wieder grüßen. Er würde den verdammten Tisch platt schlagen. Hier! Und da! Willenskraft hatte er auch. Der verdammte saure Wein, der hier serviert wurde, konnte ihn nicht ablenken.

Man wollte ihn zum Schweigen bringen. Ein ganzer Harem mit roten Mündern wollte ihn zum Schweigen bringen. Er schiß auf Haremshuren! Zwei Männer mit Rausschmeißergesten kamen angewackelt. Suff und Pillen und Pulver konnten *ihm* doch nichts anhaben! Er würde es ihnen zeigen. Er war der Papa der Willensstärke. Aufgepaßt!

Die Karaffe, die er geworfen hatte, traf offenbar die Wand. Ein roter Fleck breitete sich auf der gekalkten Wand aus.

Die Rausschmeißer kamen näher. Thygesen schleuderte ein paar Stühle nach ihnen und lief. Er lief und lief, bis er keine Luft mehr bekam.

Die Uhr eines Uhrmacherladens zeigte zwanzig vor elf. Er konnte es noch schaffen. Sein Mantel war weg, aber Schlüssel, Paß und Geld hatte er in Bernhards Anzug. Er lief durch enge Straßen, kam auf einen großen Platz, rannte auf ein Taxi zu, stolperte über einen Kantstein und spürte, wie das linke Bein vor Schmerz heulte.

Das Taxi nahm ihn auf und lieferte ihn am Bahnhof ab. Auf der Toilette bürstete er sich ab und wusch sich, hinkte zum Schalter und kaufte für 222 norwegische Kronen eine Fahrkarte und einen Schlafwagenplatz.

Um fünf vor elf stieg er in Wagen 216 und fand Bett 20. Ehe der Zug sich in Bewegung gesetzt hatte, lag er ausgestreckt auf dem Bett. Die Zugbetten wurden geschüttelt. Er war über Helsingör und Kornsjö unterwegs nach Oslo.

Mitten in der Nacht wollten sie ihn verhaften. Es waren zwei Polizisten in komischen schwedischen Uniformen. Ihnen fehlten Schiffchenmütze und Koppel. Sie schüttelten ihn. Aber er war schon wach genug, um zu wissen, was sie wollten. Sicherheitshalber kroch er aus dem Bett, nahm die Hände hoch und drehte ihnen den Rücken zu. Der Zug schlingerte. Er spürte die Wand unter Fingerspitzen und Handflächen vibrieren, aber keine durchsuchenden Hände.

Jemand lachte. Die Kerle in den Uniformen lachten, und auch sein Mitreisender im unteren Bett.

Thygesen versuchte auch zu lachen. Das Lachen blieb ihm in der Kehle stecken. Es kam à la Ajacke heraus, wie Axt in roher Birke.

Es war die Paßkontrolle in Helsingborg. An die hatte er nicht gedacht.

«Zoll», sagten die Zöllner.

Zoll, wie doll, dachte Thygesen. Er gab ihnen den Maurer-Jensen-Paß. Sie würdigten ihn kaum eines Blickes.

Der eine hatte ein rundes Kindergesicht mit schmalen Augen. Er fragte nach dem Gepäck. Thygesen lachte und sagte, er habe keines und auch keinen Mantel.

Babyface schnitt eine mißtrauische Grimasse.

Hermann ist vielleicht mit seinem echten Paß und den Stiefeln voll H durchgekommen. *Ihm* haben sie nur ‹Gute Nacht› zugezwinkert, dachte Thygesen. Aber mich kassieren sie, obwohl ich rein wie ein Lamm bin. Nur weil ich keinen Koffer habe! Ein Pappkoffer mit einer Salami wäre genug gewesen. Aber jetzt werden sie mich auf den Kopf stellen, und in ihrem Frust darüber, daß sie in meinem Enddarm nichts gefunden haben, auch nicht mit ihrer Taschenlampe, werden sie meinen Paß noch einmal untersuchen. Und dann brauche ich nur noch jedes Jahr zu Weihnachten an König Olav ein Begnadigungsgesuch zu schreiben, und dann an König Harald und vielleicht an König Haakon Magnus.

«Zuviel gebechert da unten», sagte er und versuchte, nach Wein zu riechen. «Gibt Stunk, wenn ich zur Madame zurückkomme. Hab eine

Tasche mit Schnaps und Zigaretten und meinen besten Mantel verloren.»

Babyface betrachtete ihn wie eine tote Wespe in der Frühstücksteetasse.

«Hütet euch vor dem Alkohol», sagte er und wünschte Frohe Ostern.

In drei Sekunden hatte Thygesen seine Freiheit, einen moralisch wertvollen Rat, der ihm ein besseres Leben sichern konnte, und den Wunsch erhalten, er möge die Osterwoche genießen.

Er klappte auf einem dafür geeigneten Sitz zusammen.

«Hütet euch», sagte der Mann im unteren Bett und bot eine geöffnete Chivas Regal an, die er unter der Bettdecke versteckt hatte. Er schlug die Decke beiseite und zeigte sechs weitere Flaschen. Aus Höflichkeit nahm Thygesen einen Schluck.

«Wir Norweger sind doch clevere Burschen», sagte der Schnapsschmuggler.

«Das kann man wohl sagen», antwortete Thygesen.

Bei Moss erwachte er.

Am Ostbahnhof wartete niemand auf ihn. Die Mappe mit den 40000 lag im Schließfach.

Er ging in eine Telefonzelle, rief das Altersheim in Tåsen an und sprach mit einer älteren Pflegerin, die offenbar die verantwortliche Person dort war.

«Unterliegen Sie der Schweigepflicht?» fragte Thygesen.

«Jaaaa ...?»

«In bezug auf Patienten und ihre Angehörigen?»

«Ja. Worum handelt es sich?»

«Um eine Frau Thygesen.»

«Ja, die Arme, sie hat gerade ihren Sohn ...»

«Hat sie verstanden, worum es ging, als ihr vom Tod ihres Sohnes erzählt wurde?»

«Das bezweifeln wir. Aber hundertprozentig sicher kann man nie sein. Mit wem spreche ich?»

«Kriminalpolizei. Es ist ein schreckliches Mißverständnis passiert. Es hat sich herausgestellt, daß der Tote gar nicht Thygesen war.»

«Großer Gott!»

«Können Sie ihr das sagen, schonend, ohne ihr einen neuen Schock zuzufügen? Ihr Sohn lebt.»

«Ich muß mit der Leiterin sprechen.»

«Selbstverständlich. Aber was Sie ihr auch erzählen, sie darf auf keinen Fall zur Beerdigung kommen.»

«Zur Beerdigung?»

«Aus verschiedenen Gründen – die mit der Aufklärung des Falles zu tun haben – können wir die Bestattungsgesellschaft noch nicht darüber informieren, daß der Tote nicht Thygesen ist. Es ist ein unbekannter Ausländer, ein Krimineller. Aber er muß begraben werden, als wäre er Thygesen.»

«Wie schrecklich.»

«Ja, wir tun das auch ungern. Und es muß streng vertraulich behandelt werden. Geheim. Wir haben gute Erfahrungen mit Frauen in verantwortlicher Stellung. Niemand kann mit solchen Dingen so gut umgehen wie sie.»

«Was ist mit der Schwester?»

Verdammt! Die war natürlich von den Kanarischen Inseln gekommen, um ihn einzubuddeln und auf das Erbe zu warten.

«Die Schwester darf nicht erfahren, daß es sich nicht um ihren Bruder handelt. Wir vertrauen ihr nicht so ganz. Schicken Sie sie zur Beerdigung. Aber Frau Thygesen muß die Teilnahme aus medizinischen Gründen untersagt werden.»

«Sie können sich auf uns verlassen. Wir wissen, was unsere Pflicht ist.»

«Sehr liebenswürdig», sagte Thygesen.

So war ihm doch eine Zuschauerin auf dem Friedhof sicher, und sie würde so viele Krokodilstränen über dem Grab weinen, daß der arme Hermann zu allem Überfluß auch noch ertrinken würde. Danach würde sie im *Continental* ein Begräbnisbier abhalten, gegen das sogar die groteskeste Feier im Irrenhaus anständig wirken würde.

Thygesen fuhr mit dem Taxi in die Schæffersgate und holte seine Pistole. Er überlegte, ob er Bernhard einen Zettel schreiben solle, ließ es aber sein. Das Taxi fuhr ihn weiter, es fuhr einen Mann, mit einer Mappe voll Erpressungsgeld und einer Mordwaffe im Schoß. Mehr besaß dieser Mann nicht. Doch, er besaß ein paar Autoschlüssel.

Bei *Sagene Lunchbar* stieg er aus. Männer reifen Alters hatten dort über einem Halben die Osterferien begonnen. Thygesen trank Kaffee und aß ein paar Brötchen. Er war nur 50 Meter von dem Haus entfernt, in dem Linda vielleicht immer noch war.

Du bist schön, meine Freundin, wie Thirza, lieblich wie Jerusalem, schrecklich wie Heerscharen.

So stand es im Hohen Lied, und er hatte nie begriffen, was damit gemeint war. Aber jetzt verstand er. Sie war schön und lieblich, gehörte aber zu einer schrecklichen Heerschar. Mußte das immer so sein? *Wende deine Augen von mir, denn sie verwirren mich!* Sollte er einen heftigen Versuch machen, sie fortzureißen, sie zu dem mitzunehmen, was er nun vorhatte?

Aber sein Plan war so unklar! So lächerlich symbolisch. Er wollte vom Schnee zum Schnee flüchten. Vom weißen Schnee des Todes in den wirklichen Schnee. War das eine Rettung? Vielleicht für ihn, denn der wirkliche Schnee war sein Freund. Aber für sie, die nicht einmal wußte, wo Sörkedalen lag?! Ach, verdammt, Linda, hei, du, du liebe, verdammte Narkohure, du hast noch nie Skier unter den Füßen gehabt. Auch, weil sie so anders war, hatte er etwas für sie empfunden.

Welche bittere, blutige Ironie lag im letzten Vers des Hohen Liedes: *Flieh, mein Freund, und sei gleich einem Reh oder jungen Hirsche auf den Würzbergen!* Auf dem köstlichen Opiumberg, wie? Sie waren gehässig, diese Propheten.

Er trank seinen Kaffee aus und ging zum River hinunter. Auf einem kleinen Parkplatz bei der alten Sagenebrücke stand ein schwarzer Pontiac Trans Am mit einem Playboy-Karnickel im Heckfenster. Er schloß auf, riß den Kaninchenaufkleber ab, probierte die Gänge aus, fand den Rückwärtsgang, startete. Er kam sich vor wie ein Pilot. Der Motor schnurrte wie ein Puma.

Die Stadt erinnerte an die Wohnung in Haugerud an dem Tag, als er und Astrid ausgezogen waren, jeder in eine neue Wohnung. Leer, und als hätte es dort nie Leben gegeben, mit dem Geruch des Staubes, den sie von den Vorhangstangen und Schränken heruntergewirbelt hatten, im halbherzigen Versuch eines Großreinemachens.

In Norwegen sollte die Revolution zu Ostern ausbrechen, hatte irgendwer gesagt. Ganz still und leise die Stadt nehmen, während Regierung und Parlament, Polizei und Heer auf ihren Hütten sind. Dasitzen und ihnen eine lange Nase und das Gewehr zudrehen, wenn sie zurückkommen, die Lautsprecher über Karl Johan brüllen lassen, daß hier eine riesige sozialistische Revolution stattgefunden hat.

Wer hatte das gesagt? Ach, nur so ein Grünschnabel von einem Autor, der ihn ein paarmal in Ullersmo besucht hatte. Er wollte ein Buch über den Fall schreiben, mit dem Titel ‹*Das Eiserne Kreuz*›, nach dem Eisernen Kreuz, das sie bei dem Mann ohne Gesicht, dem Nazi aus Buenos Aires, gefunden hatten. Aus dem Buch wurde glücklicherweise nie etwas, aber der Autor hatte andere Bücher geschrieben. Komischerweise hielt er noch immer an seinem blöden Marxismus-Leninismus fest, obwohl es dafür keinen Markt zu geben schien. Jeder nach seinem Geschmack, sagte der Bischof und küßte die Kuh.

Der Typ war ihm nicht unähnlich gewesen, sie hatten eigentlich einige Gemeinsamkeiten. Beide waren sie gestrandete Trottel aus dem Westend. Aber dieser dumme Autor würde noch auf den Arsch fallen und das ganze Proletariat vergessen, wenn seine Locken grau, die Schnitzel zu fett und der Wein zu süß würden. Als Kokainwrack in weißer Villa auf Kreta enden und Schmalz schreiben. Hinter seinem Charme versteckte sich ein Moralist, ein kleiner sektiererischer und selbstzufriedener Feigling. Hinter seinen großen Worten hatte Thygesen Unsicherheit und Lebensangst geahnt. Und er ließ sogar öffentliche Selbstkritik vom Stapel, mit einem Schafsgesicht. Gerüchten zufolge war er gar nicht so toll, wie er tat.

Aber er machte immer noch seinen eigenen Kram, ein völliger markloser Opportunist war er also doch nicht?

Thygesen überlegte, was ihn das Treiben dieser Miniparteiheinis eigentlich anging, nachdem sie der Welt bewiesen hatten, daß sie die Welt nicht begriffen, weder in Norwegen noch in China. Einmal hatte er ihnen nahegestanden, hätte beinah gemeinsame Sache mit ihnen gemacht. Jetzt sollten sie von ihm aus die Mao-Bibel studieren, in ihrem albanischen Fett braten und auf den gesegneten Tag warten, an dem die Russen kommen und ihre Weissagung über Armageddon sich erfüllen würde.

Er dagegen flog im Tiefflug in einem herrlichen Amerikaner über den Drammensvei! Er hatte sie alle hinter sich gelassen, die Hobbybolschewiken und die Helden von der Polizei, die Staatsanwälte und Richter, Larry und seine Seifenwichser, Narkos, Spitzel, Gangster und Dealer, weg waren sie! Nun fuhr er aus seinem Scheißleben, weg von wildem Suff und neurotischem Gevögel, er war frei.

An der Esso-Tankstelle in Hövik tankte Thygesen bestes Super, kaufte Zigaretten, Obst und einen Dachgepäckträger für Skier, den er gleich aufmontierte.

In Drammen hielt er kurz bei einem Sportgeschäft und hatte in Null Komma nichts eine volle Ausrüstung zusammen: schmale Landsem-Blizzard-Skier, einen Gebirgsanorak, Hosen, Stiefel, Wachs, Rucksack, Stöcke, Bindungen, einen Schraubenzieher, um die Bindungen zu befestigen, Strümpfe und Unterwäsche. Er nahm in einem Lebensmittelladen etwas Proviant mit und gönnte sich nach der ganzen Mühe ein paar Würstchen. Im Fenster der Würstchenbude hingen *Dagbladet* und *VG*.

Warum kaufte er keine Zeitungen? Er wollte keine kleine Meldung über weitere Drogentote in Sagene und Bjölsen sehen. Wenn die Zeitungen berichteten, eine junge Frau von 23 wäre tot aufgefunden worden, nach einer Überdosis, wollte er das am liebsten nicht lesen. So einfach war das.

Er flog durch Eiker, leicht wie ein Vogel. Die Karre hatte wirklich Schwung! Kam im Dritten leicht auf 120. Er schaltete das Autoradio ein. Die Halb-eins-Nachrichten waren voll von Nordsee-Neuigkeiten und Osterverkehr. Er legte eine Kassette ein. Shirley Bassey. Hatte sie schon einmal gehört, in einem Hotelzimmer, auf dem er mit einer Frau zusammen war. Er brauchte nur einen Knopf zu drücken, und Shirley Bassey sprang heraus, statt dessen hinein mit Cat Stevens. Im *Casino* hatte ihm mal eine erzählt, er hätte Ähnlichkeit mit Cat Stevens.

Kongsberg lag rasch hinter ihm. Den Hang nach Meheia wurde er mit 100 fast hinaufgesaugt. Er bretterte durch Notodden. Hier hatte die verdammte Affäre, die seine Polizeikarriere ruiniert hatte, angefangen. Zwei Kinder waren bei einem Attentat auf einen roten Buchladen verbrannt. Er hatte sich dabei engagiert. Schluß, aus.

Durch Sauland ließ er den Trans Am im Marschtempo 90 fahren. Sein linkes Bein wurde langsam steif, und in dem Tal gab es ständig Verkehrskontrollen. In Tuddal bog er nach links ab. Sonne über Tuddal! Er eilte in Richtung Gaustatoppen. Sollte er da nicht hin wie ein Hemingwayscher Leopard auf dem Kilimandscharo? Wollte zur Hütte, doch. Den Svinerudveien hinab, durch Rjukan und zur alten Hütte in Rauland hinauf. Das Bein verheilen lassen, den Finger. Die Nierenwunde war ja fast schon heil. Wenn die Osterferien vorbei wären, würde er die Berge für sich haben. Die Skikondition würde zurückkehren. Der Schnee würde bis in den Mai liegenbleiben. Er könnte eine lange Tour durch Hardangervidda machen. Sudalsheiene probieren, wo er als Junge gewesen war, wenn der neue Stausee sie nicht zerstört hatte. Vielleicht lieber gleich nach Jotunheimen. Und derweil wurde er im Dschungel von Thailand gesucht.

Cat Stevens hatte ausgesungen, und weil er vergessen hatte, das Radio auszuschalten, meldete es sich automatisch mit behaglicher, norwegischer Klimpermusik.

Das Kartenhaus stürzte ein. Es stürzte genau um 14 Uhr 05 ein. Er war zu den schlaffen Kurven oberhalb der Hütten in Tuddal gekommen, fast auf gleicher Höhe mit Gaustakneet. Erst brachten die Nachrichten wieder Nordsee und Ostern. Dann nahm der Sprecher sozusagen Anlauf. Es war eine neue Radiostimme, die er nicht kannte. Aber er würde diese Stimme nicht vergessen: «Die Polizei in Oslo hat heute vormittag eine dreiundwanzigjährige Frau verhaftet, die verdächtigt wird, einen dreiunddreißigjährigen Mann ermordet zu haben, der seit letztem Donnerstag als vermißt gemeldet war ...»

Thygesen schlingerte nach links, rutschte über die Straße und kratzte am rechten Straßenrand entlang, bis er den Wagen zum Stehen brachte.

«Die Frau wurde während einer Routinedurchsuchung in einer Wohnung in Sagene verhört, in der starker Drogenmißbrauch vermutet wurde. Während des Verhörs brach sie plötzlich zusammen und gestand den Mord. Danach kam es zu einer tätlichen Auseinandersetzung zwischen der Frau, einem anderen Anwesenden und der Polizei. Wir senden gleich eine wichtige Suchmeldung der Osloer Polizei, doch zunächst schalten wir zu unserem Reporter Börge Nilsen.»

Der Teufel soll dich holen, Linda, der Teufel soll dich holen!

«Was ist eigentlich in dieser Wohnung passiert, vor der wir nun stehen? Wir fragen Gunnar Hovden von der Osloer Polizei.»

«Wir wollten in eine Wohnung, weil sich die Nachbarn über Lärm beschwert hatten. Die Wohnung war schon früher durch Drogenmißbrauch und -handel aufgefallen. Wir platzten in – ja, wie soll ich sagen? – eine Gesellschaft von fünf Rauschgiftsüchtigen. Die Frau, um die es hier geht, war in sehr schlechter Verfassung, und wir ließen sie ins Krankenhaus bringen, wo sie sich noch befindet, sie ist noch nicht außer Gefahr, und plötzlich gestand sie diesen Mord.»

«Hatten Sie schon den Verdacht gehabt, der vermißte Dreiunddreißigjährige könnte ermordet worden sein?»

«Wir hatten einen Verdacht und waren dabei, einen vor kurzem bei einer Brandstiftung Umgekommenen zu identifizieren. Aber ich weiß nicht, wieviel ich darüber schon sagen darf. Es ist eine ziemlich verwikkelte Geschichte.»

«Zurück zu den Ereignissen in der Wohnung ...»

«Unmittelbar nachdem die Frau gestanden hatte, wurde sie plötzlich von einem anderen Verhafteten angegriffen, der sich bis dahin still verhalten hatte. Wir konnten ihn unter Kontrolle bringen, nachdem er der Frau ein paar ernsthafte Schläge mit einer Flasche versetzt hatte. Einer unserer Beamten wurde in der Magenregion verletzt und ist nun auch im Krankenhaus.»

«Was war das Motiv des Fünfundzwanzigjährigen – so alt ist er doch? – für diesen Angriff?»

«Als er über sie her – . . . als er sie angriff, rief er, *sie* hätte niemanden umgebracht, und erwähnte eine weitere Person. Diese Person hat er im Verhör auch des Mordes an einem Mann von etwa 50 bezichtigt, der uns nicht als vermißt gemeldet ist und der nun in Vestmarka gesucht wird, wo wir seinen Wagen auf einem Parkplatz gefunden haben.»

«Wird ein Zusammenhang zwischen diesen beiden Morden angenommen?»

«Ja. Und wir vermuten, daß Rauschgiftschmuggel das Ganze ausgelöst hat. Darüber hinaus kann ich noch nichts sagen. Der Fünfundzwanzigjährige ist im Handgemenge so stark verwundet worden, daß wir bisher nur wenig von ihm erfahren haben.»

«Mußte die Polizei hart durchgreifen?»

«Ja, leider. Aber der Mann wurde auch noch von dieser Frau verletzt. Sie hätte ihm fast ein Auge ausgedrückt, und wir mußten ihn im Krankenhaus verhören.»

«Solche Fälle kommen sicher nicht oft vor?»

«Ab und zu. Aber diesmal gab es schon ein paar Überraschungen, das muß ich sagen.»

«Wird nun gegen diese dritte Person eine Mordanklage erhoben?»

«Mit Ausnahme einiger Punkte, die bisher noch unklar sind, werden wir das machen. Ja, höchstwahrscheinlich. Wir haben widersprüchliche Informationen, die teilweise darauf hinweisen, daß er das Land verlassen hat, teilweise aber darauf, daß er noch hier ist. Der Verdächtige hat, nach Aussage eines anderen Zeugen, in der Wohnung bei einem früheren Besuch die Schlüssel eines Autos, über das der Fünfundzwanzigjährige verfügte, gestohlen. Dieser Wagen ist von einem Parkplatz in der Nähe verschwunden.»

«Danke, Gunnar Hovden. Soweit unsere Direktleitung aus Sagene. Mehr in der Suchmeldung, und damit gebe ich zurück zum Studio.»

Verfluchter, ewig verdammter Ajacke! Und dann war das wohl Terje, der das mit der Karre ausplaudern mußte.

«Die Osloer Polizei sucht den dreiundvierzigjährigen Vilhelm Thy . . .» Ja, danke, er kannte den Kerl. Er wühlte im Aschenbecher nach einer Kippe und zündete sie an. Aber was sagten sie über das Auto? «. . . vermutlich bewaffnet und sehr gefährlich. Er fährt wahrscheinlich einen blauen Pontiac-Personenwagen, wir wiederholen, einen blauen Pontiac-Personenwagen, und hält sich in Ostnorwegen auf.»

«*Blau*?»

Aber die Karre war doch *kohlschwarz*?

Thygesen riß die Tür auf und sprang heraus, und schwarz war der Wagen wie beim erstenmal in Vålerenga. Aber im Lack war ein Kratzer bei einer der aufgeklebten Goldlilien, und in dem Kratzer schimmerte hellblauer Lack.

Er brach in hysterisches Gelächter aus und hätte fast einen Krampf bekommen. Dieser Blödmann Hermann hatte seine Karre neu lakkiert. Und Terje hatte sie danach wohl nicht gesehen. So schnell würden sie wohl nicht herausposaunen, daß sie sich in der Farbe geirrt hätten. Sie hatten ja nicht einmal das Kennzeichen.

Robekksetra, dachte er. Die alleroberste und versteckteste Alm im ganzen Gebirge. Dahin fährst du. Die sollen sich ein bißchen Mühe geben, ehe sie dich kriegen, wenn du auch krank bist. Du mußt zuerst eine Stunde fahren. In einem verdammt sichtbaren Amerikaner über Dorfstraßen. Aber sie haben *blau* und *Pontiac* gesagt. Blau ist Quatsch, und besonders Pontiac ist die Karre auch nicht. Hätte jemand Pontiac zu ihm gesagt, dann hätte er an die Modelle der frühen sechziger Jahre gedacht, an einen richtigen Schlitten mit Extrabreite zwischen den Rädern, an eine Art gemäßigten Cadillac. Aber der Trans Am war über einem Ford-Mustang-Leisten gebaut. Die meisten würden bei seinem Anblick ‹Mustang› sagen. Die Telemarker, die jetzt mit ihren Blicken die Straßen fegten, würden nach einem blauen Cadillac Ausschau halten und sich nicht für einen schwarzen Mustang interessieren.

Das aufgenietete Pontiac-Schild war klein. Er pflückte es ab, nun stand da nur noch Trans Am. Skier auf dem Dach hatte er auch. Damit fährt kein Doppelmörder herum.

Auf dem Rückweg nach Tuddal zitterte er bei jedem Auto und jedem Haus. Das ließ nach, als er sich Hjartdal näherte.

Die Goldgrube. Die Goldgrube in Svartdal. Das mußte der passende Ort für ein heißes Auto sein.

Die kurvige Straße zur stillgelegten Grube war geräumt. Er war seit tausend Jahren nicht hier gewesen. Ein Opel kam den Hang heraufgekrabbelt und fuhr das kleine Stückchen zu einem Platz namens Blika, wenn er sich recht erinnerte. Die Grube war keine Lösung. Sie sollte einen unheimlichen Eingang haben. Aber der war entweder vermauert oder verschneit. Es stand nur ein baufälliger Maschinenschuppen da. Durch die Spalten in der verwitterten Wand sah er, daß er leer war, mit Ausnahme einer kleinen Pumpe. Das Vorhängeschloß war solide, aber mit einem Stein zu knacken. Der Schuppen war vor der Erfindung des Automobils konstruiert worden, hatte aber Platz für einen ganzen Amerikaner.

Er packte sorgfältig seinen Rucksack. In Drammen hatte er klug eingekauft. Der rote Anorak paßte, auch der Rest der Ausrüstung, mit Ausnahme des linken Stiefels, der einen Zeh einquetschte. Aber an das Bein wollte er nicht mehr denken. Es mußte zu Hause bleiben, jetzt, wo er auf Wanderschaft ging.

Es war ziemlich schwierig, die Bindungen an den Glasfasern zu befestigen. Er setzte die linke auf den rechten Ski, wollte sie wieder abschrauben, entdeckte aber, daß die Skier genau gleich waren. Er verpaßte ihnen ein bißchen roten Kleister.

Die Mappe mit dem Geld hätte er fast vergessen. Er füllte eine Seitentasche im Rucksack mit Hundertern und legte die Pistole in die andere. Anzug, Schuhe und Mappe legte er unter den Rucksackdeckel. Ein Vater und ein Sohn kamen aus dem Tannenwald. Thygesen nickte ihnen zu. Er wählte die Loipe, auf der sie heruntergekommen waren. Sie folgte einem steilen Bachlauf zwischen den Bäumen, der Wald wurde spärlicher, und nach ziemlich hartem Klettern war er oben in dünnem Mischwald aus Birke und Kiefer mit Moorboden. Hier war er noch nie gewesen, und auch nicht viele andere. Es war vier. Er hatte noch vier Stunden bis zur Dunkelheit.

Die erste Stunde brachte ihn wieder ins Tal, ein Stück die Straße hinauf, durch das Hüttendorf bei Nördsteteig und auf eine ausgetretene Loipe in Minnisgjorddalen. Hier war er wieder auf bekanntem Terrain. Jetzt gab es Nebel und etwas Wind. Leute kamen herab aus dem Gebirge, und er sah ein junges Paar mit einem schlafenden Kind im Pulk, und es war nicht gut für ihn, das zu sehen, es könnte ihn bitter werden lassen wegen allem, was er verloren hatte. Deshalb ging er eine Weile halbblind. Das Bein ließ ihn ein paarmal im Stich, und er fühlte, daß die Wunde eiterte. Seine Kondition war wie zu erwarten.

Er war bei den obersten Birken, und das Gebirge von Telemark war unverändert, knorrig, wirr und schön wie Prügel.

Ein Ort namens Nystöl, glaubte er, lag etwa 900 Meter hoch, und das Gebirge war noch immer nicht kahl. Er hatte noch zehn Kilometer vor sich, ehe er Svainstra am Fuße des Svafjell erreichte. Es war die Loipe zum steilen Vindeggen, und die war immer hart gewesen.

Hinter Svain kamen 1100 bis 1200 Meter mit arger Kletterei, und dann kamen wohl 5 ziemlich ebene Kilometer bis Robekksetra, einer kleinen Bude hinter Brattefjell, aus grauen Brettern mit rotem Wellblechdach.

Es war halb fünf. Das hörte er im Transistorradio der Ostergäste, die an der Hüttenwand in Nystöl saßen und die Nachmittagssonne genossen. Es war eine ganze Familie, darunter ein Mädchen mit langen Zöpfen, hell wie Stroh.

Sie würden schön hochschrecken, wenn sie wüßten, daß der verrückte Mörder sich einen Steinwurf entfernt herankämpfte. Und niemals würden sie glauben, daß der Mann da unten, wer er nun auch sein mochte, Svain erreichen würde. Natürlich hatten sie recht. Es war völlig unmöglich für einen weidwunden, narkotisierten Säufer, dorthin zu gelangen.

Aber er gelangte dorthin, über die ziemlich leichte Loipe an Mooren und Bächen entlang, nach langen Rauchpausen, mit Hilfe von Apfelsinen und Schokolade, nach dem Abkratzen von Kleister und dem Auftragen von Trockenwachs. Es war halb sieben. Im Solfjell und auf dem fernen schwarzen Vindeggen, 1500 Meter hoch, war noch Sonne. Der Wind ließ den Schnee hochstieben. Er machte einen Bogen um eine Hütte, in der Menschen waren, sie könnten auf die Idee kommen, den Rettungsdienst anzurufen, wenn sie ihn vorbeihumpeln sähen.

Unendlich langsam ging es den steilen Hang zum weißen Schnee hin hoch. Es war ganz weiß, und trotz der Loipe war es öde, ja. Das Licht verschwand. Die Zeit verschwand auch langsam für ihn. Da lag der Schnee. Er war an einem anderen Osterfest hier gewesen, da war er sechzehn, zusammen mit einem Mädchen von fünfzehn, sie hieß Heidi; nein, Hilde hieß sie. Sie hatten aus einer geheimen Flasche getrunken; etwas, das sie für selbstgebrautes Bier ausgab und das entsetzlich schmeckte. Statt zu trinken, spuckten sie aus und küßten sich. Sie hatte ein glänzendes Gesicht und eine Stupsnase. Wonach schmeckte sie? Nivea, Nivea. Und funkensprühend ging es wieder nach unten, und sie lagen auf dem Sofa in einer Hütte und spielten Nat King Cole auf einem Koffergrammophon. So hatte vieles angefangen.

Womit hatte es geendet? Mit der schwärzesten Finsternis? Er ruhte sich aus, auf die Stöcke gestützt. Versuchte, den Finger auszustrecken, er war wie tot. Handschuhe hatte er vergessen, das war nicht klug.

Hing er da über seinen Stöcken und heulte, weil er keine Handschuhe hatte?

Heulsuse!

Kam er nicht weiter, weil die Hölle einen Zipfel seines Lebens gestohlen hatte? Niemand konnte ihm verwehren, zum Schnee zu gehen, sie müßten ihn schon holen wie den Wolf in Finnmarksvidda, mit dem Maschinengewehr vom Flugzeug aus. Er würde ihnen zeigen, daß er zum Schnee und weiter gehen könnte.

Zigaretten konnte er sich auch nicht mehr drehen. Verdammt, wie erfroren er war! Aber das hier war kein Gefängnis, wo man ihm das Rauchen verbieten konnte, das war freies Gelände. Und er brachte ein richtiges Machwerk von einer Fluppe zustande.

In der Stadt bauen sie jetzt den Mythos vom Mörder auf, dem gewaltigen Mörder Vilhelm Thygesen. Jetzt ist nicht viel Platz für die Wahrheit. Aber kommt doch her in den Schnee, ihr Mythenschreiner und Mythenmaurer, dann kann der Mörder sehen, ob ihr euch traut, ihm die Zigarette aus der Fresse zu rupfen.

Wird es jetzt dunkel um ihn herum?

Für De Soto ist es dunkler. Jetzt haben die Hunde ihn gefunden. Er hat ruhig geschlafen. Es hilft nicht, daß ihr ihn jetzt ausgrabt!

Ihr könnt Ajacke zum Geständnis bringen, aber verändert *das* die Welt? Zeigt das den Weg aus der Dunkelheit?

Hei, du! Es ist nicht so schwarz. Weiß ist es um dich herum, und da oben am Nordhimmel blinken sogar ein paar Sterne.

Es gibt irgendeinen Hoffnungsschimmer, begreifst du? Selbst in den heruntergekommensten, beschissensten Teufeln, die am allerwenigsten Recht auf Leben haben und die ihr Bestes tun, um sich die Haut abzukratzen, sich das Fleisch abzuschaben – selbst in solchen fließt warmes Blut, das noch nicht völlig vergiftet ist. Im Radio haben sie das klar und deutlich, und ohne es zu begreifen, gesagt.

Linda ist durchgedreht. Aber sie hat niemanden verpfiffen. Und Ajacke, der Leibhaftige, hat ihn verpfiffen, um Linda zu retten.

Das ist vielleicht keine hohe Moral, aber es ist gerade so viel Moral, wie man erwarten kann. Sie waren im Tran, sie gingen sich gegenseitig an die Gurgel und sind sicher schlimm in die Mangel genommen worden. Aber sie haben eine Weile durchgehalten. Und selbst wenn Ajacke in jeder Gesellschaft bestraft werden mußte – um der Gerechtigkeit willen und zur Sicherheit der Bürger –, so hatte auch er in höchster Not etwas Richtiges getan.

Linda hielt vielleicht noch immer durch? Ihr Kopf ruhte jetzt auf einem weißen Kissen im Krankenhaus, nein, ihr Gesicht war zerschlagen, wie er es immer gekannt hatte. Ihre Haare flossen über das Kissen. Leblos? Nein, sie mußte es schaffen. Klar doch. Konnte sich doch nicht so einfach hinlegen und sterben. Starke Frau, Linda, hatte nicht vom *Centrum* aus angerufen und ihn verraten. Für eine solche Frau besteht Hoffnung. Ist nicht so weiß im Gesicht wie das Laken, auf dem sie liegt. Starke Frau! Hoch, Linda!

Ich bin jetzt oben. Im Schnee. Da, wo ich hinwollte. Ich friere an den Fingern, aber ich weine nicht, weil mir Handschuhe fehlen.

Hei, du! Jetzt will ich zu einer Almhütte. War zuletzt mit sechzehn da. Vielleicht hat der Wind sie in den Abgrund geblasen? War ein bißchen wackelig, die Bude. Aber drinnen war Platz für mich und ein Mädchen, das ich kannte, und für ein Grammophon, auf dem wir *‹Blueberry Hill›* spielten. Wir waren beide Jungfrauen, aber das fand ein jähes Ende.

Ich will nicht über jähe Enden reden, auch wenn ich nicht weiter an die Ewigkeit glaube, Linda. Ich muß noch fünf Kilometer gehen. Hier ist es so kalt, daß mir der Pilz an den Eiern friert. Tut mir leid, wenn ich dich angesteckt habe. Du mußt den Arzt um ein Pilzmittel bitten. Ich vergesse immer, wie es heißt, und wenn es mir einfällt, vergeß ich, welches zu kaufen. Aber so was muß es doch in einem großen modernen Krankenhaus geben.

Hei, du! Wegen Hermann werde ich dich nie verpfeifen. Hermann nehme ich auf meine Kappe. Ich schreibe es auf einen Zettel, sobald ich angekommen bin. Falls mit mir etwas schiefgeht. Nein, nicht nötig. Wenn es schiefgeht, kannst du mir Hermann ja einfach anhängen, nicht wahr? Es wird ganz schön windig. Hätte an einen Pullover denken sollen. Aber ich will mich nicht hinlegen und sterben. Das gönne ich denen nicht. Ehrenwort!

Er hatte einen kleinen See erreicht. Der Wind war jetzt ziemlich hart, und er war so unsicher auf den Beinen, daß er umgeweht wurde. Eigentlich war es gar nicht so schlimm, in einer Schneewehe zu liegen und Kräfte zum Aufstehen zu sammeln. Aber er hatte versprochen, sich nicht hinzulegen und zu sterben, also mußte er sich an den Stöcken hochziehen und weitergehen.

Der Wind packte seine Kapuze und schlug sie gegen seinen Hinterkopf. Wieso schlug die blöde Kapuze so, und was war er für ein blöder Idiot, daß er vergessen hatte, daß er eine Kapuze mit Fellrand hatte! Er griff nach ihr und versuchte, sie richtig aufzusetzen. Der Wind war wieder da und wollte es ihm verbieten, aber er trickste den Wind aus, und es gelang ihm, die steifgefrorene Schnur anzuziehen und eine Art Knoten hineinzumachen. Der Fellrand wärmte ziemlich gut, wie eine weiche Wange.

Was treibt den Nachbarn zum Mord, den Krimiautor an die Schreibmaschine?
«Schwarze Beute» verrät es.
Das Thriller-Magazin Nr. 1, herausgegeben von Klugmann/Mathews, präsentiert neue Stories, berichtet über Fälle, Täter und Autoren.
Mit Beiträgen von:
Friedrich Glauser, Ruth Rendell,
Michael Molsner,
Janwillem van de Wetering, Maj Sjöwall,
Peter Bradatsch, Georges Simenon,
Fritz Mierau, Fred Breinersdorfer,
Rainer K. G. Ott/Rudolf Schweigert,
Martine Carton, Norbert Klugmann,
Peter O. Chotjewitz, Howard Engel,
Frank Göhre, Claretta Cerio,
Wolfgang Schmidbauer, Rudi Kost,
Klugmann/Mathews

rororo thriller
2753

C 2201

Killer-Ladies

Paula Gosling
Töten ist ein einsames Geschäft
(2533)
Die Dame in Rot
(2681)

Patricia Highsmith
Venedig kann kalt sein
(2202)

Ruth Rendell
Dämon hinter Spitzenstores
(2677)
Durch das Tor zum Himmlischen Frieden
(2684)
Der Pakt
(2709)
Flucht ist kein Entkommen
(2712)
Die Masken der Mütter
(2723)
Alles Liebe vom Tod
(2731)
Die Grausamkeit der Raben
(2741)

Helga Riedel
Einer muß tot
(2656)
Wiedergänger
(2682)
Ausgesetzt
(2715)

thriller rororo

C 2165/3